LA RIVIÈRE CONTRARIÉE

La Rivière Contrariée

Roman dans l'histoire

GÉRY DE PIERPONT

LA RIVIÈRE CONTRARIÉE
Roman dans l'histoire
Écrit et édité par Géry de Pierpont

2e édition, revue et corrigée

© 2013 Géry de Pierpont
Tous droits réservés
ISBN : 978-2-960-13061-4 (Gery de Pierpont)
ISBN-10: 2960130618

Ce roman existe aussi en version numérique (eBook),
téléchargeable sur de nombreuses plateformes en ligne

www.larivierecontrariee.com

Illustration de couverture © Damonza
Les autres cartes, tableaux et illustrations sont de l'auteur

SOMMAIRE

PRÉFACE

Dans les premières décennies du 19e siècle, des hommes ingénieux et intrépides entreprirent de joindre la Meuse à la Moselle par l'Ourthe et un canal sous le massif des Ardennes. Ils échouèrent, pas très loin du but, et la mémoire de leur aventure se perdit, tandis que la forêt souveraine reprenait possession de leurs orgueilleux travaux.

Bien longtemps après, au hasard d'une randonnée, Géry de Pierpont découvre le tunnel de Bernistap. Fasciné par ces eaux mortes, il se fait archiviste, topographe, géologue, généalogiste, archéologue industriel, jusqu'au moment où la piste se perd dans le labyrinthe des « pourquoi ». Alors, il met l'histoire au défi du roman, et il écrit *La Rivière contrariée*.

L'histoire, surtout l'histoire industrielle, a beaucoup perdu en se rapprochant des sciences de calcul. À multiplier tableaux et graphes, elle est devenue inhumaine comme un théorème, sans pour autant gagner en rigueur. C'est donc à un romancier qu'il revient de ressusciter, dans leur épaisseur d'humanité, ceux qui ont fait la révolution industrielle : capitalistes de Bruxelles et hobereaux ardennais, mineurs et carriers, ingénieurs et officiers, gens de métier et de négoce, avec leurs rêves, leurs passions, leurs peurs et leur fragilité. Les voilà enfin, présents, vivants.

Un roman d'Henri Carton de Wiart, *La Cité ardente*, a donné à Liège, pour toujours, un nom et un titre de noblesse. Le val de l'Amblève, de l'Ourthe, de la Salm, que seraient-ils sans l'imagination romantique d'un Marcellin La Garde ? Romantique, et régionaliste, Géry de Pierpont est de leur lignée, d'esprit et de style, fièrement.

Il y a des livres à lire au lit, ou sur la plage, ou en avion. Ce livre-ci, ami lecteur, vous le mettrez dans votre sac à dos cet été, quand vous irez marcher du côté de Houffalize. Vous le lirez au bord de l'Ourthe, au pied d'un rocher, et vous ne serez pas déçu. Car ce que Géry ne vous dit pas, la rivière vous le dira.

Robert Halleux,
Membre de l'Académie Royale de Belgique
Directeur du Centre d'Histoire des Sciences et des Techniques
de l'Université de Liège

LES PERSONNAGES

Par ordre d'apparition dans le récit :

Ulysse de Longchamps : ancien officier et employé de la Société générale, chargé d'inspecter les travaux du canal de Meuse & Moselle, jusqu'au chantier du souterrain de Bernistap (Buret).

Ferdinand Meeûs : gouverneur de la Société générale.

Knud : artificier sur le chantier de Bernistap (Buret), meneur d'hommes et contestataire.

Guillaume Ier d'Orange-Nassau : roi des Pays-Bas et grand-duc du Luxembourg, ancien souverain des provinces qui forment la jeune Belgique et promoteur du canal de Meuse & Moselle, dont il est le plus gros actionnaire.

Charlotte : femme d'Ulysse de Longchamps, restée à Bruxelles.

Joseph-Ferdinand d'Oultremont : chambellan du roi Guillaume Ier, cousin d'Ulysse de Longchamps.

Sergent Deckers : ancien militaire, géologue par passion et prospecteur de richesses minières, ami d'Ulysse de Longchamps.

Remi De Puydt : ancien capitaine dans le corps du génie, ingénieur de la Société du Luxembourg (responsable des travaux du futur canal), commandant de la Garde civique de Mons et ingénieur en chef des Ponts et chaussées.

Annabelle : cantinière du chantier de Bernistap (Buret), fiancée de Roger.

Roger : ouvrier du souterrain de Bernistap (Buret), fiancé d'Annabelle.

Barbara *(Libellule)* : femme de chambre au château de Tavigny, amie d'Annabelle.

Edgar Fondry : chef du chantier de Bernistap (Buret) pour la Société du Luxembourg et bras droit de Rémi De Puydt au château de Tavigny (Houffalize).

Clément Salmon : géomètre de la Société du Luxembourg à Tavigny, décédé à un jeune âge.

Sophie *(la soubrette)* : servante de l'auberge de Houffalize.

Jacques Vonnesche : ancien fonctionnaire, usurier à Hoffelt.

« *Le dieu des arts sur nos vallons*
Déployait lentement ses ailes.
Guillaume lui dit : dans ces monts
Va creuser des routes nouvelles,
Conduis le commerce en ces lieux.
Que la liberté l'environne,
Que mes sujets vivent heureux
Et qu'ils bénissent ma couronne. »

Poème composé en l'honneur
d'une visite officielle
du roi Guillaume d'Orange
au Luxembourg (1827).

SUR LE PONT

– Asseyez-vous, de Longchamps. Je suis à vous dans un instant.

Imposant, devant la vitre ouverte, Ferdinand Meeûs projette son regard, tel un autour en chasse, entre les arbres qui paradent le long du Parc de Bruxelles. Ulysse hésite un instant entre les deux fauteuils qui se présentent à lui, si profonds qu'ils ont l'air prêts à le ceinturer au moindre faux mouvement. Pour quelle raison le gouverneur de la Société générale pour l'Encouragement de l'Industrie nationale, le « grand patron », l'a-t-il fait mander, lui, ce matin ? Dire qu'il avait failli mettre sa cravate fauve et son gilet brun démodé... Sur le bureau, devant lui, il aperçoit son nom sur le bord d'un dossier. Aurait-on un reproche à formuler à son égard ? Ça y est, voilà qu'il se met à transpirer du bout des doigts. Comme chaque fois qu'il va « à confesse ». Le plus discrètement possible, il tente de s'essuyer les mains sur son pantalon. Il croise et décroise les genoux, au fond du fauteuil qui vient de l'aspirer sous la ligne de flottaison du bureau. Lentement. Pour ne pas avoir l'air tendu.

Mais pourquoi donc le gouverneur garde-t-il le silence ? L'affaire est sûrement d'importance... Il faut qu'il parvienne à tempérer le rythme de sa respiration, à contenir son agitation. Arrêter cette petite machine à vapeur qui s'emballe entre ses tempes. Ah, s'il pouvait, pour une fois, maîtriser son émotivité... En donner l'impression, tout au moins. Comme certains hommes publics qu'aucun sentiment ne semble affecter au cœur des débats les plus tumultueux. Au point de désarçonner par leur assurance, de confondre par leur mutisme...

Ulysse sent tout à coup un objet pointu le gratter au fond de sa poche. Qu'a-t-il donc bien pu fourrer là qui l'égratigne à ce point ? Il va être distrait pendant l'entretien. C'est certain. A-t-il le temps de déplacer la chose sur le côté ? Ses doigts déjà partent à la rencontre de l'intrus. L'épingle ! L'épingle à cheveux si quelconque que son épouse aimait tant glisser dans sa coiffure. Elle devait traîner encore une fois, ce matin, sur le bord de la table du petit déjeuner. Juste à côté de son assiette. Comment n'avait-elle pas encore compris – depuis le temps ! – qu'il détestait voir ses objets de toilette s'éparpiller dans toute la maison ? Que faire de ce mollusque, bernard-l'hermite de fond de culotte, à présent qu'il tenait sa poche en otage, toutes pinces dehors ?

Debout contre les tentures qui encadrent les fenêtres, le gouverneur emplit la pièce de sa simple présence. L'expression de son visage est stricte, ses lèvres serrées. Ferdinand Meeûs n'a pas beaucoup de temps à consacrer à son personnel. L'entrevue sera brève.

– Je ne vous connais pas, de Longchamps, intervient-il brusquement... Voici plus de sept mois que vous travaillez ici et je ne sais toujours pas quel type d'homme vous êtes, ni ce que vous faites dans cette maison...

L'homme marque une pause, tout oratoire, puis reprend en se raclant la gorge.

– Quel est votre camp ?

Ulysse reste pantois. Jamais il ne s'attendait à une telle interpellation. Bien sûr, il avait été, comme beaucoup de ses collègues, ébranlé par la soudaineté des événements du mois de septembre, la fuite des Hollandais, la déclaration d'indépendance... Que dire du roi Guillaume d'Orange ? Qui aurait pu croire qu'il deviendrait, en l'espace de quelques jours, interdit de séjour dans le sud de son propre pays ? Celui-là même qui avait fondé et nanti l'institution financière – si emblématique – pour laquelle il travaillait !

La révolution belge avait mis en difficulté une série de collègues d'Ulysse, trop proches des « orangistes », l'*establishment* néerlandais. Mais pourquoi son employeur avait-il soudain besoin de connaître ses convictions politiques à lui ? Comment lui expliquer sa position en demi-teinte ? Lui faire entendre que son adhésion à la cause nationaliste n'effaçait pas son estime pour l'ancien monarque ? La situation était tellement instable, le futur tellement incertain...

Le doute brusquement s'empare d'Ulysse : était-ce une profession de foi au nouveau régime qu'attendait le gouverneur ? À moins que le noyau dirigeant de la société financière soit resté, en secret, fidèle au roi des Pays-Bas... Était-il plus opportun de confesser un attachement aux « orangistes » ?

Voici que le gouverneur prend place derrière son bureau, impressionnant dans le contre-jour. Ulysse se sent déshabillé, dépecé par son regard aiguisé. C'est sûr, il doit être en train de scruter les traits de son visage, les plis de ses paupières, à l'affût du moindre indice qui trahirait une hésitation. Il s'apprête à ouvrir la bouche quand, providentiellement, un domestique frappe à la porte.

– Les documents que vous attendiez, monsieur le Gouverneur.

Trois secondes de répit. Va-t-il en prendre connaissance tout de suite ?

Non, Ferdinand Meeûs range soigneusement le dossier cacheté sur le côté avant de considérer à nouveau son visiteur. Le froncement de ses sourcils ne laisse aucun doute sur sa préoccupation du moment : Ulysse est-il oui ou non disposé à répondre à sa question ? Mais ce dernier, de plus en plus mal à l'aise, ne parvient à trancher sur l'attitude à adopter. Personne, depuis la révolution, ne l'avait contraint à afficher aussi clairement son jeu. Devait-il sortir du bois, miser tout sur une couleur ou sur l'autre ? Le risque était grand de se tromper de camp, de se voir définitivement écarté de la Société générale. Son visage, progressivement, se met à blêmir. Ses mains, déjà moites, sont maintenant collantes de transpiration. Aïe ! Voilà qu'il se pique à la broche, à travers l'étoffe de son pantalon. Et toujours, en face de lui, le regard froid, inquisiteur, de son patron...

– Vous pouvez compter sur ma loyauté, monsieur, finit-il par répondre, prenant la tangente, incapable d'assumer.

– de Longchamps, vous êtes touchant ! Je n'ai jamais mis en doute votre loyauté, quoi que vous puissiez en penser... Ce ne sont pas vos opinions politiques qui me préoccupent aujourd'hui. C'est votre âme que je veux connaître ! Ce qui vous fait vivre. Ce que vous avez dans les tripes ! Cela fait cinq minutes que je vous fixe et je ne parviens pas à accrocher votre regard, comme si vous me fuyiez. Dévoilez-vous, bon sang !

Le gouverneur a presque l'air de sourire derrière son masque de fermeté institutionnelle, ce qui défait encore plus Ulysse. Pourquoi n'ose-t-il pas faire face, avec assurance ? Saisir la perche qui lui est tendue ? Ça y est : sa paupière droite commence à ciller toute seule, à trembler nerveusement. Comme chaque fois qu'il se sent acculé à prendre une décision importante. Va-t-il pouvoir sortir indemne de cette épreuve de vérité ? Mais déjà son interlocuteur reprend la parole, incisif.

– Vous savez que la Société générale est au centre de sérieux tourments. Que le Congrès national a décidé de confisquer tous les biens que les Hollandais y ont investis. Vous imaginez à peine les manœuvres, les pressions en tout genre dont nous faisons l'objet. Plusieurs hommes sont passés par-dessus bord, depuis que la tempête fait rage. D'autres sont montés sur le pont. Ils n'ont pas hésité à abattre les voiles et à prendre la barre en mains pour éviter le naufrage. Certains ont même tiré du canon... Mais vous, où êtes-vous depuis tout ce temps ? Caché dans la cale, en attendant la fin du grain ? Perché au sommet du mât, implorant la clémence du dieu des eaux ? Je dois pouvoir compter sur mes hommes, de Longchamps ! Connaître leur composition, leur détermination. Je n'ai que faire de petits matelots qui ne font que ce qu'on leur demande... Ce dont la Société générale a besoin aujourd'hui, ce sont des commodores..., des corsaires !

Devant son gouverneur, qui arpente à présent la pièce avec fougue, Ulysse se sent toujours aussi désarçonné. Comment pourrait-il se reconnaître dans ce profil d'aventurier, lui dont la vie n'a été qu'un long parcours fléché ? Lui dont le destin fut de grandir dans l'ombre d'un aîné accaparant, de naviguer dans le sillage du groupe. Non par manque de capacités ou par crainte des responsabilités pourtant... Plutôt parce qu'il appartenait à cette race d'hommes toujours d'attaque à contretemps, à celle de ceux qui font mouche sur la cible du voisin. Combien de fois, écolier, n'avait-il osé lever son doigt, alors qu'aucune des questions du professeur ne l'aurait pris en défaut ?

À voir Ferdinand Meeûs s'impatienter, planté derrière le dossier de son fauteuil, Ulysse sent monter en lui une vague de révolte. Par quel procédé malsain son patron essayait-il donc de l'ébranler, de lui faire perdre ses moyens ? N'avait-il pas, par le passé, maintes fois fait preuve de courage dans des situations autrement périlleuses ?

– J'ai le sentiment d'avoir accompli toutes les tâches qu'on me confiait avec conscience et efficacité. D'avoir rempli ma mission, répond-il. Avec assurance, cette fois.

– Je n'ai rien à vous reprocher, de Longchamps ! Allez-vous donc comprendre où je veux en venir ? Je cherche des collaborateurs prêts à prendre des risques avec moi, déterminés à faire de cette institution autre chose qu'une simple tirelire pour le gouvernement. La Société générale doit sortir renforcée de cette période de marasme. Nous ne sommes pas condamnés à rester à vie le caissier de l'État ! Ulysse acquiesce d'un mouvement du chef, soulagé de voir l'orientation prise par la conversation. Cette période de transition entre le régime hollandais et la mise en place des institutions belges, lui aussi l'a mal vécue. Que d'incertitudes, que de bras de fer dans les négociations ! Et tous ces projets de la Société remis en question par l'arrivée de nouveaux directeurs, compromis par les décisions du Congrès national. Sans compter les manœuvres des libéraux et des catholiques pour s'assurer le contrôle des positions stratégiques, soutenus en coulisse par la Loge ou le Clergé.

– Vous semblez avoir des difficultés à lire entre les lignes, de Longchamps. Laissez-moi formuler ma question de façon plus directe : êtes-vous des nôtres ? Êtes-vous prêt à vous retrousser les manches à nos côtés ? Ou dois-je vous considérer à l'avenir comme un simple exécutant ?

– Comment vous dire... Si vous cherchez un maître d'équipage ou un barreur, je crains de vous décevoir. En revanche, je pense pouvoir vous être utile en tant que chef de bordée... ou comme vigile, répond Ulysse en se redressant dans son fauteuil.

– C'est aussi dans ce type de position que je vous imaginais, de Longchamps. J'ai besoin d'un observateur de confiance. Pour une mission exploratoire. Délicate.

Les deux hommes se fixent à présent dans le blanc des yeux, se jaugeant du regard. Fronçant les sourcils, le gouverneur reprend :

– La Société du Luxembourg, vous vous souvenez ?

– Le canal de Meuse & Moselle ?

– Tout juste. Tenez, voici mon dossier sur l'affaire et les questions qui attendent une réponse, dit-il en lui présentant l'épaisse enveloppe que venait d'apporter le domestique. Décortiquez-moi cela. Je vous fixe rendez-vous dans quarante jours.

– Quarante jours ?... Dois-je comprendre que vous m'envoyez enquêter sur les lieux ?

– Cela va de soi, réplique-t-il sur un ton péremptoire.

– Et que suis-je censé... Enfin, qu'attendez-vous exactement de moi ?

– La confirmation des informations reprises ici et un rapport précis sur tout ce qui nous échappe. Cela fait huit mois que nous sommes quasi sans nouvelles du chantier. Je dois en savoir plus d'ici notre conseil général du mois de juin. Ramenez-moi des chiffres. Tous les chiffres ! Je veux des faits. Des noms aussi. Passez-moi tout cela au crible. Grattez, éprouvez, puis évaluez, sans états d'âme. Mouillez-vous !

– Mon rapport ne vous décevra pas, monsieur ! répond Ulysse, réalisant à peine l'ampleur du défi.

Déjà, il se lève, saisi au ventre par l'excitation, pris dans le compte à rebours. Son cœur bat à faire résonner sa cage thoracique.

– de Longchamps, reprend le gouverneur, je dois vous avertir que plusieurs de vos collègues, plus anciens dans la maison, ont décliné cette mission. Le Luxembourg est encore en état d'insurrection.

– Je ne crains pas l'odeur de la poudre, monsieur, brave alors Ulysse, le front relevé, décidé à s'engager dans l'aventure la tête haute.

Voilà l'occasion de montrer à ses pairs ce qu'il a réellement dans le ventre ! La chance, qui passe enfin à sa portée.

– Ne partez pas sans une arme, de Longchamps...

LES HOMMES-FOURMIS

Bernistap, Commune de Tavigny,
Grand-Duché de Luxembourg,
mardi 10 mai 1831

Silence. Pour quelques minutes à nouveau, le silence s'est emparé de la cabane qui sert de cantine aux ouvriers du chantier. De son gros doigt sale aux contours de l'ongle, un homme caresse négligemment la lèvre de son gobelet. Cela fait longtemps déjà que la dernière goutte de pinard est venue s'échouer sur l'extrémité de sa langue. À le voir ainsi, mal assis sur le coin d'une caisse, on pourrait croire qu'il médite... Et pourtant, aucune pensée, aucune réflexion ne s'impriment sous son front. Chaque respiration rend juste le reste de sa vie un fragment plus court. Réalité brute et universelle qu'il n'est nul besoin de méditer pour subir.

– Putain de mouise ! Trois semaines sans viande, c'est à se faire péter les roubignoles !

La voix a jailli de l'autre bout de la pièce, rauque, mais tranchante.

– Y a neuf mois déjà qu'on s'est battu pour que ça change. Et toujours ce même merdier ! Hollandais ou Belge, c'est peau de balle et balai de crin...

Peut-être l'ouvrier attendait-il une réaction de la chambrée... Seul un vague soupir lui répond. Ils sont pourtant près d'une vingtaine à somnoler dans la cabane, tantôt allongés à même le sol, tantôt accoudés à la planche qui fait office de comptoir.

Quelques hommes sont assis près des tables, genoux écartés, le regard absent.

– J'suis quand même pas le seul ici qu'a faim, bande de lavettes ! Ça fait des putains de lunes qu'on se farcit de la boustifaille de bétail ! J'en ai marre de ces foutues boulettes de sarrasin et des potées d'avoine… Qu'on me donne un œuf, bordel ! Rien qu'un petit œuf, vous entendez ? Que je l'avale d'un coup. Ouais, d'un coup !

Le gargouillis qui accompagne son geste semble pour un temps dégeler l'atmosphère.

– Ha, ha, *hören Sie das* ? Tout ça pour un œuf à la con ! Moi, c'est un lapin que j'vais bientôt me mettre dans la panse… Un de ces lapins grillés que la bouche en garde le goût pendant toute la nuit ! Demain, je file en douce tendre des collets, ni vu ni connu, et… couic !

À voir ses yeux brillants, on croirait qu'il tient déjà son repas par les oreilles.

– Grosse *bièsse* ! C'est toi qui vas te faire descendre comme un lapin ! On n'aime pas beaucoup les braconniers par ici… T'as l'air d'oublier.

– On les a brûlées, les lois de ces chieurs d'Hollandais ! Tu retardes d'une révolution. Notre putain de liberté, assez cher qu'on l'a payée, *oder* ? s'emporte le coureur des bois.

– À t'entendre, c'est qu'on serait libres à présent ! ricane un troisième ouvrier, en raclant ses « r » à la prussienne. Libres de quoi, donc ? Libres de voir ces rapiats de bourgeois s'en foutre plein les poches sur notre dos, ça oui !

Comme pour renforcer sa tirade, le gaillard se met à secouer sa veste pour faire tinter les quelques centimes qu'il a cachés dans un ourlet.

– Arrêtez de râler, *verdammt* ! grogne un chef d'équipe, écœuré par ces éternelles complaintes.

C'était vrai après tout : la réalité quotidienne était déjà assez rude à endurer pour ne pas avoir à la maudire tous les soirs en railleries aussi poisseuses qu'inutiles. Chacun le savait d'ailleurs. Seul le silence parvenait à apaiser ces débats de cantine. Silence d'impuissance et silence de souffrance.

– T'as déjà traîné tes sabots au château, chez nos fesse-mathieux de patrons ? reprend pourtant le crève-la-faim du fond de la salle. *Nom di diâle !* Même le mayeur de Diekirch ne vit pas comme eux. J'te l'jure ! Y s'habillent avec du velours, les pourris, et y se font rouler leurs ci-gares en Amérique ! Même qu'y ont un pète-sec de larbin en gants de soie pour leur ouvrir la porte. Pendant qu'nous qu'on rampe dans la gadoue, c'est qu'y passent leur temps à buvoter de l'eau-de-vie et à s'envoyer des galettes der-rière la cravate. Non mais, j'vous jure : des putains d'*exclavagistes…*!

Cette fois-ci, le silence s'abat plus durement encore sur les hommes en bleu de travail massés dans la cantine. Si-lence lourd d'acquiescement, amer et incontournable.

L'homme à la chope détourne lentement son regard du gobelet vide. D'un index consciencieux, il explore la ba-lafre qui déchire son pantalon, juste sous le pli du genou. La tiretaine avait fini par s'effilocher, laissant apparaître les fils de chaîne, en coton clair. Rien à faire : c'était tou-jours là que cédaient ses braies. Là où ça frotte. Faudra penser à recoudre une pièce dessus. Du travail pour sa femme. Quand il la reverra. D'ici une demi-lune, peut-être. Après la paye.

Au centre de la salle, un petit poêle à deux étages ré-pand un brin de chaleur et de lourds flocons de fumée. Cela sent le goudron de tourbe, la sueur de terre brûlée. On a beau être au printemps, les soirées sont fraîches en Ardenne, surtout à cette heure avancée. Au mur pend une image d'Épinal, maladroitement mise en couleurs. On y reconnaît Napoléon en grand uniforme, la main sur le ventre, et Marie-Louise, sa seconde femme, parée d'un beau diadème.

Ici au Luxembourg, la légende du « petit artilleur » est encore vivace. Tout le monde se souvient des armées françaises défilant vers le nord, bravant Anglais, Prussiens et Autrichiens, s'élançant en direction de Moscou, avant d'être vaincues à Waterloo.

À cette époque, les habitants du département de l'Ourthe et de celui des Forêts équipaient en bottes de cuir et en besaces une bonne partie des troupes impériales.

Les frontières avaient bien changé depuis… Pourtant, lorsque Paris vibra durant les « Trois Glorieuses », des manifestations populaires avaient à nouveau enflammé toute la région : la rumeur paysanne avait amplifié le message des dépêches officielles, faisant siennes les revendications des insurgés. Bien plus que la victoire d'un Orléans sur un Bourbon, d'un Louis-Philippe sur un Charles X, c'était l'espoir d'un changement de société qui animait les foules. Soubresaut momentanément étouffé au Luxembourg, et cependant tellement prémonitoire. C'était en juillet dernier.

De l'autre côté de la pièce est accrochée – par ironie sans doute – une caricature du dernier souverain de la région : Guillaume d'Orange, roi des Pays-Bas et grand-duc du Luxembourg. Le graveur l'y a représenté debout, écrasant du pied le sud de son pays. Le monarque, dodu sur une paire de jambes chétives, étrangle d'une main un ecclésiastique, invraisemblablement bouffi, tandis qu'il glisse de l'autre une bourse bien remplie dans le pantalon d'un libéral en redingote ; manifestation populaire typique des mois d'opposition clandestine qui ont précédé les « Journées de septembre » et la fin, pour les Belges, du régime néerlandais.

Le roi Guillaume s'était fait, à la longue, détester par les petites gens. Non sans raison, à vrai dire : l'amélioration immédiate de leurs conditions de vie, si ardues, le préoccupaient beaucoup moins que sa politique de développement économique. Quand il eut l'audace de s'attaquer ouvertement au catholicisme, l'agitation gagna les foules. Sans compter qu'il tentait au même moment d'imposer l'usage du néerlandais comme unique langue officielle.

– Ce que j'en ai marre de ce putain de chantier ! Deux ans déjà qu'on croupit comme des taupes dans ce foutu souterrain. Au train où c'qu'on avance, c'est Dieu sait pas demain qu'on en verra la fin !

– Arrête de nous les gonfler, bordel ! enchaîne le gros moustachu qui fait office d'aubergiste. T'es quand même pas si mal loti, va. Tu préfères peut-être passer tes nuits à jouer au contrebandier ? Pour ne gagner que du plomb dans les fesses, comme au temps du Hollandais ?

– Eh bien, pourquoi pas, *nom di djale* ! C'était la vraie vie, ça.

– On voit bien que t'as jamais rien passé de sérieux. Parce que je pourrais t'en raconter, moi ! Même qu'un jour, je me suis fait coincer par ces salopards de gardes. Près de Dasburg. Ah, ça me fait râler rien que d'y penser ! Salement rossé que j'ai été, regarde ça...

Et l'homme au tablier d'exhiber, mâchoires serrées, plusieurs cicatrices boursouflées à la lisière de son pantalon.

– Y a qu'les pas doués qui s'font avoir !

– Répète ça, que j'te défonce la caboche à coups de seau à purin, espèce de débutant à la con, va !

Mais personne n'a vraiment le cœur à se disputer ce soir. La querelle s'étouffe comme flamme sous cloche. Il faut profiter des dernières minutes de calme avant les longues heures de labeur. S'ils avaient pu garder leur âme d'enfant, tous ces travailleurs s'en seraient allés en songe vers les royaumes enluminés des contes de leurs grands-mères. Ils oublieraient ces boulets qui les retiennent aux travaux forcés du quotidien pour s'évader vers des contrées lointaines, plus juteuses, plus dorées... Mais rien de tout cela ne berce le repos de ces sapeurs d'obscurité. Imaginer un ailleurs ? Espérer un autre part, meilleur ? Pourquoi se faire mal avec de tels rêves... Combien de ces hommes pourront-ils jamais contempler un autre paysage, découvrir d'autres contrées que les vallons boisés du Luxembourg, si ce n'est sous la poussée aveugle de la faim ou de la guerre ? Les récits d'océans, de vergers à cigales ou d'Eldorado, colportés par les militaires éclopés ou les aventuriers égarés, ne brillaient qu'au fond des chopes vides.

– *Scheiße* ! Vivement que cette traînée de canal s'achève ! Qu'enfin chez moi je retourne, sur la Moselle. Cultiver un coin de vignes avec ma femme et mes trois mômes…, murmure un ouvrier aux oreilles décollées.

– Eh, les gars, voilà le Müller qui joue au sentimental ! Elle te manque tant, ta bonne femme ? lance une voix.

– Toi, gros lard, commence par faire des gosses avant de jouer au coq ! Je les ai plus revus depuis presque trois semaines !

– T'avais qu'à pas venir travailler à dix lieues de chez toi, pauvre mec… Et puis, entre nous, n'viens pas jouer les papas modèles maintenant ! Ça ne prend pas avec nous.

– Qu'est-ce que tu radotes dans ta putain de barbe ?

– Tu le sais fichtrement bien ! Avoue que ça t'arrange de ne pas te farcir tous les soirs les mioches qui geignent et la matrone qui rouspète. Et puis, t'es pas si mécontent d'être libre, hein ?

– Libre, libre… libre de quoi, donc ? grogne l'autre. Libre d'aller *cougnasser* la Josépha et sa pute de sœur au village, comme la moitié des gars d'ici ? Avec mes trente sous que je gagne par jour, autant dire que je vais pas souvent faire la file !

– Tu voudrais pas te les réserver tous les soirs, des fois ?… Faut savoir partager, mon vieux ! C'est qu'elles savent y faire, les couinantes !

Un rire gras résonne dans la cambuse.

Brusquement, la porte de la baraque crisse sur ses gonds. Émergeant de l'obscurité, un solide gaillard pénètre dans la cantine, courbant le col sous le linteau. Des nuages de buée s'échappent par saccades de sa bouche ouverte, comme s'il venait de courir. Il se dirige d'un pas sûr vers le poêle, tendant en avant ses mains de bûcheron aux doigts velus. C'est Knud. Tout le monde l'a reconnu. Ses deux petits yeux brillent comme ceux d'un loup rôdant autour d'un feu.

Au chantier, Knud passait pour un Prussien, mais en réalité, personne ne savait d'où il venait vraiment. Cela faisait partie du mythe qu'il entretenait autour de sa personne. Un mythe alimenté par le respect autant que par la crainte que lui vouait cette tribu de travailleurs quasi coupés du monde. Il était né pour s'imposer à ses pairs, pour les faire marcher au pas : ça, il en était tout à fait convaincu !

– Tire-toi de là, minus, jette-t-il à la figure d'un gamin qui se réchauffait tout près du foyer.

Et déjà, il le bouscule pour avoir plus de place. Mais le gosse, fier et brave derrière son mètre et demi, campe sur ses positions. Dans son regard en jet de pierre bout l'impertinence des enfants auxquels la vie n'a déjà plus grand-chose à apprendre.

– Barre-toi, morveux, ou tu te ramasses cinq doigts dans la tronche ! s'énerve Knud, peu disposé à parlementer.

Que ce puceron ait envie de cracher un juron obscène ou de plonger tout nu dans la rivière pour jouer les durs, soit. Mais qu'il ose ainsi braver son autorité devant une telle audience, ça, il ne peut l'admettre.

– J'étais là avant toi ! répond l'enfant, après avoir pris une grosse inspiration.

L'assemblée est médusée devant l'assurance précoce et déplacée du gamin. Soudain, le poing de Knud se détend, percutant sa pommette de plein fouet. Sous le choc, le gosse est propulsé deux mètres en arrière. Deux tabourets tombent avec lui. Un des buveurs se précipite à ses côtés : le môme est salement sonné. On l'emmène dehors pour le ranimer, sous les rires sarcastiques de Knud et de ses courtisans. Bien vite, l'incident est clos. À chacun sa place dans la horde.

– Une tournée pour tous ceux qui ont encore le cœur à boire, lance Knud d'un air frondeur. Allez, tas de loques, buvez, c'est moi qui régale ! De ses doigts jaillissent deux piécettes de vingt-cinq centimes. Une rumeur de contentement s'élève alors du fond de la salle, tirant de leur torpeur les plus endormis.

– Tu fêtes quoi ? se hasarde l'homme au pantalon déchiré, enhardi par les murmures d'approbation de l'assemblée.

– *Ach*, je fête que j'ai envie de me tirer, puisque tu veux tout savoir ! Je fête que j'en ai ma dose de ce foutu bled... Cinq ans que je traîne mes bottes dans cette province, stérile comme un cul de frocard empaillé ! Je veux me barrer, *Schweinehund* ! Quitter ce putain de pays qu'on y crève la dalle et partir très loin ! Écoutez, bande d'abrutis, buvons à nos vies pourries, puis buvons à l'aventure !

D'un geste de faucheur, le moustachu du comptoir rassemble en une fois tous les gobelets qui traînent. Il se retourne déjà pour hausser la bonde de son tonneau. Le breuvage blond coule dans les chopes, pour disparaître aussitôt dans la gorge râpeuse des travailleurs, bien trop heureux pour rester étendus.

– Vive l'Empereur ! crie un vétéran des armées françaises.

– Vive la République ! lâche un deuxième ouvrier, au milieu du brouhaha général.

Minuit va bientôt sonner. Dans quelques minutes. Juste le temps d'oublier le tribut à payer, la réalité juste derrière la porte. La fête s'installe comme elle repart, en un coup de vent tourbillonnant. Magie du vin et cris du cœur, hardis ou idéalistes. Hier et demain, tourments et illusions, tout se mêle en une cacophonie de jurons en patois et d'exclamations éraillées.

– Tu retrouveras jamais de travail si tu t'en vas, Knud. *Wirklich* ! tranche soudain le plus âgé des fêtards, la mine grave. T'en connais, toi, des employeurs prêts à engager des grandes gueules en cavale ? Et ton livret ? Tu crois peut-être qu'y vont te le viser pour te faire plaisir ?... Knud l'intrépide, va ! T'as pas encore compris qu'y nous tiennent tous par les couilles avec ce papelard. Un pas de traviole et te voilà étiqueté jusqu'à la fin de tes jours : buté, incivique, trafiquant, insoumis... ou même déserteur !

Knud, pour toute réponse, se contente de porter un gobelet à ses lèvres. Il boit lentement, goulûment. Rien ne peut venir gâcher l'intense moment de satisfaction qu'il semble en train de vivre. Ouvrant la porte du poêle, il dépose sur le tapis de braises une briquette de tourbe séchée. La chaleur du feu rougeoie sur son visage.

– Ce souterrain de malheur ne mène nulle part, tonne-t-il enfin en se redressant, fixant l'assemblée de son regard. Ça fait des mois qu'on le sait. Des mois qu'on se crève à piocher de la caillasse. À ramasser des monceaux de pierres noires dans un trou noir de merde. Tout ça pour faire passer un putain de canal !... J'ai mal aux yeux chaque fois que je ressors à la lumière. Ce souterrain est maudit ! Vous ne comprenez donc pas, espèces de navets ? Y sera la porte de notre enfer !

Il n'y a pas si longtemps pourtant, les intellectuels luxembourgeois avaient accueilli le projet avec intérêt. Avec enthousiasme même, pour certains. Le canal devait apporter la prospérité au pays, le tirer de son isolement. Des fabriques allaient s'installer le long de son parcours, industrieuses et fécondes. Pour les investisseurs du continent européen, une brèche s'ouvrait dans cette région sauvage, porteuse d'espoirs et de promesses. Dieu sait qu'on avait envie d'y croire à ces bateaux qui allaient bientôt traverser le paysage accidenté des Ardennes, à ces chalands allongés transportant, par dizaines de tonnes, de la houille du bassin de la Meuse, du minerai de fer de Lorraine, des cuirs et des faïences du Luxembourg, de la chaux pour les cultures... La fièvre de l'activité marchande s'étendrait, contagieuse, le long de l'artère nouvelle, voie ouverte à une reconquête du vieux pays des Trévires.

Aux yeux des ouvriers de Buret cependant, la réalité se présente sous un tout autre jour. Comment pourraient-ils ne fût-ce qu'entrevoir le caractère providentiel du projet ou ses enjeux économiques ? De l'entreprise, ils ne connaissent que l'obscur labeur qui leur est assigné. Que sont-ils, sinon les rouages infimes d'une immense machine, mise en route par un groupe d'ingénieurs et de financiers dont ils ignorent jusqu'aux noms ? Personne n'a vraiment pris la peine de leur expliquer la grande œuvre à laquelle ils participent. Ils ne savent même pas lire !

Pourquoi perdre son temps à convaincre ces hommes-fourmis de l'utilité de leur travail ? Tout est si différent dans la vie de ces campagnards, à peine au fait des progrès du machinisme : leur patois vulgaire, leurs préoccupations primaires, leurs convictions naïves...

« Sont-ils vraiment capables d'assimiler un raisonnement ? De se projeter dans le futur ? » s'interroge-t-on parfois dans les milieux cultivés. Il est vrai que l'ignorance du peuple a toujours été l'alliée des minorités régnantes, soucieuses du maintien de la hiérarchie et du contrôle des masses populaires.

En vérité, les petites gens du coin, agriculteurs ou forestiers, s'étaient montrés fort réticents à la mise en chantier du canal de Meuse & Moselle. Méfiance ? Superstition ? Les ruraux, c'est bien connu, voient souvent d'un mauvais œil les innovations trop progressistes. D'ailleurs, les décisions d'État ne leur apportaient en général que des problèmes : il est si tentant de parasiter ceux qui vivent de la terre, de les laisser patiemment traire mère Nature pour ensuite leur réclamer crème et beurre en vue de combler les dettes publiques et autres puits sans fond. C'étaient eux, finalement, les grands perdants de toutes ces années de troubles et de guerres.

– Vous savez où tout ça va nous mener ? reprend Knud, secouant par le col un des ouvriers. À de plus en plus de coups de bâton ! Ouvrez les yeux, bande d'imbéciles : on s'est fait avoir comme des pourceaux, avec leur putain de canal ! C'est pas avec leurs écluses qu'on va pouvoir s'acheter du boudin ! *Glauben Sie mir* ! Les bateaux remplis de chaux, on sera tout juste bons à les traîner le long des quais. Les charrettes de houille, qui c'est qui les chargera ? Nous, pour sûr : les *mandayes* à tout faire… Et les fabriques, les usines, ce sera encore à nous de les faire tourner ! Qu'est-ce que vous croyez ? Que des pourris de bourgeois viendront se salir les mains ici ? Ce seront toujours les mêmes qui poigneront dans le fumier !

Et Knud de cracher ostensiblement sur le sol, pour accentuer l'image.

– Ce projet à la con, ce sera encore aux politiciens et aux banquiers qu'y profitera ! Des promesses pour enfants de chœur, voilà ce qu'y nous proposent, ces grandes gueules.

Puis, prenant l'assemblée à témoin :

– Plein les poches ! Ils en ont plein les poches des florins d'or. Ah, ça me dégoûte, nom de… ! Un autre verre !

– Après tout le blé qu'y nous ont ratissé et le pinard qu'y n'arrêtent pas de taxer ! s'emballe un autre ouvrier. *Nom di diâle* ! Je donnerais cher pour leur faire manger de la luzerne et des écorces à ces enragés de libéraux ! N'ont jamais eu faim de leur vie, ces maquereaux… Qu'y viennent seulement goûter nos orties et notre chicorée !

– *Nenni, chal* ! C'est des charognes de chevaux malades qu'y faut leur faire bouffer...

– *Clô t'geûye*, à la fin ! On ne peut même plus roupiller en paix ici ? glapit alors un vieux maçon, la tête affalée sur son coude replié.

– Mais, bordel, combien de temps est-ce que vous allez rester vivre comme des bêtes de somme dans cet égout ? crie soudain Knud en jetant son énorme poing sur une table. Vous n'êtes que des esclaves, du bétail dressé ! *Ach, schwach* ! Restez dans cette fange puante que vous êtes trop couillons pour quitter... Moi, je pars pour l'Amérique ! Je prends le bateau pour la liberté ! Paraît qu'y a du gibier tout plein les forêts, là-bas. Et de l'or dans les torrents... *Hören Sie mich*, les gars ? Des terres à charruer aux quatre coins ! J'achèterai un fusil. Et du plomb pour faire mes balles. Je chasserai toute la journée, bon sang ! Puis j'irai me faire les gonzesses du coin. Putain qu'elles seront bonnes ! Belles comme l'aventure, généreuses comme des poires et fortes comme des juments !

– T'es complètement taré, Knud ! reprend le vieux du groupe. Combien tu crois qu'y a de foutus jours de marche jusqu'au premier port ? Et les truands qui traînent dans les bois ? Tu vas te faire saigner comme un vulgaire porcelet, Knud ! Tu seras obligé de mendier ou de devenir hors-la-loi toi-même pour ne pas mourir de faim. Tu n'oseras plus sortir des fourrés ou suivre les routes...

– *C'è bin* vrai ! renchérit l'ouvrier au pantalon usé. Et même si tu arrivais un jour à la mer, tout en guenilles, qui c'est qui voudra t'embarquer sur son navire ? T'as pensé à ça, hein ? Ça vaut sûrement la peau des fesses, une traversée ! Tu sais même pas comment ça avance, un putain de bateau ! Crois-moi, mon vieux, t'es fait pour suer avec nous dans la crasse et crever dans la poussière. Laisse donc les marins pagayer sur les vagues et pisser de l'eau salée...

Ce n'était pas la première fois que les discussions s'envolaient vers l'Amérique. Pour ces pauvres gars, le continent des Indiens évoquait l'Éden d'une nouvelle Genèse, une sorte de terre promise de lait et de miel... enfin, promise à d'autres qu'eux, bien sûr. Un pays de rêve, trop irréel pour se laisser toucher, trop lointain pour exister à leurs yeux autrement qu'en un mythe chimérique. Tant d'années de labeur auraient été nécessaires pour économiser le prix d'un tel périple ! Personne n'y songeait sérieusement au sein de ce peuple de la terre.

– Vous ne comprenez donc rien, espèce de limaces ! Avez-vous tous perdu l'envie d'espérer ? Je ne suis pas une marionnette, bon sang ! Je veux être libre, changer de ciel, choisir ma vie, *Teufel* ! s'écrie Knud avant d'avaler une profonde lampée de vin. Rien ne me retient plus ici. En tout cas pas ce salaire de misère !

– Eh, bordel, tu gagnes au moins six sous de plus que nous par jour, alors commence pas à te plaindre, Knud ! Un rire ambigu secoue les auditeurs.

– Sacré tringlot, va ! J'en connais un qu'a perdu une bonne occasion de se taire ! Faudrait peut-être commencer par travailler, feignasse ! Depuis qu'on a installé une machine à vapeur au-dessus de ton puits pour suer à ta place, je ne sais plus très bien ce que tu fiches encore de toute la journée... Et tu voudrais qu'on te paye pour cela ?

– Pauvre connard, va ! T'as vite oublié que si j'avais pas pompé des nuits entières, y a pas si longtemps, vous seriez déjà tous morts noyés !

– Connard toi-même, planqué !

Brusquement, un tintement métallique se fait entendre, claquant comme un maillet sur une enclume. C'est la cloche du chantier. L'heure fatidique du changement de pause. Tous l'attendaient depuis de longues minutes déjà, anticipant le couperet. Deux, trois... douze fois, le battant se heurte au bronze, froidement. Le bruit est comme aiguisé par l'air humide du soir. Minuit. Il y a quelque chose de sinistre dans le ton de cet appel, une note pressante, glaciale, irrévocable.

Presque mécaniquement, les hommes déposent leur gobelet en rotant, rattachent les boutons de leur sarrau et remontent leur pantalon. Près de la porte, certains enfilent un bonnet, tirant sur les pattes pour se couvrir les oreilles.

– Allez, les gars, au boulot !

Le contremaître n'a même pas à crier : ils sont déjà tous en route vers le chantier, dociles, les uns le long du chemin qui descend au souterrain, les autres vers l'est, à l'emplacement des puits de dégagement. La nuit est noire. Une brise crue caresse la lande et s'engouffre dans les manches des vêtements.

– Courage, *Bruder Lustig*, lance Knud à la volée. On aura gagné quelques mètres de plus demain ! Dans son regard luit une bien curieuse braise.

PIERRES ET ORNIÈRES

Entraîné à bonne allure derrière un cheval en sueur, le cabriolet avale tant bien que mal les obstacles de la chaussée. Tendus comme des arcs, les ressorts métalliques crissent à faire frissonner sous les chocs qui les assaillent. Un vrai tintamarre de métal torturé, jurons de fers meurtris sous les sabots et les quatre roues cerclées.

– J'aurais dû me douter que la route quitterait la vallée après Petit Han, avec tous les marais qui bordent la rivière. Et ce chemin qui s'enfonce tout droit à travers les bois... Quand donc vais-je retrouver le cours de l'Ourthe ? grommelle Ulysse entre ses dents serrées. Ce trajet est épouvantable. Ce n'est pas possible... Et toujours ces maudits nids-de-poule, ces ornières encaissées : on n'a rien trouvé de mieux pour esquinter les voitures.

Il n'est pas loin de trois heures. Ulysse de Longchamps a quitté Barvaux juste après l'angélus. Il espère atteindre La Roche avant la nuit. Dans son cabriolet tapissé de cuir vert, il a l'air d'un citadin égaré, avec sa redingote ourlée de velours, son col raide et ses bottes à boutons dorés. Sous son claque noir, on devine un regard en main tendue, gendarmé par des sourcils en broussaille. Il fait à peine ses quarante ans, avec les longs favoris blond cendré qui encadrent ses joues. La rigueur de son maintien, la pression de ses pouces sur les rênes, tournés vers le ciel, l'assise de ses jambes sur le marchepied lui confèrent une dignité un peu singulière en ce décor. Si la trace d'un sourire ne venait détendre son visage, on pourrait se laisser impressionner par cette attitude conventionnelle. Simple vestige d'éducation.

D'un coup de voix familier, Ulysse contraint Antoinette, sa jument, à ralentir l'allure. « À ce régime-là, je casse l'essieu avant une heure et je finis ma soirée suspendu à une branche ou flottant au milieu de l'Ourthe ! pense-t-il tout haut. J'ai été bien inspiré de prendre cette vieille carriole au lieu de notre nouveau tilbury : il aurait été soumis à rude épreuve ! Si j'avais su qu'il me faudrait plus d'une heure pour parcourir dix kilomètres... Il est temps qu'on se soucie du Luxembourg, bon sang ! Comment les gens d'ici communiquent-ils avec les autres hameaux de la vallée ? »

L'Ourthe est tumultueuse après les grosses pluies du printemps. Elle éclate en vagues écumantes lorsqu'elle heurte de plein fouet les blocs de pierre qui jonchent son lit. Elle sent la forêt en nage et l'argile de potier. On l'entend même gronder lorsqu'un tourbillon l'emporte dans une folle contorsion. S'il n'avait choisi tout spécialement l'humide compagnie de la rivière ardennaise, Ulysse aurait pu emprunter le grand chemin de Namur à Luxembourg, sur la crête, et éviter les entrelacs d'un cours d'eau si tortueux... Erreur d'appréciation ? Fantaisie ? Non, c'est l'Ourthe qui l'intéresse. Techniquement. Financièrement aussi, devrait-on dire.

Au fil de la vallée, de plus en plus encaissée, Ulysse prend davantage conscience de la démesure du projet. Comment faire naviguer des péniches sur ce torrent ? Car c'est bien de cela qu'il s'agit : canaliser l'Ourthe jusqu'à sa source pour qu'elle puisse servir au transport de grandes quantités de minerais et de combustibles ! Une entreprise prometteuse, mais à peine vraisemblable. Et le plus incroyable restait à voir, puisque le projet avait pour ambition de raccorder cette rivière à la Woltz – de l'autre côté de la crête des Ardennes ! – et, par elle, de rejoindre la Wiltz, puis la Sûre. En d'autres mots, de réaliser une voie navigable entre le bassin de la Meuse et celui de la Moselle – jusqu'au Rhin – à travers le Luxembourg : un canal Meuse-Moselle !

– Père, lui avait demandé son fils quelques jours avant son départ, pourquoi avoir mis cette malle dans le corridor ? Allez-vous vous absenter ?

– Je pars bien loin d'ici, dans une grande forêt, pour y étudier un canal, fiston. L'affaire de quelques semaines seulement, rassurez-vous.

– Un canal ?

– C'est une rivière aménagée pour y faire passer de longs bateaux.

– C'est dangereux, un canal ?

– Mais non, mon petit bonhomme, pourquoi dites-vous cela ?

– À cause de la forêt. Moi, j'ai peur de la forêt. Il y a des loups, vous savez…

– Vous avez raison. Je vais faire très attention. D'ailleurs, j'emporte mon pistolet.

– Et puis, si vous partez avec Antoinette, il ne faut pas trop la faire marcher : c'est une vieille dame, n'oubliez pas !

– C'est vrai qu'on va devoir traverser une région bien vallonnée, avec beaucoup de rochers…

– Vous n'aurez qu'à prendre le bateau, pour ne pas la fatiguer.

– Ça, ce n'est pas encore possible, Laurent. La rivière, elle ne peut pas escalader les pentes toute seule. Il faut lui construire comme un escalier d'eau pour y arriver. C'est ce qu'on appelle des écluses.

– Je ne comprends pas, père. Les bateaux, cela monte les escaliers ?

– En quelque sorte… S'il y a assez d'eau pour les faire monter. C'est pour cela que je m'en vais là-bas. Pour être sûr qu'ils puissent flotter partout. Vous voyez ?

Devant la mine perplexe du gamin, Ulysse avait emmené celui-ci à la cuisine, pour tenter de lui expliquer, à grand renfort de casseroles et de bassines remplies d'eau, quelques principes de base de la navigation fluviale. Sans grand succès, faut-il le dire.

Même sa femme Charlotte avait éprouvé des difficultés à se figurer l'incroyable entreprise qui avait vu le jour au cœur des Ardennes. Comment imaginer ce parcours aquatique de plus de trois cents kilomètres en terrain accidenté, de Liège à Wasserbillig ? Visualiser la construction des quelque deux cents écluses à aménager pour racheter la double pente ? Il faut admettre que bien peu d'êtres instruits comprennent, aujourd'hui encore, comment des investisseurs ont pu se mettre en tête de faire s'élever une voie d'eau à quasi quatre cents mètres au-dessus du niveau de la Meuse, puis de lui infliger une dénivellation de trois cents mètres pour redescendre jusqu'à la Moselle ! Sans parler des nombreux réservoirs à aménager, des souterrains à creuser, des nouveaux ponts et des ouvrages d'art à édifier. Une vraie épopée ! Ce canal, avant d'être un impératif économique ou une entreprise financière, est un véritable défi pour ses concepteurs. Une victoire de la technologie humaine sur la résistance des éléments, un acte de foi dans le progrès.

C'est ce caractère de démesure calculée qui a convaincu Ulysse de Longchamps d'accepter cette mission d'expertise pour le compte des dirigeants de la Société générale. Son enquête, technique autant que stratégique, doit permettre à ceux-ci d'évaluer les chances de réussite de ce projet, sur lequel ils ont misé gros. Pourra-t-on, oui ou non, remplir les engagements pris autrefois dans les circonstances actuelles ?

La vérité est que la plupart des entreprises belges traversent depuis la révolution de septembre une période de crise aiguë. Un grand nombre d'hommes d'affaires se sont retirés en Hollande, à cause de leur sympathie trop affichée pour l'ancien régime orangiste. Des travailleurs se sont engagés par milliers dans les rangs de la jeune armée révolutionnaire. Les capitaux, qui circulaient librement autrefois, restent bloqués dans l'attente de la régularisation du statut international du pays. Le commerce avec les provinces du Nord et tout l'empire colonial néerlandais, si dynamique pendant les quinze dernières années, s'est interrompu du jour au lendemain, gelant l'essentiel du trafic de marchandises. La Société du Luxembourg, fondée par l'institution financière pour laquelle opère Ulysse, a, elle aussi, pris la vague de front. Son objet était précisément de veiller aux intérêts de la Société générale au Grand-Duché et de prendre en charge l'aménagement du « Canal de Meuse & Moselle ». Comment les responsables d'une entreprise aussi vulnérable seraient-ils épargnés par la crise qui étouffe tout le pays ? Surtout que le Luxembourg est encore fréquemment secoué par des troubles armés, rendant toute communication périlleuse. L'hiver rigoureux a aussi sérieusement compliqué les déplacements vers la capitale. Ah ! si le Grand-Duché avait pu être équipé de tours sémaphores, comme toutes les provinces belges, au moins aurait-il été possible de correspondre par télégraphe optique...

Voici que se profilent les premières maisons du village de Hotton. Quelques minutes de relâche pour Antoinette et son cocher, le temps d'évaluer la profondeur de l'Ourthe avec une canne à pêche improvisée et une corde à nœuds lestée d'une pierre. L'occasion aussi de discuter du projet avec quelques riverains intrigués.

Ulysse reprend pourtant la route sans traîner. Il ne tient pas du tout à circuler dans le fond de la vallée après le coucher du soleil. Depuis la révolution, Dieu seul sait si les forces de l'ordre parviennent à faire respecter la loi dans ces bois. Ce ne sont pas tant les bandits de grand chemin qu'Ulysse redoute – cela fait vingt ans qu'ils sont traqués sans relâche –, mais plutôt ces bandes de semeurs de troubles qui errent encore à travers le pays. Anciens conscrits désœuvrés, illuminés politiques, justiciers de bas étage qui vivent de rapines et de règlements de compte désordonnés. Une faune turbulente dont il ne recherche certes pas la compagnie.

De gué en gué, Ulysse poursuit sa singulière expédition. À côtoyer depuis plusieurs jours la verte vallée, progressant au rythme de ses pleins et de ses déliés, il est frappé par cette « respiration » qui semble l'animer, alternance régulière de resserrements et d'évasements. Parfois même, la cuvette a l'air de retenir son souffle lorsque de gros rochers, de part et d'autre, viennent étrangler sa taille.

Frêle vestige d'une souveraineté révolue, une vieille borne, trop émoussée pour mériter de disparaître, matérialise la limite d'une ancienne enclave de la principauté de Liège en territoire luxembourgeois. Deux milles de long tout au plus. Emporté par son cheval, le voyageur endimanché franchit gaillardement ce lopin de terre aujourd'hui rattaché au Grand-Duché, comme l'Ourthe qui, en sens inverse, se laisse entraîner vers son lointain lit marin, à peine soucieuse de conserver son cap.

Dans une anse de la rivière apparaît le hameau de Marcourt, étagé en pente douce jusqu'à son église juchée en hauteur. Au milieu du village, entre les bouquets d'arbres, se dressent quelques belles maisons de pierres. Un vieux moulin grince dans sa révolution tranquille, dégoulinant de mousses et de fils d'eau évadés de ses augets.

Avisant un abreuvoir, à la sortie de l'agglomération, Ulysse décide de s'arrêter un instant. Sa jument a soif, elle a besoin de reprendre haleine. Lui-même en profite pour se dégourdir les jambes et s'asseoir sur un banc, à l'ombre d'un gros tilleul. D'un geste mou, il s'éponge le visage avec un coin de mouchoir. Lentement, il ferme les yeux, savourant ces quelques instants de paix bien mérités.

Est-ce d'avoir croisé ce soldat en permission sur le bord du chemin ou d'avoir vu flotter, accroché à un balcon, le nouveau drapeau tricolore de la Belgique qu'inconsciemment il se transporte neuf mois en arrière, dans les combats pour la conquête de l'indépendance ? Voilà que le canon du soulèvement de septembre se remet à tonner à ses oreilles... Bientôt, ce sont les assauts du Parc royal, puis les discours enflammés de Louis de Potter et de Charles de Brouckère qui reviennent à son esprit. Les mouvements de foule débridés auxquels il a pris part et ceux dont il ne connaît que le récit, tout se mélange dans ses pensées en un concerto épique et déchirant. Le noir et le jaune des bannières brabançonnes se disputent avec le blanc et le bleu des cocardes hollandaises pour coaguler ensemble dans le rouge. Fumées âcres, chemises déchirées, masures en flammes... Entre les déflagrations des fusils et les cris des assaillants monte, des batailles de rue, un horrible bruit de fond, piqué de sanglots et de râles de douleur, de claquements de sabots et d'éclats métalliques. Des armes brillent au soleil, des uniformes galonnés se maculent de taches rubis coagulé. Et surtout, cette odeur pénétrante de poudre brûlée, mélange de salpêtre et de soufre calcinés. Cette odeur dont le souvenir ravive à lui seul l'intense fièvre de ces combats au corps à corps, débordante de rage et de rancœur.

Là-bas, sur un amas de planches et de briques, se dresse Charles Rogier, vêtu d'une blouse bleue d'ouvrier. Dans sa main, un sabre, et sur son épaule, une longue bannière sang et or. Quel volcan dans ses yeux, quelle ardeur dans ses harangues ! De ses cris, il encourage les insurgés qui se lancent, baïonnette au fusil, vers un rideau de fantassins. Vague héroïque qui pour un instant offre sa silhouette aux balles des tireurs avant de s'abattre, en rouleau, sur les premiers rangs de militaires, genou au sol. Un cheval s'écroule, blessé au jarret. Un autre s'emballe et se cabre en hennissant de détresse.

– Vive la liberté ! s'écrie un combattant…

Soudain, c'est Charlier « Jambe-de-bois » qui déboule au coin de la place. Déjà son vieux canon pointe la gueule vers les troupes hollandaises.

– Feu !

Les soldats de Guillaume d'Orange se replient en désordre sous les boulets meurtriers.

– Ça y est, y *pètent à moule*, les gars !

Se ralliant à la chemise jaune et à l'écharpe rouge vif du mutilé de Waterloo, un groupe de volontaires liégeois se concerte à l'abri d'une barricade de fortune.

– Tous avec moi par ici !

Et les valeureux de s'élancer à l'assaut d'une rue voisine.

– Mort aux Hollandais ! hurle-t-on.

Une ombre disparaît furtivement dans les escaliers qui mènent à la ville basse. C'est un des fonctionnaires de l'administration néerlandaise qui file sans demander son reste, une valise dissimulée dans les plis de sa cape. À l'autre bout du Parc royal retentissent alors les strophes d'un nouvel hymne de victoire, vibrant et solennel : la Brabançonne.

Refermant presque malgré lui ces pages d'histoire, quelque peu théâtralisées déjà, Ulysse reprend le chemin de La Roche, pressé d'arriver au gîte. « Encore une bonne heure avant d'atteindre la ville, pense-t-il. Je n'aurais jamais dû m'assoupir si longtemps sous ce tilleul… »

Le cabriolet et la jument qui l'entraîne ne passent pas inaperçus au milieu de la forêt. La plainte grinçante des ressorts provoque un émoi compréhensible chez les oiseaux du bord du chemin. Ici, un geai s'indigne d'un cri rauque et strident ; là, une bande de mésanges à longue queue s'enfuit se réfugier à la cime des bouleaux.

Pourtant, l'allure d'Antoinette et de son équipage est encore plus lente que celle de la veille. C'est au pas d'homme quasi qu'elle progresse dans les bois, évitant du mieux possible les pierres tranchantes et les effondrements du sol. Ce passage à flanc de coteau a-t-il jamais vu circuler d'autre véhicule que les chars à bœufs des paysans du coin ? Peut-être même ne s'agit-il que d'un sentier à moutons amélioré... Ulysse vient de replier la capote à soufflets de la cabine, tant la ramure des arbres est basse. Il lui faut vraiment ouvrir l'œil pour éviter de recevoir les branches en plein visage !

Plus détendu que le jour précédent, notre Bruxellois en mission paraît s'être fait une raison de cette cadence. Au fond, cette balade forcée lui permet de découvrir des recoins de la vallée de l'Ourthe dont il ne soupçonnait même pas l'existence. Quelle variété dans les décors ! Tantôt perdu au milieu des charmes aux feuilles dentelées, tantôt égaré dans une vénérable chênaie, parsemée de fougères en crosses, le cabriolet s'enfonce toujours plus dans le massif ardennais, vers la source même de la rivière.

Ulysse est loin de se douter qu'au même instant, un mystérieux cavalier lancé à ses trousses vient d'atteindre Durbuy. L'homme, drapé dans une cape noire, mène son cheval à vive allure, sans s'embarrasser des paysans et de leurs charrettes qu'il contraint à s'écarter sur son passage. Son visage est sévère et son regard déterminé. « Je parie que je ne vais pas tarder à retrouver sa trace, à présent. Y s'agit d'être prudent... Heureusement qu'y ne se doute de rien, cet ahuri ! Ulysse... *Mensch* ! A-t-on idée de porter un prénom pareil ? Pourquoi pas Ménélas ou Apollon, tant qu'on y est ! C'est que moi aussi, j'ai de la culture, monsieur de Longchamps ! » Un étrange sourire déforme le visage du poursuivant, révélant une dent cassée. « Si ces imbéciles m'avaient prévenu deux jours plus tôt, j'aurais pu quitter Bruxelles avec mon aristo « mythologique » directement en ligne de mire. Me voilà contraint d'esquinter cette pauvre bête pour le rattraper. *Tja*, je parie qu'il est en train de patauger dans la rivière, à l'heure qu'il est. Heureusement qu'il ignore que son secret a été éventé ! *Achtung*, petit fureteur, c'est pas devant les boiteux qu'il faut faire semblant de clocher ! » Et l'inquiétant personnage de plisser les yeux d'un plaisir torve. « Surtout ne pas se faire remarquer avant d'être sûr de pouvoir le confondre ! » Éperonnant sa monture d'une brusque pression des talons, le cavalier arrondit le dos et poursuit sa course haletante vers le sud.

En fin d'après-midi, un voile de brume s'est posé au-dessus de la rivière. Le soleil n'a pas encore disparu derrière l'horizon, mais la température a sensiblement baissé déjà. Ulysse frissonne d'un coup. Il décide de s'arrêter pour enfiler son manteau de laine, boutonné juste autour du col, et en profite pour coiffer à nouveau son haut-de-forme. Il hésite un moment à prendre ses gants, puis y renonce. L'étape ne devrait plus être trop éloignée.

Promptement, le cabriolet reprend sa route. Ulysse se concentre à nouveau sur les détails du paysage, comme s'il venait de se rappeler la raison de sa présence dans la vallée. Il tente d'imaginer l'allure du cours d'eau, une fois apprivoisé : ses berges stabilisées, son chemin de halage, ses ponts tournants... Ses nombreuses écluses, aussi, comme celle qu'il avait observée à Angleur, en aval de l'embouchure de la Vesdre.

Ulysse avait assisté à l'installation des portes de ces nouveaux sas. Fameuse entreprise ! Quelle impression lui avaient laissée ces énormes battants de chêne, tout imprégnés de poix, transportés en plusieurs parties sur de lourds tombereaux, puis assemblés sur place à grand renfort de chevilles. Une fois tirés le long du fossé, il avait fallu les hisser avec deux grues, prudemment, au-dessus du canal.

– En mains… ferme ! avait hurlé le chef à ses douze équipiers crispés sur les cordes. Du nerf, les gars, faites-moi décoller ça du sol !

Les filins s'étaient tendus, faisant couiner les poulies.

– Ho… hisse ! Ho… hisse ! criaient les hommes en plein effort pour se donner du courage. Immergé dans cette atmosphère survoltée, Ulysse s'était senti aussi inutile qu'une dentellière chez un fondeur de canons… Mais le contremaître, qui dirigeait la manœuvre du fond du bassin, lui avait vite offert l'occasion de se retrousser les manches :

– Monsieur de Longchamps ? Je crains que nous n'ayons besoin de votre aide ! Cette porte part tout à fait de travers : il faut l'orienter pour qu'elle descende juste au bon endroit !

Le chef d'équipe avait-il réellement sous-estimé la difficulté ou agissait-il par bravade, pour jauger son spectateur ? Répondre à cette provocation à la liégeoise, c'était donner aux hommes matière à plaisanterie pendant trois semaines… Mais comment ne pas être tenté de relever le défi, de faire mentir ce préjugé selon lequel les lettrés seraient tous manchots ? Ulysse avait ôté sa redingote et s'était agrippé au vantail imbibé de résine.

– Attention, monsieur. Visez la crapaudine, là, dans le coin… *Nom di djo* ! Elle est en train de riper à la base ! Relevez tout, plus haut !

Déséquilibré par l'inertie de l'épais panneau de bois, Ulysse avait failli trébucher sur l'engrenage qui attendait d'y être fixé. D'un coup, son visage s'était retrouvé plaqué sur la paroi de chêne oscillant au-dessus du vide. Seul un sursaut salutaire lui avait permis de retrouver son aplomb. Un éclat de rire étouffé avait salué sa pirouette : il s'en était tiré avec un col retourné et une chemise maculée de poix. Heureusement, la fixation des charnières sur leurs gonds avait suffisamment occupé les ouvriers pour lui permettre de s'esquiver discrètement, sans avoir à supporter leurs sourires en coin. Les charpentiers, responsables de l'étanchéité des joints, s'étaient passés de ses services pour les ajustements finaux.

Entre Liège et Barvaux, six écluses sur vingt-huit étaient achevées, ainsi que seize maisons éclusières. Un œil exercé pouvait encore distinguer, çà et là, les piquets rouges et blancs, soigneusement alignés, qui avaient servi aux géomètres à effectuer leurs relevés topographiques : profils en long et coupes perpendiculaires des vallées. Un peu partout sur le parcours sinueux de la rivière, des dépôts de briques et de sacs de chaux avaient été constitués, en vue de la consolidation des berges. Mais plusieurs grands chantiers n'avaient pas encore débuté, en dépit de tous ces préparatifs. Ni la tranchée prévue à Hony, ni celle d'Esneux n'avaient à ce jour dépassé le stade des calculs de surface. Le percement de ces raccourcis devait pourtant faire gagner un temps précieux aux barges de l'Ourthe, qui pourraient ainsi éviter deux détours de plusieurs kilomètres. Il est vrai que ces nouveaux biefs devaient entailler des falaises de calcaire…

Que de travaux encore en perspective ! Le niveau de l'eau est si bas en de nombreux endroits – surtout en amont de Barvaux – qu'il faudrait resserrer les rives et installer une succession de barrages, avec toujours plus d'écluses. Sans oublier d'aplanir systématiquement le fond de la rivière, littéralement hérissé de blocs de rocher énormes. Un travail de titan !

La nuit tombe progressivement sur la vallée embuée. Ulysse ne doit plus être très éloigné de La Roche. Peut-être apercevra-t-il les lumières de l'agglomération au prochain détour de la rivière… Sa jument est fatiguée. Elle pourra se reposer. Il pense à ses collaborateurs de travail à Bruxelles qui, en famille, à leur bureau ou dans les salons du Waux-Hall, s'apprêtent à clôturer en douceur une journée bien remplie.

Curieuse race de citadins que ses confrères de la Société générale : à la fois pionniers de la finance et défenseurs de patrimoine, hommes d'affaires et philosophes. Comment avait-il abouti au milieu d'eux ? Au fond, il l'ignorait. Même le nom de celui à qui il devait sa place lui était inconnu. L'existence qu'il avait menée auparavant ne le prédestinait pas réellement à ce genre de fonction comptable. La proposition était tombée fort à point après quelques années d'activités peu épanouissantes, comme si un proche avait cherché à l'aider, discrètement. Son cousin Joseph-Ferdinand d'Outremont, peut-être ? Il était évidemment bien placé auprès du roi Guillaume, premier créancier de la société : cela faisait des années qu'il occupait le poste de chambellan de la cour.

Ulysse allait passer de longues soirées chez lui, en son hôtel de la rue Verte, près du Parc. Dans ce quartier, construit sous les Autrichiens, juste à l'arrière du palais que le roi occupait lorsqu'il résidait à Bruxelles. Les visiteurs étaient accueillis sous le porche à leur descente de voiture et conduits dans le vestibule, immédiatement à main gauche. S'il ne les introduisait dans sa riche bibliothèque, le cousin emmenait ses hôtes au premier étage, par un escalier bordé d'une rampe en fer forgé. Il aimait recevoir ses amis dans son salon, orné de moulures en bois doré, au coin du feu qu'il ne manquait pas d'allumer, sauf en plein été. C'est lui, toujours, qui mettait en flammes les bûches de l'âtre, avec une pelletée de braises chaudes qu'un domestique lui montait de la cuisine, comme s'il s'agissait d'un rite réservé au maître de céans.

Ensemble, dans la lumière dansante, ils pouvaient discuter des heures. Ulysse appréciait la conversation réfléchie de son cousin, d'une dizaine d'années son aîné. Elle lui faisait découvrir, de l'intérieur, le monde de la cour et tous les codes que celle-ci cultivait par tradition. Le débat se polarisait invariablement autour de l'une ou l'autre affaire politique. L'actualité fournissait, il est vrai, moult prétextes à la confrontation de points de vue. Fallait-il déplorer l'échec du dernier emprunt d'État ? Applaudir les mesures prgressistes du gouverneur de Flandre orientale ? Ce type de passe-temps engagé était fort à la mode depuis la révolution française et la vulgarisation des théories libérales. Des voix s'étaient dressées pour prendre le parti de causes émergentes, diversifiant sensiblement les préoccupations électorales. La démocratisation des suffrages avait en outre placé devant des responsabilités nouvelles un nombre important de bourgeois fortunés, jusque-là non consultés. Beaucoup, se faisant les avocats d'une tendance, avaient à cœur de défendre leur position à grand renfort de considérations philosophiques, plus ou moins percutantes. Cette émulation partisane était renforcée par le sentiment, généralement partagé, que la presse était contrôlée par le pouvoir. Le roi Guillaume n'avait-il pas, à de nombreuses reprises, poursuivi les journalistes qui osaient mettre en doute le bien-fondé des prises de position du gouvernement des Pays-Bas ? Louis de Potter lui-même avait été condamné à dix-huit mois de prison pour avoir écrit un pamphlet exhortant catholiques et libéraux à s'opposer ensemble à l'arbitraire orangiste.

Guillaume d'Orange… C'était par les récits de son cousin qu'Ulysse avait appris à découvrir ce monarque étonnant, tout à la fois éclairé et incompris. C'était avant tout un esprit extrêmement minutieux, capable de s'enfermer des heures durant dans un bureau pour vérifier de longs relevés de chiffres. La comptabilité était une vraie passion chez lui. N'eut-il été roi, cet homme eût fait sans doute un excellent directeur d'administration…

Exilé pendant dix-neuf ans suite à la révolution néerlandaise et l'arrivée des troupes françaises, il était revenu dans les Provinces-Unies en 1813 à la faveur d'un soulèvement populaire, coiffer la couronne que Napoléon avait jadis offerte à son frère Louis Bonaparte. C'était un souverain d'envergure internationale : les colonies néerlandaises s'étendaient jusqu'en Indonésie et en Guyane. N'était-il pas devenu en outre, par son mariage avec la fille du roi de Prusse, beau-frère du tsar de Russie ? Lorsque le Congrès de Vienne décida en 1815 de réunir le territoire de la Belgique à celui des Provinces-Unies sous le nom de « Royaume des Pays-Bas », c'est Guillaume qui en reçut le trône. On lui confia aussi, à titre personnel, tout le Luxembourg, de Marche-en-Famenne à Echternach et de Durbuy à Esch, avec le titre de grand-duc. Despote éclairé, celui-ci s'acharna à ramener la prospérité dans toutes ces régions, tirant parti à la fois des ressources agricoles et industrielles des provinces du sud et du réseau commercial étendu de la marine hollandaise. Il était particulièrement ouvert aux idées libérales et aux projets économiques. L'essor de l'industrie et du commerce le concernait à un point tel qu'il soutenait souvent de ses propres deniers les entreprises qu'il jugeait prometteuses. C'est d'ailleurs lui qui devait créer, en 1822, la « Société générale des Pays-Bas », dont il consolida considérablement le capital de sa royale cassette.

Si l'histoire devait retenir un trait marquant de la personnalité du roi Guillaume, ce serait certainement son sens des affaires. Bien plus, malheureusement, que ses piètres talents de diplomate. La succession de maladresses politiques qui avaient ponctué son règne l'avaient rendu de plus en plus impopulaire au sud du pays. Acclamé comme un souverain lors de son intronisation en 1815, il devra fuir la Belgique quinze ans plus tard, maudit comme un tyran. Pourtant, le personnage était attachant en tant qu'individu. Ceux qui avaient appris à le connaître avaient pu apprécier sa bonne volonté et sa foncière honnêteté. Joseph-Ferdinand d'Oultremont racontait qu'il prenait comme un plaisir enfantin à traquer les fautes d'orthographe dans les documents qui étaient soumis à sa royale approbation.

Ce n'était pourtant pas grâce au chambellan du roi, mais bien grâce à sa sœur, Henriette d'Oultremont, qu'Ulysse avait pu faire la connaissance de Guillaume Ier. Elle était une amie proche de la fille du souverain, Marianne d'Orange-Nassau. À force de fréquenter le palais, adolescente, elle avait fini par s'y faire inviter régulièrement, puis par devenir dame d'honneur de la reine. Ulysse se plaisait à la taquiner à propos de ses talents d'entremetteuse... Il fut prié un soir d'assister à une réception en l'honneur de l'anniversaire de sa cousine. Le roi et la reine avaient tenu à prendre part à l'événement, en toute discrétion. Ulysse était arrivé en retard. À cause de son cheval, qui n'avait rien trouvé de mieux que de perdre un fer près de la Porte de Hal. Il était monté quatre à quatre au salon, se précipitant vers Henriette pour lui présenter ses hommages. Pourquoi n'avait-il pas compris directement le message de son mouvement d'yeux, pourtant insistant ? Saisissant, un peu tard, qu'il lui fallait faire volte-face, il s'était retrouvé nez à nez avec le roi et la reine, assis en vis-à-vis, devant leur hôtesse. De surprise, la boîte de fruits confits qu'il avait apportée s'était renversée sur les genoux du couple royal, provoquant un instant d'émoi. Le prénom qu'il portait lui avait toujours défendu de se prendre trop au sérieux, mais tout gentilhomme était en droit d'espérer une autre entrée en scène pour être présenté à son souverain. Le roi s'était mis à rire, heureusement. C'était la première fois...

Ulysse se racle la gorge. Il sent la soif le tenailler. Sous ses fesses, soumises à rude épreuve, la banquette semble s'être durcie, muée en taloche à plâtre. Il n'ose penser à ses pieds qui, tout au fond de ses bottes, mijotent dans une tiède saumure. Par quel caprice du destin se retrouve-t-il là, ce soir, entre branches et rivière, dans ce décor si différent de ses horizons coutumiers ? C'est vrai : il est en déplacement commandé, en mission spéciale. C'est la première fois que son employeur l'envoie si loin, l'investit d'une telle responsabilité durant une si longue période.

Qui aurait pu penser, à son engagement, que ses fonctions l'amèneraient un jour en des terres si reculées ?

Ulysse n'avait pas hésité une minute, il y a quatre ans, lorsque l'ancien gouverneur de la Société générale, Repelaer van Driel, l'avait invité à travailler pour l'institution dont il présidait à la destinée.

Fondée un peu auparavant, la société avait acquis une sérieuse réputation à Bruxelles, principalement dans le secteur bancaire. Cette fondation originale avait pour mission première la gestion d'un capital foncier considérable, essentiellement forestier. Elle assumait aussi la fonction de caissier de l'État, tout en escomptant les traites et les effets de change privés.

L'autorisation officielle qu'elle avait reçue d'émettre des billets de banque au porteur avait rapidement fait d'elle le plus gros institut d'émission dans le sud des Pays-Bas. Grâce aux avances à long terme qu'elle accordait à certains promoteurs industriels, la Société générale se profilait en outre comme un puissant organisme d'encouragement de l'économie nationale, selon le vœu clairement exprimé par son royal fondateur.

À côté des financiers qui assuraient la gestion quotidienne des affaires et le suivi des décisions de son conseil général, à côté des experts désignés par son conseil de surveillance, une série de collaborateurs avaient aussi été engagés pour « faire tourner la machine ». Ulysse avait pu y mettre en valeur ses compétences d'organisateur et sa bonne connaissance des progrès techniques. Il avait craint, lors des troubles du mois de septembre, que les révolutionnaires le poussent à présenter sa démission, à cause des contacts qu'il avait eus avec Guillaume Ier. Mais s'il avait fallu chasser de la Société générale tous les cadres qui avaient partagé les vues économiques de leur ancien chef d'État, il ne serait plus resté grand monde aux commandes de l'établissement financier ! Le jeune gouvernement belge avait bien trop besoin de capitaux pour commettre une telle erreur. La situation était restée cependant particulièrement critique pendant plusieurs mois. Ne fût-ce que parce que le roi Guillaume s'était empressé, après son expulsion du pays, de confisquer tous les biens que la société possédait aux Pays-Bas.

La Roche apparaît soudain au détour du chemin, sertie dans une boucle de la vallée. Encore quelques minutes, le temps de franchir un dernier gué, et Ulysse atteindrait la porte de la ville.

Le bourg se blottit au pied du piton rocheux où se dresse son vieux château. Seules quelques tours en ruine se détachent, impressionnantes, sur la profondeur de la nuit. Les habitations sont exiguës, collées les unes aux autres à la manière dont s'agglutinent celles des bourgades moyenâgeuses. Au sol, de gros pavés sans âge n'en finissent pas de résister au passage des roues. Des ruelles en escaliers se faufilent entre les bâtisses à pans de bois, à l'assaut de la pente raide. Sur la place, plusieurs échoppes rappellent l'activité du jour. Quelques ombres s'écartent au passage du cabriolet, furtives. Dix heures sonnent, là-haut, à la « tour de l'horloge » du château. La façade accueillante d'une auberge apparaît bientôt au coin d'une rue. Ulysse pousse son cheval sous le porche et parque sa voiture dans la petite cour encombrée du gîte. Quelques vieilles charrettes et un robuste « tape-cul » semblent indiquer la présence d'autres voyageurs.

– Holà, crie-t-il en poussant la porte basse, est-il possible de passer la nuit ici ?

LE PROSPECTEUR

La Roche en Ardenne,
mercredi 11 mai dans la soirée

Entré dans la taverne, quelques marches en contrebas de la rue, Ulysse est saisi par l'odeur épaisse qui lui assaille les narines. Fumées de pipes et de fourneaux, nuages de graisses cuites et parfum d'ails tressés stagnent, prisonniers, entre les poutres du plafond bas. Près d'un énorme tonneau, un homme goguenard à la moustache négligée l'accueille sur un ton d'aubergiste :

– Entrez donc, mon bon monsieur, fait celui-ci en écartant les bras en signe de bienvenue. On va s'occuper de votre bourrin dans un instant. Je dois encore avoir un peu de foin pour lui.

– Pouvez-vous faire monter la malle qui se trouve à l'arrière de ma voiture ? Je voudrais passer la nuit.

– C'est comme si c'était fait, m'sieu. Vous aurez la chambre qui donne sur la cour.

Ulysse, soulagé, se dirige vers la salle.

– Euh... m'sieu mon hôte, *c'è ti bin* qu'ça me gêne un peu de vous l'demander, mais ici on paye avant la nuit.

– Allons, ayez l'obligeance de m'apporter d'abord de quoi manger, je vous prie ! Il ne sera pas dit que je quitterai votre établissement sans vous avoir justement rétribué !

– *Oï*, on n'est jamais trop prudent... C'est bon pour une fois, va. J'ai co d'la soupe et du pain, si ça vous dis.

– Tout ce que vous voulez, mais procédez sans tarder : j'ai très faim. Apportez-moi aussi du vin. Cette route m'a écorché le gosier.

Ulysse vise une table plus ou moins propre dans un coin de la salle, avec deux chaises libres. Il s'y affale avec un soupir d'aise, décidé à laisser s'échapper de son corps encore crispé les mille vibrations qui s'y sont répercutées depuis le début de la journée.

À peine a-t-il le temps d'allonger les jambes qu'une voix discrète, à sa droite, vient déchirer le rideau d'intimité derrière lequel il venait tout juste de se réfugier :

– Lieutenant de Longchamps...?

Ulysse sursaute. Qui peut bien l'avoir reconnu, ici, au fin fond des Ardennes ? Depuis le temps qu'il a quitté l'armée...

– Sergent Deckers ! En voilà une surprise ! Par quel prodige vous trouvez-vous en ces lieux ? Cela fait au moins dix ans que nous ne nous sommes rencontrés.

– Lieutenant de Longchamps ! Vous n'avez vraiment pas changé. Cela me fait bien plaisir de vous revoir, tiens.

– Me ferez-vous le plaisir de vous installer à ma table ? Laissez-moi vous offrir un peu de vin.

– Ah, ce n'est pas de refus, répond le sergent, empoignant son verre et la chandelle de sa table. Vous êtes dans le civil, à présent ?

– En effet. Cela fait à peu près neuf ans, aujourd'hui. J'ai dû arrêter l'armée à cause d'une chute de cheval. Un accident stupide, comme toujours. Mais j'en ai gardé une sérieuse gêne au bras gauche : plus question depuis de remonter en selle le sabre au clair sans prendre de risques, hélas ! Il s'est trouvé sur ma route quelques âmes « bien intentionnées » pour me faire comprendre que je n'avais plus beaucoup de chance de devenir un jour capitaine. Alors, j'ai démissionné. Voilà tout. Et vous ?

– Disons que je roule ma bosse un peu partout... Moi non plus, je n'étais pas fait pour me réveiller tous les matins au son du clairon. Trois mutations qu'il m'a fallu pour m'en rendre compte !

– Vous donniez pourtant l'air d'être vraiment dans votre élément, si je puis me permettre...
– Vous oubliez qu'il a fallu subir l'arrivée d'officiers hollandais ! Raides comme des triques, ces galonnés-là ! On ne comptait pas plus que pisse de mouche pour eux. *Voorwaard* ! par-ci, *halt* ! par-là, *mag niet* ! tout le temps, *rustig blijven*... Je peux vous en citer des ritournelles !
– J'en ai connu l'un ou l'autre en effet : aucun sens de l'humour... Enfin, on ne demande pas à des chiens de chasse de jouer les animaux de compagnie !
– Un jour, j'ai eu une prise de bec avec un adjudant de Leeuwarden. « Krijtwijks » y s'appelait, j'oublierai jamais. Un Frison. Une vraie peau de vache ! Ça a failli mal se terminer. On a voulu m'envoyer à Java ou dans les colonies, je ne sais plus où...
– C'est comme cela qu'ils se sont débarrassés de tous ceux qui avaient guerroyé aux côtés des Français, du temps de Napoléon, n'est-ce pas ?
– Il ne leur a fallu que quelques années pour « épurer » les troupes, comme ils disaient ! Quelle bande de *tièsses di bwès* ! Je suis parti juste à temps.

Le bol de potage annoncé arrive sur la table, avec trois tranches de pain gris sale. On dirait une soupe aux pois, sans lardons, diluée à la pomme de terre.
– Ce n'est pas Byzance, mais cela réchauffe, rien qu'à l'odeur !
– Avez-vous déjà dégusté du vrai saucisson d'Ardenne ? Laissez-moi vous en offrir quelques tranches. Vous m'en direz des nouvelles ! Le patron en cache un morceau dans sa cave, pour les grands jours, dit-il en appelant l'aubergiste.
– Demandez-lui donc un autre pichet de vin pour fêter dignement cette rencontre inattendue.
– Bonne idée ! Mais, dites-moi, qu'est-ce qui vous amène à La Roche ?

– Le canal. Le canal de Meuse & Moselle. Je suis sûr que vous avez dû entendre parler de ce projet, il y a déjà un an ou deux…

– Je me souviens, en effet.

– Eh bien, je suis ici en quelque sorte pour enquêter sur l'évolution des travaux.

– Vous travaillez pour la Société du Luxembourg ?

– Pour la Société générale de Belgique, en fait, mais…

– C'est incroyable, tranche brusquement Deckers. Figurez-vous que j'ai failli être engagé par cette compagnie, tout au début des recherches ! Bien avant qu'on ne parle d'un canal. Quand ils recrutaient des prospecteurs pour explorer les richesses naturelles du Luxembourg. Il y a cinq ans environ…

– J'ignorais que vous étiez dans la géologie…

– Oh, c'est une longue histoire ! Depuis l'armée, j'ai eu le temps d'en apprendre un brin sur la question, en tout cas. Quand je suis retombé dans le civil, je suis retourné dans mon pays, près de Liège. J'ai rapidement trouvé du travail comme carrier, à Sprimont. Il y a du petit granit de sacrément belle qualité, là-bas. Vous en avez déjà sûrement caressé sans le savoir : poli, ça vous donne un de ces marbres noirs, mouchetés de coquillages …

– Ainsi donc, de sapeur, vous êtes devenu tailleur de pierre.

– Non, *rocteur*, mon lieutenant. J'extrayais de la matière première. Je ne faisais pas dans la finition, moi ! Ma spécialité, c'était de détacher les blocs de la paroi. Avec des coins en bois, pour cliver les bancs. Parfois, mon patron me demandait de l'accompagner, quand c'est qu'il cherchait à repérer de nouveaux affleurements. Suffisait pas de trouver du calcaire ! Il fallait encore que les lits de la roche soient assez épais et homogènes… Sans compter qu'ils ne devaient pas trop plonger dans le sol, sinon plus moyen d'exploiter la veine.

– Je vois d'ici tous les trous que vous avez dû laisser dans le paysage. Pas mal de terres à remuer à chaque fois, je suppose ?

– Pourquoi croyez-vous qu'il emportait des ouvriers avec lui, le directeur ? Pourtant, j'aimais bien ces expéditions avec pelle et pioche. On discutait beaucoup sur le métier. À la fin, il me prenait quasi toujours avec lui pour arpenter la région. On faisait du beau travail, je vous assure : on a découvert de ces filons, à nous deux ! Même un de trois mètres d'épaisseur, de toute beauté ! Ça se vendait bien dans le Nord, ces petits cailloux, croyez-moi. On nous en commandait pour faire des cheminées, des seuils, des linteaux... Même des statues ! Le problème, c'est que j'étais vraiment mal payé. Alors, je me suis dit que je pouvais bien, moi aussi, tenter ma chance dans la prospection. Dès que j'avais quelques heures de liberté, j'allais partout gratter la roche avec un pic de fortune, fabriqué avec mon ancienne baïonnette. J'en ai fait des essais de taille et de polissage ! C'est comme cela que je me suis rendu compte qu'il n'y avait pas que du calcaire dans nos vallées. Vous n'imaginez pas la variété du sous-sol ! J'ai trouvé de l'ardoise et de la pierre à chaux, du grès à pavés, des marbres gris, rouges et noirs... Oh, je ne suis pas géologue, ça non, mais je commence à connaître le coin... Et puis, j'ai comme qui dirait un sacré flair pour ce genre de boulot. C'est ce que le patron disait souvent, à la blague, au contremaître. Mais je suis sûr qu'il le pensait ! Je sais que des savants parviennent à dessiner des relevés du sous-sol avec leurs instruments spéciaux, mais il ne suffit pas d'une carte pour savoir où creuser !

– Parfois ça aide, pourtant !

– Moi quand je pioche, c'est parce que je sens que c'est là qu'il faut que je le fasse, c'est tout. Cela ne marche pas toujours, mais je ne vis plus dans la misère ! Parce que je ne vous dis pas tout, mais j'ai pas tardé à me lancer à mon compte. Quand je repère une roche exploitable, j'essaie d'acheter le terrain comme pâture, puis je le revends à un exploitant une fois que j'ai pu y effectuer des sondages au grand jour. Au début, ce n'était pas facile, à cause de tout le pognon à débourser, mais il y a toujours bien un fermier pour parquer du bétail sur la parcelle ou un bûcheron pour y couper du bois avant qu'un acheteur ne se pointe. Puis j'ai appris que la Société d'Exploration du Luxembourg recherchait des prospecteurs pour établir un relevé systématique du sous-sol de cette région. Cela m'aurait fait quelques liquidités faciles... Malheureusement, j'étais sur un autre coup au même moment. Quand je me suis présenté à Marche-en-Famenne, il était trop tard. Depuis, je dois bien avouer que je n'ai plus suivi l'affaire de très près.

« Pas de doute, ce gaillard a le sens des affaires, pense Ulysse en l'écoutant. Quelle métamorphose ! Hier, obscur sergent au génie, aujourd'hui, spéculateur de campagne inspiré... Pas mal joué pour un type qui doit à peine savoir lire. Il faudrait quelques bataillons de gars comme lui pour faire prospérer ce pays... »

– Eh bien, intervient-il à son tour, ce projet de prospection de la région que vous évoquez, c'était la Société générale qui l'avait en grande partie conçu et financé en 1825, à la demande du roi. La Société générale des Pays-Bas à cette époque, bien entendu. C'est elle qui allait fonder la Société d'Exploration du Luxembourg pour mener à bien cette mission, plaçant à sa tête plusieurs de ses propres dirigeants. En fait, la tâche de cette filiale dépassait le cadre d'une simple prospection scientifique : Guillaume Ier attendait vraiment de la société des propositions concrètes pour la mise en valeur de l'économie du Grand-Duché.

– C'est vrai que le Luxembourg a un sacré retard à rattraper dans le domaine !

– Cette région a toujours été complètement négligée, n'ayons pas peur des mots ! Personne avant Guillaume ne s'était réellement demandé si cette province stratégique avait autre chose à offrir que du cuir, du vin et du bois.

Pour la première fois depuis le début de son voyage, Ulysse trouvait en face de lui un interlocuteur capable de percevoir l'envergure exceptionnelle du projet qui l'amenait en ce coin reculé. Un confident à qui il pouvait faire part de son enthousiasme et de ses craintes, en toute franchise. Ulysse était un passionné. Lorsqu'il acceptait une mission, il y rentrait tout entier. Cette entreprise que d'autres avaient patiemment conçue, mûrie, négociée, puis finalement mise en chantier, il avait aujourd'hui la possibilité de l'encourager ou de considérablement la freiner. Comme un feu de forge que l'on choisit d'attiser ou de laisser s'éteindre. Non qu'il ait véritablement entre les mains un pouvoir de décision dans cette affaire, mais il savait que son avis pèserait lourd dans la discussion tant que la situation internationale resterait tendue.

Depuis son entrevue avec le gouverneur, il avait pris le temps d'étudier dans le détail tous les éléments qui rendaient cette aventure si riche et si complexe. À défaut d'avoir été personnellement impliqué dans la genèse du projet, Ulysse de Longchamps mettait un point d'honneur à jouer le jeu avec conviction, tout en conservant l'objectivité que l'on attendait de lui. Cette entreprise le séduisait surtout par sa confrontation d'intérêts multiples et différents, qu'il espérait voir converger à long terme. La vie de ces milliers d'ouvriers, de riverains, de bateliers qui allait changer de visage. L'espoir encore diffus d'un avenir meilleur pour toute une contrée. À ces considérations philanthropiques s'ajoutaient aussi le défi que représentait le percement d'un canal en terrain difficile et la découverte d'un pays qui lui était quasi inconnu.

Cette mission, il la vivait. Il avait besoin d'en parler, de la soupeser, de la partager en l'expliquant avec ses mots à lui, avec sa sensibilité. Il aimait par-dessus tout sentir, dans les yeux de son interlocuteur, naître la curiosité, s'éveiller l'intérêt ; faire éclore l'aventure dans le quotidien. À la limite, la réaction de l'autre importait plus que son propre discours. C'était sa manière à lui de tester ses convictions profondes, de les étayer progressivement, au fur et à mesure de la confrontation. Fixant Deckers, il reprend :

– Vous savez que ces expéditions d'exploration ont révélé des richesses minières inattendues dans le sous-sol luxembourgeois ? Du sel, par exemple. À Vielsalm, on a trouvé du manganèse. Et du plomb à Ave. Il y aurait même des filons de houille pas très loin d'ici.

– Près de Durbuy, c'est cela ? glisse le sergent, le sourire en coin.

– Exactement. Je vois que je ne vous apprends rien ! Le mémoire des prospecteurs signale également de l'antimoine et du minerai de cuivre dans la région de Vianden. Pas beaucoup malheureusement. Les recherches continuent. Certaines sources du siècle dernier évoquent même du minerai d'argent, mais ces gisements n'ont toujours pas été localisés.

– De l'argent ! C'est vrai ? Vous m'auriez dit cela il y a quelques mois, je partais directement là-bas. Une occasion à ne pas manquer... Mais je crois que j'ai trouvé mieux depuis, si vous saviez ! lâche soudain Deckers, avalant avidement une large rasade de vin.

Ses dents brillent d'un éclat bizarre, à la lueur des chandelles. Ulysse imagine qu'il s'apprête à lui confier une sorte de secret, car il se penche de plus en plus en avant, jusqu'à toucher la lampe. Mais le sergent interrompt son mouvement et se redresse silencieusement, se retranchant derrière son verre.

– ... Honnêtement, mon lieutenant, ce que vous me dites m'étonne. Je ne suis pas allé souvent dans le sud du Luxembourg, mais du minerai d'argent dans le coin, je suis quand même sceptique. Si c'est de la galène qu'ils cherchent, je n'ai jamais entendu parler d'une trouvaille de ce genre. Peut-être est-ce très profondément enfoui. Ou bien la nouvelle a été rapidement étouffée pour éviter les indiscrétions... Et c'est pour exploiter tout ça qu'ils ont décidé de creuser un canal ?

– Euh, oui et non... Il y a de cela, pourtant. Vous connaissez les Hollandais. Ce sont des obsédés du négoce. Ce qui les désarçonne le plus ici, c'est l'absence de voies de communication. Comment penser commerce si les transports d'une région à l'autre sont impossibles ou hors de prix ? Pas un cours d'eau, chez eux, qui n'ait été aménagé pour le fret !

– Et qu'est-ce qu'ils ont donc à transporter ? Des vaches et des tulipes ?

– Ne soyez pas ridicule ! Vous vous souvenez du canal que Guillaume a fait creuser de Gand à Terneuzen, dans l'embouchure de l'Escaut ? Une sacrée aubaine pour les Gantois : les voilà en connexion directe avec la mer ! Et le canal de la Sambre dont les travaux viennent de s'achever ? Toutes les mines de la région sont maintenant reliées par bateau au reste du pays. Ils savaient fichtrement bien ce qu'ils faisaient, les administrateurs de la Société d'Exploration du Luxembourg, quand ils déposaient sur la table du gouvernement leur projet de voie d'eau à travers le Grand-Duché : impossible pour le roi de rester insensible à une telle proposition !

L'aubergiste interrompt un moment l'échange entre les deux anciens militaires, posant sur la table un cruchon de vin et quelques tranches de saucisson.

– *Dji vô swèt* le bon appétit, Messieurs, fait-il, le sourire entendu, en s'essuyant les mains à son tablier.

– Tiens, sergent, vous souvenez-vous du capitaine De Puydt, à l'époque où nous étions sous les drapeaux ?

– Ce nom me rappelle quelqu'un... Un Borin haut sur pattes avec une moustache et des cheveux bouclés... Plutôt guindé, n'est-ce pas ?

– Oui, je crois que nous parlons du même. Un officier un peu sec, mais rudement intelligent. Un ancien de la campagne de Silésie, qui s'est reclassé dans le génie jusqu'à devenir un vrai expert en la matière.

– Un ingénieur, je suppose… Je dois avoir réalisé quelques missions de sape sous ses ordres.

– Eh bien, c'est lui qui a convaincu les responsables de la société de réaliser un canal au Luxembourg. Il faut dire qu'il a sérieusement fait parler de lui depuis l'époque où nous l'avons côtoyé. La canalisation de la Sambre, dont je vous parlais il y a une minute : c'est son œuvre à lui ! Tous les calculs de pente, de berges, d'écluses…, c'est lui qui les a effectués. Même les ponts et les ouvrages d'art, c'est lui qui en a conçu le tracé. Fameuse expérience ! Je comprends que les investisseurs lui aient accordé leur confiance. D'ailleurs il connaît bien les Ardennes. Il y a passé plusieurs années comme fonctionnaire, en début de carrière. Comme receveur des droits et accises à Wiltz, si ma mémoire est bonne. Il vient d'être promu ingénieur en chef des Ponts et chaussées pour toute la Belgique. J'ai même entendu dire qu'on envisageait en haut lieu de lui confier le commandement supérieur des troupes du génie… Je dois le voir dans quelques jours, si tout va bien.

Deckers porte à ses lèvres le verre qu'il serre entre les doigts depuis quelques minutes, sans détacher son regard du visage d'Ulysse. En connaisseur, il laisse le vin lentement séduire son palais, communiquer sa saveur d'ardoise si caractéristique. Seul l'arrière-goût est un peu décevant… Les vins de la Moselle luxembourgeoise n'ont jamais pu rivaliser avec les grands crus allemands ou alsaciens.

– Une chose me chiffonne, mon lieutenant, enfin… monsieur de Longchamps, comme vous préférez. Vous avez l'air de dire que le projet du canal a été accepté sans problème par le gouvernement, mais à présent que je m'en souviens, je crois que ça n'a pas été si facile que cela…

En tout cas, ici, on a longtemps cru que le dossier n'aboutirait jamais !

– Vous êtes beaucoup plus au courant que je le pensais.

– Je me rappelle juste qu'on a parlé d'une combine politique avec un ministre, Van Grob… je ne sais plus quoi.

– Pierre Louis Van Gobbelschroy, le ministre de l'Intérieur. Son rôle n'a pas été aussi important que celui joué par Guillaume Ier lui-même ! N'oubliez pas que le roi était le plus acharné des défenseurs du projet. Et surtout celui qui avait le plus de capitaux en jeu. Si l'on a beaucoup parlé de Van Gobbelschroy, c'est qu'il était à la fois commissaire à la Société générale et administrateur à la Société du Luxembourg.

– Ce qui revient à dire que votre ministre s'est arrangé pour favoriser ses petites affaires pendant qu'il se dévouait pour la cause publique…

– Ne soyez pas sarcastique. Beaucoup de parlementaires gèrent un patrimoine familial en marge de leurs activités politiques. Cela ne fait pas d'eux des mandataires malhonnêtes pour autant ! Pourtant, vous pourriez avoir raison au moins sur un point : c'est sans doute à Van Gobbelschroy que la société doit sa concession à perpétuité sur le canal.

– Une concession à perpétuité ? Ne me dites pas que la Société du Luxembourg possède à vie les droits d'exploitation du futur canal ?

– C'est pourtant bien le cas.

– C'est donc elle qui pourra fixer tous les tarifs, de Liège à la Moselle ? Diminuer ou augmenter le péage à son gré, en fonction de l'humeur des marchés ? Et les entreprises riveraines ? Ce seront les premières victimes de ces fluctuations ! Quel pouvoir économique aux mains de quelques particuliers !

– C'est la décision du gouvernement.

– Sans même une clause de reprise par les autorités publiques d'ici quelques années ?

– Non. C'est discutable, j'en conviens. Mais l'État n'avait pas le choix. Il n'avait tout simplement pas les fonds nécessaires pour mener à bien un tel chantier. Vous pensez, avec l'énorme dette publique néerlandaise, puis les emprunts contractés pour réorganiser l'infrastructure administrative... Non, le gouvernement ne pouvait pas se permettre d'investir un florin dans une entreprise de si grande envergure, et de surcroît fort risquée. Les capitaux devaient venir du privé.

– Mais cela doit représenter une fortune ! Comment a-t-on pu réunir l'argent nécessaire ?

– Ça a été une autre paire de manches. La société a commencé par mettre en souscription deux mille actions de cinq mille florins, dans tous les Pays-Bas.

– Cinq mille florins ! Je crois rêver... Combien de personnes dans le pays sont-elles capables de mettre de côté une somme pareille ? Je gagnais moins d'un florin par jour quand j'étais ouvrier carrier. Trente sous à peine !

– Je conçois que cela vous laisse perplexe. Pourtant, le vrai problème, ce n'était pas tant le prix des actions que le projet en lui-même. Personne n'avait confiance dans l'aboutissement des travaux. Et puis, le Luxembourg n'a jamais intéressé les investisseurs. On n'a pu vendre qu'une vingtaine de titres en Hollande : une misère ! Le résultat fut à peine plus encourageant à Bruxelles où seulement cent actions furent souscrites – en majorité par les administrateurs mêmes de la société. Au Luxembourg, où l'on aurait dû rencontrer le plus d'enthousiasme, on ne compta que sept actions vendues ! Rien dans le reste du pays...

– Pour être franc, cela ne m'étonne pas vraiment... Mais on est très loin du compte !

– Je ne vous le fais pas dire. Cela a traîné des mois. Finalement, le seul vrai actionnaire de cette entreprise, c'est Guillaume d'Orange, qui achètera, avec sa famille, plus de cinq cents titres de la société ! Un geste décisif. Je crois qu'il espérait ainsi pousser d'autres investisseurs à le suivre dans ce pari. Son royal engagement constituait pour le public une fameuse garantie. Mais aucune nouvelle action n'a été souscrite depuis 1828.

– Ça fait dans les six cent trente actions vendues sur deux mille, si je compte bien.

– Quelque chose comme cela, oui. Le coût des travaux devait donc être sérieusement revu à la baisse, la société ne disposant que du tiers du budget prévu. Les premiers chantiers ont quand même débuté, quelques mois après, sous ces auspices peu encourageants.

– Ça commence à devenir trop compliqué, toutes vos affaires. Une fois qu'on parle plus de cinq minutes de finances, je m'y perds très vite... Et avec tout ça, vous oubliez de me dire ce que vous pensez de ce saucisson.

– Eh bien, Deckers... cela fait longtemps que je n'en ai plus goûté d'aussi ravigotant ! Il sent bon la fumée et la graisse salée... Rien de meilleur après un long trajet en voiture, avec un bol de soupe et un bon verre de vin !

– Savourez-le bien, mon lieutenant : ici, c'est devenu un vrai luxe de manger de la viande ! C'est la famine au pays... La récolte de l'an dernier était lamentable et celle qui arrive s'annonce plus misérable encore. Un drame pour beaucoup de paysans de la vallée. Le prix des aliments est monté en flèche. C'est bon que je connais l'aubergiste, sinon vous auriez pu y laisser la moitié de votre bourse ! Je vous ressers un peu de vin ?

– Volontiers, mais gardez-en une bonne rasade pour votre verre. À vous entendre, j'aurais dû apporter avec moi de Bruxelles de quoi calmer ma faim pendant quinze jours ?

– N'exagérons rien... Vous trouverez à manger. Il vous faudra juste y mettre le prix ! Mais vous me parliez de la Société du Luxembourg. Ce qui m'intéresse, moi, c'est de savoir où en sont les travaux à l'heure actuelle...

– Eh bien, c'est justement pour cela que je me trouve ici aujourd'hui. Nos derniers renseignements précis datent d'octobre, voilà presque huit mois. Les promoteurs ont décidé de s'attaquer dès le départ à l'obstacle le plus difficile. À la jonction des deux vallées, pas loin d'Houffalize. Un sale passage : plus de quatre kilomètres à sec, entre la source des deux ruisseaux à canaliser. La traversée de la crête, quoi. Le problème, ce sont les soixante mètres de dénivellation de chaque côté du sommet. Vous imaginez d'ici la tranchée à creuser ! C'est De Puydt qui, le premier, a proposé de réunir les deux voies d'eau par un souterrain navigable...

– Un souterrain à travers la roche, sous la crête ardennaise ? À soixante mètres de profondeur ? C'est à peine croyable ! Il y en a pour des années de travail...

– C'est un vrai défi, en effet. C'est peut-être aussi ce qui a poussé Guillaume Ier à soutenir le projet avec tant d'énergie. Ce souterrain – ce « tunnel », comme l'appelleraient les Anglais – sera une victoire, un pas de plus dans l'affranchissement de l'homme sur la nature !

– J'ai peine à imaginer tous les calculs que ça représente... Comment faire en sorte que tout ce canal soit rigoureusement horizontal ?

– En plus, il faut se figurer que les travaux ont débuté en plusieurs points à la fois ! Aux extrémités d'abord, mais aussi au fond d'un puits, à mi-parcours. Un léger décalage dans l'angle de visée, une erreur de calcul d'une minute à peine, et les tronçons évidés risquent de ne jamais se rejoindre !

– Je vois mal une péniche de quinze mètres de long franchir une chicane au milieu d'un souterrain !

– Vous n'étiez pas au courant de ces développements du projet ?

– Maintenant que vous le dites, c'est vrai que j'ai entendu parler de travaux du côté d'Houffalize. Je n'avais pas réalisé que c'était pour ce fameux canal... Pas mal d'ouvriers engagés, non ? Ça fait déjà longtemps qu'ils ont battu le rappel pour trouver des travailleurs, ou je me trompe ?

– Plus de deux ans à présent, vous avez raison. Ils doivent avoir atteint pratiquement la moitié du percement, si j'en crois les prévisions. Une aune de mieux par jour, qu'ils annonçaient – « un mètre », comme on dit maintenant... Mais je serai curieux de voir cela par moi-même. Si tout va bien, je serai sur place après-demain.

Près de sa cuve, le tenancier de la taverne, moustache en friche, commence à s'impatienter. La journée n'a pas été fameuse. À peine quelques voyageurs en fin d'après-midi, puis ces deux couche-tard à loger. Pas vraiment le Pérou. Pourquoi, *nom di diâle*, Deckers avait-il besoin de se lancer dans une telle discussion ce soir ? Il voudrait tant fermer boutique et se requinquer un peu.

Avec la pénurie, plus moyen de trouver de nourriture décente au marché après six heures du matin. Encore un lever tôt en perspective. Sans parler de sa réserve de tabac, épuisée depuis midi. D'ailleurs, c'était ça le pire. Attendre le bon vouloir de ces deux messieurs sans même pouvoir jouir en silence d'une bonne pipe... Vu de dos, Ulysse a tout l'air d'un citadin perdu, d'un comédien qui s'est trompé d'acte ou de costume. Ici, quasi personne ne porte de redingote. C'est bien trop peu pratique. Son pantalon crème, ses bottes de cuir et son chapeau lui donnent un air apprêté pour le moins hors de propos.

– *C'è-st-on co sûr in bin élevè d'la ville. Louke ô pô s'tièsse, avou s'favoris è s'moustache convenâpe !* Qu'est-ce qu'y peut bien l'faire venir jusqu'ici ? Et si c'était une espèce d'inspecteur ou de notaire ? En tout cas, *c'è-st-on bavàrd ! Quéne tchafète !*

– J'espère que les soulèvements indépendantistes de la région n'ont pas trop perturbé le fonctionnement du chantier, poursuit Ulysse.

– Je comprends votre inquiétude. Depuis la révolution, Dieu sait ce qui s'est passé là-bas… Vous n'avez vraiment plus aucune nouvelle depuis le mois d'octobre ?

– En réalité, oui… Rémi De Puydt, l'« ingénieur » de la société, et Charles Morel, qui en est l'administrateur-dirigeant, ont chacun fait parvenir un courrier à Bruxelles annonçant que tout se poursuivait comme auparavant et que le percement progressait toujours de façon régulière. Mais on dit peu de choses en deux lettres.

– Deux lettres en huit mois ?

– Ni De Puydt, ni Morel ne peuvent plus suivre le chantier en permanence. Avec l'hiver qu'on a eu, ils n'ont d'ailleurs pas eu la possibilité de se rendre très souvent sur place ! De Puydt a été réquisitionné par l'armée. C'est un des seuls hommes en Belgique capables de diriger au pied levé les travaux de renforcement des frontières. Il a aussi été chargé de revoir le système de défense des places fortes les plus exposées. J'espère le rencontrer à Houffalize, mais le doute m'assaille à ce sujet. Quant à Morel, c'est avant tout un homme d'affaires. Vous savez qu'il a été prié d'abandonner son poste de directeur à la Société générale : il était publiquement suspecté d'orangisme. Je comprends qu'il ait préféré quitter pour un temps le devant de la scène. En vérité, il n'y a pas eu beaucoup d'amateurs pour ce genre d'expédition, avec tous ces bruits d'attaque prussienne au Luxembourg. Il a fallu que les dirigeants de la société se souviennent qu'ils avaient sous la main un ancien sapeur pour qu'ils me tombent dessus… en désespoir de cause ! Ha, ha…

– Vous riez, mais ici, on a vraiment peur ! réplique Deckers. Que se passe-t-il en Prusse ? Où en sont les choses à Londres ? Avant que les nouvelles n'arrivent ici…

– Aucun ne l'a encore reconnu officiellement, mais je crois que les grands pays européens sont de moins en moins hostiles à l'idée de voir les Belges prendre en mains eux-mêmes leur destin. Depuis le vote de la constitution et l'intronisation de notre régent, Surlet de Chokier, les ambassadeurs des grandes puissances ont dû se faire à l'idée que la Belgique pouvait exister par elle-même.

– Il n'y a pas si longtemps encore, il se disait qu'ils voulaient nous imposer à nouveau Guillaume d'Orange…

– Même s'il parvenait à nous administrer de façon distincte des Hollandais, cette solution ne serait pas viable ! Rassurez-vous : notre gouvernement provisoire s'est catégoriquement opposé à ce retour en arrière.

– Ils ont quand même reconnu l'indépendance de la Belgique depuis le mois de décembre, non ?

– Jusqu'à nouvel ordre, oui, confirme Ulysse. Mais je pense que la Conférence de Londres espérait restituer la couronne à un membre de la famille d'Orange-Nassau, de façon à rester proche des accords négociés au Congrès de Vienne… Le refus des Belges a évidemment compliqué les choses. Ce qui est sûr, c'est que nous l'avons échappé belle : on m'a confirmé récemment que le roi de Prusse et le tsar de Russie avaient été à deux doigts de marcher en force sur Bruxelles pour rétablir Guillaume sur le trône ! Vous savez les liens familiaux qui unissent les trois monarques… Par chance, pour nous, un soulèvement a éclaté au même moment à Varsovie, retenant le tsar et ses armées en Pologne. Le roi de Prusse n'a plus osé intervenir seul, craignant une riposte française.

– D'une certaine façon, ce serait donc aux Polonais que nous devons d'être libres aujourd'hui…

– La Belgique indépendante ne serait plus qu'une page tournée, à l'heure actuelle, si les moujiks avaient passé la Meuse…

– Vous parlez de la Belgique, mais qu'en est-il du Grand-Duché ?

– Vous avez raison. C'est malheureusement la « question luxembourgeoise » qui constitue le nœud de la discussion : les puissances considèrent d'un très mauvais œil l'occupation de la province par les troupes belges.

– L'occupation ? s'insurge Deckers. Mais ce sont les Luxembourgeois eux-mêmes qui ont décidé de se soulever avec les Belges.

– De là à croire que le Grand-Duché pourra lier sa destinée à celle de la Belgique... N'oubliez pas que le Luxembourg est la propriété personnelle de Guillaume d'Orange. Il fait encore partie de la Confédération germanique ! Ce territoire aurait dû être gouverné indépendamment des Pays-Bas. Selon les traités internationaux, la Prusse est en droit de reconquérir le Grand-Duché. Jusqu'à la limite des provinces de Liège et de Namur ! Le député Jean-Baptiste Nothomb et son confrère Devaux sont en train de défendre la cause luxembourgeoise à Londres, mais ils vont avoir fort à faire pour convaincre les autres diplomates, qui ne sont ni tendres, ni débutants ! Nos velléités d'indépendance pèsent bien léger face à leur conception d'un nouvel équilibre européen. Imaginez un instant que la Prusse mette ses menaces à exécution en rétablissant par la force les Orange-Nassau au Grand-Duché...

– Ce serait dramatique ! Déjà qu'on endure la famine ici depuis plus d'un an, s'il nous faut encore connaître une nouvelle guerre... Les cultures seraient ravagées juste avant la récolte, les fermes pillées, les villages incendiés, les hommes réquisitionnés ou faits prisonniers... Non, ce n'est pas possible ! Et les Prussiens, je sais ce que c'est. Mes parents habitaient à Liège quand ils sont venus calmer la révolution de la principauté en 1790. Ils m'ont raconté ces jours de coercition : on n'a pas rigolé. Plus disciplinés que les Français, ça oui, mais rêches comme des cardes !

– En tout cas, si les Hollandais devaient revenir au Luxembourg avec les troupes prussiennes, cela compliquerait fameusement l'avancement des travaux du canal, reprend Ulysse. D'autant plus que la Société générale et la majorité des responsables du projet sont belges à présent !

– J'ai peur que la situation ne reste tendue pendant longtemps encore... Un nouveau conflit terroriserait la population. Certaines des prévisions que j'ai entendues ici sont carrément délirantes !

– La panique excite l'imaginaire. Il faut pourtant continuer à vivre ! J'espère que vous parvenez à garder la tête froide dans cette étuve...

– *Celui qui ne s'aventure n'a ni cheval ni voiture !*

Une pause se glisse dans la conversation, sous la forme d'un sourire partagé. Le temps d'une lampée de vin et d'une bouchée de pain gris. Ulysse est heureux de ces retrouvailles. La Roche, jusqu'aujourd'hui simple tache d'encre sur une carte, est devenue ce soir une ville avec un visage et une âme.

– On ne va quand même pas parler que de politique ! Vous ne m'avez toujours pas dit ce que vous fabriquez le long de l'Ourthe, sergent.

– Est-ce que j'ai votre parole ?

– S'agit-il d'un tel secret ?

– Plus que vous ne le pensez.

– Dans ce cas, vous pouvez compter sur mon silence.

– Le sous-sol des environs recèle d'autres trésors que des bancs de calcaire ou des veines de sel... Regardez donc !

D'un geste calculé, Deckers sort du fond de sa poche une minuscule bourse de cuir étranglée par un cordon rouge. Rapide regard à gauche et à droite. Il entrouvre théâtralement le petit sac avant de le tendre à Ulysse, à la lueur des flammes vacillantes. Blottie dans la cachette, une pépite dorée miroite, effarouchée.

– De l'or, ma parole !… Vous avez trouvé ça ici ?

Un large sourire jaillit sur le visage du prospecteur, un peu empourpré.

– Ne comptez pas sur moi pour vous dire où, mon lieutenant, mais j'ai trouvé ce caillou en Ardenne, je vous le jure ! Cela fait plusieurs mois que je cherche à repérer les terrains aurifères de la région. Je remonte tous les ruisseaux, discrètement, remuant les boues à la batée. Je voudrais trouver le meilleur endroit avant de commencer à creuser, vous comprenez ? Dès que ça se saura, ils seront vite des dizaines à prospecter juste à côté !

– On peut trouver des pépites comme celle-là dans les ruisseaux d'Ardenne ?

– Ne parlez pas si fort ! À vrai dire, j'en ai jamais plus découverte d'aussi grosse. D'habitude, il ne s'agit que de petites paillettes charriées par les eaux, presque de la poussière. Je suis en train de mettre au point des bassins d'orpaillage pour laver les terres alluvionnaires…

– C'est à peine croyable ! Ici, chez nous ?... C'est vrai que Jules César décrivait déjà les splendides parures en or des Gaulois...

– Qu'est-ce que je vous disais !

– Je comprends votre excitation, sergent Deckers ! La dernière goutte de vin ?

– Vous me faites boire pour que je vous en dise plus, n'est-ce pas... ?

– À vous entendre, je me sens prêt à changer de vie ! Pensez à moi, fortune faite, si vous avez besoin d'un se-crétaire particulier !

– Pas demain la veille, sauf votre respect !

– Je suis très content de vous avoir revu, Deckers. Veil-lez bien sur votre trésor. Je m'en vais rejoindre mon lit à présent. Cette journée m'a tout à fait exténué ! De l'or en Ardenne… Pareille nouvelle plongerait Guillaume Ier dans de terribles nuits d'insomnies !

« LIBELLULE »

Ferme de Bernistap, commune de Tavigny,
mercredi 11 mai dans la soirée

Annabelle ne peut réprimer un frisson. Étendue sur son matelas de paille, imprégné d'humidité, elle remonte la couverture jusque sous son menton. Il fait si cru, dans le grenier, après le coucher du soleil. Et ce vent qui se faufile entre les ardoises, s'engouffrant dans les plis béants du tissu, lui donne la chair de poule. Comme elle aimerait se blottir au creux des bras de Roger, enfouir sa tête dans l'arrondi de son cou, se réchauffer contre son torse fort et réconfortant...

À gauche de la jeune fille traîne une vieille caisse de bois, recueil pour ses modestes effets personnels et cloison de fortune pour séparer sa couche de celle de ses compagnes de travail.

Ce soir, Annabelle a gagné son lit plus tôt que d'habitude. Elle n'a pourtant pas sommeil. Son visage est crispé, ses mâchoires serrées, son front plissé. C'est la position allongée qu'elle recherche en réalité. Le bas de son dos est vraiment trop douloureux pour aller récurer les marmites ou laver les frocs des ouvriers du souterrain avec les autres. Heureusement, la femme du contremaître l'a dispensée de la corvée de soirée, exceptionnellement. Ses reins lui font si mal chaque fois que revient la nouvelle lune ! Comme si une vrille perverse s'y était plantée, perforant muscles et tissus de sa mèche acérée. Pourquoi est-elle si sensible durant ces jours-là, au point d'en avoir le bassin quasi paralysé ?

Les commérages doivent aller bon train, en bas, dans la cuisine. Annabelle les entend comme si elle y était. Ce soir, plus encore que d'habitude, la compagnie des travailleurs de la ferme lui pèse. Les quolibets et les boutades des mégères de la galerie, dont elle est si souvent la cible vu son jeune âge, elle n'a vraiment aucune envie de les entendre. Sans parler des hommes qui ne cessent de la taquiner, de la presser de leurs avances lourdaudes, lui tâtant le bras, lui glissant un baiser dans le cou ou tentant de lui soulever le jupon.

Bien sûr qu'elle voudrait pouvoir écouter sans en rougir ses congénères cancaner sur les garçons. S'abandonner elle aussi aux joies de l'amour. Offrir son ventre blanc aux doigts d'un amant qui lui ferait partager sa fougue. Oui, qu'elle aimerait pouvoir dire à la ronde : « Les baisers volés, les caresses interdites…, moi aussi, j'en connais le goût ! Même le plaisir défendu ! Qu'est-ce que vous croyez ? » Est-ce si important, cependant ? L'essentiel n'est-il pas de se savoir unique entre toutes aux yeux d'un homme ? Un homme honnête et bienveillant… Comme Roger ! Avec lui, c'est si différent. Pas besoin de se faire pincer les fesses pour se sentir désirée. Il l'aime réellement, profondément. Elle en est persuadée. Depuis leur rencontre, au mois de février, elle ne vit plus que pour ce jour où ils pourront, en pleine lumière, afficher leur amour, s'engager pour la vie, s'arrimer l'un à l'autre comme deux branches de lierre entrelacées.

C'était pendant la fête de Notre-Dame du Luxembourg, au village de Buret, dans l'obscurité froide de la nuit. Les ouvriers avaient décidé de conjurer les désagréments de l'hiver en allumant un grand feu devant l'église. Dans cette lumière dansante, leurs regards s'étaient découverts, puis retenus, brillants d'intensité. Pourtant Roger était loin de ressembler à ces héros de cape et d'épée dont rêvent les adolescentes. Il avait le visage long et sec des Ardennais, avec un nez proéminent et de larges oreilles violacées par la morsure du grand air. Ses cheveux châtains étaient courts et un peu ébouriffés, comme s'ils avaient été coupés à la faux. Mais voilà : ce sont les qualités du cœur qui séduisent le cœur, les idéaux qui touchent les idéalistes. Annabelle ne voyait que l'entrain de Roger, son caractère optimiste et son regard rempli d'aventure. Quel contraste avec le bleu sali de sa tenue d'ouvrier ! Une farandole, un pas de danse et les voici accrochés par la taille, visages à portée de souffle. Dans les paumes du travailleur, les petites mains d'Annabelle étaient moites d'émotion, presque tremblantes. Pourquoi cet essoufflement, cette impression, soudain, de ne plus être qu'une plume tourbillonnant dans le vent ? Ses yeux s'étaient mis à pétiller, ses cils à papillonner. Allait-il comprendre cette joie, ce trouble qui l'envahissait ? Ne serait-il pas effrayé de la sentir, au creux de ses bras, lentement perdre pied ?

Et lui, de son côté, de se laisser charmer par cette jeune fille aux boucles blondes, à l'affectivité de porcelaine. L'apparition d'Annabelle dans sa vie, c'était soudain comme un clair de lune dans l'obscurité du souterrain, la découverte d'un parfum de printemps, une bouffée d'espoir dans une existence chagrine. La vibration d'une espèce de sixième sens jusque-là inconnu, relié à la fibre intime de son être.

Quatre mois s'étaient écoulés depuis cette première accolade autour du feu. Annabelle et Roger s'étaient revus. Timidement d'abord, sur le chantier, à l'heure du ravitaillement. C'est elle qui, depuis peu, acheminait chaque jour pains et victuailles fraîches de la ferme aux baraquements des ouvriers. Pas facile de communiquer sans pouvoir échanger autre chose qu'un éclair du regard, un sourire discret au milieu de la faune gaillarde des travailleurs affamés. Comment deviner, sans attirer l'attention générale, si ces œillades complices n'étaient que de gentilles taquineries ou si elles reflétaient un attachement plus profond ? Progressivement rassurés par la constance de ce colloque muet, enhardis par ce désir grandissant qui les poussait l'un vers l'autre, ils en étaient venus à se dévoiler leurs sentiments, à prendre le risque d'exposer leur idylle aux gaudrioles de leurs compagnons de labeur. Roger l'avait attrapée par la manche lorsqu'elle passait entre les tables, cruche d'eau en main. Il l'avait entraînée dehors, juste derrière la porte. Étreinte ardente et bouleversante...

Annabelle se rappelle ses poignes d'homme autour de sa taille, pétrissant son dos, ses épaules à travers l'étoffe de sa chemise. Le contact si intime avec son torse vigoureux. La chaleur de son haleine dans son encolure. Son cœur battait la chamade, haletant, lorsqu'il lui glissa au creux de l'oreille la déclaration qu'il avait soigneusement préparée, répétée jusqu'à en user la rime. « Moi aussi, je t'aime, avait-elle répondu, dans un élan juvénile et cristallin. Si tu savais ! » Puis brusquement, leurs lèvres s'étaient happées, épousées. Leurs langues, un peu timides, puis de plus en plus déliées, s'étaient progressivement jointes à la danse. Dans leur tendre ivresse, égarés au cœur du bonheur comme deux campagnols affamés au milieu d'un champ de blé, ni l'un ni l'autre n'avait remarqué le petit groupe de curieux qui s'était formé au coin de la cantine... jusqu'à ce qu'un éclat de rire généralisé les plonge soudain dans une confusion très cramoisie.

Sous le toit, entre les chevrons de la charpente, sifflent les bourrasques de vent. Annabelle a toujours les yeux ouverts. Le sommeil ne viendra pas avant plusieurs heures. Au fond, peut-être n'est-il pas si éloigné ce jour où elle pourra épouser Roger... Ne l'appelle-t-elle pas déjà son fiancé ? Ah ! si ses parents pouvaient leur céder un coin de terre, une petite masure à transformer en logis... Mais depuis que la famille est en dette, rançonnée par les Hollandais, ni elle ni son frère n'ont hélas rien à espérer de ce côté avant des années. D'ailleurs, ses parents ont tout fait pour la décourager de voir Roger. Son père – fier et raide jusqu'à la sottise de son appartenance à une lignée de petits agriculteurs du cru – le détestait avant même de l'avoir rencontré, furieux de savoir qu'un ouvrier avait l'audace de tourner autour de sa fille. Depuis ce jour où il avait proprement mis à la porte le malheureux prétendant, les relations entre le père et sa fille avaient tourné court. Annabelle, loin de s'être détournée de ses amours, s'était aujourd'hui résignée à se passer du consentement paternel. Plus que quelques années à attendre pour être légalement affranchie de la tutelle familiale et se rendre à la commune.

Pour Roger, la question était réglée depuis longtemps, puisque son père, enrôlé de force dans les régiments napoléoniens, avait péri en Prusse et que sa mère était morte peu après, emportée par une sordide tuberculose. Les quelques pièces d'or et d'argent que son militaire de géniteur avait gagnées au front lui avaient été léguées, son frère aîné héritant du minuscule logis familial. Ce précieux pécule, dérisoire compensation pour le sang versé, était bien trop maigre pour permettre aux amoureux de louer un brin de terre et y parquer quelques bestiaux. C'est leur emploi sur le chantier du souterrain qui devait leur permettre d'économiser pour concrétiser ce rêve d'ici quelques années. Qui sait ? peut-être seraient-ils à même d'acquérir d'ici là un petit cabanon à aménager en demeure pour jeunes mariés…

Dans le fond du grenier, une planche grince soudain. Une autre cantinière s'apprête à regagner son lit. Déjà la trappe se soulève, dévoilant un poignet svelte et l'extrémité d'une blouse blanche.

– Ça doit être Paula, pense Annabelle. Elle a vraiment besoin de se reposer. Elle en est au moins à son sixième mois à présent, à voir son ventre !

Pauvre Paula, avec ses fringales et ses migraines, ses vertiges et ses crampes d'estomac… C'était son visage qui avait le plus changé ces derniers jours, comme s'il s'était petit à petit laissé aller. Ses yeux doux étaient devenus langoureux, presque tombants. Tout comme le dessin de ses lèvres, sereines, mais de plus en plus alanguies. Comment allait-elle faire lorsque l'enfant paraîtrait ? Lorsqu'elle aurait à l'allaiter six fois par jour ? Pourra-t-elle le porter emmailloté sur son ventre, durant les moissons ? Courageuse maman aux mains calleuses... Mais ce n'est pas le visage de Paula qui apparaît au sommet de l'échelle.

– Barbara, c'est toi ? Qu'est-ce que tu fais ici maintenant ? T'as déjà terminé de repasser tout le linge qui séchait dans la prairie ? s'inquiète la jeune fille, avec son bon accent terreux.

– Te réveille pas, chuchote la nouvelle arrivante. Je prends juste mes affaires.

– Tes affaires... Mais tu emportes tout ton balluchon ! Où est-ce que tu vas passer la nuit ?

– Je t'ai dit de continuer à dormir, Annabelle. Comme si les autres n'étaient déjà pas assez commères comme ça !

La rougeur de ses pommettes, la précipitation de ses gestes trahissent son émotion, perceptible malgré la pénombre. Une expression de bonheur contenu rayonne pourtant sur son visage d'hermine.

– Attends... Tu me caches quelque chose !

Barbara dépose son bagage et passe machinalement la main dans ses cheveux pour remettre en place la mèche sauvage qui lui tombe sur les yeux. Elle est jolie, avec sa longue natte noire qui rebondit sur ses épaules. Et puis quelle allure elle a, avec son cou élancé, ses hanches avenantes et sa taille de danseuse... « Ah ! si je pouvais être encore aussi séduisante à son âge, pense Annabelle. Comment c'est possible de rester coquette comme elle avec tout ce travail qu'on nous fait faire ? » Seul un pli dépare parfois l'harmonie de ses traits, au milieu des

lèvres, lorsqu'une moue disgracieuse les contracte l'air de
dire : « Bon, de quoi s'agit-il encore ?... »

– Dis-moi, Barbara. T'as débauché le fils du fermier ?

– *Nenni, pôv'sotte* : le jour où il apprendra à se laver,
cette espèce de bouc...

– Mais tu découches...

– Je ne savais pas que j'avais besoin de ta permission... Et puis, ma colombine, tu apprendras un jour qu'y
a des p'tits plaisirs sur la terre dont on profite mieux avant
d'être sénile. Comme ça me tombera dessus bien avant
toi...

– Ça ne me dit toujours pas avec qui c'est qu'tu bati-
foles ?

– *È bin, m'fèye* ! T'as peur que ce soit avec ton amoureux ou quoi ?

– Je le répéterai à personne, je te promets...

Barbara fait mine de se laisser attendrir. Prudemment,
elle déplace son sac sur la trappe pour en condamner
l'ouverture, soucieuse qu'aucune oreille indiscrète ne sur-
prenne leur conversation. Puis elle s'approche théâtralement du lit d'Annabelle, roulant des hanches à la manière
d'une gitane. Enserrant de ses mains les contours de son
buste généreux, comme pour souligner ses atours, elle
s'assied tout contre la jeune fille, tendant en avant sa
bouche en cœur.

– Je savais bien qu'il ne pourrait pas résister indéfiniment à mes charmes...

– Tu ne te prends pas pour n'importe qui, toi...

Et Barbara de continuer son numéro d'aguicheuse.

– T'as séduit le boulanger ou quoi ?

– Bouh, y se lève bien trop tôt, celui-là. Et puis, t'as
déjà vu son bedon, non mais... Je te parle d'un autre genre
d'homme, Annabelle... Vraiment, tu me déçois.

– Euh, le majordome du château ? lance-t-elle pour
explorer une nouvelle piste.

– Tu te rapproches… Mais, sans blague, tu me vois lui rouler un patin, à ce vieux hibou ?

– Arrête de me faire poireauter. C'est une aventure ou c'est du sérieux ?

– C'est tout ce qu'y a de plus sérieux, ma chère ! Si tu savais…

Barbara se rapproche d'Annabelle dont l'oreille est tordue de curiosité. Ce qu'elle y glisse furtivement a l'air d'un secret d'état tant elle soigne la scénographie. L'effet de surprise escompté ébranle la jeune fille.

– Edgar Fondry ! Le chef de chantier ? *Ç'n'è nin possipe* ! Tu me fais marcher…

– Le patron, tu l'as dit ! Même que je m'en vais habiter au château !

– Quoi…? s'exclame Annabelle, mi-ébahie, mi-embarrassée.

– Dans la petite chambre de la tour, au second étage. Ce n'est pas grand grand, mais y a une porte qui ferme et un bon lit. Depuis le temps que j'attendais ça !

– Donc, lui et toi… Je veux dire, toi et lui…

– Tu sais, ça fait deux ans que je vais tous les jours à Tavigny pour faire le *mènage*, alors forcément…

– Forcément quoi… ? Il est tombé amoureux de toi ?

– Puisque je te le dis !

– Tu veux dire… pour de bon ?

– Ça fait des mois maintenant qu'on se fréquente. Un jour, il m'a fait un compliment, l'air de rien. Tu sais ce qu'il m'a dit ? Qu'il me trouvait la mine jolie et le teint frais, ou une affaire ainsi. J'aurais jamais imaginé qu'un homme comme lui me *verrait*, tout simplement : lui qui est toujours plongé dans ses papiers… Puis une après-midi, il m'a offert un petit ruban de soie rouge. Comme je te l'dis, ma vieille ! J'étais si émue. Je ne te raconte pas ses petits sourires en coin et ses clins d'œil. Il a fini par me prendre par les épaules, en fin de journée. Je terminais de faire les poussières dans sa bibliothèque.

– Y t'a...

– Il m'a simplement demandé mon prénom. Il m'a posé quelques questions, comment ce que je vivais et tout ça. J'étais tout en affaire, tu comprends. Je ne savais pas trop comment répondre. Qu'est-ce que t'aurais fait à ma place ? Je lui ai parlé de Victor, mon salaud de mari, tu sais, celui qu'est parti sans me laisser de nouvelles... Je lui ai raconté ma solitude. Comment c'que j'avais dû me mettre à chercher du travail. Ces foutues corvées ménagères pour la Société du Luxembourg... Moi qui aurais voulu devenir l'épouse d'un riche notable ! Je crois bien que j'ai pleuré dans ses bras : un homme, enfin, qui s'intéressait à moi ! Ah, purée ! J'aurais voulu être une grande dame, ce soir-là ! En robe de bal. Bazarder au loin mon tablier, défaire mon chignon et porter de ces souliers à talons...

– Y t'a embrassée ?

– Eh bien, non. Pas à ce moment-là. C'est un timide, tu sais. À vrai dire, j'ai dû un peu lui forcer la main. Je ne sais pas ce qui m'a pris... J'ai profité de ce qu'il était pas là, le lendemain matin, pour glisser un petit mot au coin de son bureau. Un « merci » tout simple, mais quand même direct, quand j'y repense... Il m'a fait appeler en fin de journée : « Je ne savais pas que vous saviez écrire...

– Un peu, que j'lui ai répondu. J'ai été à l'école... jusqu'à treize ans. – Alors, vous avez pu lire le titre de tous les dossiers qui s'empilent sur ces étagères et dont le contenu nourrit mes journées de travail ? – Oh non, m'sieu. Je ne me permettrais pas. » Puis il a regardé mon billet, caché sous son presse-papiers. Lentement, il l'a pris dans ses doigts ; il l'a déplié en silence. Oh, j'étais si mal... Sa figure restait comme si de rien n'était. Puis il a tourné les yeux vers la fenêtre. J'étais là, bête comme une limace, sans oser rien dire. Tu te rends compte de cette audace que j'avais eue ? Seigneur, qu'est-ce que j'ai été contente quand j'ai de nouveau entendu sa voix : « Moi aussi, je suis un peu seul certains jours, à devoir piloter ce chantier difficile, si éloigné du reste du monde.

– Je voudrais pouvoir vous aider, que j'lui ai lancé du tac au tac, sans bien penser à ce que j'disais.

Je suis devenue d'un coup rouge comme un radis... Il s'est levé, en souriant doucement. Puis il m'a caressé la joue. J'ai failli me jeter dans ses bras : j'étais si gênée... Je voulais coucher ma tête sur son épaule, mais il s'est écarté de moi. Oh, que j'ai eu peur ! Il est parti verrouiller la porte du bureau, puis il s'est assis dans un fauteuil, le bras tendu, comme s'il m'invitait. Pendant une seconde, j'ai cru que j'étais devenue tout à fait inconsciente, que j'avais perdu la tête. Vers quel saint du ciel est-ce que je pouvais encore me tourner ? Tu imagines ? C'est pas n'importe qui, ce type. Je te jure qu'il me troublait : j'étais tout excitée à l'idée de me laisser entraîner dans une aventure comme je risquais pas d'en vivre deux fois... Mais j'avais si peur, en même temps, de faire encore confiance à un homme, de me laisser abuser par un inconnu. Je l'ai rejoint sur le siège, tout émue. Il m'a embrassée avec précaution, presque comme un débutant.

– Dis-moi... tu le... tu le trouves si attrayant ?

– On voit bien que tu le connais pas, bécasse. Tu réagis juste comme une gamine. Il est très tendre, tu sais. Un peu maladroit même. Ce sont rarement les plus grands séducteurs qui comblent le cœur des femmes... Et puis au lit, quel étonnant partenaire ! Inattendu, plein de surprises.

– Barbara ! J'en crois toujours pas mes oreilles... Et ça fait longtemps que vous...

– Que je suis sa maîtresse ? Bientôt un an. Mais il a toujours voulu que je garde le secret. Remarque, maintenant que je vais habiter au château, y doit bien se douter que vous vous apercevrez de mon départ ! Si tu savais comme je suis fière ! Il m'a offert une robe avec un joli corsage brodé de fleurs. Et des bas blancs, tout mignons.

Et ce soir, pour la première fois, je vais passer une nuit entière dans ses bras... Je suis si heureuse !

Annabelle, qui s'est redressée dans son lit, lui étreint l'avant-bras, affectueusement. L'incompréhension qui crispait momentanément ses traits a maintenant disparu, cédant la place à l'expression de sympathie qui lui est si habituelle.

– Tu vas nous manquer, Libellule. Ce sera moins drôle pour nous ici, sans toi. On pourra te rendre visite ?

– Eh, faut pas trop en demander d'un coup ! J'en parlerai à Edgar. Mais tu sais, il ne m'a jamais laissé l'accompagner en public ni lui prendre le bras lorsqu'il descend à Houffalize. On ne va pas brusquer les choses... Je ne suis que son « petit amour caché », comme il dit.

– Tu crois qu'y va te demander en mariage ?

– Bien sûr que non, innocente ! D'ailleurs, j'ai déjà donné de ce côté-là. Et puis, un homme comme Edgar Fondry n'épousera jamais une femme de ménage. Je ne suis pas de sa condition. Même si je sais lire...

– Mais alors, y peut te laisser tomber du jour au lendemain...

– Je n'attends plus grand-chose d'autre d'un homme, malheureusement : je resterai sa maîtresse tant qu'il ne rencontrera pas une femme plus séduisante, mieux née... ou plus fortunée. Pour le moment, je suis celle à qui il confie son cœur dans l'intimité. Ça, déjà, c'est beaucoup, crois-moi. Je n'ai plus envie de tenter le destin, de m'accrocher à un rêve impossible. J'ai déjà eu mon lot de déceptions amoureuses.

– Et tu n'as pas peur de... tomber enceinte ?

– Non. De ça, je n'ai pas peur, répond lentement Barbara, toute effronterie dissipée. La jeune femme détourne son regard vers l'angle le plus sombre du grenier. Le ton de sa voix devient plus affecté.

– Je peux te faire une confidence, Annabelle ?... Je crois bien que je suis stérile.

– Stérile ? Non, ce n'est pas vrai... Tu es sûre de ne jamais pouvoir attendre famille ?

– J'ai perdu beaucoup de sang un jour, à l'âge que j'ai commencé à avoir de la poitrine... Mon ventre me faisait mal à hurler. Mes parents ont cru que j'allais y rester, tellement que je suis devenue pâle. Heureusement, une vieille dame, au village, m'a bourrée de potions et de lavements *flairants* jusqu'à ce que la douleur s'en aille. Des mois que ça a duré ! Mais je crois bien que quelque chose s'est détraqué en moi pour de bon.

– Pauvre Libellule...

– C'est sûr pour ça que Victor m'a quittée... Il s'est bien rendu compte, après trois ans de mariage, que j'étais pas capable de lui donner un héritier. Quand je l'ai expliqué à Edgar, il a eu l'air presque soulagé. Je pense que c'est pour ça aussi qu'y continue à me voir.

– Y ne veut pas d'enfants ?

– Pas de moi en tout cas...

– Ça l'arrange bien ! murmure Annabelle dans un sursaut de réalisme, sans penser que sa réflexion risquait d'attrister Barbara.

– Excuse-moi, Libellule ! Je ne voulais pas...

– T'inquiète pas, mon ange. Je sais bien que t'as pas dit ça pour me faire de la peine. D'ailleurs, je dois y aller à présent : il va bientôt s'impatienter.

– Attends... Je ne sais comment dire. Tu vois, je ne peux pas m'empêcher de penser qu'y... t'utilise, en quelque sorte.

– Ah, Annabelle, tu es encore jeune, toi, avec ton petit cœur en dentelle ! Je voudrais bien te ressembler, tiens. Mais à mon âge, on n'a plus beaucoup le choix. Y a des femmes qui m'envieraient, tu sais, d'être le béguin secret d'un homme aussi respecté. Soudain, ses cils se mettent à trembler d'émotion, ses yeux à s'humecter à l'encoignure des paupières.

– Ah ! si Clément vivait toujours ! soupire-t-elle en se pinçant la lèvre inférieure.

– Clément ?

– Le seul avec qui j'aurais vraiment pu devenir heureuse, réplique-t-elle avec un sourire pur et vacillant : Clément Salmon, le géomètre du chantier. Celui-là qu'on a retrouvé mort, dans la cour du château...

– Y a deux ans ? L'arpenteur qui est enterré devant l'église de Tavigny ?

– Tu te souviens ? C'est son cœur qui, d'un coup, s'est arrêté de battre, à ce qu'on a dit. Le 21 février 1829. Je n'oublierai jamais cette date. Il était si tendre...

– Tu l'aimais ?

– Si tu savais ! Avec Clément, nous deux, ça aurait pu devenir sérieux, je te jure. Qu'est-ce qu'il était séduisant... et puis drôle avec ça !

– C'est vrai qu'il avait l'air plutôt bel homme...

– Pourtant, les premiers jours, quand il a débarqué ici, il était vraiment tout penaud ! Il me faisait penser à un petit poussin tombé au milieu d'une mare. Il avait l'air si marri de se retrouver noyé dans cette foule d'ouvriers. Ça le mettait mal à l'aise de ne rien comprendre au patois de la région... Tu aurais dû le voir : il prenait tellement au sérieux son travail qu'y ne comptait plus ses heures. Il passait son temps à établir des « relevés topographiques », comme il disait. Tu imagines les responsabilités qu'il avait, avec toutes ces mesures à prendre dans tous les sens ? C'est quand même rare, des chantiers pareils dans la vie d'un géomètre ! Il n'était pas temps de se gourer dans ses calculs...

– Vous rêviez sûrement de vivre ensemble ?

– Oh... Ce n'était pas encore si clair, Annabelle. Il me hantait déjà un peu, mais on n'en était pas encore à se courtiser ! Je crois bien qu'il était un peu intimidé par les femmes...

– *Awè* ? C'est toi qui l'impressionnais avec tes manières de galante. T'as déjà vu l'effet de tes ronds de jambe ?

– Arrête de me charrier ! Fallait bien qu'il me remarque, quand même…

– Je te vois bien, jouant ton numéro, avec ta voix sucrée et tes yeux de chien perdu…

– Il m'a prise par la main. Juste quelques jours avant son maudit accident. Il était très ému, jusqu'au bout de ses doigts. Son regard était brûlant. Je sentais qu'il voulait me dire le fond de son cœur, mais aucun son n'est sorti de sa bouche. C'était cruel, mais doux aussi, quand j'y repense… Il a fini par détourner le visage, tout confus. Sans doute que c'était trop difficile pour lui de dévoiler d'un coup ses sentiments. Puis il m'a serré la main, Annabelle ! Il osait plus la lâcher. J'ai senti qu'il caressait mes doigts avec ses lèvres, tout doucement. Lentement, j'ai mis sa paume contre ma poitrine. Mon cœur battait à toute force ! Il s'est mis à sourire, comme t'aurais dit un enfant bercé… Oh ! Annabelle, pourquoi est-ce que la vie est si mal fichue ?

– Je me sens si triste pour toi, Barbara. J'espère que tu seras vite à nouveau heureuse !

– Ne t'inquiète donc pas pour moi, *m'fèye*. Il en faut plus que ça pour me mettre à terre. On ne meurt pas d'un chagrin d'amour ! Surtout quand on aime faire la fête… D'ailleurs ce soir, je m'en vais me prendre une petite avance sur mon paradis !

– Sois prudente, Libellule.

– Et toi, ma chérie, ne laisse pas filer ta chance !

REMPARTS DE SCHISTE

La Roche,
jeudi matin

– Crra... croih... icooh...! s'égosille un vieux coq presque aphone. Cruel réveil matinal sur fond de volatile enroué. Le soleil n'est même pas levé. Quelle nuit ! avec ce matelas de crin défoncé comme une baignoire et ces draps de lin rêches et usés.

Par une ouverture dans la pente du toit, Ulysse devine de lourds nuages dans le ciel encore sombre. L'air est cru, humide. « Un vrai temps à rhumatismes, pense-t-il en se frottant les paupières. Tous les Ardennais doivent souffrir de douleurs articulaires... »

Un frisson s'empare de lui à l'idée de devoir enfiler ses vêtements glacés, négligemment abandonnés la veille sur le dossier d'une chaise. « Vivement la fin des saints de glace ! »

Déjà d'autres bruits résonnent dans l'auberge. C'est le patron qui part au marché matinal. Les chevaux l'ont entendu sortir. Ulysse frémit en pensant au chemin qui l'attend aujourd'hui. Si chemin il y a encore...

A-t-il le temps, juste avant de reprendre la route, de gagner le sommet des remparts pour se faire une idée de la morphologie générale de la vallée ? La vénérable ruine attire son regard depuis le début de la matinée. Il faut dire qu'il ne s'agit pas d'un vestige banal : le château de La Roche est fort impressionnant, avec ses murailles de schiste, ses tours décoiffées et ses recoins caverneux.

Ulysse gravit la pente d'un seul élan, par une ruelle pavée, striée tous les pas d'une arête saillante pour les sabots des chevaux. Tout en haut se dresse l'ancienne poterne, gardée par deux puissants avant-corps. Que reste-t-il des seigneurs moyenâgeux, des princes de Namur et des troupes de Louis XIV qui ont, tour à tour, fait de ces lieux leur repaire ? Rien qu'un décor vide, chargé de mystères. Dire que l'endroit était encore habité à l'époque de sa naissance ! Difficile à croire à présent... Quarante ans pour transformer l'indestructible en spectre de pierre !

Entre les moellons, l'herbe a poussé. Les ardoises et les charpentes ont été volées, laissant le faîte des murs pourrir sous la pluie. Des constructions entières ont disparu, démontées pierre par pierre par les riverains pour édifier leur propre logis, sans doute... Sur les remparts, on devine encore l'emplacement des pièces d'artillerie qui servaient à défendre le pont. Refondues depuis, sûrement. Probablement en de nouveaux canons. C'est l'invention de la poudre qui a provoqué la ruine de toutes ces places fortes, un jour imprenables. Quel gâchis !

Quel travail surtout. Des générations d'ouvriers-soldats ont été nécessaires pour l'édification de ces murailles de plusieurs mètres de large. Combien d'allers et retours, de la carrière au faîte du pic rocheux, en char à bœufs ou à dos d'homme ? Que de vies absorbées, épuisées dans cette folie guerrière et aristocratique... Oui, ici toutes les pierres ont une histoire, des gouttes de sueur à raconter, des gouttes de sang aussi, souvent. Était-ce le prix à payer pour le maintien de l'ordre dans la région ? Et si cette gabegie n'avait servi que la vanité de quelques puissants ? Ulysse se laisse interpeller par le site, au détour de chaque anfractuosité, de chaque escalier.

La Roche est la dernière ville fréquentée par les commerçants de Liège, l'ultime escale luxembourgeoise. Presque un cul-de-sac économique. À se demander quel genre de produits d'importation parvenaient intacts dans cette Ardenne profonde... Quelques ballots de coton, des épices et du sucre des ports de Flandre, des armes et de la poudre en provenance de Liège, vraisemblablement. Des étoffes anglaises aussi, sans doute… « Il est temps qu'on canalise la rivière jusqu'ici, qu'on fasse de la ville une vraie plaque tournante du commerce luxembourgeois !» se prend à rêver Ulysse.

Du sommet du château, le paysage apparaît dans toute sa perspective, animé par les ombres rampantes des nuages sous le soleil. La boucle que l'Ourthe décrit vers l'ouest se distingue clairement, s'évadant sur plusieurs kilomètres avant de revenir quasi à son point de départ. Le passage que De Puydt prévoit d'aménager à cet endroit, à travers les pâturages du fond de la vallée, permettra d'éviter ce détour important. Aucun des travaux projetés ne semble avoir commencé, cependant. Il faudra qu'on s'y consacre sans tarder si la Société du Luxembourg veut garder la direction des opérations : l'arrêté royal qui lui confère la concession du canal prévoit sa mise en service avant le premier avril 1833. Moins de deux ans de délai. Il doit y avoir moyen de rendre ce tronçon tout à fait navigable d'ici là en recrutant une centaine d'ouvriers à La Roche même. Ulysse se promet de souligner la chose dans son rapport.

Bientôt, se met-il à rêver, ces travailleurs seront récompensés de leurs efforts. De lourds bateaux apparaîtront au détour de la vallée, amenant par dizaines de tonneaux des marchandises nouvelles vers la ville. Le long des quais, la foule encouragera les haleurs et les chevaux en nage. Pour un moment, les filins des chalands se détendront. Le temps d'une rasade d'eau, d'une accolade amicale, d'un sourire. De partout, charrettes et tombereaux accourront, prêts à transporter matériaux et victuailles pour les hameaux voisins. Près des entrepôts, des grues déchargeront par bennes entières les sacs de chaux pour les champs des environs. Puis, de nouveau, les haleurs s'attelleront, de leur front ou de leur torse puissant, aux péniches à entraîner. Tumulte fécond de l'activité humaine, rires, cris, bousculades... Au même moment, les barges du pays se laisseront descendre au fil de l'eau, remplies de faïences luxembourgeoises, emballées avec soin, pour séduire les habitants des métropoles. Qui sait, La Roche aura-t-elle alors sa propre fabrique industrielle, sa filature de laine ou sa tannerie automatisée ?

Sans doute ce canal ardennais était-il audacieux, l'entreprise résolument hardie. Mais quel pas en avant pour le progrès ! Pour la première fois dans l'histoire, l'homme parviendrait à relier la Meuse au Rhin par une voie navigable, en amont de leurs estuaires. Dieu sait pourtant que les tentatives n'avaient pas manqué... Les Romains déjà, au début du premier millénaire, avaient mis les légions de Germanie au travail sur un tel projet, pour soustraire à l'oisiveté les soldats stationnés aux frontières de l'Empire. Une initiative de l'empereur Claude et du général Corbulo, selon Tacite. Jamais aboutie, malgré le déploiement de main-d'œuvre. Le roi d'Espagne Philippe II n'eut guère plus de chance au dix-septième siècle. Son canal, la « Fosse Eugénienne » – du nom de sa fille, l'archiduchesse de Brabant – devait relier les deux grands fleuves par Venloo et Rheinberg. Une entreprise essentiellement défensive, destinée à renforcer la frontière avec les provinces du Nord, en guerre contre les Espagnols. C'est précisément ce conflit qui rendit l'achèvement des travaux impossible. Un bon siècle plus tard, le roi de Prusse, Frédéric le Grand, cherchera à créer une voie de communication est-ouest, un peu au nord de l'ancien duché de Limbourg. Sans plus de succès, toutefois. Sous Napoléon enfin, un ingénieur du nom de Hageau entreprit le percement d'un canal Meuse-Rhin dans les plaines, à la jonction entre les Pays-Bas et la Prusse. C'est un impôt spécial sur l'eau-de-vie qui servit à financer l'opération. Encore une fois, c'est la guerre qui vint interrompre les travaux, au grand dam de leurs promoteurs.

Ulysse ne croit pas au mauvais sort... Pourtant, cet acharnement du destin à faire échouer un à un ces projets, cousins par leur objet et leur envergure, a de quoi laisser perplexe. Sans doute les circonstances ne sont-elles pas comparables, malgré les tensions militaires du moment. Ce vieux rêve se concrétisera-t-il enfin ? Ulysse a envie d'y croire, même si aucune des quatre entreprises avortées n'a eu l'audace de franchir le massif ardennais, se contentant de le contourner par le nord. La Société du Luxembourg sera-t-elle à même de faire face à ce défi supplémentaire ? Il le faudra. Trop d'intérêts sont en jeu pour renoncer à ce stade. D'ailleurs, il ne s'agit plus que d'une question de mois. Oui, de quelques mois à peine. Avec un maximum de détermination !

Tout ragaillardi par cette évasion dans les vestiges de l'histoire locale, Ulysse redescend vers la ville, le long des escaliers qui se faufilent entre les vieilles maisons. Voilà qu'au détour d'une ruelle, une ombre s'efface précipitamment à son approche. La venelle est déjà vide lorsqu'Ulysse, intrigué, arrive à l'emplacement où se dissimulait la fugace silhouette. Seul un bruit de course, de plus en plus éloigné, semble indiquer qu'il n'a pas rêvé. « Un gamin curieux, se dit-il, ou un vagabond à l'affût d'une rapine facile... Ne traînons pas dans ce quartier ! » Bien vite, notre voyageur rejoint la rue principale. La matinée est déjà bien avancée.

Curieuse ville de fond de vallée, à la fois vibrante d'activité et isolée du reste du monde. Un de ces îlots intemporels qui vit depuis toujours des mêmes gestes, ressassant les mêmes rengaines aux notes de terre et d'écorces sèches. N'est-ce pas sur ce mode immuable, rude et enjoué, que La Roche conjugue, au fil des âges, ses préoccupations essentielles ?

Ulysse aperçoit bientôt le pont qui enjambe l'Ourthe. Triste spectacle. Le vieil ouvrage maçonné n'a conservé qu'une partie de son tablier. Blessure de pierre mal cicatrisée, dont les lambeaux jonchent encore le fond de la rivière. Seules les piles de base, décapitées au cours de Dieu sait quelle expédition militaire, gardent encore un semblant de dignité dans leur aplomb. Une passerelle de bois relie provisoirement les éléments sauvés du massacre. Il faut bien traverser l'eau. Encore du travail pour la Société du Luxembourg...

Ce pont démoli n'est pas plus émouvant en soi qu'une autre construction en ruine. Pourtant, cet ouvrage mutilé provoque chez Ulysse un curieux malaise, le sentiment d'assister à la disparition d'un fragment d'humanité. Chaque pont ne conserve-t-il pas, dans la tension contenue de ses arcades, le souvenir tangible des efforts réunis pour lui donner la vie ? Oui, le miracle du franchissement se reproduit à chaque instant, dans cette lutte silencieuse que les voûtes mènent pour vaincre l'irrésistible attraction de la pesanteur. Jusqu'au jour où...

C'était sur le chantier d'un pont, dans ses vingt ans, qu'Ulysse avait pour la première fois rencontré un ingénieur. Une espèce de savant de campagne qui lui avait fait découvrir, jour après jour, la magie d'un édifice qui prend corps, le dur labeur des tailleurs et des maçons. Il s'était fait expliquer tout le travail de conception de l'ouvrage, à partir de bouts de papier griffonnés de calculs. Puis il avait assisté à la métamorphose de ces croquis négligés en une série de plans et de gabarits. Il avait contribué à établir les relevés, puis à rassembler les matériaux et les outils de travail ; pris part enfin à la « pétrification » des épures du calepin d'appareil en un monument de trois dimensions... Il avait ainsi laissé un peu de lui-même dans l'édification de ce pont, profilé pour résister aux charrois, affronter les eaux de printemps et défier l'érosion des années.

C'est là, sur le terrain, de chantier en chantier, qu'Ulysse de Longchamps avait appris les fondements du métier d'ingénieur, auprès d'un oncle qui dirigcait d'importants travaux au nord de la France. Après avoir suivi pendant quatre ans les indications du maître ; après s'être mis, en autodidacte, à l'étude des mathématiques et de la physique, Ulysse avait acquis une expérience appréciable en génie civil. Pas suffisante, sans doute, pour lui permettre de coordonner tout un projet, mais bien utile dans le suivi d'un chantier. De ces heureuses années, il gardait de nombreux souvenirs un peu héroïques et surtout une méthode de travail bien à lui, appliquée, mais efficace.

Ulysse s'était montré depuis lors très attentif à tous les progrès des sciences et des techniques. Que de découvertes s'étaient succédé en quelques années ! Presque trop rapidement pour pouvoir en suivre la chronique dans tous les domaines. Depuis la mise au point de la machine à vapeur et sa fabrication à l'échelle industrielle, tant d'activités économiques avaient déjà changé de nature... Les usines Cockerill, à Seraing, étaient devenues, par exemple, parmi les plus importantes du pays, rien qu'en produisant des pompes et autres engins à pistons. Finie l'époque où les entreprises devaient s'arrêter de tourner lorsqu'il n'y avait plus assez d'eau au moulin ! Révolue l'ère des tourniquets à bestiaux et des puits à manivelle ! Que dire de l'évolution des instruments de mesure, de plus en plus précis, ou de celle des techniques agricoles, avec le perfectionnement des charrues et des moissonneuses ?

C'est un pincement à l'estomac qui ramène Ulysse à sa mission : s'il veut atteindre Houffalize aujourd'hui encore, il faut qu'il se trouve vite à manger avant de reprendre la route. Heureusement, il aperçoit sur l'autre rive une petite taverne, très « couleur locale ». Tellement locale que les consommateurs attablés ne peuvent s'empêcher de le dévisager de la tête aux pieds, comme s'il arrivait tout droit de Tombouctou. Sont-ce ses coutumes vestimentaires « Brabant classique » qui surprennent par leur côté sophistiqué ? Est-ce son allure officielle ou le parler de la capitale ? Difficile pour un étranger de se déplacer incognito...

– Auriez-vous l'amabilité de me donner un morceau de jambon, une grosse tranche de pain et un peu de bouillon, s'il vous plaît ? lance-t-il à l'adresse du tenancier attablé au fond de la pièce.

Lentement, l'homme se lève et disparaît par une porte basse, sans autre commentaire. Ulysse s'assied, près de la fenêtre. Les carreaux sont garnis, de part et d'autre, d'un rideau quadrillé rouge et blanc, ceinturé à la taille. Le long du mur, entre une ramure de cerf et une tête de sanglier empaillée, pendent une série de chopes grises. Et toujours cette odeur de poêle à bois étouffé, un rien oppressante. Les habitués se sont remis à jouer aux cartes, en silence. Un vendeur d'épices crie dans la rue.

Le temps de manger en vitesse, de récupérer sa malle et sa voiture à l'auberge et Ulysse pourrait rejoindre la dernière ville de la vallée dans la soirée. Dernière étape avant d'arriver au siège de la Société du Luxembourg à Tavigny. « Quel sera l'accueil des responsables du chantier ? » se demande-t-il soudain. Personne ne les a mis au courant de sa venue. Auront-ils confiance en lui ? Ou bien leur première réaction sera-t-elle de le considérer comme un indiscret ou un gêneur ?

Sans doute essaieront-ils de lui présenter les travaux sous un jour artificiellement ensoleillé. Ne fallait-il pas, dans un premier temps, enquêter sur les lieux sans se faire annoncer ?

Tout à coup, Ulysse sursaute. A-t-il rêvé ? Non : quelqu'un était bien en train de l'épier à travers la vitre ! Rien à voir avec la curiosité benoîte d'un badaud. L'homme dont il vient de croiser le regard était réellement en train de le dévisager avec circonspection. Curieuse apparition, aussi fugace que préoccupante... Pourquoi donc sa présence intriguait-elle tant les habitants de cette ville ? Quel mauvais coup se tramait-il contre lui ?

Mais voilà le repas qui arrive, sur une planchette de hêtre.

– Vous avez de la chance, ce sont les premiers légumes de la saison, lui déclare le mastroquet. Ma femme les a achetés ce matin !

Dans une assiette fument trois ou quatre navets aux oignons, ainsi qu'un œuf brouillé. Un bouillon maigre accompagne le tout. Ulysse reste un peu sur sa faim. Peut-être, après tout, aurait-il mieux fait d'emmener quelques provisions de bouche...

Tiens, pourquoi n'a-t-il pas remarqué plus tôt cette petite gravure, là, sur le mur voisin ? Un vrai clin d'œil – coquin – aux femmes de la haute société, qui soignent tant leur allure et leurs toilettes : dans l'intimité d'une chambre tapissée de fleurs, une femme tout en rondeurs tente avec difficulté d'enfiler un jupon, coincé à mi-cuisses. L'artiste s'est amusé à représenter la grassouillette de dos, courbée en avant, le postérieur épanoui sous l'étranglement d'un corset à lanières. Accentuées par l'étroitesse artificielle de la taille, les hanches dodues refusent avec obstination de rentrer dans le fourreau serrant qu'elle essaie de passer. Ulysse ne peut s'empêcher de sourire à la vue de cette caricature un peu osée, mais si bien croquée ! Comment cette scène de genre – qui provoquerait l'émoi de bien des coquettes de salon – était-elle perçue par tous ces Ardennais, pragmatiques à la limite du fruste ? Futiles et grotesques, choquants même : voilà comment ils devaient imaginer les passe-temps de la bourgeoise, tellement décalés des leurs ! La tendre moquerie de l'auteur, son coup d'œil taquin prenaient ici une dimension tout autre, reflet du fossé d'incompréhension – doux amer – qui se creusait de plus en plus nettement entre ceux qui profitaient de la vie et ceux qui essayaient de s'y accrocher.

– Est-il possible d'avoir une bonne bière avec tout cela ?

SOMBRES FOURRÉS

La Roche,
jeudi après-midi

– Pas ces jours-ci ! Vous n'arriverez jamais à longer l'Ourthe jusqu'à Houffalize avec votre voiture, lui avait expliqué l'aubergiste de La Roche. D'ailleurs, y a même plus de sentier, là le long : c'est bien trop raide ! Une vraie saignée ! Vous n'imaginez pas ce qu'y a comme taillis dans le fond... Si vous y tenez tant, passez d'abord à Bérisménil ou à Ollomont. Vous apercevrez d'en haut toute la vallée, avant de vous égarer dans le fond ! Y a même un endroit, *al copète*, où c'que vous pourrez voir la rivière en cinq endroits différents, tant qu'elle fait des *crolles*, comme si elle cherchait à s'emmêler ! Non vraiment, n'y pensez plus... Je vous conseille de prendre la direction de Bastogne, sur le plateau. Jusqu'à Nisramont, par exemple. De là, il y a une petite route qui redescend sur l'Ourthe, avec un gué. Ça remonte en face jusqu'à Nadrin. Vous serez alors beaucoup plus près d'Houffalize. Mais après tout, pourquoi est-ce qu'elle vous tarabuste tant, cette rivière ?

L'aubergiste avait l'air sincère. Ulysse aurait pourtant aimé observer de ses yeux le parcours accidenté des rives de l'Ourthe, fussent-elles totalement inaccessibles. Au moins pour se faire son idée sur les travaux à entreprendre à cet endroit. Pour une fois, l'envoyé de la Société générale décide de miser sur la prudence, de se laisser guider par la raison. Le risque est trop grand de rester bloqué par un à pic, la roue calée dans une ornière ou l'essieu coincé entre deux pierres.

Le « Grand chemin de Bastogne » affronte la pente raide de la vallée dès la sortie de La Roche. Antoinette souffle comme une vieille bouilloire. De son échine en nage suinte une odeur âcre et musquée. Une dénivellation de cent quatre-vingts mètres en un peu plus d'un mille, cela fait une sacrée différence de niveau pour un palefroi du Brabant ! Heureusement, quelques lacets en épingle à cheveux permettent à la jument de tenir le coup dans les derniers mètres.

Ce chemin montueux ne ressemble pas à ceux qu'Ulysse a empruntés récemment. Est-ce la largeur qui diffère ? Ces deux tranchées de drainage, de part et d'autre ? Ou le type de revêtement qui a l'air plus régulier, le pavé plus usé ? Peut-être s'agit-il d'une de ces anciennes voies qui traversaient la Gaule, avant l'arrivée de Jules César. Son tracé suit à présent rigoureusement l'arête, de plus en plus dégagée, qui mène au plateau.

Subitement, le cheval se met à encenser, remuant la tête de haut en bas avec énergie. Une barrière grise apparaît en travers du chemin, ployant entre deux solides pieux.

– Un péage... même ici ! ne peut s'empêcher de soupirer Ulysse. Déjà le quatrième depuis mon arrivée au Grand-Duché. Décidément, ce voyage me coûtera cher ! Il crie pour se faire entendre du fonctionnaire, dissimulé dans une bicoque en retrait. De longues secondes s'écoulent. Enfin une tête apparaît à la fenêtre. La porte s'ouvre. Un vieil homme à la peau ratatinée s'approche du cabriolet en dodelinant, les mains serrées autour des hanches. D'un coup d'œil, le garde-barrière évalue la taxe à payer :

– Quatre roues, un seul cheval, vingt centimes, messire !

« Si au moins le montant de ces redevances servait à améliorer l'état des voies de communication... À qui donc ce magot profite-t-il ?» se demande Ulysse, un peu amer. Sortant une pièce de cuivre de sa bourse, il la lance au gaillard qui la rattrape au vol avec une adresse inattendue. C'est vrai qu'il doit avoir l'habitude. Ulysse en profite pour lui poser quelques questions sur la route à suivre, décodant avec peine son patois mal articulé. Le temps de faire boire son cheval et le voilà reparti, sans s'attarder davantage. Le paysage qui s'étend de part et d'autre de la route est vert comme une pâture de printemps. Des moutons à la laine épaisse broutent paisiblement sous la garde d'un garçonnet des environs. On entend bêler quelques agneaux, pelotonnés contre leur mère.

Soudain, à la hauteur d'une vieille cense, bâtie sur une épaule du relief, surgissent une malle-poste et son attelage. Sur son toit, un fatras de bagages et de paquets entassés risquent le saut périlleux à chaque embardée. Ulysse a juste le temps de se mettre sur le côté. Les roues des deux véhicules se croisent à quelques pouces de distance à peine. Du haut de son siège surélevé, le cocher lance à la volée un vague salut, presque aboyé. Le visage d'un représentant de commerce ou d'un notaire en voyage d'affaires apparaît derrière la vitre de la portière. Celui d'une dame, aussi. Sûrement quelque riche bourgeoise en villégiature. Ulysse sourit en pensant aux auréoles bleues qui – à n'en point douter – garniraient bientôt le postérieur de la passagère...

Suivant les indications de l'aubergiste, Ulysse quitte la route de Bastogne, qui continue vers le sud, afin de gagner le village de Nisramont dont les maisons apparaissent à moins d'un mille. Le cabriolet rejoint la lèvre de la vallée, entaille profonde dans le plateau ardennais.

Le cadre est grandiose, envoûtant. D'énormes pans de rocher jaillissent du creux de la gorge, dressés verticalement comme pour mieux la tourmenter. Il doit s'agir de cet endroit que les habitants des environs surnomment « le Hérou». Que d'indécision, de tergiversation dans les allées et venues du cours de l'Ourthe ; quel entêtement dans cette course sinueuse, si lâche dans son mouvement et pourtant si volontaire.

La voie qui descend paraît plonger dans la faille béante, comme avalée par la masse de la forêt. Vieux troncs déchaussés, colonisés par le lierre, tapis acéré de ronces, pousses de bouleau chétives et buissons d'épine noire confèrent au paysage une atmosphère sauvage et mystérieuse. Le long du chemin, Ulysse aperçoit quelques cabanons de schiste, aux murs percés de toutes petites fenêtres. Les toits de chaume sont maculés de plaques de sphaignes et de lichens chiffonnés. Deux hommes chargent des fagots dans une charrette. On dirait des écorces de chêne. Pour les tanneries du coin, sûrement. Le tan qu'elles contiennent est précieux pour le traitement du cuir. Les peaux travaillées au Luxembourg sont tellement résistantes qu'on les utilise comme semelles de bottes jusque dans le sud de la France !

De flaques de boue en amas de cailloux, le chemin a fini par rejoindre le lit de la vallée. Voici qu'il disparaît sous les flots après avoir longé quelques instants le bord de l'eau, empruntant un gué pavé de galets.

« Bon sang, quel terrain ! L'aubergiste n'avait pas tort. C'est à peine si un sanglier parviendrait à tracer une piste au fond de cet entonnoir ! Sans penser aux chutes de pierres et aux crues annuelles... » s'émeut Ulysse, vivement impressionné.

Une chose était sûre : cette gorge encaissée, des centaines d'ouvriers allaient sous peu devoir y circuler avec de lourds chariots, chargés à ras bords de matériaux de construction ou de déblais à évacuer. Un vrai exploit ! L'ampleur de la tâche à accomplir laisse Ulysse pantois. Instant de vertige difficile à contenir...

D'un claquement des rênes, il convainc sa jument de s'engager dans le gué. L'eau, déjà, vient lécher l'essieu du cabriolet. Antoinette hésite à poser le pied entre les chevelures d'algues qui ondulent dans le courant. La rivière roule et trébuche, sans pouvoir rattraper son assiette, entraînée dans sa propre fuite en avant. Debout dans la voiture pour mieux diriger son cheval, Ulysse aperçoit soudain un homme ébouriffé gesticuler à la lisière des bois. Une barbe grise encadre son visage, remontant quasi jusqu'à ses yeux. Ses traits sont animés d'une vive expression. Comme s'il attendait Ulysse depuis plusieurs jours. Comme si cent autres véhicules traversaient l'Ourthe à cet emplacement chaque après-midi.

– Halte-là, messire, halte-là ! Vous ne pouvez pas continuer tout droit ! Le gué a été détruit pendant l'hiver. La moitié des pierres sont parties avec le courant. Vous risquez de tomber dans un de ces trous !

– Est-il possible de traverser à un autre endroit ? lui répond Ulysse en criant, les deux mains en porte-voix autour de sa bouche pour couvrir le grondement des flots. Et le vieil homme de mimer la manœuvre à accomplir, à grand renfort de contorsions et de mouvements des bras. En quelques bonds, le voilà quinze pas en amont, près d'un gros merisier. « Par ici, par ici » semble-t-il indiquer des mains. « Attention, plus à droite ! » avertit son geste, accompagné d'une curieuse mimique de sa bouche. Parvenu sur l'autre rive, Ulysse s'empresse de remercier le brave homme de ses conseils en lui glissant un décime dans la main.

– Que Dieu vous bénisse, messire, que Dieu vous bénisse !

Curieux personnage, égaré depuis des siècles au fond des bois...

Comme la rivière qu'il longe, le chemin est devenu plus sauvage, de moins en moins praticable. Souvent, un tronc d'arbre abattu par une tempête, à peine roulé sur le bord de la voie, complique le passage du cabriolet. Quand il ne s'agit pas d'un bloc de rocher ou d'une borne renversée. La côte est si forte qu'Ulysse doit descendre de la voiture pour aider sa vieille jument à grimper. Pourvu qu'elle tienne le coup !

Bientôt l'attelage retrouve les pâturages du plateau. Un village apparaît à l'horizon : Ollomont. Antoinette a besoin de reprendre haleine. Sur la toison gris pommelé de sa croupe s'étendent de larges taches de sueur, poisseuses et odorantes.

« Encore un petit effort, ma belle. Au prochain hameau, tu pourras te reposer, je te le promets » confie Ulysse à sa jument. Cette halte lui permettra de retourner jeter un coup d'œil à la rivière, deux miles en amont, au-delà du confluent des « Deux Ourthes ». Sa carte indique en effet qu'il est possible de rejoindre à pied le fond de la vallée à partir du petit village de Filly. Pour se rendre compte si le relief est toujours aussi accidenté à cet endroit... D'autant que le niveau de l'eau risque d'y être beaucoup plus bas.

Le sentier qui descend dans la forêt est littéralement envahi de genêts en fleurs, grappes jaune tendre qui s'épanouissent en bouquets débordants. Quelle bouffée de vigueur printanière ! Ulysse est grisé, enivré par le parfum suave qui s'en dégage, envahissant le sous-bois, senteur combinée de mélasse chaude et de fraise sauvage.

À ce stade de son parcours, l'Ourthe est plus étroite encore qu'au gué de Nisramont. On pourrait traverser l'eau sans être mouillé au-dessus des genoux. Le fond caillouteux est bien visible de la rive, comme les quelques truites qui se faufilent entre les algues. Les vaguelettes qui rythment l'écoulement de l'onde trahissent de nombreux hauts-fonds. Est-il vraiment raisonnable de canaliser ce torrent de plus en plus accidenté ?

« Sacré nom ! je n'avais pas réalisé que ce versant était aussi raide, maugrée Ulysse en remontant le sentier. Ça y est, je transpire à présent. Ah, quelle chaleur ! Juste à l'encolure en plus... »

La terre meuble glisse sous ses semelles ; les feuilles mortes se dérobent en cascade à chaque pas. Heureusement qu'il peut se rattraper aux arbres. « Je croyais quand même être en meilleure condition physique, soupire-t-il. Tout cela pour cent cinquante mètres de dénivellation ! Pourquoi donc me suis-je embarrassé de cette épaisse redingote ? Je parie que c'est de nouveau à la nuit tombée que je parviendrai à l'étape si je continue à m'arrêter de la sorte sur le trajet ! Ne traînons pas. » Déjà la brume du soir s'est levée. Des fumerolles d'humidité s'échappent de la masse forestière pour se condenser en un nuage cotonneux, flottant comme un aérostat à mi-hauteur des pentes. Vue d'en haut, la vallée semble s'être voilée d'un châle vaporeux, soustrayant ses recoins intimes aux regards indiscrets.

Ulysse s'apprête à rejoindre son cabriolet quand, tout à coup, il aperçoit une ombre à travers les rayons des roues. On dirait les pieds d'un individu occupé à fureter dans ses affaires ! Ulysse s'accroupit pour se dissimuler. « Pourquoi diable ai-je laissé mon pistolet dans la voiture ! »

Le malandrin est à moitié caché derrière la toile de la capote. Seules deux bottes de cuir, crottées de boue, et le bas d'un pantalon noir dépassent sous le véhicule.

L'homme porte des éperons aux chevilles « Mon imagination me joue des tours, s'énerve Ulysse. C'est sûrement un gendarme local... Si c'était un voleur, il y a longtemps qu'il se serait enfui avec ma malle ou avec mon cheval ! »

Mais voici qu'un chien du voisinage débusque Ulysse dans sa posture bizarre. Ça y est : voilà qu'il se met à aboyer !

– Tais-toi, stupide quadrupède ! Ce n'est vraiment pas le moment ! Un volet s'ouvre, puis une porte de grange. Le temps pour Ulysse de se relever avec un semblant de dignité et l'autre individu a disparu.

– Quittons sans plus tarder ce village. Je commence à trouver indélicate la curiosité des gens du coin ! peste-t-il, non sans avoir vérifié que rien ne manquait dans ses bagages qui eût de l'importance pour le bon déroulement de sa mission.

Mormont. Un chien aboie, puis un second. Le jour lentement se meurt, mais l'animation est encore grande dans le hameau. Les habitants s'affairent autour de quelques brebis qui rentrent à la bergerie ; les poules sont nerveuses et trottent en tous sens autour des tas de fumier. À voir la fumée s'échapper des cheminées, Ulysse sent son estomac se contracter sous l'effet de la faim. La soif aussi le tenaille. Il faut pourtant qu'il tienne jusqu'à Houffalize…

Le voilà reparti vers la forêt, le long d'un raccourci qui, lui a-t-on dit, mène tout droit à la ville, par le hameau d'Achouffe. L'affaire d'une lieue, en principe. C'est à peine si la lueur du soleil couchant parvient encore à s'infiltrer dans les bois, tant la vallée est encaissée. Les buissons touffus, les gerbes de fougères et même le tronc clair des bouleaux perdent progressivement leurs couleurs de printemps, estompés dans la pénombre du soir. De sa voix flûtée, un merle clôture les gazouillis du crépuscule.

Bien vite, c'est le cri grinçant de la chouette qui lui succède. Une chevêche, sans doute. Son sifflement éraillé ne ressemble à la plainte d'aucune autre bête. Pas même aux coassements rêches des crapauds. Ulysse ne peut s'empêcher de scruter avec méfiance les taillis qui l'entourent. Les bruits de la forêt ont une résonance inquiétante, une fois la nuit tombée. Après tout, rien n'est plus facile à imiter qu'un chuintement de rapace… Encore ses vieux démons qui le reprennent ! Pourquoi l'obscurité serait-elle peuplée d'êtres malveillants ? Voici que jaillit un nouveau hululement équivoque. L'illusion serait parfaite. Le doute s'empare d'Ulysse. Et s'il s'agissait d'un signal d'avertissement ? Impossible d'en avoir le cœur net, avec le chahut des roues sur les pierres. Contre sa cuisse, il serre son pistolet pour se donner confiance. Pas n'importe quel pistolet : un « Prélat », s'il vous plaît ! Gravé à la crosse d'une gerbe d'épis – les armes de la famille de Longchamps. C'est qu'Ulysse est resté un excellent tireur à l'arme de poing depuis son passage à l'armée, malgré son accident. Jusqu'à vingt pas, en tout cas : on ne peut pas demander à un canon court d'être précis au-delà de cette distance. Pourquoi s'était-il procuré cette arme française, d'un modèle assez rare ? Par intérêt pour son nouveau système de mise à feu. Une invention géniale qui simplifiait beaucoup le chargement et augmentait grandement sa fiabilité. Plus besoin de chien en silex taillé et de pulvérin à verser dans le bassinet. Finies les mises à feu ratées à cause de l'humidité de la poudre : rien qu'une petite capsule de fulminate de mercure à insérer près de la chambre, prête à éclater à la détente. Autre chose, vraiment, que le vieux pistolet à pierre qu'Ulysse avait reçu à Waterloo : tellement long à recharger qu'on pouvait se prendre deux assauts de cavalerie en pleine face avant d'être à nouveau prêt à tirer !

1815... Un tournant dans la vie d'Ulysse. À peine initié aux techniques de génie civil, il avait été mobilisé, comme tous les hommes de plus de dix-huit ans, dans la jeune armée belgo-hollandaise. Napoléon, rentré d'exil, marchait en triomphe reconquérir les Pays-Bas. Tout juste avait-il eu le temps d'apprendre les rudiments du corps à corps qu'il se retrouvait sous-officier à la tête d'une section de pionniers...

La progression de l'armée française était fulgurante. Rien ne semblait résister à la marche victorieuse de l'empereur et de ses fidèles grognards, avides de revanche. Pas le temps de renforcer les défenses de la nouvelle frontière du pays. Ulysse et sa compagnie avaient été jetés sans préavis dans la mêlée. Le choc avait eu lieu aux « Quatre-Bras », contre les troupes du maréchal Ney, qui constituaient l'avant-garde de l'armée française. Comment, avec leurs seize pauvres canons, les huit mille soldats belges et hollandais étaient-ils parvenus à résister aux assauts des forces impériales, bien supérieures en nombre et en équipement offensif ? Courageusement. Héroïquement, avaient écrit les journalistes de l'époque...

Pour Ulysse et ses compagnons, encore peu aguerris, la bataille s'était résumée à d'incessants va-et-vient entre les chariots à munitions et les batteries en pleine action, au transport de sacs de terre et à l'évacuation des blessés. Un baptême du feu éprouvant, cependant, qui les avait plongés dans l'atrocité des engagements militaires : la pâleur des visages sans vie dans la boue, l'assourdissement des détonations, la morsure du plomb, l'âcreté de la peur...

Dire qu'il avait eu à mettre en joue des Français ou même des compatriotes, un jour enrôlés sous les aigles impériales ! Peut-être même avait-il tué sans le savoir un ancien camarade de travail, un de ceux avec lesquels il avait acquis son métier, dans le nord de la France ? Combien de fois Ulysse n'avait-il pas entendu vanter les prouesses, les exploits de ce Napoléon qui osait défier l'Europe entière, après avoir galvanisé toute une nation ? Bien sûr, les troupes françaises n'avaient pas laissé que de bons souvenirs durant l'occupation : les congrégations religieuses avaient été dépossédées de tous leurs biens, les églises et les châteaux pillés et dévastés. Mais après les excès de la révolution, les choses avaient pris une autre tournure, plus organisée. De nombreux contacts s'étaient noués avec les villes françaises. Sans parler de tous les jeunes gens du pays qui avaient rejoint les bataillons impériaux à l'époque des conscriptions. Tous ces liens avec « l'adversaire » ne contribuaient évidemment pas à renforcer le moral des effectifs belges réquisitionnés par les Hollandais. Comment se battre pour une cause sans idéal, dont les enjeux réels échappaient à l'entendement général ? Comment offrir sa vie pour l'équilibre politique d'un continent depuis si longtemps voué à la déchirure ? Le combat décisif de Waterloo, deux jours plus tard, s'était déroulé dans la même atmosphère lugubre et accablante, avec une touche d'abnégation dérisoire en plus. Placées sous le commandement du prince d'Orange, le fils de Guillaume Ier, les troupes belges s'étaient massées à proximité de la Sainte-Haie, en alerte. Il y avait eu d'abord cette attente, interminable, face à la plaine détrempée par l'orage, avec ses relents nauséabonds de questions sans réponses. Les coalisés pourraient-ils résister au déferlement des régiments adverses ? Trouveraient-ils le courage de se battre contre cette armée tant de fois victorieuse ? Puis d'un coup, la violence de l'assaut était venue couper court aux hésitations, forçant les uns et les autres à épauler leurs fusils avant de devenir la cible du tireur d'en face. Le combat allait être sans pitié, horriblement meurtrier au nord et au sud. Au fur et à mesure que les corps tombaient sous les projectiles, la tiédeur des troupes belges se transformait en rage aveugle, en soif de vaincre. Ulysse vécut chaque minute de la journée avec une intensité jamais égalée. Plusieurs fois coupé de son commandement, il avait eu à prendre pour ses hommes une série de décisions difficiles. Un caporal qu'il avait envoyé s'occuper d'un blessé s'était effondré, fauché par l'explosion d'un obus. Lui-même, au cours d'une charge de cavalerie sur son carré, sérieusement affaibli déjà, se trouva démuni et vulnérable sur ses deux flancs. Alors qu'il se baissait pour récupérer l'arme de son voisin, un cavalier se précipita sur lui, visant le centre de la formation. Brandissant brusquement le fusil en l'air, Ulysse désarçonna le hussard d'un coup de baïonnette à la hanche. Grâce à Dieu, il eut le réflexe de tirer directement sur le cavalier qui suivait de près le premier. Tout juste put-il alors attraper par terre celle des trois armes qui n'avait pas encore fait feu, pour abattre le cheval d'un dernier assaillant.

Lorsqu'après la victoire, Ulysse rejoignit le village de Waterloo avec ceux de son régiment qui avaient gardé l'usage de leurs jambes, il devait apprendre que près des deux tiers des Belges mobilisés quelques semaines auparavant avaient laissé leur vie sur ce champ de bataille pourri... Neuf mille pauvres gars qui ne reverraient plus jamais le lever du soleil. Loin d'un souvenir héroïque, cette sombre journée de juin ne lui avait laissé qu'une cruelle cicatrice au fond du cœur...

Pourtant, Ulysse ne quitta pas l'armée des Pays-Bas à la fin des hostilités. À la vérité, c'est à peine s'il hésita lorsque son commandant de compagnie lui demanda de s'engager dans les troupes du génie. Comme chef de peloton, cette fois. On avait réellement besoin de types de son profil pour renforcer le système de défense du nouveau pays, lui avait-on dit. Quelques mois de formation spéciale et il serait à la tête de trois douzaines de pionniers, chargé de la remise en état des fortifications sur la frontière avec la France. Un travail à sa mesure... Avec un statut d'officier et tous les avantages sociaux et matériels que ce rang conférait. Une carrière en perspective...

Voilà comment Ulysse se retrouva bientôt promu au grade de sous-lieutenant. Avait-il bien fait de s'engager dans cette vie militaire, sévère autant que dangereuse ? Au moment même, cette option lui avait paru intéressante : il pensait pouvoir obtenir des responsabilités plus importantes sur les chantiers de l'armée que dans le civil où la priorité serait donnée à des ingénieurs diplômés. L'atmosphère du régiment était plutôt stimulante, surtout chez ses compagnons officiers qui partageaient sa passion pour les nouvelles techniques. En outre, Ulysse n'était pas réellement hostile à la discipline militaire, garante d'une organisation efficace.

Caserné à Mons pendant plusieurs années, il avait eu l'occasion de parfaire ses connaissances en travaux de construction. Mais c'est surtout dans la manipulation des explosifs qu'il avait fait les découvertes les plus intéressantes. Par-delà son utilisation dans l'artillerie et les armes à feu, la poudre pouvait rendre de fameux services aux militaires : en détruisant un obstacle ou la base de fortifications, par exemple, ou encore en facilitant le percement de galeries souterraines sous les lignes adverses. Manipulées intelligemment par des soldats infiltrés dans le dispositif ennemi, des charges explosives pouvaient réduire à néant une partie du potentiel offensif de l'armée d'en face. Beaucoup d'essais étaient entrepris au sein même de l'armée pour tenter d'améliorer l'efficacité de la poudre noire et d'en diminuer le prix de revient.

Des spécialistes passaient leur temps à apprécier, par expérimentation, tous les facteurs susceptibles d'influencer l'impact des explosions. Le calcul des charges pouvait s'effectuer selon une bonne douzaine de formules différentes, opérantes en certaines circonstances, inadéquates dans d'autres. C'est ainsi qu'on avait découvert, en Angleterre, que la poudre pulvérisée à la meule était nettement plus brisante que celle obtenue par pilonnage. Ou que la bourdaine, carbonisée en vase clos, permettait de fabriquer un mélange de qualité vraiment supérieure. Progrès aussi d'avoir réalisé que la poudre agglomérée en grains était plus explosive, sans doute à cause de l'oxygène qui pouvait se glisser dans les interstices.

Ulysse n'avait pas oublié cette journée au cours de laquelle il était parti avec son capitaine effectuer des expériences de sautage le long des remparts de Tournai. Les hommes avaient creusé quatre puits de cinq mètres de profondeur, tous identiques. Dans le fond de chacun des trous, le capitaine avait fait répartir de façon égale les sacs de poudre. Puis les fosses avaient été rebouchées, tantôt avec de grosses pierres ou des bricaillons, tantôt avec de la terre meuble, sèche ou mouillée. Une à une, les charges avaient été mises à feu, dans un vacarme d'apocalypse. La poussière de chaque explosion à peine dispersée, les deux officiers avaient noté avec excitation toutes leurs observations comparatives. Puis le soir à la caserne, avec les autres artificiers, venait le moment de faire le point sur les conclusions de l'expérience, de confronter les résultats à ceux d'autres essais, pour en tirer les enseignements utiles.

Ulysse avait apprécié ces quelques années de vie militaire, cette atmosphère stimulante de défis à vaincre et de découvertes techniques à apprivoiser. Hélas, il y avait eu cette maudite chute de cheval, lors d'un exercice de saut. Pas facile de faire franchir une barrière à un étalon buté ! D'un coup de reins, sa monture l'avait éjecté de sa selle, l'envoyant se briser le coude puis l'épaule gauche contre un bloc de pierre. En dépit des soins prodigués par l'infirmier de la caserne, la fracture avait assez mal évolué et Ulysse avait gardé des séquelles de cette malencontreuse blessure, au point de ne plus pouvoir effectuer d'effort avec son bras. Plus question de lancer un cheval au galop ou de tirer au fusil, par exemple. C'était la fin d'une carrière militaire digne de ce nom. La perspective de se retrouver muté à un poste administratif, sans aucun espoir d'avancement, avait fini par assombrir ses pensées.

Après cinq ans au service de la patrie, Ulysse décidait de quitter l'armée pour rentrer à Bruxelles où il vécut pendant quelques années de divers boulots de représentation. Rien de bien brillant, en vérité. À peine l'occasion de parfaire sa connaissance de l'allemand et du néerlandais.

« Comprenez que j'espérais pour ma fille un prétendant autrement engagé. Professionnellement, s'entend. Votre situation actuelle est passablement terne, pour un ancien officier... » n'avait pu s'empêcher de déplorer son futur beau-père.

Curieusement, Ulysse ne semblait pas vouloir tirer parti de l'expérience qu'il avait acquise en génie civil et militaire. Dieu sait pour quelle raison... L'envie de se rapprocher davantage de la capitale ? L'ivresse des premières rencontres sentimentales ? Ou simplement le désir de voir autre chose, de participer à la vie politique et économique du pays ? Dans l'ensemble, cette période un peu effacée ne lui avait pas laissé que de mauvais souvenirs. Cette position de repli lui avait même été salutaire, d'une certaine façon. Parce qu'il avait eu pour la première fois la possibilité de choisir, au lieu de se laisser entraîner sur la pente que les circonstances lui inspiraient de suivre. Parce qu'il avait appris à découvrir le poids de ses valeurs, la voix de ses aspirations profondes, étouffées par les préjugés et les conditionnements de son entourage... La chance avait fini par se présenter à Ulysse sous la forme d'un poste à la Société générale. Le début d'une ère de sédentarisation, d'enracinement, pour lui et sa famille. Il y a dix ans déjà...

Ulysse laisse encore flâner son esprit d'un souvenir à l'autre, revivant chaque moment avec une douce mélancolie. Et les images de lui revenir en tête, à peine délavées : sa première paye de galonné, dépensée en quelques jours dans les tavernes de Mons... L'achat de sa maison, à Saint-Gilles, financé en grande partie par la dot de sa jeune femme... Le concours de tir de la Sainte-Barbe, qu'il aurait pu gagner s'il ne s'était pas laissé distraire par les minauderies de la fille du colonel...

Soudain, Antoinette tressaille au milieu du chemin. Ulysse revient brusquement à la réalité. Les oreilles de la jument s'agitent nerveusement. La peau de sa croupe se tend par à-coups, convulsivement. Il doit y avoir quelque chose d'anormal dans les environs. Les bois sont si touffus, dans la pénombre, qu'il est difficile de distinguer quoi que ce soit. Peut-être un animal sauvage ? Un sanglier ou un renard ? On dit qu'il y a encore des loups dans les forêts d'Ardenne... Ulysse entend du bruit autour de lui. Est-il bien seul ? Il jurerait que quelqu'un l'observe dans les sombres fourrés qui bordent la route. Est-ce bien un chevreuil qu'il vient d'entendre raire ? Un frisson de malaise s'empare de lui. Même Antoinette a l'air inquiète...

D'un coup, une ombre surgit des buissons, à vingt pas devant lui. C'est un vieil homme, chargé d'un fagot de brindilles. Le manant fait un signe de la main. Ulysse freine sa jument et arrête le véhicule. Dans sa paume, il serre la crosse de son arme, prêt à tout. L'obscurité l'empêche de bien distinguer les traits du personnage. Celui-ci a l'air plutôt inoffensif, heureusement.

Mais voilà que le vieil homme, raide seulement d'apparence, d'un bond s'agrippe aux rênes du cheval, en poussant un cri aigu. Au signal jaillissent des fourrés une meute d'individus menaçants. Accourant vers le cabriolet, ceux-ci ont tôt fait de l'enserrer de toutes parts. Une embuscade ! Ulysse est acculé dans sa cabine. Devant, derrière, sur les flancs, de partout des assaillants en guenilles surgissent de la nuit, dans un grondement tumultueux. Il pointe son pistolet droit devant lui, vers la masse furieuse. Mais ses avertissements n'impressionnent personne. Aucun de ses agresseurs, pourtant, n'a l'air armé... Ulysse ne sait plus à quel saint se vouer. Il vise un grand type qui essaie de détacher son cheval de la voiture, en proférant moult mises en garde :

— Arrêtez immédiatement ou je fais feu ! *Hören Sie ?*... *Weg ! Raus...* Foutez le camp, je vous dis !... *Los...* Mais rien n'y fait.

— À manger ! Nous avons faim ! scandent les excités. La plainte est pressante et agressive. Le cabriolet est secoué en tous sens. Démuni, effrayé, Ulysse lève son arme vers le ciel et tire un coup de feu, espérant disperser les assaillants ou appeler à l'aide. À ce bruit, le cheval aux abois se cabre et s'emballe soudain, bousculant la foule qui l'encercle. Ulysse, debout dans la cabine, perd l'équilibre et tombe à la renverse. Son crâne heurte violemment le cadre du siège. Il s'écroule, sans connaissance. Mais déjà les truands ont immobilisé la bête, vifs comme des belettes. Ils s'attaquent à la malle accrochée à l'arrière du cabriolet...

Quelques centaines de pas à peine séparent Ulysse du mystérieux cavalier qui le suit depuis La Roche. Le noir personnage progresse au pas sous le couvert, dérouté de ne plus avoir à pousser sa monture au galop. Depuis qu'il a rattrapé Ulysse, il se contente de le filer discrètement, pour éviter d'être entendu.

« *Schimmelsack* ! Je ne parviens pas à croire qu'il soit entré dans le bois à cette heure-ci ! Pourquoi n'a-t-il pas demandé à loger chez un fermier ? Quelle idée d'avoir emprunté un tel chemin avec sa voiture ! » grogne-t-il en contenant son emportement. Comme pour calmer son irritation, l'homme frappe l'extrémité des branches à sa portée avec un bâton, puérilement. Les feuilles, encore bourgeonnantes, s'éparpillent, déchiquetées, sous ses yeux. D'un geste sec, voilà qu'il décapite la corolle d'une berce épanouie. Mais qu'entend-il soudain devant lui ?

« Bon sang, on dirait des cris ! Pourvu que cet imbécile ne soit pas allé se fourrer dans un guet-apens ! Il est capable de se faire détrousser jusqu'au caleçon par la racaille des environs. » Brusquement, un coup de feu se fait entendre, cinglant comme une hache de bourreau percutant un billot. Forçant son cheval, le cavalier s'élance en direction du lieu de l'agression.

« *Schweinehund* ! » s'écrie-t-il à la vue du massacre. Il se rue vers le groupe de manants en tonitruant, son bâton tourbillonnant en de redoutables moulinets.

Impressionnés par cette charge imprévue, les bandits préfèrent s'égailler dans les taillis plutôt que d'affronter sans armes un adversaire aussi déterminé. La manœuvre réjouit son auteur, peu habitué à mettre en déroute autant d'hommes sans coup férir. « Il ne me reste plus qu'à disparaître vite fait sans qu'il m'aperçoive ! » Tournant bride avant d'arriver au cabriolet, le bouillant personnage s'esquive en douceur et se dissimule à proximité, sans quitter des yeux le véhicule.

Quand Ulysse recouvre ses esprits, ses assaillants ont bel et bien disparu. Sa tête lui fait terriblement mal. Derrière la voiture, tous ses vêtements gisent pêle-mêle au milieu du chemin. Une botte est tombée dans le bas-côté. Quel saccage… « Vite, ramasser tout cela et quitter ce foutu décor ! » pense-t-il en tâtant la bosse qui gonfle près de son oreille, inconscient d'avoir échappé au pire.

Après avoir roulé fébrilement pendant plus de dix minutes, Ulysse arrête son cheval pour considérer l'étendue des dégâts. Bien sûr, les pièces d'or qui se trouvaient dissimulées dans la doublure de la malle ont disparu, ainsi que les maigres provisions de bouche emportées depuis Bruxelles : quelques biscuits secs et une gourde d'eau-de-vie.

– Par tous les diables, s'exclame-t-il, mon pistolet ! Ils m'ont chauffé mon pistolet ! C'est pas vrai, bon sang… Ah, les salauds ! Un « Prélat » quasi neuf… Ils n'iront pas très loin sans cartouches de fulminate, ces idiots, tempête-t-il dans un mouvement d'humeur. Je me suis fait avoir comme un gros débutant !... J'enrage. Pourquoi donc me suis-je engagé sur cette route perdue après le coucher du soleil ? »

Ulysse range toutes ses affaires, maculées de boue, dans la malle forcée. « Heureusement que ces forbans n'ont pas détaché Antoinette, réalise-t-il avec effroi…Mais qui donc étaient ces énergumènes ? Des résistants retranchés dans la forêt ? Difficile à croire : ils n'avaient même pas d'armes. Des hors-la-loi ? Ils m'auraient laissé en chaussettes sur le bord du chemin. Y aurait-il un lien entre cette agression et les mystérieuses filatures dont je fais l'objet depuis ce matin ? C'est à peine possible... Décidément, je ne comprends vraiment pas ce que cette bande de crève-la-faim fabrique ici la nuit... Qu'espéraient-ils trouver en m'interceptant ? Dieu sait que ce n'est pas avec les vivres que je transportais qu'ils pourront se rassasier, ces truands !... »

LE FEU AUX JOUES

Houffalize,
vallée de l'Ourthe, jeudi soir

Des rais de lumière s'échappent çà et là des petites maisons du bourg. Houffalize n'est pas encore endormie. Derrière les carreaux, on devine les habitants réunis autour de l'âtre, clôturant leurs activités du jour. Ici, un berger aiguise une paire de forces pour la tonte de ses brebis. Là, une vieille femme reprise une veste de travail, penchée en avant sur son ouvrage. À l'approche du cabriolet, les verrous métalliques des portes et des volets s'ouvrent avec curiosité ou se ferment par méfiance. Plus personne ne circule à cette heure avancée.

Une étrange atmosphère se dégage de cette ville de fond de vallée, égarée au milieu des bois comme une oasis au centre du désert. Cela fait des années sûrement que ses portes ne sont plus gardées, mais le passage resserré qu'Ulysse vient de franchir pour y pénétrer, profondément entaillé dans le rocher, confère à la bourgade une allure sécurisante. Un vrai réconfort pour notre voyageur égaré au cœur de la nuit noire.

Après avoir traversé le petit pont, Ulysse entre dans la partie ancienne d'Houffalize, juchée sur le flanc même de l'éperon fortifié qui domine la ville. Une grosse tour moyenâgeuse se désagrège dans l'indifférence, crevassée d'avoir trop vécu. Brusquement tirés de leur torpeur, deux corvidés qui ont fait de la ruine leur repaire manifestent leur mécontentement par des cris graves et enroués. Ulysse découvre sans trop de peine le relais de poste de la ville. Il y a encore de l'agitation dans l'auberge. Pourvu qu'il y trouve un morceau de nourriture à se mettre sous la dent !

Au bruit des fers d'Antoinette accourt un palefrenier, tout ébouriffé. Ulysse lui confie son cheval en lui glissant un pourboire au creux de la main.

– Occupez-vous bien d'elle : elle a bien mérité sa pitance ! Vous avez encore assez d'avoine ?

– Ne vous inquiétez pas, messire. Les récoltes ont été mauvaises, mais nous avons quelques réserves de fourrage. De la luzerne et des feuilles de bouleau, avec du colza fraîchement coupé. Vous verrez comme elle aimera ça !

Dans la taverne, les conversations s'interrompent d'un coup, suspendues par l'arrivée du nouveau venu. Tous les regards se tournent vers Ulysse, sourcils froncés de curiosité. « Décidément, il ne doit pas y avoir légion de visiteurs en provenance de la capitale par ici… » réalise-t-il. Près du poêle, une petite place est dégagée, délicieusement tiède au coin d'une table de bois. L'aubergiste y installe une lampe à huile afin de lui donner un peu de lumière.

– Apportez-moi donc quelque chose à manger, lance Ulysse. Je suis tout simplement affamé. Un grand verre de vin aussi, si vous voulez bien.

Petit à petit, les autres consommateurs reprennent leurs bavardages là où ils les avaient interrompus. Au mur, une affiche de l'été dernier annonce la foire de la Saint-Barthélemy. Chevaux, bétail, tissus, grains, vins, beurre, chaussures, fer, fromages, tout ce qu'on peut trouver dans les environs semble y être à vendre. « Ce doit être une des plus grosses foires de la région pour qu'on prenne la peine d'imprimer une affiche pour l'occasion, réfléchit Ulysse. Paysans et artisans doivent venir de loin pour y écouler leur récolte ou le fruit de leur travail… Pour tromper l'attente, Ulysse tente de régler la mèche de sa lampe, qui commence à charbonner. Bien maladroitement en vérité, car la petite flamme, au lieu de retrouver sa blancheur, s'éteint soudain en un soubresaut bleuté.

– C'est malin, bredouille-t-il embarrassé, encore une molette qui tourne dans le mauvais sens ! À nouveau, les regards des buveurs se retournent vers sa table, inopinément assombrie.

– C'est toujours à moi que ça arrive, ce genre de bêtise ! L'idéal pour passer inaperçu, grommelle-t-il tout bas.

Voilà que surgit de la cuisine une petite soubrette, toute à son affaire, un verre de vin à la main.

– Je vous apporte du pain tout de suite, m'sieu, glisse-t-elle entre ses lèvres en déposant le gobelet sur la table d'Ulysse, à côté de la lampe encore fumante. Il lui suffit d'apercevoir la mine confuse de son client pour comprendre sa mésaventure. Rapidement, elle s'esquive pour chercher une allumette. Ulysse observe la jeune fille enflammer le brin de paille soufré dans le foyer à côté de lui. « Surtout ne pas la laisser s'éteindre… » croirait-on lire dans son regard lorsqu'elle referme la porte du poêle. Elle porte une chemise blanche, un peu trop amidonnée, sur une grosse jupe de laine bleue. « Ses joues sont tout empourprées, comme si ma présence l'intimidait. Elle n'a pas dû quitter souvent Houffalize, la mignonne. On lui donnerait dix-huit ans, peut-être un peu moins » pense-t-il. Lorsqu'elle se penche pour rallumer la mèche éteinte, son regard croise un instant celui d'Ulysse, timidement. Ses yeux marron ont un éclat profond et indomptable, à l'image de cette Ardenne dont elle est fille…

– J'ai une malle à l'arrière de ma voiture. Est-il possible de la faire monter dans une chambre ? Je pense rester ici quelques jours, le temps d'une affaire, lui demande Ulysse.

Aussitôt, la soubrette s'en va, laissant notre voyageur à ses réflexions. À gauche d'Ulysse, sur la cheminée, s'étale une belle collection de pots de grès, émaillés d'inscriptions en allemand. « Ne dirait-on pas des noms de fleurs… ? » se demande-t-il en plissant les paupières pour mieux lire.

– Ce sont des plantes médicinales, lui confie la jeune fille, discrètement réapparue, anticipant la question de son hôte. C'est une spécialité de la région. Y pousse beaucoup d'herbes sauvages par ici. On vient de loin nous en acheter. Tenez, le patron : lui, c'est des baies de genévrier qu'il garde dans la réserve. J'en croque une quand j'ai un peu mal au ventre, mais lui, y les conserve pour faire son *péket* avec ! Si vous voulez dormir comme un loir, je peux vous faire une tasse de tilleul ou de valériane…

– C'est bien gentil, mademoiselle… Tout à l'heure, peut-être.

– …

À la voir hésiter à rejoindre la cuisine, Ulysse se sent piqué par la curiosité.

– Accepteriez-vous de vous asseoir quelques minutes avec moi ? Je voudrais vous entendre davantage au sujet de la vie qu'on mène ici, à Houffalize.

– Euh… Je n'sais pas si…, rougit la soubrette prise de court. Je vous apporte d'abord votre assiette. Je pense que votre repas doit être chaud à présent.

La jeune fille revient quelques minutes plus tard avec un œuf sur le plat et deux petits pains tout ronds.

– Je peux causer avec vous quelques minutes, qu'il a dit le patron. Mais pas trop, car j'ai encore à faire à l'étage avant la fermeture, déclare-t-elle avec un petit sourire embarrassé.

Discrètement, Ulysse lui glisse une piécette dans la main.

– Pour vous acheter un ruban au marché de ma part, ma petite dame…

– Je… J'espère que le patron n'a rien vu, lui répond-elle en chuchotant, il va encore croire des choses !

– Ne vous en faites pas… Dites-moi plutôt : avez-vous jamais entendu parler dans les environs d'une bande de guenillards qui rôdent dans les bois pour détrousser les voyageurs ?

– Vous avez été attaqué dans la forêt ?

– Ça, vous pouvez le dire ! Je ne suis pas prêt de l'oublier ! Ils étaient au moins trente. J'ai cru qu'ils allaient me passer à tabac et m'abandonner dans un fossé.

– Pas vrai ! Vous avez pu vous échapper ?

– Hélas non ! J'ai même reçu un coup sur la tête qui m'a fait perdre connaissance. À vrai dire, je ne sais toujours pas comment je suis sorti vivant de cette embuscade. Ces bandits n'ont même pas pris la bourse que je portais à la ceinture !

– Ils voulaient de quoi manger, n'est-ce pas ?

– Oui, c'est ça. Comme s'ils avaient faim depuis des semaines…

– C'est pas vraiment des bandits, m'sieu… C'est des mendiants de la région. Des pauvres gens, vous savez. Ils sont devenus dangereux à cause qu'ils crevaient la dalle. Plus personne n'ose quitter la ville après le coucher du soleil ! Ils ne vous ont pas brutalisé au moins ?

– Le principal, c'est que je sois toujours en vie, non ? Disons que ce qui m'a le plus surpris, c'est qu'ils ne m'ont dérobé que mon pistolet, quelques pièces et un paquet de biscuits. Je n'arrive pas à y croire. Ils auraient pu se saisir de mon cheval, ou de ma malle…

– Pour qu'on lance des soldats après eux, puis qu'on les abatte comme des brigands ? Ce ne sont pas des vrais truands. Ce ne sont que de pauvres affamés. Ils sont obligés de voler de la nourriture pour survivre. Vous ne savez peut-être pas comme la famine est grave par ici ! Plus d'un an que ça dure, à présent. Toutes les réserves sont épuisées depuis longtemps. Et ces tyrans de Hollandais, c'est qu'ils exigeaient plus de la moitié de la récolte comme impôt, même que pourtant, la dernière saison était terriblement mauvaise !... Et le pire, m'sieu, c'est que cette année-ci, ce sera encore plus la misère ! Les fermiers sont obligés de couper les céréales encore vertes, pour pas crever de faim. Les patates plantées à l'automne, et bien, elles ont presque toutes été déterrées déjà, avant d'avoir pu se multiplier... C'est épouvantable parfois, la vie d'ici !

– J'ignorais que la situation était à ce point sérieuse.

– Vous allez porter plainte contre les mendiants, n'est-ce pas ?

– N'ayez crainte, ma petite dame... D'autres affaires m'amènent ici. C'est plutôt de cela d'ailleurs que je désirais vous entretenir. Mais serait-ce trop vous demander de m'apporter un verre d'eau-de-vie, s'il vous en reste ? J'ai bien besoin d'un petit remontant ! Et diligemment, la soubrette s'exécute. Avec une esquisse de révérence, délicieusement ingénue.

– Savourez-le bien, m'sieu. Le patron dit que c'est le meilleur *péket* de la vallée. On le distille ici un peu plus bas, avec de l'orge de sur les hauteurs. Il est encore cher, mais c'est déjà bien de pouvoir en trouver à nouveau. Vous pensez bien, depuis le temps que c'était interdit d'en faire, à cause des Hollandais !

– Vous direz à votre patron que c'est un connaisseur, répond Ulysse après avoir savouré une gorgée du précieux breuvage... Dites-moi, il paraît qu'on a commencé des travaux importants dans les environs... pour la construction d'un souterrain, je pense ?

– À Buret, vous voulez dire ?

– Oui, c'est cela, je crois...

– Un fameux chantier, je vous assure ! Quel bruit ça a fait dans la région, au début des travaux ! Figurez-vous qu'y en a qui se sont mis en tête de faire passer un canal ici à Houffalize et puis tout droit vers Clervaux, par un souterrain à travers la crête ! Vous pouvez me dire, vous, comment c'est possible, un truc pareil ? En tout cas, des messieurs très sérieux sont venus faire des calculs de tous les diables et discuter avec les notables de la ville. Puis un jour, on a commencé à faire dégager les riverains de l'Ourthe. On a dû les *exproprier* ou quelque chose comme ça. Trois ou quatre mois après, on annonçait l'ouverture du chantier à Buret et à Hoffelt. Maintenant, c'est plus tellement souvent qu'on entend parler de ces travaux.

– Vous voulez dire qu'on n'y travaille plus ?

– Non, non, m'sieu : on continue à creuser, ça c'est sûr. C'est plutôt qu'y a pas grand-chose qu'a l'air de bouger, quoi… Vous pensez, si ce souterrain était percé, c'est nous les premiers qu'on devrait le savoir ! Mais pour creuser, ça creuse ! Ils n'arrêtent pas de sortir de terre des brouettes et des paniers de rochers en petits morceaux. Un sale boulot, vraiment ! Tout ça pour un canal…

– C'est quand même quelque chose de pouvoir se dire que d'ici quelques années, Houffalize sera reliée par bateau au sud du Luxembourg et à toute la Belgique, non ?

– Je m'en doutais… Vous êtes de la même bande ! s'emporte soudain l'Ardennaise, les yeux brûlants. Ce sont des hommes comme vous qui ont fait avaler toutes ces sornettes aux braves gars d'ici, que ce projet allait changer leur vie et tout ça… Mais on n'est pas tous de votre avis, qu'est-ce que vous croyez ! Les fermiers, ils ont raison de dire que c'est encore des politicards qui cherchent à s'emparer de notre blé et de notre bois. Comme si on en avait de trop ! Et puis, tous ces ouvriers, ça fait combien de bouches à nourrir en plus ?

Ulysse est tout ébranlé par cette tirade inattendue, même s'il tente de n'en rien laisser paraître. Vite, il pose à la soubrette une question de diversion, pour esquiver le trait :

– Les travailleurs viennent donc s'approvisionner à Houffalize ?

– Euh… Les travailleurs ? À Houffalize ?… Non. Normalement, ils reçoivent à manger directement au chantier, répond la jeune fille, troublée de n'avoir pas suscité de réaction chez son vis-à-vis. Les responsables veulent que les travaux avancent vite. On voit de temps en temps des convois de vivres et de matériaux arriver pour eux, de Liège ou de Namur. Mais les ravitaillements sont souvent bloqués par la neige ou les inondations. Y a eu des fois plusieurs semaines sans nourriture au moment de la révolution... Alors c'est dur par ici ! Tout devient très cher. D'ailleurs, y a souvent de la bagarre avec les fermiers, pour des riens.

– Vous n'avez pas beaucoup de contacts avec les ouvriers du chantier, finalement.

– Oh, plus que vous croyez. Beaucoup de ces gars habitent le coin. C'est eux qui nous racontent, lorsqu'ils rentrent chez eux. Et puis quand c'est la paye, tous les quinze jours, ils descendent en ville pour fêter ça ! Ils ont une sale vie, mais faut pas croire qu'ils ne savent plus rigoler !

– Merci, mademoiselle. Ce petit repas était le bienvenu. Je pense que je vais aller me reposer dans ma chambre à présent. Si vous aviez la gentillesse de m'indiquer le chemin.

– Suivez-moi, m'sieu, répond la soubrette en empoignant le quinquet. C'est la seconde à droite au-dessus de l'escalier.

Sur les parois irrégulières de la chambrette, la lampe projette des ombres impressionnantes. À même le plancher usé, deux bottes déhanchées se laissent aller à la détente. Confortablement calé entre les accoudoirs d'un fauteuil de chêne, Ulysse rassemble ses observations de la journée, soucieux.

Le cœur du Luxembourg est vraiment un pays pauvre. Au-delà de tout ce qu'il imaginait. Et dire que près de trois cent mille habitants vivent dans ces régions rudes et ingrates, si isolées du reste du monde. Quel contraste par rapport aux provinces belges ! Point de terres grasses, point d'industries prospères ou de carrefours commerciaux de réputation internationale...

Une fois opérationnel, le canal de Meuse & Moselle serait providentiel pour les Luxembourgeois. Cela, tout être sensé devait l'admettre. Néanmoins, ce projet ne reposait pas que sur des motivations philanthropiques, il n'était pas difficile de s'en rendre compte. L'entreprise pouvait être considérée tout aussi bien comme un investissement d'hommes d'affaires avisés. C'est ce côté mercantile qui semblait déranger le plus les habitants de la région. L'essentiel des tractations se déroulaient bien haut au-dessus de leurs têtes. Ils le savaient pertinemment, même si l'ampleur des enjeux financiers leur échappait en grande partie. Depuis le tout début, d'ailleurs. Comment les gens du coin, si sédentaires, auraient-ils une vision assez large pour apprécier l'importance de ce nouvel axe de communication ? Il aurait été absurde d'attendre que l'initiative vienne de leur côté.

C'est à Bruxelles que tout s'était décidé.

L'affaire avait démarré en 1825 par la constitution, au sein de la Société générale des Pays-Bas, d'une filiale d'un type un peu particulier, la « Société d'Exploration du Luxembourg », qui avait obtenu du gouvernement l'autorisation d'enquêter pendant trois ans sur les richesses naturelles du Grand-Duché.

Le premier rapport que la société publia se fondait davantage sur des présomptions que sur de véritables données scientifiques. C'est pourtant à la lecture de ses conclusions que le gouvernement, fortement encouragé par le roi lui-même, prit la décision d'améliorer les moyens de communication au Luxembourg.

C'est à Rémi De Puydt, le brillant ingénieur qui travaillait à la canalisation de la Sambre, que l'on confia l'étude d'une liaison fluviale entre la Meuse et la Moselle. Convaincue par ses recherches préliminaires, la Société générale rebaptisa la Société d'Exploration du Luxembourg en « Société du Luxembourg » et confia à cette dernière la mission de construire et d'exploiter le futur canal. Avec la bénédiction du gouvernement, qui finit même par accorder la concession à perpétuité à la société – sous l'impulsion de Guillaume Ier.

C'est précisément cette omniprésence de Guillaume Ier, propriétaire des trois quarts du capital investi dans l'entreprise, qui embarrasse Ulysse ce soir : la majorité des responsables du canal font partie de ce milieu libéral orangiste qui partage les vues politiques et économiques du monarque. Administrateurs, ingénieurs, financiers, techniciens, entrepreneurs, quasi tous les intellectuels qui gravitent autour de la Société du Luxembourg sont connus pour leurs sentiments pro hollandais. Position délicate à tenir depuis le mois d'août 1830 ! Bien peu oseraient encore faire état de leurs convictions orangistes en public. Même au Grand-Duché, possession personnelle du roi Guillaume, les partisans du rattachement aux Pays-Bas ont dû apprendre à se faire discrets. Quasi toutes les maisons communales arborent aujourd'hui les couleurs du drapeau belge. Seul retranchement, pour les inconditionnels de l'ancien régime : la ville fortifiée de Luxembourg, qui résiste encore, grâce au soutien militaire de la Prusse et du contingent de soldats qu'elle y a détaché.

Dire qu'à Londres, les grandes puissances s'opposent toujours au rattachement du Grand-Duché à la Belgique ! « Le Luxembourg doit rester une possession de la maison d'Orange, comme il en a été décidé au Congrès de Vienne ! » Ah, si les gens d'ici pouvaient statuer eux-mêmes sur leur sort, il y a longtemps que la question serait réglée : les Néerlandais se sont fait détester avec leurs taxes exorbitantes, leurs mesures économiques incompré-hensibles et leur cortège de décisions maladroites en ma-tière scolaire, linguistique ou religieuse ! Sans parler de l'imposition du florin comme seule monnaie légale, alors que le franc français était universellement répandu entre Semois et Moselle.

Or voilà : huit mois après la révolution, le canal reste aux mains d'une poignée d'orangistes, isolés dans un environnement tendu et explosif. Petite poche d'entrepreneurs éclairés, accrochés à un projet démesuré, château de sable encerclé par une marée montante... L'essentiel est que les travaux continuent, dans la discrétion.

En réalité, nombreux sont ceux qui attendent le retour en force du roi. La Prusse et la Russie sont prêtes, dit-on en secret, à envoyer des troupes au souverain déchu pour reconquérir le pays qui lui a été confié seize ans plus tôt. De son côté, la « Conférence de Londres » insiste pour rétablir un membre de la famille d'Orange sur le trône de Belgique. Le prince Guillaume, autrefois vainqueur à Waterloo, ferait un excellent candidat à la couronne. Une option diplomatique qui aurait l'avantage de ne point perturber l'échiquier international. Un espoir subsiste donc pour tous les orangistes en disgrâce de voir un jour la situation se retourner à leur avantage. Une question de semaines, un mois ou deux peut-être...

Ulysse lui-même est pris entre deux feux. Jamais il n'aurait imaginé, il y a un an à peine, que les groupuscules indépendantistes qui se réunissaient à l'insu des autorités seraient en mesure de provoquer une révolution en Belgique. Il était alors, par son travail et ses fréquentations, plutôt de ceux à qui profitait la politique hollandaise. Témoin, davantage qu'acteur, des « événements de septembre », il avait fini par embrasser la cause belge, comme la majorité de ses amis de la capitale. Non par haine de l'occupant, mais parce que le pays pourrait sortir grandi de cette remise en question radicale, tant sur le plan national qu'international. Guillaume Ier était allé trop loin dans ses prises de position. Il était inutile de s'acharner à revenir en arrière.

Le nouveau destin de la Belgique, tant de fois soumise par le passé, est bien de devenir une nation indépendante. Il y a vraiment trop de différences entre le nord et le sud des anciens Pays-Bas pour que la réunion des deux cultures engendre un peuple uni. Comment oublier les années de guerres qui ont opposé protestants et catholiques, entre Anvers et Maastricht ? Oublier la différence de civilisation, de mentalité, d'économie, de langue même, entre les deux voisins ?

Après quelques semaines de tension, les Belges dont les vues se rapprochaient trop de celles des Néerlandais avaient été pressés par leurs compatriotes de revoir leur position et contraints de rallier les forces vives du jeune pays. Cette « réorientation » politique s'était déroulée sans incident majeur, à part quelques manifestations d'opposition dans les villes réputées orangistes. Si plusieurs défenseurs de l'ancien régime avaient choisi de s'exiler en Hollande, comme l'industriel John Cockerill, la majorité des orangistes s'était contentée de disparaître de la scène publique et d'opter pour une existence plus effacée.

Pour beaucoup de Belges cependant, moins clairement engagés, l'attitude à adopter restait problématique. On pouvait reprocher à Guillaume Ier certaines dérives politiques tout en respectant sa clairvoyance en matière économique, par exemple. Regretter les réformes du roi dans le domaine religieux sans souhaiter la révolution pour autant. L'incertitude qui planait quant à l'avenir du pays, le retour pressenti des armées néerlandaises, les menaces de coups d'état orangistes, rien ne poussait les Belges à prendre position de façon trop catégorique. La situation pouvait à tout instant se retourner !

Pour Ulysse, ce cas de conscience était plus difficile à trancher encore. C'est à Guillaume Ier qu'il avait prêté serment comme officier. À lui aussi qu'il devait hommage et respect dans la tradition aristocratique. Il avait eu l'occasion d'entrer personnellement en contact avec le roi depuis son engagement à la Société générale. Les sentiments qu'il nourrissait à son égard étaient un mélange d'admiration et d'incompréhension, de déférence et d'étonnement. En privé, Guillaume était un personnage fort affable, cultivé sans être brillant, méticuleux à l'extrême et foncièrement droit, convaincu du bien-fondé de ses interventions. Ulysse avait pu s'en rendre compte en discutant avec lui des développements de la société. Peu d'hommes de son rang auraient pris le temps de recueillir l'avis de cadres subalternes.

Guillaume Ier... Ulysse aurait-il pu décemment décliner la demande de son ancien souverain quelques jours avant son départ pour le Luxembourg ? C'était au château de Duras, près de Saint-Trond, qu'il avait reçu, dans le plus grand secret, la visite de son messager. Le roi avait dû apprendre, par une fuite à la Société générale, qu'Ulysse s'apprêtait à enquêter sur l'avancement des travaux du canal. Il devait être spécialement anxieux de savoir l'énorme entreprise à la merci des révolutionnaires. Même chassé du trône de Belgique, Guillaume restait le plus gros actionnaire de la Société du Luxembourg et le premier homme d'affaires concerné par l'aboutissement du projet. « La Conférence de Londres a légitimé la souveraineté du roi sur le Luxembourg, avait expliqué le courrier. Il retrouvera bientôt son titre de grand-duc et le contrôle de toute la région, croyez-moi ! »

La tâche d'Ulysse semblait simple et sans conséquences : faire le point sur l'avancement du canal et sonder la motivation des responsables du chantier. Vérifier par la même occasion que les travaux se déroulaient encore dans de bonnes conditions, compte tenu de l'instabilité politique de la région. Il était primordial que le projet s'achève avant deux ans, sous peine, pour les investisseurs, de perdre leur concession et de ne plus pouvoir percevoir les droits de navigation.

Ulysse avait accepté cette mission d'information. Par estime pour son ancien souverain, mais aussi parce qu'elle ne lui semblait pas en contradiction avec le but avoué de son voyage au Luxembourg. Les précisions souhaitées par Guillaume Ier, d'ordre essentiellement technique et organisationnel, n'étaient-elles pas justement les mêmes que celles que réclamaient les directeurs de la Société générale ?... Innocent Ulysse, à qui il coûtait tant de refuser un service ! Il avait été bien maladroit de se laisser mouiller dans une telle affaire. Car au-delà de sa dimension économique, le projet revêtait aussi plusieurs enjeux politiques, voire stratégiques, qui lui avaient échappé au moment même. La réalité est qu'il avait bel et bien accepté une mission de renseignement pour le compte d'un chef d'état étranger, aujourd'hui ennemi !

Pourtant, sans les deniers du roi, il ne subsistait aucun espoir de voir se concrétiser un jour le canal de Meuse & Moselle, au plus grand préjudice des habitants du Grand-Duché. Deux cinquièmes des sommes promises par les actionnaires devaient encore être versées à la Société du Luxembourg, ainsi que le prévoyaient les termes de la souscription. Il était donc important de rassurer le plus gros investisseur impliqué, tout roi des Pays-Bas qu'il fût. Ulysse restait d'ailleurs libre de taire les faits qu'il juge-rait compromettants pour le maintien de l'indépendance. Et, de toute façon, il n'avait accepté aucune rétribution pour ce service... Ce qui n'ôtait rien au côté ambigu de la mission.

La motivation des responsables des travaux était-elle de nature idéologique davantage que financière, scientifique ou même philanthropique ? Comment déterminer leurs convictions réelles ? Le capitaine De Puydt lui-même, « l'ingénieur » de la société, partisan de la politique économique de Guillaume Ier, n'avait-il pas joué un rôle déterminant à la révolution, dans sa ville de Mons dont il était devenu depuis commandant de la Garde civique ? Comment savoir, au-delà de ce choix militaire, s'il poursuivrait en parallèle le projet qui lui avait été confié avec une égale loyauté, tant vis-à-vis des dirigeants de la société que du gouvernement belge ?

Quelqu'un frappe soudain à la porte, ramenant Ulysse au milieu de sa chambre. C'est la petite soubrette. Dans ses mains, un gros drap et une brique toute chaude.

– Je viens de la retirer du feu, confie-t-elle timidement. Il ne fait plus très froid, mais ça coupe l'humidité. Je vais l'installer dans votre lit...

– Euh... merci, lui répond Ulysse en se redressant sur sa chaise, quelque peu pris de court. La jeune fille se penche au-dessus de l'oreiller et glisse la brique emballée au fond des couvertures. Ses pommettes enjouées paraissent encore plus rouges sur la blancheur des draps.

– Je l'ai mise tout au bout, près de vos pieds. C'est là que ça réchauffe le mieux... Faites attention de pas vous brûler la nuit !

La soubrette reste un moment près de la porte, les mains croisées sur son tablier. Un petit bonnet à volants, attaché sous le menton, retient ses cheveux châtains. Ses yeux sombres semblent vouloir dire : « Ne me regardez pas comme ça, m'sieu. C'est juste pour vous faire plaisir que j'ai fait ça... » Comme d'autres baisseraient le regard, elle finit par sourire pour masquer son embarras, dévoilant l'extrémité de ses dents blanches.

« Quelle étrange créature, pense Ulysse, encore interdit. Il doit être près de minuit déjà ! Ce n'est plus une heure pour faire irruption dans la chambre d'un voyageur... Est-elle simplement naïve ou déjà un rien effrontée ? »

– Merci, lâche-t-il enfin, pour éviter tout malentendu.

La jeune fille s'en va sur la pointe des pieds, aussi discrètement qu'elle était venue, après une courbette de circonstance. Le temps d'ôter sa chemise, puis d'éteindre la lampe et Ulysse se glisse dans le lit, espérant échapper pour une nuit au flot de préoccupations qui le submergent depuis le début du voyage.

L'EAU DE SENTEUR
DE PAULINE BORGHÈSE

Cela fait maintenant deux heures qu'Ulysse cherche le sommeil. Pourquoi ne parvient-il pas à chasser de ses pensées le visage de la mignonne Ardennaise, si effarouchable encore et pourtant déjà si espiègle ? C'est vrai : cette rencontre inattendue le trouble. N'était-elle pas la première femme à lui avoir souri depuis quinze jours ? La première à avoir manifesté un geste d'attention envers lui ? Cette étincelle de malice dans son regard, délicieux jaillissement de charme, comment aurait-il pu y rester insensible ?

Le souvenir des moments passés en compagnie de la brunette ravive en lui une bouffée d'émotions, entre cœur et thorax. Oui, c'est bien une palpitation comparable qui l'avait saisi lorsqu'il avait fait la connaissance de Charlotte, à l'époque où il était loin de se douter qu'elle deviendrait sa femme. Un pincement de cordes sensibles, qui avait fait vibrer en lui de bien déroutantes harmonies. Douce Charlotte… Il en était tombé tellement amoureux alors. Amoureux comme un héros de Shakespeare, comme un coq de bruyère à la saison des parades. Lui, Ulysse, l'aventurier, le militaire, l'homme de terrain, transformé pour les yeux d'une femme en poète et en chasseur de pâquerettes.

Pourquoi le temps avait-il banalisé toute cette romance, laissé bleuir la flamme ? Comment la complicité qui les unissait avait-elle petit à petit cédé la place à ce pare-feu de conventions qui attiédissait leur relation ? L'usure, en gouttes d'eau insidieuses, avait dû s'infiltrer entre eux deux, étouffant sournoisement le foyer de leur amour. Était-il trop tard pour ranimer les braises ?

Si seulement Ulysse pouvait revenir quelques semaines en arrière, juste avant son départ ! Éviter que la dernière conversation avec sa femme ne vire au rouge volcanique... Dieu sait que cette éruption de sentiments trop longtemps retenus l'avait échaudé. Toutes les craintes de son épouse, exprimées au grand jour, toutes ses rancœurs le hantaient depuis, comme des coulées de lave dans les interstices de sa conscience. À l'incompréhension avaient rapidement succédé la colère, puis le regret et la honte. La peur aussi.

Aujourd'hui, Ulysse ressent surtout le besoin de faire le point. Pourquoi cette scène de ménage l'obsédait-elle de la sorte ?

Sa femme et lui étaient installés au salon, un soir comme tous les autres.

– J'ai l'impression d'avoir épousé une vieille momie. Un rabat-joie. Un égocentrique cafardeux ! lui avait-elle lancé tout à coup.

– Je ne l'avais pas encore entendue, celle-là, avait-il répondu, sans même lever les yeux de son journal.

– Ulysse, ce que j'ai à vous dire est tout à fait sérieux ! s'était-elle écriée, en se levant d'un bond. Il s'était tourné vers elle, d'un air goguenard.

– Allons, Charlotte, calmez-vous. Qu'y a-t-il donc ? Vous avez encore passé une après-midi avec la femme du colonel Vermaelen, la « virago de Saint-Gilles » ?

– Eh bien non, figurez-vous ! Il se passe que j'ai épousé il y a dix ans un homme qui n'est déjà plus que l'ombre de lui-même.

– Si c'est bien de moi que vous parlez, il est vrai que j'ai changé, en dix ans. J'ai même dû prendre un peu de ventre, avait-il répliqué à la légère, replongeant dans sa lecture.

– Non, mais regardez-vous seulement, monsieur l'Écuyer ! Voici deux heures que vous n'avez pas quitté votre fauteuil, comme si vous y attendiez le sommeil. Où est donc passé le fringuant officier qui me faisait la cour ? Le curieux, l'ingénieux qui débordait de projets à réaliser ? Le voilà assagi, indifférent.

Le ton de sa voix était plus déterminé encore, mais Ulysse s'était contenté d'émettre un soupir affecté.

– Dire que c'était votre frère que mes parents souhaitaient me faire rencontrer... Pourquoi n'est-ce pas son existence à lui que j'ai croisée à l'époque ?

Au nom de son frère, Ulysse avait relevé le chef, fronçant les sourcils. Combien de fois l'avait-il entendu déjà, ce récit ? L'invitation arrangée chez les parents de Charlotte, le coryza qui avait cloué son frère au lit, son remplacement au pied levé, la partie de trictrac au bord de la terrasse, leur entrevue fortuite autour d'une tasse de chocolat... Il est vrai que le hasard avait bien fait les choses.

– Vous pensez réellement que vous seriez tombée amoureuse de Roland ?

– Qui sait ? On prend vite goût à la grande vie. Aujourd'hui, je serais femme d'ambassadeur, dans les États pontificaux ! Je résiderais dans une villa blanche de la campagne romaine, avec vue sur les ruines du Capitole. Le soir, nous irions écouter Monteverdi à l'opéra...

– Cessez donc de me parler de mon frère, Charlotte. Il m'a assez souvent humilié pour qu'il me faille en plus souffrir d'entendre ma femme jalouser la sienne !

Pourquoi, après tout, s'obstinait-elle à le comparer à son aîné ? Elle savait combien ces allusions avaient le don de l'exaspérer. Son frère, toujours son frère ! Ses parents avaient passé leur vie à veiller sur lui. Il avait eu droit à tous les soins : un précepteur particulier, un professeur de maintien et de diction, des cours d'escrime et des séjours en Angleterre et en Prusse. L'héritier devait pouvoir faire bonne figure, évidemment. Il passait son temps à étouffer son cadet, à le brimer publiquement, monopolisant constamment l'attention des hôtes de la maison.

– Vous souhaiteriez vraiment passer votre vie avec cet être imbu de sa personne, éternel premier de promotion, toujours occupé à se pousser en avant ? Je suis sûr qu'il n'est pas plus heureux que nous, malgré sa fortune.

– Je n'entends que votre colère, Ulysse. Où se cachent votre idéal, votre entrain d'antan ?

– C'est une idée fixe, ma parole !... Oui, je me sens désabusé certains jours. Désorienté par la tournure des événements. Je ne parviens plus à mobiliser cette énergie qui me faisait croire en des lendemains meilleurs.

Éclaircissant son visage, il avait alors déposé son journal et tendu la main vers celle de sa femme, comme pour la prier de s'asseoir auprès de lui. Mais celle-ci n'avait pas répondu à l'invitation. Elle était restée près de la cheminée, raide, le cœur gros d'avoir eu à porter longtemps en silence le poids d'une maladroite indifférence.

– Ulysse, cela fait des années à présent que je vous vois vous affadir, vous consumer de l'intérieur. Quel est ce mal qui vous ronge, cette gangrène qui contamine toute la famille ? Nous avons besoin de vous savoir fort, sûr de vous, confiant à nos côtés. Mais à la place, nous vous sentons ailleurs, perpétuellement insatisfait.

Depuis cet instant où elle avait commencé à le fixer, il n'avait plus eu le cran de soutenir son regard, par peur de laisser paraître son propre malaise. Les propos de sa femme étaient tellement sincères, lucides.

– C'est peut-être cela, Charlotte, avait-il fini par répondre, presque sans voix. Je ne parviens plus à redonner un sens à ma vie. Je me sens errer, sans but, m'engluer dans le quotidien…

– Un quotidien que vous cherchez désespérément à fuir en vous évadant dans vos lectures et vos gloseries de salon ! avait-elle repris de plus belle, en s'emparant du journal qui traînait sur ses genoux à titre de pièce à conviction.

– Vous ne comprenez pas, Charlotte. Tant de choses ont changé en quelques mois. Je me sens dépassé par ces évolutions au bureau, par la métamorphose de cette ville même... J'ai l'impression que tout se joue au-dessus de ma tête ; que quelqu'un d'autre dirige mes pas. Je ne supporte plus de ne pas savoir où mène la route, de n'être pas reconnu pour ce que je vaux réellement. Pourrai-je un jour vivre ma vie ?

– On dirait que vous attendez qu'on vienne vous sortir de ce cul-de-sac. Mais c'est en vous que réside la solution ! Mettez-vous au clair avec vous-même et tirez-en les conclusions, plutôt que de nous imposer vos contradictions.

Il aurait tant voulu répondre à sa femme, contenir cet épanchement d'émotions, la rassurer, lui expliquer... Mais plus aucun son n'était sorti de sa bouche, aucune réplique assez claire n'avait jailli dans sa tête. Rien de constructif, en tout cas.

– Vous avez sans doute raison, avait-il fini par murmurer. Je me sens si vieilli, d'un coup, si maladroit. C'est à peine si j'ose me confier à vous. Nous parlons si peu de ces choses entre nous...

– Ah, c'est donc cela ! Je suis sans doute trop ignare pour comprendre vos problèmes d'homme. L'éducation des enfants et la tenue de la maison sont des tâches suffisamment accaparantes pour une simple épouse, n'est-ce pas ? Monsieur est d'ailleurs bien trop préoccupé pour penser à ces soucis subalternes...

– Charlotte, tout ceci n'a rien à voir ! J'avoue être désillusionné dans ma vie professionnelle depuis quelques mois. De là à entendre que je vous aurais négligée ou reléguée au rang de bonne d'enfants, il y a un pas !

– Vous êtes quand même sacrément culotté ! lui avait-elle alors lancé en pleine figure, comme pour l'empêcher de se redresser.

Pris de court, choqué par la réaction de sa femme, Ulysse n'avait trouvé d'autre parade qu'une lamentable riposte sous la ceinture :

– Vous auriez pu me prévenir que vous étiez dans une de vos périodes d'indisposition...

Mal lui en avait pris.

– Quel être plein de tact vous êtes devenu, Ulysse... Vous n'avez vraiment rien compris aux femmes ! Vous êtes-vous jamais demandé si nous n'avions pas sur terre une autre fonction à remplir que d'assurer la reproduction de la race humaine ? D'autres besoins à satisfaire que manger, dormir et respirer ?

– C'est vous qui tombez dans la caricature, cette fois. Ne m'accompagnez-vous pas aux conférences du Musée des Sciences et des Lettres ? avait-il lâché sans conviction. Et ces leçons de piano que je vous encourage à suivre depuis deux ans ?

– Nous pourrions parler de besoins plus fondamentaux... D'élans du cœur et du corps, par exemple... Ou bien êtes-vous devenu trop ours déjà pour entendre quelque chose à ce langage ?

– Que voulez-vous dire ?

Ulysse n'était pas préparé à ce genre de tirade. Charlotte était plutôt réservée sur ce thème. À voir les joues de sa femme soudain s'empourprer, ses yeux s'embraser, en un mélange de reproche et de sensualité à vif, son cœur s'était mis à battre sur un autre rythme.

– Cela vous coûterait tant de me regarder de temps en temps ? De me dire que je suis encore belle ? De me témoigner clairement votre amour ?

Tout un pan de son intimité venait de se dévoiler, une attente secrète d'éclater au plein jour, presqu'inconvenante. En exprimant ce désir d'être reconnue dans sa féminité, encouragée dans les efforts qu'elle déployait pour retenir sa fragile beauté, elle s'était rendue d'autant plus vulnérable. De nouveau, Ulysse n'avait pas été à la hauteur de la situation :

– Vous savez pourtant bien que je vous aime, Charlotte ! Ai-je besoin de vous le redire constamment ?

– Si au moins vous faisiez un effort pour avoir l'air sincère…

Trop émue d'avoir ainsi laissé s'échapper ces craintes et ces regrets maintes fois ressassés, elle avait fini par s'effondrer, en larmes, sur le divan, près du portrait de sa mère. Ulysse s'était assis à ses côtés, gauche et penaud. Prudemment, il lui avait glissé à l'oreille quelques mots tendres, de ceux qui la faisaient fondre il y a quelques années encore. Mais le charme était rompu.

– Ne dites rien, je vous en prie, Ulysse. J'ai besoin d'être seule.

Mais il l'avait lentement prise par l'épaule, essuyé ses larmes d'un coin de son mouchoir. Un peu d'affection l'aiderait à apaiser ce tourment… D'un geste de soupirant, il avait pris sa main et portée à ses lèvres. Le diamant de sa bague de fiançailles étincelait à son doigt comme le soir où il le lui avait solennellement enfilée. De caresses en petits baisers, il était remonté le long du bras, jusqu'à son cou. Ulysse s'était laissé étourdir par le parfum de ses boucles blondes, par cette Eau de Cologne qu'il lui avait offerte, composée par Jean-Marie Farina lui-même : l'eau de senteur préférée de la sœur de l'Empereur, Pauline Borghèse !

Charlotte commençait à se relâcher, son visage à se détendre.

– Mon amour, lui avait-il chuchoté au creux de l'oreille, je vous demande pardon de toutes ces maladresses. Je ne réalisais pas à quel point vous souffriez de ma tiédeur. À quel point je vous faisais de la peine… Que puis-je faire pour vous convaincre de mes sentiments ?

Mais celle dont il avait un jour conquis le cœur n'avait pas répondu. Délicatement, il avait embrassé sa joue, marbrée par les larmes. Elle avait mis plusieurs minutes à tendre sa bouche en retour. Leur baiser avait eu ce goût salé des réconciliations. Étreinte de lèvres gonflées, retenue et assoiffée tout à la fois.

– Oh, Ulysse ! Pourquoi n'êtes-vous plus comme avant ? Primesautier, farceur, croque-la-vie…, lui avait-elle murmuré, les paupières encore rouges. Il l'avait alors serrée si fort dans ses bras, couverte de tant de baisers, qu'il s'était retrouvé à genoux devant son épouse, le nez noyé dans son corsage. Déjà une main s'aventurait sous son jupon, l'autre s'en prenant aux lacets qui ceinturaient sa taille. Ulysse s'était mis à respirer plus vite, à mesure que croissait son désir de parcourir sa femme de caresses. Comment mieux lui témoigner son amour qu'en l'honorant, là même, avec la fougue d'un amant ? L'attirant plus près de lui encore, il avait entrepris de lui ôter ses dessous, pendant qu'il libérait l'extrémité d'un sein au centre du décolleté…

– Ulysse, qu'est-ce qui vous prend ? Avez-vous perdu la tête ? s'était écriée Charlotte. Mais plus elle se débattait, plus il se persuadait qu'il lui fallait rattraper à cet instant toutes ses soirées d'indifférence, au point d'éÉ, entre ses jambes, une pulsion de fièvre virile à faire se dresser un mât de cocagne. Il avait flatté si sauvagement le téton qui s'offrait à ses lèvres, que Charlotte, d'un coup de genou, l'avait envoyé rouler sur le sol.

– Cette fois, c'en est trop ! Êtes-vous devenu barbare ? Me prendre ici, au milieu du salon, comme un hussard ! Imaginez une seconde que la femme de chambre soit entrée… Votre conduite est tout simplement inqualifiable ! J'espère qu'un tel délire ne vous égarera plus de sitôt. Oh, Ulysse, je ne sais comment tout cela va finir…

Le temps de rattacher son corsage et de rendre à sa coiffure une allure présentable, elle avait quitté la pièce, juste avant de tomber à nouveau en larmes.

« Décidément, il est plus difficile de rendre une femme heureuse que de lui faire des enfants ! » avait conclu Ulysse, trop secoué pour tirer les leçons de ce douloureux entretien.

L'air s'est refroidi, dans la petite chambre de l'auberge. À force de se retourner dans son lit-caisse, Ulysse a fini par défaire tous ses draps. Il faut qu'il se lève pour retendre la couverture. Que la nuit est crue ! Va-t-il enfin pouvoir s'endormir ? Heureusement, la brique emballée par la soubrette est encore délicieusement tiède. Ulysse y pelotonne ses pieds et ferme doucement les paupières. Cette fois, c'est décidé : il a rendez-vous avec le sommeil. Il ne peut en être autrement. Il écrira à Charlotte. Une longue lettre d'amour. Pour tout lui expliquer. Oui, pour tout lui expliquer…
Pour la rassurer, aussi.

RELENTS DE SALPÊTRE

– Attention ! Tout le monde dehors, vite ! Plus que quelques minutes !…

Trois forts ouvriers, foret en main et besace à outils sur la hanche, courent dans le fond du souterrain, entraînant sur leur passage les derniers travailleurs à l'ouvrage. Résonnant sur le sol rocailleux, leurs sabots de bois rythment ce repli organisé. De temps en temps, glissant dans une flaque de boue, un des hommes perd l'équilibre et se rattrape avec un bref juron. Une femme, pressée par le mouvement, accélère l'allure. Dans son panier, une dizaine de lampes de chantier qu'elle vient de détacher du fond de la galerie, pour les protéger. Ramassant promptement leur hotte de cailloux, quelques enfants s'élancent vers la sortie, petite fenêtre en arc de cercle, loin, loin, tout au bout du sombre corridor.

Il y a presque dix minutes qu'un coup de trompe a annoncé l'évacuation du souterrain. Le gros des travailleurs s'est déjà échappé de l'humide boyau. Les derniers surgissent un par un de l'antre obscur, un moment hébétés par l'agression de la lumière matinale. Une main sur les yeux, la seconde agrippée à leur sac ou au manche de leur outil, ils gravissent le sentier en escaliers qui mène aux tas de déversement. Les autres sont là, en rangs devant un contremaître, maçons, terrassiers, porteurs…, hommes, femmes et enfants.

Voici les trois artificiers qui débouchent à leur tour du long couloir, avec leur casque de cuir blanchi. Parmi eux se hâte Knud, reconnaissable à sa grande taille, avec sa giberne de mise à feu en bandoulière.

– Ça y est, ça va cracher ! s'exclame une voix. Chacun se bouche les oreilles des deux paumes. À peine le temps de compter jusqu'à douze et, soudain, le sol se met à trembler, ébranlé par l'explosion. Quatre ou cinq secondes s'écoulent, tendues comme la corde d'un arc. La détonation éclate enfin au grand air, suivie de près par le grondement des rochers déchiquetés qui s'affaissent. La gueule du souterrain, saisie d'une convulsion, éructe alors un nuage de poussière. Puis vient le cliquetis des pierrailles descellées par le souffle, qui retombent en pluie sur le sol. Comme étourdis par le choc, les ouvriers restent immobiles et attentifs. Leurs mollets crispés vibrent encore, prolongeant la secousse du sol. Ils attendent la seconde déflagration, le regard fixe. Une question de minutes, si tout fonctionne comme d'habitude.

Normalement, ce sont les charges de la galerie qui explosent les premières, devançant celles de la paroi du fond. Un jour, pourtant, les deux détonations s'étaient produites quasi au même moment, en un seul soubresaut colérique, provoquant l'agitation des travailleurs. Instant d'émotion en vérité, car il faut toujours aller s'assurer que la flamme ne couve plus à proximité de cartouches d'explosifs intactes. La hantise des artificiers, obsédés à l'idée d'être transformés en projectiles vivants pour une bulle d'air dans une mèche goudronnée…

Brusquement, le sol tressaille à nouveau : la poudre a fait éclater le carcan de pierre qui l'étranglait. L'onde sonore suit la vibration de plusieurs secondes, comme si elle était freinée par l'expulsion de la colonne d'air prisonnière du conduit.

– Entretien des outils et rangement du chantier pour tout le monde, crie le contremaître. Je vous laisse aller dans une demi-heure !

Mécaniquement, les hommes et les femmes se dispersent dans le paysage, pour remmancher un pic à l'atelier, nettoyer des pelles à la source ou remettre à leur place les brouettes qui traînent sur le déversoir. Quelques enfants s'affairent à évacuer de l'entrée du souterrain une ligne de paniers d'osier remplis de gravats.

Vingt minutes après l'explosion, le chef des artificiers retourne dans la galerie pour vérifier que tout danger est écarté. Sale boulot. Knud s'enfonce à sa suite dans le noir goulot, pour lui donner un coup de main. Sa lampe charbonne, comme s'il n'y avait déjà plus assez d'huile dans son réservoir. Tant pis. Heureusement, c'est toujours tout droit. Si ses pieds ne butaient pas régulièrement sur des arêtes de pierre, il pourrait presque se passer d'éclairage.

« Ah, si ça pouvait être vrai, putain ! J'ose pas y croire... » ricane-t-il tout bas, s'extrayant en pensée de l'étouffant tuyau. « Je savais bien que mon jour finirait par venir ! Je vaux quand même mieux que tous ces bouffeurs de patates. C'est que j'ai de l'ambition, moi. Un destin, même ! Plus qu'une semaine à tenir... Va falloir faire gaffe jusque-là ! »

La démarche de Knud semble s'être allégée, d'un coup. Pourtant, cette longue progression vers le cœur de la terre a quelque chose de tout à fait sinistre. En dehors du halo que diffuse la lanterne de son collègue, une vingtaine de pas devant lui, tout est noyé dans l'obscurité. Sur les parois du souterrain, l'eau ravine en milliers de gouttelettes froides, obsédante transpiration de la roche éventrée. Le souterrain est boueux et gluant comme les entrailles d'un monstre pétrifié. Et ces bruits de pas réverbérés en autant d'échos mouillés, devant, derrière, qui vous enserrent.

Dans le haut couloir, la fumée de l'explosion stagne encore, âcre. Knud tousse. Ces relents de salpêtre assaillent la gorge et écorchent la respiration. Il lui faut mettre un foulard humide sur le visage. Les deux hommes soufflent comme des bouilloires. L'oxygène se fait rare à une telle distance de l'entrée. À croire que la combustion de la poudre a consommé tout l'air ambiant. Les artificiers pénètrent à contrecœur dans une bulle de particules en suspension. Ils ne sont plus loin du premier foyer. Devant eux se dresse soudain une paroi verticale, d'une bonne coudée plus haute que leurs épaules. Dans la lueur de la lampe, on devine que le souterrain se prolonge en profondeur, mais uniquement dans sa partie haute, comme si le sol remontait de deux bons mètres en une gigantesque marche d'escalier.

Debout devant l'obstacle, Knud et son chef auscultent les lèvres de la plaie, à l'endroit où le schiste a éclaté une demi-heure auparavant. Quelques cartouches de cuir dépassent du fond des fourneaux, éventrées le long de la couture. Plusieurs semblent réutilisables. Les artificiers pourront les recoudre et les bourrer à nouveau de poudre pour le lendemain.

– Regarde, cette putain de roche a encore reculé d'une bonne aune, tousse le chef en pointant du doigt l'extrémité d'un trou foré le matin, désintégré sur toute sa longueur. Tiens, donne-moi donc un coup de main, on va dégager le dessous. Déplaçant un à un les blocs amoncelés à l'aplomb des fourneaux, les deux costauds mettent petit à petit à nu le bas de la paroi minée.

– Bon sang, c'est pas vrai ! s'exclame brusquement le plus âgé des deux. Un de ces foutus pétards n'a pas explosé. Ah, fumier ! Je parie que la mèche était mouillée, comme d'habitude… Regarde-moi ça : ce flanc est de plus en plus irrégulier. Faudra que les gars de cet après-midi attaquent toute cette partie au fleuret et à la masse. Cette paroi *de mes deux* doit absolument être égalisée avant les prochains forages !

– Une chance qu'on n'est pas tombé sur une saloperie de poche d'eau, comme y a deux semaines. C'est encore nous qu'aurons dû tout colmater d'urgence ! T'imagines le déluge si on arrivait dans une vraie nappe souterraine ?

– Tu parles d'un torrent, bordel ! En tout cas, on ne travaillerait plus dans cette merde de terrier pendant plusieurs jours, le temps de tout laisser pisser, ça tu peux me croire ! Tiens, bascule l'échelle, on va jeter un coup d'œil au fond du trou.

Les deux hommes se hissent au niveau supérieur de la galerie puis s'engagent dans la partie avancée du souterrain pour contrôler les charges qui viennent d'éclater à son extrémité. Malgré la centaine de mètres qui sépare les deux parois minées, le choc de la première explosion ébranle chaque fois le dispositif de mise à feu de l'autre pan de roche à détruire. Pourvu qu'une mèche ne se soit pas détachée de la cartouche qu'elle devait amorcer ou qu'un long feu ne provoque une explosion tardive ! Heureusement, tout semble en ordre. Les artificiers sont pressés de sortir du trou. L'air y devient franchement irrespirable. Sans parler des nuages de poussière qui stagnent encore, captifs, dans le boyau.

Midi. La cloche du chantier a sonné. Déjà, la nouvelle équipe est en place sur le bord du souterrain. Une pile de casques de cuir, en forme d'écuelle retournée, attendent les ouvriers. Le contremaître en chef a rappelé à chacun sa tâche et contrôlé la bonne répartition des paniers et des outils. Dans quelques minutes, il effectuera sa ronde quotidienne pour vérifier que toute la machinerie humaine déployée sur le chantier tourne sans grincer. Pour que les tâches de tous s'orchestrent sans blocage ni temps mort. Plus d'une centaine de travailleurs à coordonner !

La chaîne commence au fond de la partie avancée du souterrain, où deux manœuvres s'acharnent à réduire en débris transportables les blocs de rocher fragmentés par l'explosion. Pendant ce temps, trois autres ouvriers attaquent les blocs de pierre détachés de la tranche inférieure de la galerie, une centaine de mètres en arrière. Les conditions de travail sont si pénibles que ces hommes sont remplacés toutes les six heures et renvoyés en surface pour une tâche moins exténuante. Derrière eux, une série de porteurs, femmes et enfants principalement, sont chargés d'évacuer les déblais à l'aide de hottes et de brouettes. Ces allers et retours provoquent une sérieuse bousculade dans ce cul-de-sac exigu. Comme le puits d'évacuation le plus éloigné de l'entrée a été réservé aux caillasses de la tranche supérieure, les porteurs du niveau bas doivent transporter leur lourd fardeau de pierres sur plus d'un demi-mille, jusqu'à l'un des trois autres conduits verticaux creusés à l'aplomb du boyau. Heureusement, depuis le mètre trois cent trente-sept, la roche est suffisamment résistante pour se passer d'étançonnement continu, sinon les ouvriers auraient à partager l'espace déjà si restreint du souterrain avec les charpentiers et leur encombrant boisage de soutènement, comme durant les premiers mois de chantier.

Le contremaître s'est infiltré jusqu'au cœur du conduit pour s'assurer que rien n'est négligé. Le temps d'exercer ses yeux à l'obscurité...

– Chef, crie-t-on soudain, on va bientôt tomber à court d'huile pour les lampes !

– *Nom di djo*, Henrotte ! éclate la grosse voix du contremaître. Je t'avais pourtant demandé de vérifier les réservoirs ! Qu'est-ce que vous avez dans la cervelle, bande d'*èwarés* ? On ne peut pas vous laisser une minute tout seuls, ou quoi ? Va voir à la réserve de ma part. Je pense qu'y reste quelques litrons d'huile de noix dans le coin droit, tu vois ? Près des mèches et des verres à quinquet. Rapporte aussi un briquet à amadou, tant que t'y es !

Avisant ensuite un jeune garçon courbé vers le sol :

– Eh, *valèt*, si tu continues à te casser le dos pour soulever ta hotte, tu auras les reins en charpies d'ici moins de deux ans ! Tu t'es déjà vu comme t'es de travers ? Ce n'est pas en étant plié en deux que tu séduiras les donzelles du village, crois-moi ! Fais fonctionner tes cuisses et tiens-toi droit, va !

– Oui, m'sieu, répond le môme, impressionné par les arguments de son interlocuteur.

Après sa ronde au fond du boyau, le contremaître se dirige, l'œil circonspect, vers les équipes d'ouvriers affairés au centre du souterrain. Des hommes armés de pics et de pointes y égalisent à grand-peine les parois grossièrement déchiquetées par les explosions. Il y a souvent des blessés à cette étape des travaux : un coup de masse trop vigoureux qui rebondit sur l'outil ou un manche qui casse sous le choc.

– Eh, vous là-bas ! N'avez pas vu le grand Thonnard ? Je l'ai envoyé ici tout à l'heure.

– Euh...

– Euh quoi ? Ce traîne-savates essaie encore de se débiner ?

– Pas vraiment, chef.

– Où est-il alors, ce gros vaurien ?

– Près de la réserve de bois, je crois...

– Il est en train de roucouler avec une des porteuses, je parie ! N'essayez pas de me raconter des salades, vous !

– Non, non, chef... En fait, il a... Il a trouvé un grand coquillage dans la roche. Vous savez ces espèces d'escargots géants, comme qui dirait prisonniers dans la pierre. Y doit avoir été le cacher dans son sac...

– Qu'est-ce qu'il peut bien foutre avec ces cailloux ? Il n'en brasse pas assez de toute la journée ou quoi ?

– L'instituteur, à Buret, nous les rachète pour presque un franc. Y dit que c'est des « *fossils* », ou un truc ainsi...

– Ah, mais je rêve ou quoi ? Écoutez-moi bien, bande de tourne-pouces : si j'en attrape encore un seul à traficоter des bêtises pareilles, je lui fais réduire ces tas e pierraille en poussière ! C'est bien compris, les gars ?

À la base du troisième puits d'évacuation, à peu près à mi-longueur du souterrain, un caisson de bois d'un mètre cube repose sur le sol, attendant d'être remonté vers la surface avec son chargement de déblais. Au sommet de cette cheminée géante fourmillent aussi une série de travailleurs : des adolescents, principalement, pour actionner les treuils et transporter les gravats sur les déversoirs. Une grosse machine à vapeur se trouve également au bord du puits, pour pomper l'eau de ravinement qui percole dans la galerie. On peut entendre distinctement le va-et-vient du piston dans le conduit, obsédante respiration artificielle.

À quelques pas de là, deux manœuvres tentent d'endiguer vers le tuyau de la pompe un filet d'eau persistant. Ce sont les marais environnants qui sont la cause de cette humidité résiduelle. En dépit de la solidité du roc à cet endroit, un étai ou l'autre doit encore être mis en place pour prévenir tout affaissement. Parfois, un madrier gémit sous l'effort, annonçant l'imminence d'un tassement de terrain. Heureusement, les charpentiers veillent…

– Ah, c'est vous, chef. Dites, avec tous les étançons qu'on a dû caler ici, y aura bientôt plus assez de pieux… Si ces *feignasses* de maçons iraient plus vite, on pourrait déjà récupérer les poutres de l'entrée !

– Tirez votre plan pour le moment, mon vieux. J'en causerai à monsieur Fondry. D'ici là, je vais essayer de faire acheter des perches chez un forestier. Et pour ce qui est des maçons, je m'occupe de leur donner un bon coup de pied au cul !

Les ouvriers qui procèdent à la mise en place du revêtement en briques définitif ne sont qu'à quelques centaines de mètres de la sortie. Ce sont les plus encombrants, car ils sont obligés de travailler avec leurs échafaudages : il faut que la cloison maçonnée épouse au mieux les parois du souterrain, pour l'empêcher de s'effondrer, tout en restant parfaitement rectiligne et régulière.

– Hé ! là-bas. Quel est l'enfoiré qu'a ancré ce crochet-là ? intervient le contremaître avec un regard impitoyable.

– Euh..., c'est moi, chef, répond une voix dans le tumulte général.

– *Quéne bièsse, sés'* ! T'as envie de te faire passer pour l'idiot du village ou quoi ? À ton avis, cette barre de fer, ça sert à suspendre des fleurs ?

– Nenni... Enfin... pas vraiment, non.

– C'est pour que les bateliers s'y agrippent, du con ! Pour leurs barges, qu'elles puissent avancer dans le souterrain ! Alors si tu crois que ton bricolage va tenir le coup... Je veux que tu m'ancres ces tiges solidement dans la roche, tu entends ! Utilise trois putains de livres de mortier s'il le faut, mais accroche-moi ça *costaudement*, c'est clair ? Sinon, je t'envoie forer le fond de la galerie avec un couteau de cuisine, vu ?

– Bien, chef...

Au-delà des échafaudages, dans la partie murée qui mène à la sortie du souterrain, circulent encore quelques charrettes allongées, tirées par des mulets. Elles entrent dans le couloir, chargées de planches, d'auges de mortier ou de briques brun cendré et ressortent un peu plus tard avec les gros blocs de pierre qu'on n'a pu évacuer par les puits. À cet endroit, plus encore qu'ailleurs, se pose le problème de l'étroitesse du boyau maçonné : à peine trois mètres cinquante de large !

– Il faudrait presque camper ici en permanence pour jouer au gendarme, rote le contremaître. Deux carrioles qui se croisent et tout qui se bloque. Sans compter les pieux qui tombent au milieu du passage, les paniers de pierres abandonnés ou les seaux de mortier qui glissent sur le sol en éclatant... Ces types sont de vrais champions pour tout *emmacraler* ici !

Pendant que, jour après jour, les ouvriers de Buret s'enfoncent dans le schiste à partir de la vallée de l'Ourthe, un important contingent de terrassiers entaille le versant opposé de la crête, à l'autre extrémité du souterrain, dans la commune d'Hoffelt, près de trois kilomètres vers l'est. L'énorme tranchée en V descend déjà à plus de seize mètres de profondeur. La masse des terres et des roches déblayées est véritablement impressionnante. Partout courent des jeunes gens, brouettes ou seaux dans les mains, panier de cailloux sur l'épaule.

Il fait beau aujourd'hui. Tout a l'air de s'enchaîner avec harmonie, sans heurts et sans grognements. L'atmosphère n'est pas toujours aussi calme cependant. Lorsqu'il pleut ou qu'il neige, la tension monte souvent d'un cran. Et le vent qui s'engouffre en trombe dans la cuvette n'est pas là pour apaiser les humeurs... Les terrassiers d'Hoffelt sont pourtant les privilégiés du chantier. Les conditions de travail sont bien pires à quelques centaines de mètres de là, dans la galerie aveugle qui se creuse dans les entrailles de la terre. Une idée du directeur pour accélérer les travaux... Les « oubliettes », comme on dit ici. C'est là qu'on coince les fortes têtes.

Sept puits de sondage ont été creusés à partir de la surface, à la rencontre du futur souterrain. Les quatre premiers sont déjà en communication avec le tunnel, auquel ils servent de conduits d'aération et d'évacuation des eaux, ainsi que de cheminée d'extraction. Dans le fond de l'avant-dernier, à plus de quarante mètres de profondeur, on a même entrepris de percer un segment de galerie pour rattraper le retard. Un tronçon calculé pour s'inscrire rigoureusement dans le prolongement du boyau de Buret et s'y raccorder un jour. Un travail de taupe ingrat et abrutissant, d'autant plus pénible à supporter que l'air ne se renouvelle pas à cette distance de la surface ! De part et d'autre du couloir, long déjà d'une bonne centaine de pas, des sapeurs attaquent le schiste à coups de pics et d'aiguilles de métal, percutés à la masse, les mains ruisselantes de boue. D'autres tentent de cliver la roche à l'aide de coins, là où les couches de pierre sont orientées dans la bonne direction. Derrière eux, plusieurs ouvriers, hommes et femmes, s'occupent d'évacuer les déblais. Il fait si sombre dans cette prison souterraine que personne ne se rend compte de la quantité de crasse qui imprègne les vêtements. Quelques planches sont étendues au-dessus des flaques d'eau, mais les porteurs ont les pieds quasi perpétuellement trempés. Le froid et l'humidité les forcent à s'activer tout le temps. Combien d'allées et venues ces hommes de somme sont-ils tenus d'effectuer en une journée, toujours plus profondément dans cette gorge sombre ? Deux cents, trois cents peut-être...

Il plane dans cette impasse enterrée comme une détresse ténébreuse, un malaise d'outre-tombe. Les ouvriers des « oubliettes », ces exilés du pays de la lumière, en sont réduits à calculer l'écoulement du temps en mèches de chandelles, dans une obscurité telle que le visage même de leurs compagnons d'infortune semble s'être transformé en pierre. Qui se souviendra d'eux lorsque l'eau silencieuse aura pris possession de la galerie ?

EMBROUILLES

Ferme de Bernistap,
vendredi après-midi

Elles chantent. Elles chantent comme tous les jours, les ouvrières de la ferme du chantier, courbées en deux au-dessus de la rivière. Tantôt maraîchères, tantôt cantinières ou cuisinières, les voici pour l'heure lavandières, ces femmes-à-tout-faire de la Société du Luxembourg. Les genoux dans une petite caisse, pour éviter de se salir dans la boue de la berge, elles pétrissent chacune une pièce de linge au bout de leurs bras tendus. Contre les pierres plates, à la lisière de l'eau fraîche, sarraus et tabliers dégorgent lentement la lessive de soude ou de cendre de bois dont ils sont encore imbibés. Les tissus sont malaxés, écrasés, frottés à la brosse puis tordus avec vigueur. Ainsi s'en vont taches et auréoles de graisse, emportées par ce filet d'eau que certains rêvent de métamorphoser en canal...

Annabelle est là aussi, à l'extrémité du groupe, près des cuves de blanchissage. On lui donnerait seize ans, avec ses boucles aux reflets de moisson, son teint frais et son petit nez coquin. Elle porte au cou un pendentif de buis poli en forme de fleur des champs. Un cadeau de Roger, ciselé avec tendresse. Annabelle la sensible, toujours aussi pudique, aussi tendre que quand elle s'occupait des poules et des lapins chez ses parents et pourtant si différente depuis son immersion dans la vie de chantier. Avec ses attitudes de femme-enfant, tantôt fleur bleue, tantôt va-t-en-guerre, on se demande si elle est prête à basculer pour de bon dans le monde des adultes.

La lessive n'a pas l'air de la captiver particulièrement aujourd'hui. Elle s'active mollement au-dessus de la rivière, les yeux dans le vague. Dans ses mains se défend un col de chemise, trop léché par la sueur pour jamais retrouver sa teinte blanche. Son esprit est ailleurs. En fait, cela fait trois jours qu'elle n'a pu s'isoler un moment avec son bien-aimé. Comme il fait partie de l'équipe qui travaille de minuit à midi et qu'elle est de corvée jusque tard dans la soirée, le seul instant où elle peut espérer lui ravir un baiser est l'heure où elle apporte aux ouvriers leur repas. Mais la responsable des cantinières a vite repéré les escapades amoureuses de la jeune fille. À deux reprises, déjà, elle l'a mise en garde : elle n'est pas payée pour aller conter fleurette et distraire les ouvriers du souterrain ! Depuis qu'elle se sait dans la ligne de mire de la surveillante, Annabelle rentre à la ferme directement après le déjeuner, la mort dans l'âme, sans avoir pu déposer sur le visage de Roger la moindre petite caresse. Avec quelle impatience se réjouit-elle de le voir demain !

Peut-être parviendra-t-elle à fausser compagnie quelques minutes à son cerbère ?

Voilà que, sur le chemin qui vient de Tavigny, arrive une femme portant sur son dos une hotte de noisetier tressé, remplie de linge. C'est Barbara. Tout le monde l'a reconnue à sa longue chevelure noire et à sa démarche de bohémienne. Elle passe derrière les blanchisseuses à l'ouvrage et dépose à terre son lourd fardeau, sans mot dire.

– Eh quoi ! C'est pas les draps du château ? Pourquoi est-ce qu'on ne les lave plus sur place ? murmure-t-on discrètement. Immédiatement, la plus gradée des ouvrières interrompt son travail pour rejoindre la nouvelle arrivante. Elle lui indique une cuve remplie de lessive propre, fumante encore, à côté du foyer : les tissus blancs ont droit à un traitement spécial.

– Le chef de chantier ne veut plus voir de linge sécher dans la cour du château, ni même dans la prairie en bas, chuchote Barbara à l'oreille de la responsable. Il va falloir que je fasse la navette trois fois par semaine avec le linge sale de ces messieurs, à présent ! Tu parles d'une promenade... Lorsqu'elle passe à la hauteur d'Annabelle pour aller remplir un seau d'eau, elle a peine à réprimer un soupir de lassitude.

– Alors, Libellule, c'est tout ce que ça te fait, la vie de château ? Qu'est-ce qui ne va pas ?

– T'en fais pas, Annabelle. Y a des jours comme ça où tout va un peu de traviole. C'est pas grave.

– Barbara, tu as l'air contrariée. Il s'est passé quelque chose avec...

– Tais-toi ! Pas ici, s'il te plaît ! Viens, éloignons-nous plutôt. Fais mine de m'aider à porter ce bassinet vers la ferme. Nous y serons en paix pour discuter une minute.

– Ne me dis pas que tu t'es disputée avec Fondry ?

– C'est pas la folle entente pour le moment...

– Il te néglige ?

– Pas vraiment...

– T'as découvert une lettre d'amour pour une autre ?

– Non. Non, c'est plus compliqué que ça, va... Il est si soucieux depuis quelque temps. On dirait qu'il est entièrement absorbé par son travail. Corps et âme. Comme s'il n'était plus amoureux de moi, tu comprends ?

– Mais tu es à peine au château depuis le début de la semaine !

– Il n'aime pas trop me voir pendant la journée, lorsqu'il travaille. Peut-être que je le dérange, après tout. Ça n'a pas l'air facile de tenir en main une entreprise pareille, crois-moi !

– Mais le soir, tu es quand même heureuse avec lui ?

– Jusqu'hier, tout allait bien. Il est venu me rejoindre dans la chambre de la tour, tard dans la nuit. Je l'ai senti un peu tracassé quand y se déshabillait dans le noir. Mais il a fini par se laisser aller dans mes bras. Ah, Edgar… C'est ce matin que tout s'est embrouillé.

– Il était de mauvaise humeur ?

– Je ne l'ai même pas vu en me levant. Il avait quitté mon lit à la sauvette, sans me réveiller. Vers les dix heures, je nettoyais le couloir, près de son bureau. Il était là à parler avec un homme. Ça devait être une discussion importante, car je l'ai entendu plusieurs fois élever la voix. Lui qui est d'habitude si posé, si ordonné… Il avait l'air furieux, hors de lui, Annabelle. Il a même tapé du poing sur la table, je crois. D'un coup, la porte s'est ouverte et j'ai entendu sortir un homme. Je n'ai pas pu voir qui c'était, mais il devait être tout crispé, à la manière dont ses talons de bottes claquaient dans les escaliers. Le type s'est arrêté sur le palier et s'est mis à crier à Edgar : « N'avez pas intérêt à pousser trop loin le bouchon, m'sieur Fondry. N'oubliez pas que je sais pour Salmon ! » C'est à ce moment-là que tout a commencé à chavirer pour moi, tu comprends ?

– Attends… Qu'est-ce que ça veut dire ? C'est quand même pas de *Clément Salmon* qu'y parlait ?

– Mais oui ! De *mon* Clément, de qui veux-tu ? Tu en connais d'autres dans le coin ? Pourquoi justement son nom, dans une menace ? D'un coup, tout est remonté en moi : mon désir, ma révolte, mes interrogations… Il était bien trop jeune pour disparaître, Annabelle ! Peut-être qu'il n'est pas mort par accident, tu saisis ?

– Oh, mon Dieu !

– Il s'est sûrement passé quelque chose de pas correct à l'époque. Une affaire assez sérieuse pour rester secrète… Et suffisamment importante pour intimider Fondry ! Je ne sais pas, moi…

La pauvre Libellule se met à trembler des lèvres. Une larme perle sous sa paupière. Un instant elle résiste, puis se jette dans les bras d'Annabelle, l'étreignant de toutes ses forces.

– Tu sais ce qu'y m'a dit, lorsqu'il a vu que j'étais dans le couloir ? Il a hurlé que je n'avais rien à faire là et que si c'était pour l'espionner que j'étais venue au château, que je n'avais qu'à faire mes bagages ! Oh ! Edgar... Me crier cela, à moi ! Moi qui venais de m'offrir à lui... Moi qui ne cherchais qu'à faire correctement mon travail... Moi qui ai déjà eu le cœur déchiré deux fois... C'est tellement injuste !

– Ce n'est pas possible !

– Puis il est rentré dans son bureau en jurant comme un beau diable. Je ne l'avais jamais vu dans une colère pareille. Il a encore crié tout seul : « Bon sang, je ne vais quand même pas me laisser faire par ce morveux ! », puis il a claqué la porte.

– Fondry n'est pas un gars pour toi ! Je l'ai toujours pensé.

– Ne dis pas cela, Annabelle... J'aurais jamais dû te parler de tout ceci. Tu vas voir, ce soir, quand y se tiendra à l'entrée de ma chambre : y me demandera pardon en m'offrant une écharpe de soie ou un parfum précieux. C'est cet imbécile d'inconnu qui l'a mis dans tous ses états ! Tout va reprendre sa place, j'en suis sûre. Edgar est un homme droit et honnête, ça se lit sur son visage ! D'ailleurs, qui nous dit que ce n'est pas l'autre bougre qu'a quelque chose à se reprocher ? Demain, je lui demanderai de m'expliquer toute cette affaire. Il n'osera pas me le refuser.

– Il va falloir y aller, Libellule : y vont s'inquiéter de notre absence. En tout cas, j'espère bien que tout va s'arranger comme tu l'imagines, ma pauvre. À moins que tu sois trop amoureuse pour y voir clair...

– Toi, quand j'aurai besoin des conseils d'une « grande personne », je te ferai signe ! réplique-t-elle du tac au tac en pinçant la joue de sa jeune confidente.

– Je continue à croire qu'y se passe des choses pas nettes sur ce chantier…

PAS D'EXCENTRICITÉS !

Cowan, près d'Houffalize,
vendredi soir

– Bon sang, si ce que vous dites est vrai, cela peut compromettre tous nos plans !

Derrière la chapelle du hameau de Cowan, sur la route de Tavigny, un mystérieux homme trapu, dissimulé dans l'ombre, serre les poings, tentant de maîtriser sa rage.

– Je sais comment l'empêcher de nuire, s'il se montre trop curieux ! lui répond un sinistre individu.

– Il nous faut être extrêmement prudents avec lui, au contraire. Nous n'avons aucune preuve ! Montrons-nous plus malins... Pourquoi ne pas le faire suivre, à son retour ? Il finira bien par se trahir !

– Il sera trop tard à ce moment. N'oubliez pas : c'est à la mi-juin déjà qu'il doit rendre son rapport. Nous ne pouvons prendre aucun risque ! Il faut contraindre ce corniaud à jouer notre jeu.

– Que voulez-vous dire ? Qu'il faut acheter sa complicité ? À quel prix ?

– Ce gars-là ne jouera pas dans la combine, même pour un pont d'or : il est bien trop réglo, prisonnier de ses principes à la con ! Il faut lui faire peur, très peur !

– Non, je n'aime pas ça du tout. Utilisons-le à son insu ! On le dit être un homme pratique et sensé, n'est-ce pas ? Laissons faire les choses comme elles sont programmées, quitte à forcer un peu la dose... Il devra se rendre à l'évidence !

– Ça ne marchera jamais, votre plan : cet entêté est capable de tout interpréter de travers !

– Suffit ! Ici, c'est moi qui décide. Restez en ville encore quelques jours. Je pourrais avoir besoin de vous. Et surtout, pas d'excentricités ! Personne ne doit savoir que vous m'avez vu ! Compris ?

Prudemment, les deux conspirateurs se séparent, regagnant chacun leur monture. Le plus grand des deux, voyant s'éloigner son autoritaire interlocuteur, se racle la gorge et crache bruyamment par terre.

– *Blöde Dummkopf !* jure-t-il en rejetant la tête en arrière d'exaspération.

UNE PLUME AU CHAPEAU

– Remontez l'Ourthe pendant deux bons milles, puis prenez sur la droite là où c'que la rivière se divise : c'est la petite route qui va vers Cowan, puis vers Buret, lui avait expliqué la soubrette de l'auberge.

Ulysse n'avait eu qu'à suivre ces indications en comparant les données du paysage aux repères figurant sur sa vieille carte *Ferraris*. Quel décor différent de celui auquel il s'était habitué ces derniers jours ! Une question d'altitude, sans doute, ou de composition du sol. À la forêt de vallée, peuplée de grands troncs d'arbres, succédait une végétation plus trapue, plus rabougrie. C'étaient de petits chênes, des bouleaux ou des noisetiers qui formaient à présent les bosquets le long du chemin. Les étendues de genêts et de bruyères l'avaient aussi frappé, avec leurs allures de chevelure mal peignée. Le plus étonnant, cependant, c'étaient ces prés constellés de milliers et de milliers de pissenlits en fleurs. Comme si, en une nuit, une immense nappe à pois jaunes avait été étalée sur tous les pâturages.

Ulysse sourit en se rappelant la mésaventure que lui avait racontée le tenancier de l'auberge, juste avant son départ. Moins de deux ans auparavant, la carriole d'un correspondant du Journal de Luxembourg avait dévalé avec armes et bagages dans la rivière, à cause d'un glissement de terrain. Le plus drôle, c'est qu'il revenait précisément du chantier du souterrain, là où se rend Ulysse. « Grand danger ! avait écrit le journaliste. Le plus intrépide des voyageurs ne peut aborder cette route qu'en tremblant !» C'est vrai qu'à observer le chemin, on peut nourrir certaines craintes sur la cohésion de son assise. Des traces d'inondation confirment que le sol est détrempé plusieurs semaines par an. De temps en temps, la voie s'agrippe au flanc escarpé comme une sente de caprins et quitte le lit de la rivière afin de contourner un obstacle. Antoinette peine en soufflant.

Sous son gibus feutré, Ulysse a vraiment l'air d'un intellectuel en sortie, trop ordonné, trop sérieux pour se fondre dans le décor fauve de l'Ardenne. La cravate claire qu'il a nouée autour de son cou, les coins de son col de chemise, pliés en équerre, l'étranglement des manches de sa redingote autour des poignets témoignent du soin qu'il a accordé à sa tenue. C'est qu'il ne s'agit plus d'une simple journée de route : c'est aujourd'hui qu'il doit rencontrer les responsables du canal de Meuse & Moselle. Même le cabriolet affiche une nouvelle jouvence après le nettoyage qu'il lui a fait subir à l'auberge. Les cuivres sont tout polis et brillent comme s'ils étaient d'or.

Après bien des hésitations, il avait fini par décider de se rendre d'abord chez le directeur du chantier, pour éviter d'avoir l'air de rôder en espion autour des travaux.

Ulysse avait mis à profit la journée de la veille pour suivre le lit de l'Ourthe dans ses derniers méandres, jusqu'au petit affluent qui menait au souterrain. C'est à pied, bien entendu, qu'il avait remonté le courant : aucune voie carrossable ne longeait plus le ruisseau. Il faudrait, à l'évidence, maçonner les berges sur une hauteur de deux mètres pour rendre le cours d'eau navigable ! Des travaux aussi considérables au moins que ceux entrepris à ce jour !

Arrivé sur la crête, Ulysse dépasse une jeune femme en train de pousser une charrette de vivres. C'est la mignonne Annabelle, tout en affaire à l'idée de retrouver son Roger, le travailleur dont l'amour émaille ses songes.

– Bonjour, jeune dame. Je cherche le chantier du canal de Buret...

– C'est le chemin qui va tout droit, monsieur. C'est justement là que je vais, répond la jeune femme en souriant. Vous en avez encore pour une bonne lieue.

– Ma jument m'y mènera vite. Mais dites-moi, vous en transportez des victuailles ! Vous vous occupez du ravitaillement des ouvriers peut-être ?

– Ils sont plus de trois cents à nourrir, repartit la paysanne, laissant descendre les bras de sa charrette. Tous les jours, on leur prépare à manger, à la ferme de Bernistap. Je veux bien vous indiquer le chemin, mais vous y serez longtemps avant moi avec votre voiture !

– En fait, je cherche le responsable du chantier.

– Alors c'est au château de Tavigny que vous devez aller ! Y ne passe au souterrain qu'une ou deux fois par jour. Tenez, le village est juste derrière la colline. Le château se trouve près de l'église.

– Merci, ma petite dame, et bon courage !

– Euh..., mademoiselle, réplique celle-ci en baissant la tête, si faiblement que c'est à peine si Ulysse l'entend.

En partie dissimulé derrière les murs de pierre de ses dépendances, le château de Tavigny ne correspond pas réellement à l'idée qu'Ulysse s'en était faite en compulsant les dossiers de la Société du Luxembourg. La façade principale, avec ses fenêtres à croisillons à la mode française du Grand Siècle, ne manque pourtant pas d'allure, côté jardin. Deux anciennes tours rondes à toit conique, rescapées de l'ère médiévale, épaulent le bâtiment de part et d'autre, comme deux sentinelles jamais congédiées. Seule la disposition désordonnée des lucarnes et des cheminées, toutes couvertes d'ardoises, déséquilibre un peu la composition.

C'est lorsqu'on franchit le portail d'entrée du château qu'on réalise que cette demeure fortifiée n'est jamais parvenue à s'affranchir de sa vocation rurale première : sa cour intérieure fait davantage penser à celle d'une grosse ferme, avec son enclos à poules maquillé en parterre et ses granges aménagées en entrepôts à outils. Une seconde cour fait suite à la première, à peine plus digne du rang des occupants des lieux, en dépit du rafraîchissement de l'enduit extérieur. Avec son vieux donjon et sa porte d'entrée décentrée, cette gentilhommière rustique et désuète ferait, malgré son charme, sourire les nobliaux de la capitale.

– Je voudrais voir monsieur De Puydt, annonce Ulysse au domestique descendu précipitamment à la vue du cabriolet.

– Monsieur était-il attendu ? lui réplique le majordome sur un ton pédant à la limite du comique.

– J'aurais eu la joie d'annoncer ma visite si j'avais pu connaître la date de mon arrivée dans la région, réplique Ulysse, piqué par l'attitude méfiante de ce domestique du dimanche. C'est vrai, j'aurais dû emporter un pigeon voyageur ou un clairon ! plaisante-t-il maladroitement. Je vous saurais gré néanmoins de bien vouloir m'introduire auprès de l'ingénieur des travaux du canal de Meuse & Moselle, s'il vous plaît.

– C'est-à-dire que... monsieur De Puydt n'est pas au château pour le moment, monsieur... Il ne m'a pas précisé l'heure de son retour. Mais si vous souhaitez avoir un entretien au sujet des travaux de Buret, monsieur Fondry est dans son bureau. C'est lui qui dirige le chantier en l'absence de monsieur De Puydt.

– Soit.

– Qui puis-je annoncer ?

– Ulysse de Longchamps, de la Société générale.

– Très bien... Si Monsieur veut bien me suivre, se raidit le majordome, mi-étonné, mi-embarrassé.

– Pourriez-vous faire en sorte que mon cheval et ma voiture trouvent un abri digne des dizaines de lieues qu'il leur a fallu accomplir depuis Bruxelles ?

– Euh, certainement, monsieur... Je m'en chargerai directement.

Ulysse gravit les quelques marches de grès rouge qui mènent à la porte d'entrée et pénètre dans un petit corridor dont la perspective conduit les regards vers les jardins du château. À gauche s'ouvre le hall, avec une belle cheminée sculptée, ornée d'une tête d'angelot, et un imposant escalier de chêne à quatre volées. En montant, Ulysse s'aperçoit que les marches sont étonnamment profondes tout en étant peu élevées. Sans doute la faible hauteur de la pièce et la longueur du parcours avaient-elles imposé ces dimensions plutôt inhabituelles, peu adaptées aux enjambées naturelles.

Edgar Fondry est un petit homme replet et méticuleux, parfait spécimen du genre bureaucrate appliqué. Son habit couleur bronze, court et cintré à la taille, dissimule le haut de longues basques brunes, à la mode française. Un gilet fauve complète la tenue, rehaussé par une cravate blanche à larges plis. À voir ses favoris poivre et sel, son crâne déboisé en tourbillons et son teint sanguin, on prêterait au personnage un bon demi-siècle d'existence... À tort, cependant, car il doit à peine avoir dépassé les quarante-cinq ans, d'après les renseignements qu'Ulysse possède sur lui. Directeur des travaux des mines à Buret et bras droit de Rémi De Puydt, Fondry occupe un poste important au sein de la Société du Luxembourg. Rétribué en proportion, faut-il préciser.

Découvrant pour la première fois le visage de cet ingénieur dont le nom apparaissait si souvent dans les dossiers de la société, Ulysse ne peut s'empêcher d'être déçu par son allure peu dégourdie. Est-ce la rudesse du décor environnant ou la hardiesse du projet qui rend par contraste le personnage si fade, ses traits si mous ? Monsieur Fondry n'a rien de l'aventurier, du meneur d'hommes qu'Ulysse avait vu, en image, prendre en main la destinée du chantier. Sans doute s'agit-il en réalité d'un de ces administrateurs de génie, discrets et compétents, dont les grands entrepreneurs recherchent la compagnie pour les seconder...

Pendant quelques instants, les deux hommes restent figés dans l'attitude de réserve qu'il sied d'observer dans ce type de circonstances. Ils semblent embarrassés, l'un à l'idée de débarquer à l'improviste dans un projet qui n'est pas le sien avec pour mission d'en sonder la viabilité, l'autre de se sentir dévisagé du crâne aux chaussettes par un inconnu dont il ignore le pourquoi de la venue.

– Ulysse de Longchamps, de la Société générale de Belgique. Heureux de faire votre connaissance, monsieur Fondry.

– Bienvenue à Tavigny. Vous m'apportez de bonnes nouvelles de Bruxelles, j'espère ? Je vous en prie, débarrassez-vous et installez-vous dans ce fauteuil. Que nous vaut l'honneur de votre visite ?

– Vous savez que la Société a sérieusement tremblé sur ses fondations, avec les événements de septembre ! Elle cherche aujourd'hui à faire le point sur les différentes entreprises qu'elle soutenait avant la révolution. De façon à évaluer leur situation économique et à mieux redéfinir les objectifs poursuivis par chacune d'elles. Je ne vous cache pas que le canal de Meuse & Moselle est un des projets qui préoccupent le plus les directeurs de la maison. L'environnement politique actuel et les difficultés financières de la Société du Luxembourg rendent toute décision très délicate à prendre – je ne vous apprends rien –, d'autant que nous ne disposons plus d'indications récentes sur l'évolution des travaux et que...

– En fait, vous êtes venu pour tirer l'affaire au clair, coupe délibérément Fondry. En « observateur avancé », comme le dirait Rémi De Puydt ! J'attendais depuis plusieurs mois la visite d'un représentant de la Société générale. Vous avez dû vous rendre compte en chemin combien il est difficile de correspondre avec le reste du pays dans un délai raisonnable.

– Difficile... et peu sûr !

– Vous devez savoir que notre silence était délibéré. Nous ne souhaitons pas diffuser d'informations au sujet de l'avancement du chantier. Je me méfie comme de la peste du courrier et des indiscrétions inévitables qu'il risque d'entraîner : une lettre peut s'égarer dans les mains d'une personne qui ne partage pas vos opinions et être à l'origine de mesures tout à fait dommageables pour son expéditeur ou son destinataire. Vous savez comme moi combien ce projet est devenu fragile à défendre du point de vue politique. C'est grâce à notre discrétion que le souterrain de Buret est aujourd'hui en voie d'achèvement. Je vous avouerai d'ailleurs que la tourmente dans laquelle la Société générale s'est trouvée embarquée il y a quelques mois ne nous a guère incités à renouer les contacts avec la capitale. J'espère que les choses se sont quelque peu clarifiées depuis...

– Je m'empresse de dire que vous pouvez compter sur ma discrétion. Ma curiosité est essentiellement d'ordre technique et financier, réplique Ulysse, taisant volontairement une partie de la vérité. Je cherche avant tout aujourd'hui à dresser un bilan sur l'avancement des travaux entrepris par la Société du Luxembourg. Ce n'est pas à moi qu'il revient de décider de la rentabilité future de l'entreprise ou d'un soutien éventuel à accorder au projet. Mais, dites-moi, monsieur De Puydt est-il à Buret pour le moment ? J'aurais aimé le saluer également.

– Il est allé de bonne heure au chantier, ce matin. Il ne devrait pas tarder à rentrer. Vous avez de la chance de le trouver ici : depuis qu'il a été nommé capitaine de la Garde civique de Mons et ingénieur en chef des Ponts et chaussées, il ne passe plus que quelques jours par mois à Buret. Il doit d'ailleurs repartir incessamment.

– Je serai d'autant plus heureux de le rencontrer que nous ne nous sommes pas revus depuis bien dix ans ! Mais parlez-moi plutôt du creusement du souterrain…

– C'est en effet la partie la plus intéressante des travaux. Venez, je vais vous montrer quelques relevés. Vous aurez comme cela une idée plus claire de la situation avant d'aller visiter le chantier. Par ici je vous prie…

La chambre qui fait office de salle des plans est une large pièce lambrissée de panneaux de chêne. Un lustre de fer forgé prolonge, de ses entrelacs, le dessin des moulures du plafond. Fondry s'empresse de satisfaire la curiosité de son hôte : « L'aménagement du château remonte au siècle dernier. C'est l'œuvre du baron von Doppelstein von Eyenebourg. Un homme de goût ! »

Sous leurs pieds, les lattes du parquet, fraîchement cirées, crissent avec un soupir de noblesse outragée. Ulysse a le regard attiré par un grand tableau allégorique, sur le trumeau de la cheminée, figurant une sorte de scène mythologique, dans ces tons irréels de l'école néo-classique.

– Vous l'aimez ? C'est une toile de Van Huffel, un disciple de François-Joseph Navez. Il représente la visite d'Énée à la Sibylle de Cumes. Impressionnant, n'est-ce pas ?

– Oui, je vous l'accorde, répond Ulysse sans enthousiasme. Comment les connaisseurs pouvaient-ils s'enticher de telles toiles, si rigides et théâtrales ? Dire que ce Navez venait d'être nommé directeur de l'Académie des Beaux-Arts de Bruxelles…

Sur une table sont déroulés plusieurs plans, plus détaillés que ceux dont il a eu connaissance jusqu'ici.

– Il s'agit du tracé de la vallée de l'Ourthe, depuis Liège jusqu'à Buret, commente Fondry. C'est grâce à ces cartes que nous avons pu étudier en détail le parcours du canal, déterminer l'emplacement des écluses et des ponts à construire, les raccourcis à aménager. Vous pouvez y observer les cotes d'altitude ainsi que tous les éléments du paysage susceptibles d'influencer les travaux. Une vraie œuvre d'art, n'est-ce pas ? Observant avec intérêt chacune des planches, Ulysse suit, avec une admiration non feinte, toutes les étapes de son itinéraire, les gués, les hameaux, les prairies marécageuses et les parois rocheuses à contourner.

– Ces documents sont d'une très grande précision. Il vous a fallu des mois pour les réaliser, je présume...

– Des mois, en effet. Tenez, voici un plan en coupe du souterrain qui doit relier la vallée de l'Ourthe à celle de la Wiltz. Vous voyez : nous sommes quasi à la moitié du conduit. Près d'un kilomètre depuis l'entrée ouest jusqu'ici. Les zones hachurées de part et d'autre représentent les deux tranchées extérieures. Grâce à elles, nous avons pu réduire de plusieurs centaines de mètres la longueur du souterrain proprement dit. En grisé, vous avez l'étendue du chantier actuel et, verticalement, les sept puits d'aération. Ces trois-là ne sont pas encore en communication avec le futur canal, mais vous voyez qu'on tente de creuser un segment de galerie directement à partir du sixième. Si l'expérience est concluante, nous envisageons de la reproduire dans les autres puits également. Cela devrait grandement accélérer les travaux. Le tronçon qui est représenté en quadrillé est déjà entièrement muraillé et voûté de briques : près d'un quart de la distance, comme vous pouvez le remarquer !

– Fameux travail... Mais dites-moi : quelle est la progression journalière ?

– Au début, nous avancions d'environ un mètre par jour, au pic. Grâce à l'intervention du capitaine De Puydt, nous bénéficions depuis plusieurs mois de l'aide d'artificiers militaires. La poudre nous permet d'avancer au moins deux fois plus rapidement.

– Et l'extraction des déblais ?

– C'est évidemment là que cela freine. Les explosifs facilitent le percement, mais plus la progression est rapide, plus il y a de débris à évacuer... et comme le trajet jusqu'à la sortie est de plus en plus long, on perd ici ce qu'on regagne là. On ne peut pas accélérer la cadence à l'infini...

– À combien se monte le nombre d'ouvriers qui travaillent ici pour le moment ?

– Attendez, je dois avoir ici le tableau de répartition des effectifs, répond Fondry, déjà penché au-dessus d'une pile de gros dossiers. Nous employons à peu près trois cents ouvriers. Grosso modo cent vingt par équipe de pause. Mais une série d'autres personnes travaillent aussi pour la société, à l'intendance, à l'entretien des bâtiments, à l'achat et au transport des matériaux de construction ou pour veiller au maintien de l'ordre. Sans compter bien sûr mes collaborateurs proches, géomètres, architectes, comptables, juristes, trésoriers, etc. Tout un régiment, comme diraient les militaires ! Tenez, voici un plan de la nouvelle machine à vapeur Cockerill que nous avons commandée pour le troisième puits. Autre chose que notre vieille pompe à balancier Watt et Boulton. Je parierais qu'elle remonte au siècle dernier ! Soit dit en passant, bien dommage que John Cockerill ait dû s'enfuir aux Pays-Bas. Si la sidérurgie est appelée à progresser encore autant qu'elle l'a fait sous son égide le long de la Meuse, nous ne sommes pas au bout de nos surprises ! Ce sont des industriels comme lui qui étaient en voie de révolutionner notre économie !

– Monsieur Fondry, la carte affichée sur ce mur, c'est bien le tracé complet du canal de Meuse & Moselle ?

– En effet.

– Je vois que vous avez déjà étudié le raccordement à la Lesse...

– Pour assurer la jonction directe avec la haute Meuse, en canalisant le Waillet, près de Marche. Mais ces travaux ne seront pas à l'agenda avant plusieurs années, avec tout ce qui nous reste à entreprendre pour relier Liège à Wasserbillig ! Tiens, j'entends des sabots dans la cour. Serait-ce déjà Rémi De Puydt ? Nous serons rapidement fixés.

Bien vite en effet, la porte de la salle des plans s'ouvre en claquant, dévoilant la silhouette imposante du capitaine. De son chapeau de feutre s'échappe une courte plume blanche, épanouie comme le panache d'un schako d'officier. Tout, dans son comportement, trahit la rigueur de sa formation militaire, raide presque à l'excès. Il suffit de regarder le nœud de sa cravate pour se rendre compte que les coquetteries de salon ne font pas partie de ses préoccupations ordinaires. Ulysse ne peut s'empêcher de songer, en souriant, à ce délicieux petit essai publié tout récemment par Honoré de Balzac sur l'*Art de mettre sa cravate enseigné en seize leçons*, qui n' a jamais dû lui passer entre les mains…

– Lieutenant de Longchamps ! Ça pour une surprise ! Vous n'avez vraiment pas changé. Ne travaillez-vous pas depuis quelques années pour la Société générale ? Quel bon vent vous amène en ces terres reculées ?

– Bonjour, mon capitaine. Je suis bien heureux de vous revoir, après tant d'années… Comme je l'expliquais à monsieur Fondry, Bruxelles s'inquiète de n'avoir plus beaucoup de nouvelles de l'avancement des travaux du canal.

– Il est exact qu'il m'a été difficile de faire régulièrement rapport depuis quelques mois : on vous a dit combien j'étais sollicité pour le moment !

– N'en déplaise à vos autres commanditaires, enchaîne Ulysse, cette voie navigable sera un de nos seuls axes de communication avec l'étranger – si le Luxembourg obtient aussi son indépendance –, puisque les Néerlandais ont fermé toutes les routes commerciales vers le nord et le nord-est ! Ni la Meuse, ni l'Escaut, ni le canal de Gand-Terneuzen, ni même le port d'Anvers ne permettent aujourd'hui d'exporter les productions du pays. Il est primordial que la jonction Meuse-Moselle puisse être achevée dans les plus brefs délais, si du moins la chose est encore concevable...

– Comment, concevable ? Mais bien entendu, cher ami ! Que croyez-vous trouver ici ? Un terrier de lapin et trois ouvriers en train de rêver la fleur aux dents ?

– Je vous connais suffisamment pour savoir que si c'est vous qui dirigez les opérations, les choses doivent avancer bon train, mon capitaine ! D'ailleurs, monsieur Fondry vient de me décrire l'avancement actuel du chantier. Vous conviendrez toutefois que l'importance des travaux encore à entreprendre est considérable ! Rendre l'Ourthe navigable jusqu'ici, sans parler de la canalisation de la Wiltz et de la Sûre jusqu'au confluent avec la Moselle. Je ressens une réelle inquiétude à l'idée qu'il reste moins de deux ans pour achever toute l'entreprise. Je doute que notre nouveau parlement accepte de nous accorder un délai supplémentaire. Tout au plus conserverons-nous une concession de trente ou quarante ans, à peine de quoi rembourser la mise !

– J'espère que votre venue présage d'heureuses décisions de la part de la Société générale. Une avance en capital nous permettrait d'entreprendre directement les travaux de canalisation des deux rivières et l'installation des écluses...

– Ne sous-estimez pas nos difficultés financières pour le moment, mon capitaine. De plus, la situation politique de l'institution est loin d'être clarifiée encore. Nous avons eu très peur à la mi-mars : depuis que Guillaume Ier a confisqué et séquestré tous les biens de la société en Hollande, des tensions terribles sont apparues à Bruxelles. Il s'en est fallu de peu qu'éclatent à nouveau de sérieuses émeutes. Nombreux, évidemment, sont ceux qui souhaiteraient faire mainmise sur nos ressources, à commencer par le gouvernement. Si le régent Surlet de Chokier n'était pas intervenu en personne pour faire garder nos locaux, le pire était à craindre !

– Si nous pouvions trouver quelques nouveaux actionnaires... Les anciens souscripteurs ne donnent plus signe de vie depuis plusieurs mois !

– Leur réaction est bien compréhensible, hélas ! Les orangistes ne sont plus très enthousiastes à l'idée de soutenir un projet économique qui risque de leur échapper totalement, voire de faire banqueroute.

– Il est indispensable que la situation politique internationale se stabilise au plus vite ! Mais avec tout cela, j'en oublie mes plus élémentaires devoirs d'hôte. Puis-je vous offrir une tasse de café ?

– Cela fait longtemps que je n'en ai plus dégusté, je l'avoue.

– C'est du robusta que nous importons des Amériques. Il faut en profiter : ce sont nos derniers sacs. Depuis la rupture avec les Hollandais, il est de plus en plus difficile de se procurer du café de qualité dans la région, explique Rémi De Puydt avant de héler le domestique par la porte restée entrouverte.

– Comme vous le dites, il est vital pour la Belgique d'accroître ses contacts commerciaux avec la France, l'Autriche et l'Angleterre, rétorque Ulysse avec conviction, comme s'il souffrait déjà de la pénurie de café... De vous à moi, mon capitaine, espérez-vous pouvoir tenir les délais ?

– Il faudra compter une bonne année encore pour que le souterrain de Buret puisse accueillir des bateaux. Quant à la canalisation des deux rivières, elle pourrait être achevée douze mois plus tard si j'obtiens des capitaux frais pour engager des travailleurs supplémentaires. J'ai insisté personnellement auprès du roi Guillaume afin qu'il nous consente une avance de son côté. À quelques semaines près, je crois qu'il est encore permis d'espérer, lieutenant... Si aucun événement international ne vient plus troubler cette œuvre admirable !

En entendant prononcer le nom de Guillaume Ier, Ulysse ne peut s'empêcher de froncer les sourcils : comment Rémi De Puydt osait-il, dans ses fonctions actuelles, garder des contacts professionnels avec son ancien souverain ? Lui qui dirigeait la remise en état des infrastructures du pays depuis sa nomination comme ingénieur en chef des Ponts et chaussées ? Il avait d'ailleurs fort à faire au Grand-Duché, où une incursion armée des Prussiens était attendue d'un jour à l'autre, conséquente aux accords de la Confédération germanique. La place forte de Luxembourg-ville – restée fidèle au roi Guillaume – avait accueilli en renfort plusieurs régiments de Prusse. Le gouverneur de la citadelle, le duc de Saxe-Weimar, pouvait à tout moment lancer une offensive contre les maigres troupes belges éparpillées au Grand-Duché et reconquérir une à une les villes qui en faisaient partie.

Ulysse est impressionné par Rémi De Puydt qu'il sent capable de rester fidèle à ses principes et droit dans ses engagements au milieu de situations aussi contradictoires.

– Les nouvelles ne sont pas très encourageantes, mon capitaine. Savez-vous que les représentants des puissances européennes à Londres viennent d'adresser un ultimatum au Congrès national : le 31 mai, toutes les troupes belges doivent avoir quitté le territoire du Grand-Duché !

– Bon sang ! J'ai entendu parler de ce protocole il y a quelques jours, mais je n'étais pas sûr de mes sources. Il ne s'agit donc pas d'un ragot... C'est fort inquiétant. Nous reste-t-il une issue dans cette impasse ?

– Le gouvernement provisoire a pris clairement position là-dessus : il n'est pas question d'obéir à cet ultimatum, au nom de tous les Luxembourgeois en révolte. Il faudra tenir tête sans fléchir, ont-ils décidé. N'oubliez pas qu'un des plus ardents défenseurs de la cause belge à

Londres est Jean-Baptiste Nothomb, Luxembourgeois jusqu'aux orteils !

– Sommes-nous vraiment en mesure de leur tenir tête, lieutenant ? Si les Prussiens attaquent le Grand-Duché, nous sommes perdus. Il n'y a aucun espoir de résister à une invasion massive sur ce terrain on ne peut plus mal défendu. Aucune fortification ne tiendra plus que quelques jours, pas même Arlon ! Nous aurons de la chance si nous les arrêtons à la Meuse...

– J'ai le tempérament optimiste, mais je vous avouerai que je crains le pire. Nous ne pourrons pas résister indéfiniment dans un bras de fer contre toute l'Europe !

– Heureusement pour nous que la France a annoncé son intention de riposter si les Prussiens envahissent le Luxembourg pour venir en aide à Guillaume Ier.

À la perspective de ces nouveaux troubles, le capitaine détourne un moment le regard. Il se lève, dignement, et se rend vers la fenêtre, fixant l'horizon avec intensité. L'anxiété qui crispe les traits de son visage se reflète dans la vitre, puis se répand, contagieuse, à travers toute la pièce. Dans la cour hennit un cheval. Fondry se tâte pensivement le menton, l'index perdu dans un de ses favoris. Son détachement n'est qu'apparent : les doigts de son autre main sont nerveusement enfoncés dans la chair de sa cuisse, déviant comme un paratonnerre les décharges électriques qui traversent son esprit. Ulysse aussi garde le silence, visualisant avec plus de lucidité encore tous les périls qui guettent le projet, menaçant son aboutissement, comme autant d'épées de Damoclès suspendues au-dessus de leurs têtes. Il pense à ces deux hommes qui tâchent de garder le cap dans cette mer agitée, obscurcie par de lourds nuages de tempête. Même le café semble être devenu plus amer par mimétisme, malgré la crème et la cannelle qui coagulent à sa surface.

– Je crains une réaction populaire réprimée dans le sang, confie enfin De Puydt à son hôte. La révolution de septembre était une affaire de bourgeois, de démagogues à la langue bien pendue. Un conglomérat d'idéalistes et de juristes en costumes propres. Leurs beaux discours ne touchent qu'une minorité : ceux qui ont le loisir de s'occuper de politique, ceux qui ont le privilège de voter. En tout cas pas les paysans du Luxembourg, ni les ouvriers du souterrain, pas plus que les militaires d'ailleurs... Croyez-vous qu'on se soucie des petites gens dans cette mise en scène ? J'ai peur que tout cela ne tourne très mal. Que le peuple se rende compte de la faiblesse du pouvoir en place, de la fragilité même des institutions que viennent d'échafauder nos politicards de salon, de la fine comédie qui se joue à la capitale.

Que se passera-t-il lorsque les mendiants de la province ne parviendront plus à réprimer leur faim, qu'ils décideront de mener leur révolution et d'aller piller tout l'or qu'ils pourront, là où ils le trouveront ? Ce seront des hordes sauvages et déchaînées... Pensez-vous donc que notre « fière » garde civique parviendra à contenir pareils assauts ? Nous serons balayés tels des fétus de paille dans une tornade, exactement comme si les Prussiens décidaient de forcer nos frontières, si misérablement défendues. Ah, ils se font une gloire de leur révolution à Bruxelles : il n'y a pratiquement pas eu de combat ! Les armées néerlandaises se sont proprement retirées du champ de bataille ! En rangs, avec cela, et à l'insu des nôtres. Elles n'avaient pas le choix : la moitié des troupes se serait rebellée en cas d'affrontement, tout comme les officiers d'origine belge. Ce n'est pas notre nouvelle constitution, ni nos marchandages diplomatiques qui sauveront la Belgique. C'est une armée organisée qu'il nous faut, grands dieux ! Nous sommes à la merci du premier régiment de cavalerie venu, du moindre soulèvement de sansculottes !

– Ne pensez-vous pas qu'il est temps aussi de nous trouver un roi, intervient Ulysse, gagné par l'inquiétude du capitaine. Notre régent est peut-être un fin parleur, mais il n'a rien d'un meneur d'hommes ! Il se fera enjôler à la Conférence de Londres comme une jouvencelle à son premier bal masqué.

– Je vois que vous n'avez rien perdu de votre verve, de Longchamps. Mais, assez parlé ! Je vous emmène au chantier.

COMME UN GOÛT DE PLÂTRE

Tavigny,
samedi midi

Ulysse et son gradé d'hôte avaient emprunté une des robustes voitures de la Société du Luxembourg. Suspension raide comme fer de pioche, mais solidité à toute épreuve. Un vrai achat de magasinier militaire. Ulysse avait insisté pour prendre son cabriolet, mais cela ne valait vraiment pas la peine. Un mille et demi tout au plus. D'ailleurs, ils ne tarderaient pas à abandonner le véhicule pour la visite même du chantier.

En cours de route, la conversation avait démarré de façon très anodine sur la sévérité du relief ardennais, puis elle s'était attardée sur la personnalité d'Edgar Fondry, l'auxiliaire de Rémi De Puydt sur le chantier. Un homme de grande valeur, malgré son air peu dégourdi, les pieds sur terre et sage dans ses conseils. Précieux aussi pour son expérience, acquise en Angleterre. Fondry avait pris part, quelques années auparavant, à la réalisation du long canal qui reliait Brendford à Oxford. Une entreprise ambitieuse, que seul l'entêtement de ses promoteurs avait permis de concrétiser d'un bout à l'autre. De Puydt n'aurait pu trouver partenaire plus averti...

– Savez-vous que nous nous trouvons au cœur même du pays de cette terrible tribu gauloise que Jules César nommait « les Trévires » ? C'est le curé du village qui m'a rappelé cela l'autre jour, dit l'ingénieur, cherchant à capter le regard d'Ulysse, égaré dans la nature.

– Qu'est-ce qu'ils ont dû lui mener la vie dure dans ces taillis !

– Oui, j'ai du mal à imaginer les légionnaires avec leurs sandales et leurs mollets au vent tenir tête à ces guerriers !

Mais déjà, l'attelage rejoint un groupe de travailleurs, outil à l'épaule.

– Ceux-ci sont des nôtres, annonce fièrement le capitaine. Et voici la ferme de Bernistap où se trouvent notre réserve à matériel, les silos à chaux ainsi que les provisions du chantier. C'est ici qu'on se charge du ravitaillement des ouvriers.

Contournant le coin tronqué d'une grange, la voiture pénètre dans la cour de la ferme, ses roues crissant sur le pavé. À la vue de l'ingénieur, les hommes et les femmes occupés à répartir victuailles et matériels sur les charrettes s'immobilisent une seconde, sans dissimuler leur curiosité : le patron n'a pas l'habitude d'effectuer deux visites au chantier le même jour... Qui peut bien être ce citadin qui lui emboîte le pas ? Un administrateur de la société, sans doute, ou un nouveau notable des environs. Peut-être un financier ou un membre de la famille, chuchote-t-on aussi. Bien vite, le travail reprend, avec un zèle démonstratif.

Parmi les ouvriers affairés, Ulysse reconnaît la jeune femme croisée sur le bord de la route, quelques heures auparavant. Oui, c'est bien Annabelle, avec son foulard bleu et blanc sur les épaules et ses cheveux blonds bouclés. Elle porte, calée sous son menton, une pile de gros pains noirs et marche à petits pas glissés pour ne pas trébucher. C'est encore une grande enfant, aux pommettes irriguées comme deux prunes mûres. Arrivé à sa hauteur, Ulysse saisit au vol son regard concentré, le temps d'y déposer un sourire. Surprise, la pourvoyeuse de victuailles baisse les paupières avec pudeur, plongeant le nez dans la croûte farineuse de ses pains : on croirait une grenouille effarouchée, noyant ses yeux ronds dans la vase d'un étang.

– Elles sont une dizaine comme elle, à aller chaque jour d'un coin à l'autre du chantier pour ravitailler les ouvriers, explique De Puydt, trop observateur pour ne pas avoir remarqué la scène. Elle devrait déjà être en route à l'heure qu'il est. Cela va grogner dans le trou !

À quelques pas de la ferme, Ulysse est impressionné par des monticules de terre fraîchement retournée. Allongeant le pas, il s'élance sur le chemin, sous le regard entendu du capitaine. C'est une profonde tranchée qui s'offre bientôt à sa vue, courant droit vers l'est. Un filet d'eau s'écoule dans ce lit démesuré, ignorant qu'un barrage le fera enfler jusqu'à en épouser les hautes parois.

– Le canal de Meuse & Moselle ! s'exclame le capitaine. Son tronçon le plus élevé par rapport au niveau de la mer. Nous sommes à moins d'un mille de l'entrée du souterrain. Dans quelques mois à peine, vous pourrez, d'ici même, traverser la crête des Ardennes et aboutir dans la vallée de la Wiltz sans plus franchir une seule écluse ! Mais venez, de Longchamps, j'ai hâte de vous montrer l'antre où se joue la destinée du canal !

De part et d'autre de la tranchée et de son quai de halage, stabilisé par un perré de pierres sombres, s'élèvent de larges talus de terre remuée. Le canal imprime son tracé dans la matière, comme une pointe sèche de graveur entaille une plaque de cuivre d'un sillon bordé de barbes retroussées.

– C'est du beau travail, mon capitaine… Je suis heureux, je ne vous le cache pas, de voir ce projet exister autrement que sur le papier. Dire que cette minuscule rivière se métamorphosera en un canal ! J'imagine la somme de travail qu'il a fallu déployer pour le creusement de cette tranchée… Les talus sont de plus en plus pentus !

– Vous n'avez encore rien vu, mon cher, vous n'avez encore rien vu ! Cette saignée s'enfonce dans le terrain à plus de treize mètres de profondeur. Encore heureux que nous soyons en terrain schisteux : nous aurions pu tomber sur une veine de grès ou de quartzite.

Les clameurs des ouvriers du chantier parviennent à présent aux oreilles d'Ulysse, de plus en plus distinctement. On approche du Saint des saints, du cœur même de la grande entreprise. Cris, chocs métalliques, percussions répétées en chaîne, rumeurs étouffées se répandent dans la vallée artificielle, amplifiés par les parois en porte-voix.

Et puis brusquement, au-delà d'un coude de la tranchée, voilà qu'apparaît l'entrée du souterrain de Buret, émergeant du flanc même de la colline. Elle a l'air fort éloignée encore, écrasée sous la masse des déblais qui alourdissent l'horizon. Peut-être est-elle simplement plus petite qu'Ulysse ne l'avait imaginée. Oui, c'est cela, plus petite. À vrai dire, à côté du canal, élargi à cet endroit pour permettre aux bateaux de se croiser, elle donne l'impression d'avoir été calculée trop juste. Quelle discrétion par rapport à la cuvette évasée qui lui sert d'antichambre !

L'ouverture du souterrain, aux angles soigneusement renforcés de pierres de taille, étire fièrement ses quatre mètres et demi d'obscurité. La baie qui semblait si menue prend à présent des allures plus impressionnantes. Deux hommes pourraient quasi s'étendre dans sa largeur sans se toucher des pieds. Heureusement, car le va-et-vient des ouvriers est continu : ils entrent et sortent, se faufilent entre brouettes et chariots avec une régularité de métronome. Triste défilé de travailleurs drapés de bleu noirci, si jeunes encore. Tant d'enfants, de jeunes filles, pliés en deux d'avoir trop éprouvé leur petit dos. Et quelle sévérité dans le regard ! La vie a-t-elle déjà durci leur âme, enchaîné leurs rêves ?

Une brume légère flotte sous la voûte du conduit, estompant le contour régulier des briques qui en tapissent les parois. C'est pourtant ce revêtement de terre cuite, si sécurisant dans l'arrondi de son berceau, qui frappe le plus le visiteur qui pénètre pour la première fois dans le souterrain. La perspective est si parfaite, l'alignement si soigné... Même les ténèbres au fond du boyau, si denses que la lumière du soleil s'épuise avant de les entamer, semblent épouser l'arc qui les contient. Alignés de part et d'autre de la galerie, trois bons mètres au-dessus du sol, une enfilade de crampons attendent d'être agrippés par les bateliers. Le canal est calibré pour accueillir des barges de plus de quarante tonneaux : deux mètres et demi de large sur vingt mètres de long ! Bientôt les eaux engloutiront les fondements de ce bel édifice, ouvrant la voie au commerce et au progrès.

À mesure qu'il progresse vers le cœur du chantier, Ulysse retrouve dans l'air humide cette odeur de poudre noire brûlée, typique. Mille images lui reviennent en tête, toutes cousines par les relents guerriers qui s'en dégagent, soufre et salpêtre.

– Avez-vous suffisamment d'explosifs pour poursuivre les travaux sans craindre une pénurie ? lance-t-il à son guide en songeant à la rareté du matériau en période de troubles militaires.

– Nous avons encore deux mille livres de poudre en réserve. Cela devrait nous permettre de tenir quelques semaines. Vous savez que nous avons obtenu à l'époque l'autorisation du roi Guillaume d'édifier un magasin à explosifs à Buret. J'ai pu jusqu'ici régulièrement le réapprovisionner, grâce à mes contacts au sein de l'armée. Heureusement, car nous aurions eu toutes les difficultés à nous procurer de la poudre de qualité dans le commerce.

– Je suppose que ce dépôt est gardé en permanence ?

– Nous avons pu compter jusqu'en septembre sur un détachement de soldats, mis à notre disposition par le gouverneur. Depuis, nous avons dû armer quelques ouvriers de confiance pour en surveiller les abords. Je ne vous cache pas que nous avons craint le pire il y a huit mois !

– J'imagine !... Quelle quantité de poudre utilisez-vous par jour ?

– Oh, disons cinq à six livres par sautage et par paroi, ce qui doit faire une douzaine de kilogrammes quotidiennement. Nos artificiers vont chercher deux fois par jour au magasin de quoi remplir leurs cartouches.

– Six livres par paroi ! Je suis étonné qu'il vous faille aussi peu d'explosifs pour percer cette roche !

– Hé là, de Longchamps : il s'agit juste de fissurer la pierre, pas de la désintégrer ! Une trop grosse secousse ébranlerait toute la voûte au-dessus du souterrain. Nous évoluons dans du schiste, n'oubliez pas. La difficulté, c'est justement de bien doser les charges et de les répartir adroitement pour circonscrire les effets de l'explosion. Si nous disposions de plus d'artificiers qualifiés, nous travaillerions par tir de mines sur d'autres fronts de taille, en parallèle à ceux de la galerie principale.

– Je suppose que vous utilisez ces nouvelles poudres « méthode anglaise » ?

– Ce sont les plus efficaces. De la « dix grains par pouce », fabriquée à Liège.

– Allongée au sable ?

– Ma parole, de Longchamps, vous vous êtes spécialement documenté sur les dernières découvertes en matière d'explosifs ! Non. Je préfère une poudre sans sable. Je ne suis pas convaincu par l'efficacité d'un tel mélange, malgré le bien qu'on en dit en France. Si vous voulez mon avis, il vaut mieux laisser un peu d'air autour de la cartouche que d'allonger la préparation avec du matériau de remplissage.

– On dit pourtant que le sable ou la sciure diminuent les risques d'éclats…

– Sans doute. Mais je prétends pouvoir parvenir au même résultat en réduisant simplement la charge de poudre. À force de diluer le mélange explosif, on risque de trop l'affaiblir. Un simple tampon d'air suffit à amortir le choc. En plus, l'oxygène comprimé dans cette poche tend à favoriser la combustion.

– Je n'ose penser au nombre d'accidents qui se sont déjà produits...

– Eh bien, détrompez-vous. Le destin nous a jusqu'ici préservés de ce côté : à peine quelques fractures à déplorer. Par contre, si j'en crois le contremaître, les équipes du fond du souterrain commencent à se plaindre de problèmes respiratoires. La fumée des explosions est vraiment malsaine. Il n'y a pas d'autre solution que d'alterner les rôles, dans la mesure du possible. Vous imaginez, s'il fallait attendre trois heures après chaque sautage que les gaz se dissipent !...

– Je vous interromps, mon capitaine, mais qu'entend-on chuinter de la sorte ?

– C'est la pompe du troisième puits. Nous serons bientôt à sa hauteur. Tenez : nous avons dû l'encastrer dans un dégagement de la galerie, pour ne pas perturber les allées et venues des travailleurs. Elle est actionnée par ce jeu de tringles articulées que vous pouvez voir descendre du conduit vertical, directement reliées à la machine à vapeur, en surface.

– Quel débit !

– Il y a une nappe phréatique importante à proximité. Les écoulements d'eau doivent à tout prix être contenus pour éviter l'inondation des travaux.

L'obscurité est devenue telle que Rémi De Puydt et son visiteur sont obligés de prier un manœuvre de leur amener une lampe. À cette profondeur, seule la voûte du souterrain est doublée d'un berceau de briques. Les parois de schiste, brutes et inégales jusqu'à près de trois mètres de haut, attendent encore leur parement. Curieuse sensation que ce plafond de terre cuite, à peine soutenu par quelques madriers, adhérant de lui-même au sommet de la voûte.

Cette architecture suspendue, défiant les lois de la pesanteur, semble un moment inquiéter Ulysse.

– Surprenant, n'est-ce pas ? Vous savez que nous avons dû entreprendre le percement du souterrain sur deux niveaux différents, à cause de la hauteur du conduit. Eh bien, la partie murée correspond à la galerie supérieure, creusée la première, et parementée au fur et à mesure de la progression. La prise du mortier, enrichi à la brique pilée pour le rendre résistant à l'eau, nécessite à peine quelques jours. On peut alors dégager les cintres de soutènement et libérer la voûte maçonnée, ancrée dans le roc par de solides crampons. Une fois le niveau inférieur excavé, en approfondissant la tranchée vers le bas, le berceau de briques se retrouve sans assise, scellé pour de bon au plafond du souterrain.

– C'est impressionnant !

– Il était prévu de maçonner plus rapidement les parois, mais nous sommes retardés par des infiltrations d'eau à canaliser jusqu'aux pompes.

– Tiens, il n'y a plus du tout de briques à présent…

– En effet, la structure de la roche nous permet de nous passer d'étaiement à partir d'ici : nous entrons dans une couche de phyllade de meilleure qualité.

Ulysse et son guide se faufilent ainsi, mètre après mètre, entre les travailleurs jusqu'à la première paroi à miner. Deux artificiers y sont à l'ouvrage, préparant, à l'aide de forets de métal, les fourneaux pour les charges de poudre. Pendant qu'un des hommes s'appuie de tout son poids sur l'extrémité de l'outil, l'autre assure la rotation de la mèche à l'aide d'une courroie de cuir enroulée à sa base. De temps en temps, ce dernier retire la vrille essoufflée de son fourreau pour y faire couler un peu d'eau et quelques poignées de sable.

Le capitaine et son visiteur empruntent à présent la petite échelle qui permet de gagner le niveau supérieur.

– Gare à l'arrondi du plafond, si vous tenez à votre crâne ! Il faut rester au centre du conduit si vous voulez rester debout.

– Pas facile de se croiser...

– C'est pour cette raison qu'il n'est pas possible de progresser ici à plus grande vitesse. Il est important de le rappeler aux dirigeants de la Société générale : tout suit normalement son cours !... Il faut s'être éraflé les épaules sur les arêtes de ces ardoises, tout au fond du pertuis, pour comprendre les chiffres qui tapissent les pages de nos rapports ! À propos, n'oubliez pas de mettre votre casque. Les cailloux volent bas par ici...

Poursuivant leur inspection du chantier jusqu'à l'extrémité du souterrain, les deux anciens compagnons d'armes assistent à la mise en place des charges dans l'épaisseur du front de taille le plus éloigné de l'entrée. Il n'y a déjà plus d'ouvriers à cet endroit. Seuls deux artificiers achèvent de raccorder les cartouches au dispositif de mise à feu, méticuleusement : il faut veiller à ce que la mèche reste bien en contact avec la charge explosive une fois forcée dans son conduit. Vient ensuite le bourrage des trous de forage avec une argile grasse, en prenant soin de ne pas endommager les cordeaux. Il reste alors à relier ces derniers entre eux et à tirer une longue ligne de mèche lente. Tout un métier !

Les genêts de la colline égaient le paysage de leurs gerbes jaune vif. Le soleil est presque à son zénith, à peine estompé par le voile printanier qui s'étire dans le ciel. Une alouette grisolle d'aise, frétillant des ailes au-dessus des prairies à moutons. Ulysse et son cicérone ont quitté la sombre galerie pour parcourir le sentier qui suit en surface le tracé du souterrain. Quel soulagement de retrouver l'air vif et la lumière du grand jour !

– Voici le premier puits d'extraction, claironne De Puydt en s'approchant d'une construction de bois de deux étages. C'est la plus petite des sept cheminées qui relient la galerie à la surface. C'est par ici que nous avons commencé à extraire les gravats du souterrain. Plusieurs jeunes gens se relaient en permanence pour en actionner le treuil. Tenez, dit-il en pointant l'index vers l'orient, la tourelle que vous apercevez là-bas est un deuxième puits, quasi identique à celui-ci.

Tout autour des deux hommes circulent des ouvriers chargés de paniers, de hottes de bricaillons à déverser sur les crassiers qui jalonnent les bords du chemin. La boue grasse du schiste dégouline en larges traînées sur les corps en sueur, puis remonte jusqu'aux visages avec les mains qui les épongent.

Ulysse aperçoit plusieurs jeunes filles dans le groupe et se laisse émouvoir par leurs yeux blancs cernés de suif. Un sourire, une plaisanterie fusent de temps en temps : le travail n'a pas complètement privé ces enfants trop tôt sevrés de leur spontanéité. Ils ont plus de chance que ceux de leurs compagnons qui vivent enfermés, de jour comme de nuit, dans l'étouffant souterrain.

– La ligne du partage des eaux, lieutenant ! s'exclame soudain l'ingénieur en déployant le bras vers la crête ardennaise. Bientôt, cette vénérable barrière rocheuse cessera d'être un obstacle à l'activité de l'homme. Entendez-vous sous nos pieds résonner le martèlement du progrès ?... Et voici les fours à briques, l'atelier des charpentiers et la forge du chantier.

Un nouveau baraquement, près de la crête, abrite un troisième puits, ainsi qu'une machine à vapeur et sa chaudière. Une vieille mécanique new-yorkaise, suintante de graisse. De Puydt attrape son visiteur par le bras et l'emmène au-dessus du trou, dans la chambre voisine de celle où s'active le piston.

Voyez, chacun des puits est divisé en trois compartiments côte à côte. Les cloisons de bois qui les séparent descendent jusqu'à la galerie, une quarantaine de mètres plus bas. À gauche, ce conduit sert à l'extraction des déblais. Voici d'ailleurs que remonte le panier du treuil... Au centre, la cheminée prévue pour l'épuisement des eaux, avec la tringle de transmission du mouvement, les tuyaux qui remontent de la pompe et l'échelle de corde de service. L'ouverture de droite, un peu plus petite que les deux autres, contribue à l'aération du boyau.

C'est impressionnant ! Combien de mois vous a-t-il fallu pour creuser cet énorme puits ?

Plus que vous ne pensez ! Heureusement que nous avions quelques porions de houilleurs de Charleroi avec nous. Le sous-sol était tellement détrempé que nous avons dû arrêter les travaux à vingt-sept mètres de profondeur. Ce n'est que lorsque le souterrain est arrivé ici en dessous que nous avons pu poursuivre l'excavation et effectuer la jonction, non sans avoir mis en place cette grosse pompe.

À ce moment, une cloche se met à sonner avec fracas, secouée par un câble émergeant du puits. Un à un, les porteurs sortent de l'abri, leur matériel sur l'épaule. Le contremaître s'assure que le panier d'extraction est bien remonté et qu'il repose fermement sur la margelle.

– Ça y est ! C'est le signal d'évacuation. Les mèches lentes ont été mises à feu. Dans moins d'un quart d'heure, le souterrain aura progressé d'un mètre supplémentaire. Par sécurité, nous arrêtons complètement les travaux, même en surface. Tout le monde à l'abri, sans exception : c'est une des consignes sur lesquelles je n'ai jamais transigé.

– Quelle est la fréquence des sautages ?

– Nous fonctionnons à deux tirs par jour, au moment du changement d'équipe : à midi et à minuit.

– Vos hommes travaillent douze heures par jour au fond de ce chantier, sans interruption ? interroge Ulysse, impressionné.

– Vous jouez les philanthropes, de Longchamps ? Ils travaillaient plus encore, avant qu'on ne progresse à l'explosif ! Nous n'avons réduit le temps de pause que pour une question d'organisation pratique. D'ailleurs, il n'y a pas de quoi vous inquiéter : une collation leur est servie en mi-journée et un repas lorsqu'ils reviennent aux baraquements. Ce chantier est une aubaine pour les gars du cru. Les trois quarts ne travaillaient que six mois par an : quelques semaines par-ci, au moment des récoltes, quelques autres par-là, dans les forges du pays, quand le débit des rivières est suffisant pour faire tourner les moulins et actionner les soufflets. Attention, lieutenant, bouchez vos oreilles !

La présentation du chantier s'était poursuivie par la visite de la tranchée extérieure, côté est. Ici aussi, la saignée à travers le paysage était impressionnante : mille quatre cents mètres de long, seize de profondeur, à la rencontre du souterrain qui jaillirait bientôt du cœur de la colline. Même avec les plus modernes des instruments de mesure actuels, Ulysse se sentait bien incapable de faire coïncider entre eux les différents tronçons entamés, plusieurs dizaines de mètres sous la crête ardennaise. Le moindre décalage serait fatal pour la navigation des longues péniches.

Happé par un contremaître, De Puydt s'attarde un moment à Hoffelt, dans le bureau du magasinier. Ulysse juge le moment opportun pour s'effacer et prend congé de son guide, afin de pouvoir circuler à sa guise sur le chantier. L'occasion de remettre ses idées en place et de considérer les travaux avec le regard d'un inspecteur plutôt qu'avec celui d'un technicien.

Arrivé à proximité des baraquements des ouvriers, Ulysse tombe à nouveau sur Annabelle, la cantinière, poussant sa vieille charrette. « La fin de la tournée de midi » songe-t-il à voir ses paniers vides. Ulysse décide de lui emboîter le pas. « Est-il bien sage de fraterniser avec les ouvriers ? » lui aurait-on fait remarquer dans la hiérarchie militaire… Il aborde pourtant sans hésiter la paysanne, jugeant la mise en garde hors de propos. Après tout, ce n'était pas à lui de faire régner l'ordre sur le chantier !

La jeune fille habitait à huit bornes de là, près de Bastogne. Cela faisait deux ans qu'elle travaillait à la ferme de Bernistap, se rendant utile aux ouvriers du canal. Son père avait été contraint, quelques années auparavant, d'effectuer un emprunt important à un notaire de la ville, devenu usurier par opportunisme, pour pouvoir payer l'impôt sur sa récolte.

– Sous les Hollandais, la loi nous obligeait à payer les taxes sur le blé plusieurs mois avant la moisson ! C'est pour ça que beaucoup de fermiers ont été obligés de mettre leurs terres en gage. Forcés, qu'y ont été, au fusil même ! s'emporte Annabelle. Alors qu'en plus la récolte de l'année s'annonçait très mauvaise… Ce vieux rat d'notaire a saisi d'un coup le quart des champs qu'on avait. Sans même nous donner une chance de le rembourser plus tard. Heureusement que je travaille pour la cantine du chantier ! J'ai toujours pu grignoter quelque chose en cachette quand c'était la pénurie. Mais racontez pas ça à ma responsable, m'sieu. Sinon je me ferai fiche à la porte !

Joignant le geste à la parole, Annabelle attrape un petit quignon de pain, dissimulé au fond d'une corbeille.

– Tenez, dit-elle en se retournant, si vous en voulez un morceau…

– Ce n'est pas de refus, merci, lui fait Ulysse, touché par ce geste de générosité spontanée.

À la première bouchée cependant, son sourire se transforme en grimace. Il a dû mordre sur une pierre ou un éclat de terre cuite. À bien y regarder, le bout de pain tout entier semble piqué de granules peu appétissantes.

– Vous n'avez jamais mangé de pain au plâtre ? se hasarde la cantinière, embarrassée de le voir déloger du bout de l'index un parasite minéral coincé entre ses molaires.

– Du plâtre ? Le blé est donc si rare qu'il faille ajouter du plâtre à la farine ?

– Mais non, m'sieu..., sourit-elle. On voit bien que vous n'êtes pas du coin, vous ! Quand y a plus assez de blé à moudre dans les environs, alors le meunier, il broie de la pierre à plâtre !

– Mieux vaut du gypse que de la chaux, mais quand même...

– Comme c'est pas facile de nettoyer les meules, il y a du plâtre dans la farine et du son dans le plâtre du Luxembourg ! Et la voilà prise d'un bel éclat de rire.

– Parfois, lui confie-t-elle à mi-voix, je planque une bouteille de vin sous la charrette, au-dessus de l'essieu. Pour mon fiancé... Il travaille dans le souterrain, près du troisième puits. Roger, qu'il s'appelle... Nous allons bientôt nous marier. Dès la fin des travaux, si Dieu le permet, quand on sera devenus riches assez pour acheter une demi-douzaine de moutons et quelques oies. Il reste quelques gorgées à boire, je crois... Ça vous dit ? Ulysse remercie son interlocutrice, impressionné par la franchise de son accueil. Tous les Ardennais ne sont décidément pas aussi distants qu'on avait essayé de le lui faire croire. Quant au vin, pas grand-chose à en dire, en vérité. Un petit cru local, un peu rêche, mais réconfortant après la longue visite qu'il a dans les jambes.

– Vous êtes de la grande ville, n'est-ce pas ? demande timidement la jeune fille. Dites-moi, c'est vrai qu'on va de nouveau avoir la guerre ? Je voudrais tant que mon Roger ne doive pas devenir soldat, comme mon frère. Ça fait des mois qu'on ne l'a plus vu, celui-là. Le jour qu'il a été tiré au sort, y ont dit qu'il fallait faire mouvement vers le nord, des fois que les Hollandais reviendraient. Dieu seul sait où ce qu'il est aujourd'hui...

– Eh bien..., s'apprête à répondre Ulysse.

– Vous croyez qu'il va apprendre à écrire à l'armée ? Des fois qu'y pourrait nous envoyer des nouvelles !

– J'ai quelques doutes là-dessus.

– De toute façon, soupire-t-elle, on n'aurait jamais assez pour payer le postier. Tenez, notre pauvre voisine : elle vient de recevoir un billet de son oncle qui habite à Lille. Vous pensez bien qu'elle avait pas de quoi payer la course. Eh bien, le facteur, il est reparti avec la lettre, sans même qu'elle ait rien pu lire !

Elle est vraiment adorable, sous son petit bonnet bleu, serré sous le menton. Avec cette touche de charme campagnard qui lui anime les sourcils. À tant de lieues des midinettes des boulevards bruxellois, tout enfarinées, enrobées de dentelles du col au mollet et parfumées à la violette. Juste un franc sourire, touchant dans sa naïveté et son ignorance de l'artifice.

Ulysse abandonne la jeune fille à l'entrée du cantonnement des ouvriers. Il se sent fatigué. Cette journée l'a tout simplement épuisé. Il décide de rentrer sans tarder à l'auberge d'Houffalize pour y prendre un bon bain, calmer sa faim et mettre sur papier toutes les observations de la journée.

Sur le chemin, il repense à son épouse, quittée il y a plus d'une semaine. Elle qui n'aime pas rester seule à la maison, elle doit sûrement lui en vouloir d'être ainsi parti à l'aventure ! Pour une fois qu'il prend le large... Et dire qu'il avait failli rester à l'armée ! Jamais elle n'aurait supporté toutes ses absences. Heureusement qu'il y a les enfants pour lui tenir compagnie. « J'espère que l'éloignement l'aidera à oublier notre malentendu... »

Le bruit d'un cavalier au galop, remontant du chantier, fait tout à coup sursauter Ulysse. À son grand étonnement, celui-ci semble ralentir juste derrière lui. À peine a-t-il le temps de se retourner qu'une voix connue tinte à ses oreilles :

– Enfin je vous retrouve, mon lieutenant ! Et sain et sauf, heureusement ! J'ai eu peur, vraiment, de ne pas vous revoir vivant...

– Sergent Deckers ! Mais que faites-vous ici à Bernistap ? Je vous croyais en route pour Vielsalm. Vous avez trouvé de l'or dans l'Ourthe ?

– Ne parlez jamais de cela tout haut, je vous en conjure !

– Excusez-moi, sergent... C'est la surprise de vous revoir ici, répond Ulysse.

Deckers a mis pied à terre. Il a l'air tendu, sérieux comme un légat pontifical :

– Ce que j'ai à vous annoncer est grave, mon lieutenant ! La mine crispée du sergent en dit assez long pour qu'Ulysse fronce les sourcils. Son attitude méfiante, les regards inquiets qu'il jette régulièrement au-dessus de son épaule ne lui disent rien qui vaille. N'est-ce pas la crosse d'un pistolet qui dépasse de son manteau ?

– Il y a un sale type à votre recherche, lieutenant. Un étranger... Je l'ai rencontré il y a deux jours. Il a l'air dangereux.

– Bon sang ! s'exclame Ulysse qui fait immédiatement le lien avec ce mystérieux individu qu'il a surpris à fouiller son cabriolet.

– À quoi ressemble-t-il ?

– Un homme d'une quarantaine d'années, sec comme une lame de sabre. Visage dur et sourcils foncés. Un peu plus grand que moi. Je me souviens d'une dent cassée aussi.

– Et ses vêtements ?

– Il portait une grande cape noire.

– Avait-il aux pieds des bottes à éperons ?

– Je ne saurais dire... Mais ses semelles étaient ferrées. On l'entendait marcher de loin.

– Et qu'est-ce qui vous fait croire qu'il est à mes trousses ?

– L'auberge de La Roche, vous vous souvenez ? Eh bien, je m'apprêtais à prendre un verre de vin, avant le repas, jeudi matin. Le type était attablé près du comptoir. Puis j'ai entendu le patron lui dire, en me désignant du menton : « C'est auprès de lui que vous devriez vous informer. Y ont passé la soirée d'hier ensemble ! » Le gars m'a salué, avec un fort accent allemand. « Vous connaissez donc Ulysse de Longchamps ? » Il a eu l'air fort surpris d'apprendre qu'on avait fait du régiment ensemble. Il prétendait vous avoir rencontré à plusieurs reprises… pour des affaires.

– Tiens donc ? Et vous dites qu'il était à La Roche jeudi matin…, murmure Ulysse, repensant à l'homme qui l'épiait lorsqu'il était à table. Mais excusez-moi, je vous interromps.

– Je lui ai demandé s'il s'intéressait aussi aux travaux du canal de Meuse & Moselle, mais sa réponse fut confuse. Il bredouilla qu'il était changeur… « Pour la Société générale ? » Il m'a répondu qu'il travaillait à Saint-Hubert. Jusque-là, à vrai dire, rien de bien inquiétant.

– À part son allure…

– Exactement. J'observais distraitement ses mains pendant qu'il parlait. D'un coup, je me suis dit qu'il n'avait vraiment pas des mains de banquier : elles étaient épaisses et pleines de cals, comme celles d'un bûcheron. Puis j'ai vu dépasser de sa ceinture la tête d'un poignard – qui n'avait rien d'un coupe-papier, vous pouvez me croire ! Une vraie dague marine. Je suis devenu méfiant, d'un coup… Là-dessus, il m'a proposé un autre verre de vin. « Uniquement si vous buvez avec moi » que je lui ai dit, pour être prudent. C'est alors qu'il a commencé à m'interroger sur vous. Il voulait savoir combien de temps vous aviez passé à La Roche ; quand vous aviez quitté la ville ; si vous m'aviez parlé de la canalisation de l'Ourthe et bien d'autres choses encore.

– Vous avez répondu à toutes ses demandes ?

– De façon très évasive, rassurez-vous ! J'avais de moins en moins confiance en lui.

– Ce serait un malfaiteur, selon vous ?

– J'étais intrigué par le personnage. Je voulais en savoir plus. À mon tour, je lui ai posé une question, une question piège. J'ai sorti de ma bourse une petite pépite en lui demandant son avis sur sa teneur en argent. Tous les changeurs passent leur vie à déterminer l'aloi des pièces d'or, avec leur « pierre de touche ». Mais le gars restait là, bouche bée. Ses yeux brillaient, comme s'il n'avait jamais vu d'or natif. Tout ce qu'il trouva à me dire, c'était : « Voilà certes une fort belle pépite… Fort belle, ma foi ». Ça ne pouvait être qu'un imposteur.

– Merci d'avoir trahi votre secret pour moi !

– Hé là ! Je ne lui ai pas dit que c'était moi qui l'avais trouvée. Qu'est-ce que vous croyez ? Mais ce n'est pas tout ! Je suis remonté vers ma chambre, après le repas, et voilà que j'aperçois le type en train d'essayer de forcer ma porte. « Que faites-vous là ? » j'ai crié. Pour toute réponse, il m'a balancé son poing dans le bas du ventre ! Et pendant que je restais cloué sur place, cette fripouille s'enfuyait.

– C'est ce qui vous a fait craindre le pire pour moi…

– J'ai tout de suite pris la route à votre recherche.

– Je vous dois peut-être la vie !

– C'est maintenant que ça devient dangereux : si je vous ai retrouvé, lui aussi doit être à nouveau sur vos traces ! J'ai décidé de rester quelques jours à Houffalize. Pour le cas où vous auriez besoin d'un coup de main. On ne sait jamais… Vous savez que vous pouvez compter sur moi, n'est-ce pas ?

– C'est très courageux de votre part, sergent, mais je ne puis accepter. Vous m'avez déjà rendu un grand service en m'informant ! Je serai prudent, je vous le promets. Un homme averti en vaut deux, c'est bien connu.

– Dans ce cas, nous serons quatre, mon lieutenant. Cet individu est malsain, j'en suis sûr. Ce n'est qu'un pressentiment, mais je crois que vous regretterez bien vite de n'être pas accompagné. En cas de coup dur, je vous couvrirai !

Et le prospecteur d'entrouvrir son vêtement d'un œil entendu, dévoilant la crosse de son arme. Ulysse lui envoie une bourrade amicale dans le dos :

– Sacré Deckers, vous n'avez pas changé d'un bouton de culotte ! Je regrette qu'il se soit passé tant d'années depuis que nous jouions aux pionniers au son du tambour. Merci de votre soutien ; il me touche sincèrement. Vous verrez : tout sera réglé dans moins d'une semaine. Le temps d'une reconnaissance de l'autre côté de la crête, en direction de la Moselle, plus quelques jours pour établir mon rapport. Vous pourrez rapidement retourner à votre batée d'orpailleur ! Vous m'obligeriez d'ici là à venir loger à l'auberge avec moi, sergent.

– Merci pour l'invitation, mon lieutenant, mais je pensais loger à Buret, chez une cousine. D'ailleurs, si vraiment on vous veut du tort, je vous serai plus utile ici, à proximité des travaux, qu'à Houffalize. De cette façon, nous pourrons être curieux, chacun de notre côté, sans éveiller les soupçons.

– Vous avez décidément raison, sergent. Vous aurez bien plus de facilité que moi à vous mêler aux villageois ou à entrer en contact avec les ouvriers.

– Sans vous vexer, c'est vrai que vous avez l'air un peu coincé sous votre redingote…

Coincé… Coincé… Comme s'il avait choisi de l'être… Pas facile de se défaire d'une éducation balisée de convenances ! La simplicité, cela ne s'improvise pas. Pourquoi Deckers a-t-il justement besoin de le taquiner avec ça maintenant ? Est-ce donc à ce point flagrant ? Bien vite pourtant, Ulysse se reprend :

– Promettez-moi d'éviter à tout prix ce faux changeur, si prompt à la détente. Il doit absolument ignorer votre présence ici.

– J'essayerai d'être plus fin limier que lui. Il vous faudra de votre côté m'en dire davantage sur le sens de votre enquête, que je puisse comprendre ce qu'on vous veut !

– Cela s'impose... Fixons-nous rendez-vous demain après-midi, sur le coup des cinq heures, devant l'église de Houffalize. Nous y aurons la paix pour discuter.

– C'est entendu, mon lieutenant. Et d'ici là ?

– C'est dimanche, demain : il y aura relâche à Bernistap. Vous pourrez ainsi vous faire une idée des travaux, « en promeneur ». Je serai très curieux d'avoir votre avis de carrier sur l'agencement du chantier et la nature du sol.

– Comptez sur moi. Je n'imaginais pas venir à Buret sans y jeter un œil, de toute façon ! Passez une bonne soirée, mon lieutenant. Prenez donc mon pistolet pour la nuit.

– Je me barricaderai dans ma chambre pour vous faire plaisir, mais je préfère que vous conserviez votre arme : ce n'est pas pour m'occire que me suit ce triste sire. Il aurait eu tout le loisir de le faire en plein bois. C'est autre chose qui l'intéresse !

REMUE-MÉNAGE NOCTURNE

Houffalize,
samedi en fin de journée

Le relais postal ne manque pas d'allure, avec ses linteaux de pierre de Recht et sa couverture en cherbains. Au faîte du toit, deux rangées d'ardoises taillées en flèche entrecroisent leurs dents pointées vers le ciel. Le trigramme IHS, gravé au-dessus de la porte d'entrée, attire sur le gîte les bonnes grâces du Très-Haut. Dans la cour, trois chevaux se désaltèrent à un abreuvoir de schiste, creusé d'un seul bloc. Quelques fleurs, sur un appui de fenêtre, égaient la scène de taches de couleurs. L'hiver fut rude, mais l'été approche, avec la perspective des récoltes tant attendues.

Ulysse gagne rapidement sa chambre après avoir mangé, non sans y avoir fait monter quelques chandelles de réserve. Il rappelle la soubrette pour lui confier à laver les vêtements que les malandrins de la veille avaient maculés de boue.

– Apportez-moi aussi, s'il vous plaît, de quoi me baigner. Je me sens crasseux comme un vieux sanglier.

Par la lucarne ouverte, il entreprend de brosser ses bottes pour les nettoyer, comme il l'avait tant fait à l'armée. Une nuit de séchage et elles seront prêtes à recevoir une couche de cirage au noir de fumée.

La soubrette refait soudain apparition en poussant devant elle une lourde cuvette ovale. Dans sa main gauche, un pain de savon à la potasse et un drap de lin. Les taches de rousseur saupoudrées sur son nez lui donnent un petit air coquin. D'une œillade furtive, elle s'assure de l'approbation d'Ulysse. Aussitôt, son regard timide se réfugie derrière la dentelle de son bonnet à volants. L'une après l'autre, elle remonte de la cuisine les cruches d'eau chaude qu'elle verse prudemment dans la vasque de bois. Les parois du bassin crissent en se dilatant sous les anneaux de métal qui les ceinturent. Bientôt, il y a assez d'eau pour pouvoir se tremper tout le bas du corps. Ulysse se demande si la jeune fille est partie chercher un dernier cruchon ou s'il peut déjà se préparer au bain. Devra-t-il la prier de sortir de sa chambre si elle revient lorsqu'il est dévêtu ou comprendra-t-elle d'elle-même qu'il convient de se retirer ? Chez les Longchamps, la pudeur fait aussi partie du savoir-vivre... N'entendant plus, dans les escaliers, le pas de la soubrette, il ôte prestement ses habits et se glisse dans l'eau fumante. Sa mine soudain grimaçante en dit long sur la température du liquide.

À peine installé, la porte s'ouvre à nouveau, livrant passage à la mignonne, une dernière cruche dans les mains. Une brosse dépasse aussi de son vêtement, calée sous son aisselle. S'approchant par derrière, plus confuse que jamais, la soubrette bredouille un semblant d'excuse, les yeux rivés sur les lattes du plancher. Son visage, déjà rouge d'avoir tant peiné, vire en un instant à l'écarlate.

Comprenant qu'il n'a plus rien à perdre fors sa dignité, Ulysse laisse la jeune fille verser sa cruche dans la vasque, en lui recommandant de bien viser le bord. Mais celle-ci, troublée sans doute par le cocasse de la situation, laisse couler par mégarde une large rasade d'eau chaude sur son genou, lui arrachant un gémissement étouffé.

Le récipient vide, Ulysse prie son hôtesse de quitter la pièce. Mais voilà qu'au lieu d'obtempérer, elle s'empare de la brosse et commence à lui savonner le dos avec énergie. Ulysse, désemparé par tant de bonne volonté, ne peut s'empêcher de sourire du coin des lèvres. Pourtant, tout jeu a ses limites.

– Merci, déclare-t-il sèchement à la soubrette, décidé à mettre un terme à cet impromptu. Cette fois, le message passe. La jeune femme se redresse promptement et s'enfuit sur la pointe des pieds, sans autre commentaire. « Est-ce une vraie effrontée ? se demande Ulysse. Peut-être souhaitait-elle simplement alléger ma bourse de quelques florins... » Il quitte l'eau du bain à présent refroidie, s'essore le corps dans le drap écru, puis enfile un pantalon léger et une chemise encore propres, flairant bon la lessive et l'amidon. Le voilà bientôt attablé devant une grande feuille blanche, à laquelle il s'apprête à confier ses observations du jour. Quelques heures de repli, bien méritées.

Lorsqu'Ulysse remonte à sa chambre, à l'issue du souper, un curieux sentiment d'insécurité s'empare de lui. Est-ce l'ombre tremblante des meubles sur les murs qui soudain l'impressionne, la pénombre des angles morts ? Il règle la mèche de sa lampe pour obtenir plus de clarté.

– Bon sang, ce n'est pas vrai ! Quelqu'un est entré ici pendant mon repas !

Son lit est jonché de vêtements en désordre, déballés pêle-mêle. Sur le plancher, sa malle est retournée, vide. L'écritoire de voyage qu'il avait emporté pour transcrire ses notes gît au pied de la table, sur un tapis de papiers éparpillés. Ulysse inspecte tous les recoins de la pièce en fulminant, comme pour démasquer l'auteur du forfait. Rien d'important ne semble avoir disparu, heureusement. « Singulière visite de courtoisie, pour ne pas dire fouille en règle ! peste-t-il. Un avertissement peut-être... Mais qui peut donc s'intéresser d'aussi près à moi ? »

Ulysse essaie d'oublier cet incident et tente de reprendre son compte-rendu là où il l'avait abandonné. Peine perdue. Ses idées s'entremêlent sans cesse. À peine parvient-il à aligner quelques mots-clés, quelques chiffres glanés au cours de la journée. La plume s'obstine à se crisper sous sa main, éclatant en taches baroques sur les vergeures de la feuille.

« Et puis, tant pis ! Je reprendrai demain. Au moins, j'aurai de quoi meubler ma journée de dimanche. Ce qu'il me faut, c'est un petit genièvre avant de m'endormir ! Question de faire diversion... » conclut-il avec sagesse.

Ce n'est pas une « goutte », ni deux, ni trois, mais bien quatre verres de *péket* qu'il finit par boire avant d'aller enfin se coucher. Le temps de remonter le vieil escalier, de poser sa loupiote à côté du lit, d'enfiler la chemise à boutons qui lui sert de vêtement de nuit et le voilà prêt à se glisser dans les draps. Avant d'éteindre la mèche, il prend encore la précaution de déplacer un coffre devant la porte et d'en caler le verrou. On ne sait jamais... Bien vite, Ulysse s'égare dans les doux méandres du sommeil.

Les paupières alourdies par les derniers verres d'alcool de grain, il n'a pu voir, à l'autre extrémité de la chambre, la silhouette humaine qui est tapie dans la pénombre. Avec une prudence de chat, celle-ci profite de l'obscurité pour remuer un à un ses doigts et ses poignets ankylosés. « Est-ce le moment ? » semble-t-elle espérer dans sa position recroquevillée.

Dans la cour de l'auberge, un cavalier vient d'arriver, puis un second. C'est toujours un peu la fête, le samedi soir. Un buveur au pas mal assuré sort en marmonnant pour se soulager dans l'angle de la grange. Une effraie chuinte sur un toit voisin. Et cet âne, dans le lointain, qui brait comme si on lui avait accroché une enclume à la queue...

Avec mille précautions, la fine silhouette se dégage de sa cachette et gagne le bord du lit d'Ulysse. Un rayon de lune pénètre entre les rideaux, projetant une tache de lumière sur son visage : c'est la soubrette de l'auberge. Le souffle régulier du dormeur semble la rassurer. Doucement, elle dénoue les brides de son bonnet qu'elle dépose par terre, libérant sa courte chevelure. D'un geste lent, elle défait les boutons de sa robe qui tombe mollement à ses pieds, dévoilant son petit jupon de laine et le départ de deux cuisses élancées. S'asseyant sur ce coussin improvisé, elle entreprend de délier ses chaussons et d'ôter les bas qui lui remontent jusqu'aux genoux. « Bon Dieu, pense-t-elle en massant ses chevilles, que j'ai mal mes pieds d'être restée pliée en deux si longtemps... »

Sous son chemisier blanc, qu'elle enlève délicatement, apparaît une gaine d'étoffe serrante, emprisonnant sa jeune poitrine. Le temps d'emballer ses effets dans sa jupe fourrée en boule au pied du lit et la voici qui se redresse dans la fausse clarté de la nuit. Ses épaules, très droites, ont l'air revêtues d'un mince duvet, subtil comme une caresse. Elle paraît un peu troublée. Est-ce cet homme qui dort ou la peur d'enfreindre quelque tabou qui la retient soudain ? Dégrafant presque à contrecœur son jupon qui glisse doucement sur ses cuisses pâles, elle expose à la fraîcheur du soir le profil de ses hanches arrondies.

Comme elle charmante, si vulnérable derrière ce dernier morceau de tissu qui lui voile le buste. Le pincement de l'air fait frissonner sa peau tiède. Se ravisant sur un coup de tête, elle renfile le petit jupon qui lui protégeait le ventre et se glisse silencieusement dans les draps, aux côtés d'Ulysse assoupi.

Combien de temps faut-il au dormeur pour se rendre compte de la présence de cette troublante intruse ? Cinq minutes, un quart d'heure ? Il semble d'abord ne s'apercevoir de rien, plongé qu'il est déjà dans un lourd sommeil. Ni le rayonnement du corps de la jeune fille, près de lui, ni le frémissement de ses narines n'éveillent le moindre de ses sens. Pourtant, il se rapproche de la mignonne, inconsciemment attiré par sa tiédeur. Il finit même par se retrouver contre elle, quasi par gravitation, au fond de la cuvette qui déforme le centre du matelas. Sa main s'égare bientôt au creux de la taille de la soubrette.

Doucement, ses doigts remontent le long du torse offert, jusqu'à la courbe d'un de ses seins emmaillotés de coton. Ulysse aurait sans doute rêvé longtemps encore, tout égaré dans les effets de l'alcool, si la jeune fille n'avait déposé sa main sur la sienne, comme pour mieux diriger la caresse. Ce n'est que lorsque ses doigts, tendrement orientés, rencontrent le nombril de l'incongrue qu'il reprend lentement conscience.

Un instant hébété, Ulysse ne peut réprimer une exclamation de surprise. Il y a une masse humaine dans son lit ! La brunette parvient heureusement à étouffer de sa main le son désarticulé. « Sacré nom, mon pistolet ! » pense-t-il soudain, plongeant la main sous son oreiller.

Mais il n'y a pas plus de pistolet dans ses draps que d'agresseur dans sa chambre. Ulysse finit par reconnaître sa mystérieuse visiteuse.

– Par tous les saints, pouvez-vous m'expliquer ce que vous fabriquez ici ?

Prise de court à son tour, la serveuse esquive la question en enfouissant son visage dans le cou d'Ulysse, inondant son torse de baisers sucrés, plus éloquents qu'une plaidoirie. Ulysse a de la peine à se dégager de cette étreinte confuse, émoustillé qu'il est malgré lui par de telles avances. C'est à cet instant qu'il réalise, dans l'obscurité, que la jeune fille est presque totalement dévêtue.

– Allez-vous me dire à quel jeu vous jouez, Mademoiselle ? Ce n'est ni une heure, ni une tenue pour vous trouver dans la chambre d'un gentilhomme ! Avez-vous perdu la tête ? parvient-il à articuler avec un semblant de dignité.

Le visage effacé derrière ses cheveux en désordre, la soubrette garde le silence, penaude comme une gamine semoncée par son père. On dirait qu'elle attend un geste de compréhension, un mot réconfortant. L'air est épais, la pénombre enveloppante...

Tout à coup, un bruit de pas se fait entendre. Oui, quelqu'un monte les escaliers ! Bondissant au pied du lit, la leste Ardennaise s'empare de ses vêtements et se précipite vers la lucarne, comme une biche effarouchée. Il ne lui faut pas dix secondes pour disparaître sur le toit, avalée par la nuit.

À peine s'est-elle envolée qu'une lourde main s'abat sur la porte :

– Monsieur, ouvrez, au nom de la loi !

– Que signifie ceci, à présent ? s'énerve Ulysse en quittant ses draps.

– Monsieur, hâtez-vous de nous ouvrir ou nous forçons le verrou ! renchérit la rauque voix.

Ulysse déplace le coffre en maugréant et débloque le mécanisme d'ouverture de la porte. Deux hommes imposants font irruption dans la chambre, lampe à la main. L'un d'eux, tout de noir vêtu, se précipite vers le lit et commence à fouiller la pièce avec nervosité. L'autre a tout l'air d'un agent de l'ordre. Un gendarme sans doute, plus mesuré dans ses gestes, mais peu commode. Il s'est campé devant la porte, en barrant l'accès.

– Puis-je savoir ce que vous espérez trouver ici ? grogne Ulysse, confus et irrité tout à la fois. Il s'efforce pourtant de garder la tête haute :

– Je suis un homme honnête et respectable, Messieurs, et de surcroît un ancien officier. J'exige une explication !

À ces mots, le premier individu – dont le visage, bizarrement, ne lui semble pas tout à fait inconnu – rétorque violemment :

– Vous êtes sacrément gonflé, espèce de satyre ! Où est passée la fille que vous avez attirée dans votre lit ?

– Je... Je ne sais pas ce que vous voulez dire, ment-il à demi, bénissant la disparition providentielle de la soubrette.

– Vous croyez peut-être que votre manège est passé inaperçu ? Tartuffe, va !

– Messieurs, cette plaisanterie a assez duré ! Il s'agit d'une indiscutable méprise. Je m'appelle Ulysse de Longchamps et je viens de Bruxelles pour affaires. Je n'ai rien à voir avec vos histoires de mœurs locales ! Allez-vous une fois pour toutes m'expliquer ce que... Mais l'homme en noir n'est déjà plus là. Avec le gendarme qu'il vient d'empoigner par le bras, il disparaît dans l'escalier en rageant.

– C'est raté, *Scheiße* ! J'étais pourtant sûr qu'il fricotait avec cette fille !

Ulysse jurerait qu'il s'agit du cavalier qui l'a pris en chasse depuis La Roche, avec sa cape sombre et ses bottes à éperons...

Déjà, des sabots de chevaux résonnent dans la cour. Le temps de s'habiller et les deux hommes seront loin... Aucun espoir de tirer l'affaire au clair cette nuit. Ulysse n'a plus qu'à se recoucher, non sans avoir bloqué à nouveau porte et fenêtre.

« Mais qui sont ces gens qui me traquent depuis deux jours ? Que me veulent-ils ? Pourquoi ?... »

LE PIED DANS LA PORTE

Un épais brouillard recouvre Houffalize ce matin. Quasi tous les habitants se trouvent réunis dans l'église Sainte-Catherine, les femmes à gauche, les hommes à droite. Beaucoup de messieurs en costume se tiennent aussi dans le fond de la nef, près de la sortie, allant et venant. C'est là aussi que se dissimule Ulysse, entre deux sépultures de marbre noir. Il est arrivé plusieurs minutes après le commencement de l'office.

Pourquoi ne parvient-il pas à se concentrer sur le déroulement de la messe ? Son regard erre d'un chapiteau à l'autre, glissant de la voûte aux vitraux, puis vient se fixer sur ce lévrier de pierre, au pied de la sculpture d'un des gisants. L'animal est tout poli, à force d'avoir été caressé par des générations d'enfants. Quelle dignité, dans sa pose gothique ! Le prêche du curé, à peine audible, conjugue un français érudit avec le bas allemand du terroir, entrecoupé de moult citations en latin.

« Je ne vous laisserai pas orphelins » déclame le pasteur en citant l'évangile de l'apôtre Jean qu'il vient de lire. Paraphrasant la parole sainte, il se lance dans une vibrante exhortation à la confiance, démonstrative comme une harangue politique.

« Houffalize n'est-elle pas, rappelle-t-il, une des premières cités du Luxembourg à avoir rallié la révolution belge ? *Confidete, fratres mei, confidete !* »

Ulysse a la tête ailleurs. S'esquivant après la communion, il décide de flâner quelques instants à travers les rues du bourg. Ni les rustiques maisons à encorbellement, ni les vestiges des remparts moyenâgeux ne parviennent pourtant à le distraire de ses préoccupations.

Y a-t-il un lien entre les événements de la nuit écoulée et son enquête sur les travaux du souterrain ? Quelqu'un cherche-t-il à contrecarrer sa mission, à l'empêcher de découvrir des informations préjudiciables ? Tenterait-on de le retenir de force à Houffalize ou de lui tendre un piège ?

Il n'est pas dans l'intérêt de la Société du Luxembourg de semer des embûches sur le passage d'Ulysse : moins la situation lui paraîtra saine, moins il aura tendance à défendre le projet dans son rapport. À moins qu'on essaie de lui cacher quelque chose d'important... Peut-être certains riverains lésés espèrent-ils perturber l'avancement du canal en compliquant sa mission ? Et si cette effrontée de soubrette avait été soudoyée pour fouiner dans ses papiers et lui extorquer des renseignements confidentiels ? Mais alors, pourquoi cette humiliante perquisition ?... Les Prussiens seraient-ils mêlés à cette affaire ? Non, vraiment, tout cela n'est pas très clair. Est-il judicieux d'en toucher un mot à Rémi De Puydt ?

Ulysse s'efforce d'endiguer ce déferlement d'incertitudes. Il lui faut garder la tête froide jusqu'au bout de sa mission. La Société générale a mis sa confiance en lui. Il ne peut décevoir le gouverneur. On ne chancelle pas en première ligne !

« C'est ma chance ! » murmure-t-il alors, fermant les yeux pour mieux se convaincre. « C'est ma chance ! » reprend-il à plusieurs reprises, comme si ces quatre mots avaient le pouvoir d'ordonner le chaos, de bouleverser sa destinée.

Parvenu au sommet du promontoire qui domine la ville, Ulysse découvre, misérablement rasées à leur base, les murailles de l'ancien château médiéval, autrefois considéré comme une des places fortes stratégiques du

Luxembourg. Seules survivantes de cette époque révolue, les ruines de deux tours rondes sur le tracé de l'ancienne enceinte. Quelle rage de destruction s'était donc emparée des troupes de Louis XIV lorsqu'elles entreprirent de démanteler de la sorte la vieille forteresse ? Un acte de colère, selon toute vraisemblance, exécuté pour l'exemple afin d'éradiquer à jamais tout désir de rébellion chez les habitants du bourg...

« Tiens, c'est bien une potence qui se dresse derrière cette petite chapelle ! s'étonne Ulysse. Il y a pourtant des années qu'on n'exécute plus les condamnés par pendaison ! Les Luxembourgeois n'ont-ils pas encore adopté l'invention du docteur Guillotin ? »

– Personne n'est donc entré dans votre taverne après que je suis remonté me coucher hier soir ? s'enquiert Ulysse, rentré à l'auberge pour le repas.

– Non..., je ne vois pas, répond le tenancier en se palpant le menton. Attendez... Oui, vous avez raison : un des gendarmes de la ville est venu prendre un verre de blanc avec un inconnu. Il était déjà tard.

– Un grand homme, tout de noir vêtu, au visage long et sec, n'est-ce pas ?

– Euh, oui..., je pense bien.

– Les avez-vous vus monter jusqu'aux chambres ?

– Monter à l'étage ? répète-t-il, l'air étonné. Non, ma foi. Ils ont payé tout de suite et sont partis sans que je m'en rende vraiment compte. Faut dire qu'à cette heure, je suis souvent à l'arrière, avec ma femme. Mais pourquoi toutes ces questions, messire, si je peux me permettre ?

– Rien de bien important, assurément, lance Ulysse, sans paraître mettre en doute la sincérité de son interlocuteur.

– Pourriez-vous quand même m'indiquer où je puis trouver ce gendarme aujourd'hui ?

– Si vous avez de la chance, il sera chez sa mère, près de l'ancien donjon, à deux pas...

Laissant là le brave aubergiste, un tantinet perplexe, Ulysse entreprend de tirer une fois pour toutes cette affaire au clair.

Venu lui-même ouvrir la porte, le gendarme ne peut dissimuler une grimace de gène en apercevant son visiteur. Il tente aussitôt de refermer le battant avec un grognement d'excuse. Heureusement, Ulysse a glissé son pied dans l'entrebâillement.

– Allez-vous donc m'expliquer ce que signifiait cette descente en règle dans ma chambre, hier soir ?

– Il... Il s'agit d'une erreur, bredouille le gardien de l'ordre. Mais d'abord, qui êtes-vous, monsieur ? articule-t-il en reprenant assurance.

– N'est-ce pas à moi de poser les questions en tant qu'offensé ? rétorque Ulysse, du tac au tac, forçant l'entrée de la maison.

– C'est que cette affaire est plutôt... confidentielle, répond le gendarme, préoccupé de n'être point en tenue de fonction.

– Étant donné que celle-ci semble me concerner de près, je voudrais savoir de quoi il retourne ! s'entête Ulysse, visiblement courroucé.

– Vous ne voulez donc pas comprendre, monsieur. Je suis tenu au secret !

– Dois-je faire appel à mon avocat ? lance-t-il alors, en haussant le ton.

– Vu la situation, je crains en effet qu'il vous faudra en arriver là. Mon chef prendra note de votre déposition, si cela vous réconforte, complète-t-il en poussant son impétueux visiteur à la porte. Demain matin, bien sûr. N'oubliez pas que nous sommes dimanche !

– Vous ne voudriez pas avoir des ennuis avec la Société du Luxembourg, n'est-ce pas ? tente Ulysse, en une ultime sortie.

Au lieu de mettre le gendarme dans de meilleures dispositions, cette allusion semble au contraire accroître son énervement. L'ouverture du chantier de Bernistap n'a pas dû alléger sa besogne.

– Vous allez m'exhiber un passe-droit à la signature royale, sans doute ? ironise-t-il, l'air goguenard. Un autre ton avec moi : ici, les Hollandais, y a longtemps qu'on les a virés, au cas où.

– Je suis ici pour le compte de la Société générale, brigadier. Mon nom est Ulysse de Longchamps. Dites-moi au moins si votre perquisition d'hier soir avait un rapport avec les activités du canal de Meuse & Moselle. C'est important pour la mission que je dois accomplir ici !

– Dieu m'en préserve, monsieur de Rondchamps. Non ! Cette histoire ne concernait que vous...

– de Longchamps, si vous voulez bien, répond Ulysse machinalement, avant de marquer une pause. Excusez-moi, mais je n'y comprends vraiment plus rien...

– Allez-vous-en, monsieur le Bruxellois ! Ou dois-je vous exprimer tout droit le fond de ma pensée ?

– Si cela me permet d'y voir un peu plus clair...

– Écoutez-moi, alors, puis débarrassez le plancher : soit vous êtes sérieusement demeuré, soit vous êtes incroyablement hypocrite ! renvoie-t-il sans fioritures à la tête de son interlocuteur, pour le moins ébahi. Ni dans un cas, ni dans l'autre, je ne peux vous aider. Le pourrais-je même que je ne voudrais pas le faire. Point final.

– Vous cherchiez une jeune fille, ai-je cru comprendre ?

– Nous y voilà enfin, soupire le vieux fonctionnaire. Je me disais bien que vous aviez décidément la mémoire courte...

Fixant Ulysse dans le blanc des yeux, le regard plombé de reproche, il transgresse pour la seconde fois son devoir de réserve :

– J'espère qu'elle n'a pas pris froid sur les toits au moins, la gamine ?

– Que voulez-vous dire ?

– Allons, de Ronchamps, on ne me la fait plus, à moi. Ce bahut calé derrière la porte, les draps froissés en tous sens, sans parler de cette lucarne grande ouverte ! Vous avez gagné cette fois-ci, mais vous ne perdez rien pour attendre ! lâche-t-il, exaspéré par l'insistance d'Ulysse et ce qu'il croit être son outrecuidance. Passe encore que vous trompiez votre épouse – tant qu'elle ne porte pas plainte contre vous –, mais aller tripoter en douce une mineure, ça je ne peux l'admettre, tout nobliau que vous soyez !

– Jamais je n'ai cherché à séduire d'autre femme que mon épouse. Dieu me garde de jamais vouloir convoiter une adolescente ! tranche alors sèchement Ulysse, blessé dans son amour-propre. J'ignore comment cette jeune fille s'est trouvée dans ma chambre hier soir ; j'ignore également pourquoi elle s'est enfuie. Je vous demande de me croire !

Mais l'emballement d'Ulysse ne suffit pas à convaincre le brigadier.

– Il s'agit d'un grossier coup monté, reprend-il. Quelqu'un a cherché à me faire prendre en flagrant délit avec cette femme, Dieu sait pour quel motif !

– Monsieur de Ronchamps, peu m'importent vos sentiments conjugaux et la raison de votre présence dans cette ville – et je souhaite qu'il en reste ainsi, éclate le représentant de l'ordre. Votre épouse a chargé l'homme qui m'accompagnait hier soir de surveiller vos allées et venues. Il a découvert que vous aviez une relation avec cette soubrette. Ses soupçons semblaient fondés et ses informations cohérentes. Restait à vous surprendre sur le fait avec la gamine. Nous avons convenu d'attendre la nuit pour faire irruption dans votre chambre. Vous connaissez la suite…

– Tout ceci est pure invention !

– C'est votre affaire, après tout. Maintenant, disparaissez !

Ulysse prend congé du gendarme, non sans avoir tenté de lui extorquer le nom du malotru qui avait manigancé tout ce scénario. Peine perdue. Ah, s'il avait su que cette serveuse irait jusqu'à se laisser enfermer dans sa chambre ! Pour un rien, voilà qu'il se retrouvait embarqué dans une ridicule histoire de mœurs. Aurait-il jamais été en mesure de prouver son innocence ? Il ne pouvait s'agir que d'une mise en scène. Comment expliquer autrement l'attitude de la petite Ardennaise ?

Ulysse reprend le chemin de l'auberge, pensif. Dans quel but cherchait-on ainsi à le coincer ? La jeune fille en savait sûrement davantage sur le sujet…

Cinq coups sonnent à l'église Sainte-Catherine. Deckers est déjà là, ponctuel, comme à son habitude. Sa visite du chantier l'a fortement impressionné, avec le déploiement de moyens humains et matériels mis en œuvre entre Bernistap et Hoffelt.

L'entrée du souterrain était barricadée : il n'a pu découvrir l'intérieur de la galerie. Les roches qu'il n'avait pu étudier au fond du boyau, du moins avait-il pu les manipuler à l'extérieur, près des déversoirs, comme ces dalles de schiste empilées à proximité des orifices d'évacuation. Celles qu'on avait triées pour les utiliser en construction. Un matériau bienvenu pour l'aménagement des nombreux chemins de halage, écluses, ponts, bassins et autres ouvrages d'art prévus le long du canal. Jamais il n'avait été confronté à une entreprise aussi ambitieuse en Ardenne ! De quoi justifier les capitaux rassemblés par la Société du Luxembourg. Une gageure !

En tenue du dimanche, le visage propre et rasé, les hommes qu'il avait rencontrés sur le parvis de l'église de Buret pouvaient être des ouvriers de Bernistap aussi bien que des paysans des environs. Peut-être certains étaient-ils les deux à la fois. Pour ceux qui fleuraient bon l'étable ou la bergerie, la part du doute diminuait. Comme pour ceux qui, faute de miroir, n'avaient pas pu nettoyer, derrière leurs oreilles, les auréoles laissées par la sueur d'ardoise. La plupart des ouvriers, sans femme ou enfants, s'étaient effacés à l'issue de l'office. Les tensions, autrefois vives, entre les sapeurs et les propriétaires locaux n'étaient visiblement pas encore tout à fait aplanies.

Il fallait dix bonnes minutes pour arriver du village aux baraquements en planches du chantier. Les ouvriers s'étaient montrés peu méfiants à son égard. Il s'était étonné de voir beaucoup d'entre eux entretenir un jardin potager derrière les dortoirs, juste assez pour ne pas perdre la main.

Ulysse arrive à son tour au rendez-vous.

– Vous voilà, sergent ! J'ai peur de ne pas être à l'heure, pardonnez-moi. Je suis rudement content de vous revoir. Figurez-vous qu'il m'a été donné de faire, hier soir, la connaissance de notre vilain inquisiteur.

Et Ulysse de narrer sa mésaventure de la veille, omettant pudiquement certains détails. Il résume aussi sa décevante visite chez le gendarme. À son tour, Deckers lui fait part de ses observations techniques sur le creusement du souterrain.

– Avez-vous remarqué tous ces fragments de quartz dans les crassiers du chantier ? Si les ouvriers sont tombés sur une veine de cette roche, ils ont dû y laisser quelques pics !

– Voilà qui n'a pas dû accélérer la progression des travaux... N'avez-vous rien découvert d'autre qui vaille la peine d'être inséré dans mon rapport ?

– Non... Rien de bien significatif. À moins que... Ce n'est sans doute qu'un détail, mais il m'a troublé.

– Vous m'intéressez...

– Comme je viens de vous l'expliquer, j'ai tenté de suivre en surface le tracé du souterrain, prenant comme repère l'alignement des puits d'extraction. J'imaginais, à mon retour, tomber précisément sur l'entrée du chantier. Mais le sentier s'écarte de l'axe du boyau à une centaine de mètres de son ouverture : il y a tant de déblais accumulés à cet endroit que plus personne ne passe par là.

– J'ai remarqué moi aussi que la zone était quasi désertée, avec les ronces et les orties qui y prolifèrent déjà ! Mais pourquoi vous intéressiez-vous à ces vieux déversoirs ?

– Un géologue est toujours attiré par les amoncellements de pierres !

– Vous avez fait des découvertes, entre les cailloux de schiste ?

– Eh bien, figurez-vous que je suis tombé sur un trou béant, à peine dissimulé sous quelques planches, entre deux amoncellements de gravats. Un puits profond, malgré la proximité de l'entrée : à croire qu'il descendait jusqu'à la voûte même de la galerie.

– Sans doute un des anciens sondages réalisés pour connaître la nature de la roche, avant le début des travaux ?

– En effet, mais ce qui m'a surpris, c'est qu'on ait abandonné une telle fosse sans la combler... Et le plus étonnant, c'est que la terre autour du puits venait d'être remuée !

Ulysse écoute son interlocuteur sans grande conviction, mais il se garde bien de le laisser paraître.

– J'ai d'ailleurs trouvé, dissimulée sous quelques dalles de pierre, une corde qui plongeait dans l'orifice. À son extrémité pendait un seau plein d'outils. Je les ai remontés à la surface, par curiosité : il y avait une petite pelle, un pic, deux truelles et un solide anneau métallique. Sans une trace de rouille, comme s'ils avaient été utilisés hier encore... Pourquoi donc s'acharner à recreuser un tel conduit alors que le front de taille se trouve beaucoup plus à l'est ?

– Peut-être est-on simplement en train d'aménager cet ancien puits en cheminée d'aération ?

– Si près de l'entrée du souterrain ? Cela semble peu vraisemblable. Et puis, vous en connaissez beaucoup, vous, des ouvriers qui abandonnent leurs outils en quittant le chantier ?

– Ceux qui travaillent là sont peut-être persuadés que personne ne viendra se balader à cet endroit.

– Pas même leur contremaître ? Vous savez quelles sanctions on inflige aux carriers qui abandonnent leurs pieds-de-biche à la pluie ?

– Sans doute ont-ils été surpris par la sonnette d'évacuation sans avoir eu le temps de les ranger... Mais vous avez raison : je vais en parler à Fondry. Je suis sûr qu'il pourra satisfaire notre curiosité, conclut Ulysse, un peu déçu de n'avoir rien d'autre à se mettre sous la dent.

Les deux hommes se séparent, non sans s'être fixé rendez-vous le lendemain à l'auberge pour le repas du soir. Depuis son coup de force raté de la veille, si peu discret, le funeste homme à la cape ne risquerait plus de s'y compromettre !

LE GÉOMÈTRE

– Quoi ! Y a jamais eu de putain de médecin pour constater la mort du géomètre ?

– Comme je te dis, mon vieux. Je travaillais encore au château à ce moment-là. Je m'en souviens bien, tu penses ! Même que c'est moi qui a transporté le corps jusqu'au petit salon, à droite de l'entrée, avant qu'on le transforme en chapelle ardente.

– Mais comment est-ce qu'on a su qu'il était décédé d'un arrêt cardiaque ? Y n'avait pas trente-cinq ans ! C'est quand même pas très courant, bordel...

– C'est bien ce que j'essaie de te dire. On a cherché à le faire croire, pour pas dire de quoi Salmon était vraiment mort.

– Tu te rends compte de ce que tu insinues ?

– Cette disparition gênait les responsables de la société. J'en suis sûr !

– Mais alors, *verdammt*, il a peut-être été assassiné !

– T'excite pas ! On doit rester prudents avec des trucs comme ça... Si on l'avait étranglé ou poignardé, je l'aurais vu en transportant le corps : le cadavre était raide déjà, après sa nuit dehors, mais y avait pas une goutte de sang.

Assis à même le sol, à quelques centaines de mètres des baraquements, Knud et un contremaître discutent avec gravité. Cela fait deux heures déjà qu'ils ont faussé compagnie à leurs congénères, juste après la collation du soir.

– Je te parie qu'on l'a empoisonné ! s'enflamme le plus sanguin des deux.

– Ça voudrait dire que quelqu'un a vraiment cherché à le supprimer… Il s'est peut-être suicidé, après tout, répond le contremaître pour calmer le jeu.

– Tu crois ça, toi ? *Scheiße* ! Il a sûrement été victime d'un règlement de compte.

– C'est vrai que je l'ai déjà entendu critiquer le projet du canal. Il faisait souvent des remarques à propos des plans du chantier, tu te souviens ?

– C'est vrai qu'il avait du franc-parler pour un petit clerc frais émoulu ! Même que ses réflexions sapaient souvent le moral des troupes… Mais on n'élimine pas quelqu'un pour ça ! Et si c'était un indicateur ou un putain de mouchard ?

Knud se ronge l'ongle de l'index avec nervosité. Il est tenaillé par le désir de savoir. Rien ne le met plus hors de lui que de se sentir qu'on lui cache quelque chose qui le touche de près. Peut-être est-il utilisé à son insu, abusé comme tous ses compagnons de labeur ?

À sa gauche, le contremaître qui vient de s'ouvrir à lui est soucieux lui aussi. A-t-il bien fait de faire part de ses soupçons à un impulsif comme Knud ? Cet impétueux comprendra-t-il qu'il ne s'agit que d'intuitions non vérifiées ? Pourra-t-il faire la part des choses entre ce qui est vraiment établi et ce que son imagination lui fait croire ?

« Je n'avais pas d'autre choix que de lui cracher le morceau, se dit-il pour se rassurer. Si vraiment on nous a dissimulé une partie de la vérité, je deviens un témoin gênant. Fondry pensait sûrement que plus personne ne se posait de question sur la cause du décès de Salmon… Que les gens s'étaient contentés d'assister à l'enterrement puis qu'ils avaient oublié, en deux ans. Pourquoi ai-je été l'alerter par mes menaces ? Tout ça parce que je ne supporte plus son petit air de rond de cuir… Surtout quand il se mêle de me faire la leçon ! Il n'a qu'à venir se crotter toute la nuit avec nous au fond du trou avant de critiquer le travail... Enfin, s'il se rend compte qu'on est plusieurs à partager le secret, ce sera plus difficile de se débarrasser de moi. C'est le plus important pour le moment. »

– Tu crois que c'est Fondry qui a fait disparaître le géomètre ?

– Non, Knud, je ne pense pas. Je ne peux pas le blairer, mais il n'a pas les tripes d'un tueur. Je sais juste qu'il se met hors de lui dès qu'on parle de la mort de Salmon !

– Mais, *Schweinerei*, qui a décidé qu'y ne fallait pas appeler de médecin ? Y a que lui et De Puydt qui pouvaient le faire !

– Le géomètre trempait sûrement dans affaire pas très claire... Suffisamment importante pour que Fondry cherche à l'étouffer avec cette histoire de crise cardiaque.

– Je parie qu'il manigance quelque chose de louche!

– Attends avant de t'emballer ! Comme responsable de chantier, il a peut-être simplement voulu éviter une enquête de la gendarmerie.

– Parce que la mort de Salmon était suspecte !

– À l'époque, tu te souviens, c'était pas commode avec le voisinage. Un décès inexpliqué au siège de la société, ça peut faire du bruit jusqu'à Bruxelles ! Belle réputation pour l'entreprise...

– Alors, tu crois que ce n'est pas Fondry qui l'a tué...

– Ce que tu peux être carré, bordel ! Non, j'ai dit qu'il avait peut-être cherché à être prudent... Pour éviter certaines fuites ou une enquête officielle...

– *Ach*, je donnerais cher pour comprendre en quoi la mort de ce jaseur dérange tant nos foutus patrons ! Il doit bien y avoir un moyen de savoir...

– Knud, on connaît ta grande gueule et tes coups de tête à la con. Promets-moi de ne parler de ceci à personne, tu entends ?

– Attends… C'est trop grave ce que tu dis ! Si ça se trouve, tu es complice d'un meurtre par ton silence. Ne compte pas sur…

– Tais-toi, imbécile ! C'est moi qui risque ma tête, aujourd'hui. Alors, tu vas faire exactement ce que je te demande, point à la ligne.

– Tu ne m'empêcheras pas de tirer cette putain d'affaire au clair ! rugit Knud, prêt à se lever.

– Dégage, espèce d'entêté, mais ne viens pas me reprocher de t'avoir mis dans la mélasse !

– Et toi, tu as intérêt à faire le mort, ces temps-ci. Et crois-moi, je sais de quoi je parle !

– Knud ! Knud, attends ! Qu'est-ce que tu veux dire ?

– Allez, il est temps qu'on retourne à la cantine. La cloche va bientôt sonner.

– C'est toi qui me caches quelque chose !

« Si tu savais, pauvre innocent ! » susurre Knud entre ses dents, déjà en route vers le chantier.

La nuit est crue, impénétrable.

LES LAMBREQUINS
D'UN BOUTON DE BOTTE

Houffalize,
dimanche soir

Ma chère Charlotte,
Je suis sûr qu'il vous en serre le cœur de me savoir
parti depuis près d'une semaine déjà. Ces jours sont
bien longs sans votre douce compagnie. Tout est si
autre ici...
Je me fais du souci à propos de votre santé et de
celle des enfants. Les soins prodigués par notre pré-
cieuse Emma ont-ils aidé Laurent à se remettre de sa
mauvaise toux ? Et vous-même, Charlotte, avez-vous
pu prendre du repos ? Vous aviez mauvaise mine, la
veille de mon départ...
J'ose espérer que ce billet vous parviendra avant
mon retour. La poste de ce pays reculé ne fonctionne
certainement pas comme à Bruxelles. Nous aurons
beaucoup à discuter sur ce chapitre quand je serai ren-
tré : vous aurez peine à croire combien la vie au
Luxembourg diffère de celle que l'on mène chez nous.
Tout y est plus rural, plus rude. Les préoccupations
mêmes des habitants de la région sont souvent éloi-
gnées de celles qui nous touchent. À vrai dire, il y a
bien de quoi se sentir dépaysé. Imaginez plutôt : me
voici, citadin brabançon, égaré au milieu d'un Grand-
Duché en quête de reconnaissance politique, chargé
d'enquêter sur un projet d'origine néerlandaise, en
compagnie d'un militaire belge. Ceci sans compter que
presque tout se dit en allemand, mais se paye encore en
francs français !

Je dois vous confier, malheureusement, que l'affaire qui m'amène à Houffalize me donne plus de fil à retordre que prévu. La situation est délicate, mais point fâcheuse. Ne vous en affligez donc pas outre mesure.

Ulysse s'apprête à tremper sa plume dans l'encrier, lorsqu'il s'aperçoit que le flacon est quasi vide. « C'est toujours au milieu d'une lettre que ça arrive, ce genre de défection ! » Il doit lui rester, heureusement, un peu de poudre d'encre dans ses bagages. Trois gouttes d'eau et, déjà, la préparation se mue en un mélange opaque aux relents ferrugineux. Le liquide vire rapidement au gris par réaction avec la noix de galle pulvérisée. Ulysse reprend le fil de sa lettre.

J'ai découvert en ce pays une spécialité qui vous amuserait. L'on y fabrique des gants d'une très belle qualité, certains dont le cuir est si fin qu'ils épousent votre main comme une seconde peau. En ce qui concerne les tissus, par contre, le choix est très réduit, bien que la flanelle soit de fort belle facture.

N'oubliez pas de conserver tous les journaux que vous pourrez trouver, afin que je puisse, dès mon retour, prendre connaissance des événements du monde. Tant de faits d'actualité ont dû se produire récemment, sans qu'une once d'information ne me soit parvenue !

Si tout se déroule comme prévu, je reprendrai le chemin de Bruxelles d'ici trois ou quatre jours. Prenez bien soin de vous d'ici là.

Relisant sa prose avant de signer, Ulysse réalise combien sa lettre est terne et insignifiante. Comment en vouloir à une femme d'être déçue des faveurs d'un amant lorsque celui-ci se montre aussi peu démonstratif après dix jours de séparation ? Pas un mot tendre, pas une larme d'émotion. Il lui faut recommencer sa lettre sur un mode plus affectif, plus engagé. Mais comment rapiécer les sentiments que le temps a effilochés ? Quels sont les mots qui disent encore l'amour quand l'amour a usé ses rimes ? Si seulement ils avaient osé aborder en profondeur leur incompréhension mutuelle avant son départ... D'un geste impatient, Ulysse chiffonne les deux pages qu'il vient d'écrire. Charlotte n'attend qu'un cri du cœur, une déclaration authentique. Il doit profiter de son exil ardennais pour reconquérir sa flamme, tirer parti de son éloignement pour regagner sa confiance.

Charlotte, ma bien-aimée,

Que j'ai hâte de vous revoir ! De vous serrer fortement contre moi, comme nous le faisions à l'époque dorée de nos fiançailles. Vous me manquez bien plus que vous ne pouvez le croire ! J'ai été tellement malavisé, ces derniers mois, de négliger notre relation, de rester insensible à vos bras tendus... Dieu sait quel tourment s'est emparé de mon être pour en arriver à me renfermer sur moi-même au point d'oublier d'entretenir notre douce passion. Je vous en demande pardon, de tout mon cœur. Acceptez, je vous en supplie, mon repentir.

Si jamais voyage m'a causé du déplaisir, ma tendre épousée, c'est sans doute celui qui m'éloigne de vous aujourd'hui. Je le hâte de tout mon pouvoir. Il me tarde tant de vous faire part de tous les événements vécus ici. Bousculants, troublants même, jusqu'à m'en secouer grandement. Je gage que vous ne me reconnaîtrez plus à mon retour, tant je trouve ici motif à sortir de ma réserve habituelle.

Toutes ces journées, toutes ces nuits sans vous près de moi me sont comme des bouquets sans couleurs, des rossignols sans voix. Que ne donnerais-je, ce soir, pour me coucher à vos côtés et sentir battre votre cœur contre ma poitrine ? Je vous glisserais dans l'oreille des noms de roses, je caresserais vos longs cheveux et nous nous égarerions tous les deux dans les plis soyeux de l'amour...

Je vous aime, Charlotte. Vous m'êtes plus précieuse que la vie. Merci d'avoir accepté de partager mon existence, dans ses printemps et ses automnes. Je ne sais ce que je deviendrais sans vous...

Daignez recevoir ce baiser comme si je le mettais sur vos lèvres. Conservez-moi votre cœur !

Votre Ulysse.

« Pourvu que cette lettre ne tombe pas dans les mains d'un indélicat ! Je me suis rarement livré de la sorte à une feuille de papier ! » s'affole Ulysse, parcourant d'une traite sa prose enflammée. Vivement, il plie sa lettre en quatre, comme pour s'interdire d'en censurer l'élan poétique. Il ne lui reste plus qu'à cacheter le pli en son centre... « Bon sang ! Mon sceau aussi a disparu dans l'échauffourée avec les bandits ! » s'exclame-t-il après avoir en vain retourné le fond de sa malle. « Eh bien, qu'à cela ne tienne : à défaut d'un blason, cette éclaboussure de cire se contentera des lambrequins d'un bouton de botte ! Bien malin le curieux qui tentera de m'identifier... »

MISE EN SCÈNE FORTUITE

Houffalize,
dimanche soir

Comme la veille en fin de soirée, notre gentilhomme en campagne descend à la taverne de l'auberge ravir son palais d'un petit verre pour se préparer à disparaître dans l'épaisseur des draps. Délicieuse césure entre l'activité du jour et l'abandon à la nuit. Il commande une goutte de genièvre, ce breuvage du cru qui réchauffe l'âme et l'apaise à la fois.

Col dénoué, manches retroussées, Ulysse s'est attablé près du poêle, le dos calé contre le dossier de la chaise de paille. Sur son visage, la flamme d'un quinquet dessine de libres arabesques en clair-obscur. Ulysse de Longchamps, conjugué au mode naturel, savoure cet instant de détente comme on profite d'une permission après trois semaines de régiment. Tout bien considéré, n'est-il pas finalement bien loti d'être ainsi, pour un temps, en « égarement imposé » sur les hauteurs ardennaises ? De bénéficier de ces quelques jours de recul, loin des tracasseries du bureau et des contrariétés familiales ?

Deux messieurs sont accoudés au comptoir. Sans doute des négociants en tournée, à voir leur embonpoint. L'aubergiste a dû leur parler d'Ulysse. D'ailleurs, ils se retournent souvent en sa direction, comme s'ils cherchaient à lui faire partager leur conversation.

– Alors, il paraît qu'à peine débarrassés d'un Guillaume Ier, on va se payer son fils comme roi ? questionne un des deux compères, suffisamment fort pour qu'Ulysse l'entende.

– On chasse le Hollandais par la porte, il revient par la fenêtre ! À quoi ça sert d'être devenus indépendants si Londres nous renvoie les Orange-Nassau en suppositoire ? Je croyais que notre Congrès national avait décidé d'exclure définitivement cette famille du pouvoir, reprend-il de plus belle.

Ces quelques mots suffisent à distraire Ulysse de ses méditations. Il tourne les yeux vers les causeurs, tout à coup intéressé. On dirait même qu'il tend l'oreille.

– Tu penses qu'on va se laisser faire, sans doute ? Qu'il remette les pieds en Belgique et tu vas voir ce qu'il va se prendre comme raclée au cul, le *prins* Willem !

– Tu es bien sûr de toi, mon gars ! Tu as déjà oublié le coup d'état de Malines, puis celui de Gand, il y a deux mois ?

– Quoi, cette poignée d'orangistes qui s'imaginaient pouvoir rétablir Guillaume sur le trône ?

– Il y avait beaucoup de militaires et d'industriels, dans les rangs des conjurés. Je me méfie de ce général van der Smissen et des fanatiques de son espèce. Je suis sûr que les Néerlandais doivent encore avoir beaucoup de partisans à des postes stratégiques !

Ulysse, au fond de l'auberge, doit se retenir d'intervenir dans la conversation. Tout cela méritait vraiment d'être nuancé !

– Cela ne me dit toujours pas qui tu vois en prochain roi des Belges ? reprend le plus enveloppé des deux compères.

– Eh bien, il y a ce duc de Nemours, dont on a parlé un moment, le fils de Louis-Philippe...

– Tu imagines le gabarit ?

– Au moins il fera le poids, celui-là ! Et les deux buveurs de partir d'un éclat de rire empâté.

Cette fois, c'en est trop. Ulysse ne peut supporter l'isolement plus longtemps. Il se lève lentement, remonte son pantalon d'un geste digne et gagne le comptoir.

– Servez-moi donc un autre *péket*, je vous prie !

– Et si c'était l'autre Français qui débarquait finalement ? Tu sais, le duc de Luremberg, un nom comme ça…, relance le marchand, à moitié tourné vers Ulysse.

– Qui, le fils d'Eugénie de Beauharnais ?

– Vous faites allusion au duc de Leuchtenberg, je suppose, intervient alors Ulysse, posé comme un magistrat.

– Oui, c'est cela, monsieur ! Vous le connaissez ? répond le premier des buveurs, qui attendait cet instant avec impatience.

– Non, je ne le connais que de réputation. Tout comme le fils du roi de France dont vous parliez il y a une minute.

– Avec des personnalités de cette envergure sur le trône, on ne risquerait plus de se faire envahir par la Prusse ou par les Pays-Bas : toute l'armée française leur tomberait sur le dos en trois mouvements !

– C'est justement pour cela qu'aucun de ces deux candidats ne sera retenu, s'interpose Ulysse. Ils sont bien trop encombrants politiquement. La Belgique doit rester un territoire neutre, ne l'oubliez pas : c'est dans notre constitution !

– Et le prince de Saxe-Cobourg dont on a parlé aussi ?

– Léopold ? Il vient de se désister. Dommage… Il aurait pu faire un bon roi, avec son expérience internationale.

– Il a pas mal bourlingué, non ?

– Je crois qu'il a séjourné plusieurs années à la cour du Tsar.

– C'est même en tant que colonel de l'armée russe qu'il est venu prêter main-forte aux coalisés ligués contre Napoléon en 1813 et 1814, précise Ulysse.

– Dire qu'il a failli devenir roi d'Angleterre !

– *Prince consort*, corrige le chargé de mission de la Société générale.

– Comment cela ?

– En Grande-Bretagne, c'est la princesse de Galle, Charlotte, qui aurait hérité de la couronne. Léopold de Saxe-Cobourg n'était que son époux.

– C'est quand même con pour lui que la fille soit morte... Je comprends qu'après avoir vécu au château de Windsor, ça ne l'emballe plus tellement de prendre ses quartiers en Brabant !

– De toute façon : un Français ou un Anglais, où est la différence ? Moi je dis que tous ces princes, ducs et machins choses, ils n'y connaissent quand même *que dal* à la Belgique et à nos problèmes !

– Quand je pense qu'y a des types à qui on passe son temps à proposer des couronnes ! Je parie que tu ne sais pas que ce saxon de Léopold a aussi refusé de devenir roi de Grèce ! Et pas plus tard que l'an dernier.

– Non, mais, qu'est-ce qui leur faut, exactement ?

– Eh, c'est que ce n'est plus comme avant, la royauté! On risque sa tête, de nos jours ! Tu en voudrais, toi, d'un boulot pareil ?

– Tu charries, ou quoi... ?

Ulysse soupire. Il ferait mieux de remonter se coucher au lieu de s'incruster dans un débat aussi primaire. Une chose était sûre : la Belgique risquait de se contenter plusieurs mois encore d'un régent de peu d'envergure. À moins d'un miracle ?

« Une bouffée d'air frais me fera du bien avant de regagner ma chambre » se dit-il, ouvrant la porte qui donne sur la cour de l'auberge. Le ciel s'est couvert en quelques heures. Dans l'écurie toute proche, Antoinette hennit doucement en frappant de ses fers le sol damé. Ému par l'attachement de sa vieille jument, Ulysse décide d'aller la réconforter avant la nuit. C'est vrai qu'il l'a laissée à l'attache toute la journée.

Malgré la pénombre, il retrouve rapidement sa fidèle compagne de voyage, qui frémit des naseaux à son approche. Il saisit, sous l'échelle qui monte au grenier, une brassée de fourrage qu'il dépose dans la mangeoire. La pauvre bête semble avoir faim, à constater son empressement à consommer ce maigre en-cas. Il caresse affectueusement le front du cheval. Sa paume descend le long de son cou, apaisante. Soudain, un craquement sec se fait entendre au-dessus de sa tête. Est-il vraiment seul dans l'écurie ? Ulysse tend l'oreille... Il jurerait qu'on marche à pas feutrés sur les planches du grenier à foin, de la gauche vers la droite. « Évidemment, se dit-il pour se rassurer : c'est ici que doivent dormir les domestiques de l'auberge ! Curieuse promiscuité que celle qui doit régner dans un coin de grange...» Ulysse ne peut s'empêcher de songer à la petite soubrette de la veille, aussi ardente à lui offrir ses faveurs que prompte à se fondre dans la nuit. Dommage qu'elle ne soit pas réapparue à l'auberge depuis leur mémorable entrevue !

Une silhouette apparaît alors, mystérieuse, dans l'ouverture du plafond, attirant l'attention d'Ulysse. Ombre fine aux cheveux en désordre, elle scrute l'obscurité pour tenter d'identifier l'intrus. Ulysse perçoit, sans voir son visage, toute l'intensité de son regard. Le battant va-t-il brusquement se refermer ?

– N'ayez crainte, chuchote-t-il à l'attention de la forme humaine qui l'épie du haut de l'échelle, je viens juste rassurer ma bête avant la nuit. C'est un vieux cheval, vite inquiet, surtout depuis que nous avons été attaqués dans les bois, il y a deux jours à peine. Nous sommes comme deux compères lui et moi, vous comprenez...

Le timbre de la voix d'Ulysse, mais surtout l'allusion à cette agression à propos de laquelle il s'était déjà confié, achèvent de convaincre la jeune fille penchée en avant dans l'entrebâillement de la trappe.

– Je vous en prie, m'sieu, partez ! murmure-t-elle, révélant à son tour le son de sa voix.

« C'est ma petite soubrette ! » se dit Ulysse. Il se rapproche lentement du bas de l'échelle, pour éviter d'avoir à parler trop haut. À genoux au bord de l'ouverture, la jeune fille reste étrangement immobile, comme un lapin désemparé face au furet qui le surprend au fond de son gîte.

Ulysse aperçoit maintenant les yeux de la mignonne, complice d'un étrange forfait avorté. Loin du comportement déluré, presque effronté de la veille, c'est la crainte et le reproche qu'il devine sur ses traits.

– Ce sont les pas dans l'escalier qui vous ont fait fuir hier soir, n'est-ce pas ? lui demande-t-il doucement, pour ne pas l'effaroucher.

Mais celle-ci soudain se cabre :

– Pourquoi vous m'avez fait ça ? Je ne veux plus vous voir. Laissez-moi seule, s'il vous plaît !

Sa dernière phrase, à peine audible, est étouffée par un sanglot. Elle baisse le menton, serrant de son poing fermé le col de son vêtement.

Sa respiration est devenue courte et irrégulière, interrompue par à-coups. On devine des larmes naître au coin de ses yeux mi-clos, puis s'écouler, une à une, le long de ses joues.

Ulysse, confus d'être à l'origine d'un tel trouble, murmure maladroitement :

– Mademoiselle... Mademoiselle... Je vous assure que... je ne suis pour rien dans ce qui s'est produit ! Nous avons été trompés, tous les deux ! C'est la vérité. Je vous demande de le croire...

Oubliant son attitude de réserve et le ton inquisiteur qu'il avait adopté le matin pour interroger le gendarme, Ulysse gravit un après l'autre les échelons qui le rapprochent de l'ouverture du plafond et de la soubrette qui y apparaît encore. Bientôt son visage n'est plus qu'à deux coudées du sien. Ulysse voudrait la réconforter, la prendre par les épaules, essuyer ses larmes du coin de ses manchettes. Mais celle-ci est agenouillée si près du bord qu'il ne peut se hisser dans le grenier. Au moment où leurs regards se croisent à nouveau, Ulysse dépose délicatement sa main sur celle de la mignonne, pour lui dire du bout des doigts ce qu'il ne parvient pas à exprimer avec des mots.

C'est elle qui brise le silence qui les sépare :
– Pourquoi m'avez-vous fait venir dans votre chambre ?
– Mais je ne vous ai jamais rien demandé de semblable, souvenez-vous ! lui répond-il en serrant son poignet.
– Cet homme… Dites-moi qu'il m'a menti, poursuit-elle, cherchant sur le visage d'Ulysse la force d'aller plus loin. Il m'a donné beaucoup d'argent en me disant que… que vous vouliez me voir hier soir. C'était pas vrai, n'est-ce pas ? Comme déshonorée par cet aveu, entachée par une telle humiliation, la jeune Ardennaise détourne le regard et se réfugie en elle-même, le menton dans le creux de l'épaule.
– Non, Mademoiselle…, sourit alors Ulysse, son hypothèse confirmée, ceci est pure invention ! Il n'a jamais été question d'une telle commission. Jamais je n'ai acheté les caresses d'une femme ! J'espère que vous en êtes convaincue… Ulysse s'interrompt brusquement, réalisant qu'il heurte celle qu'il tente de réconforter, victime elle aussi de cette basse manipulation.
– Si vous saviez comme j'ai honte, reprend-elle d'une voix terriblement affectée. Je n'ai jamais… enfin jamais pour de l'argent, m'sieu. Je vous jure ! affirme-t-elle à son tour, les yeux humides et criants de franchise. Quand j'ai vu ces pièces d'argent dans ma main, j'ai pensé que j'allais enfin pouvoir m'acheter une vraie robe à dentelles, vous comprenez ? Et des souliers pour aller danser. Nous sommes si pauvres, monsieur !
– Vous avez vraiment cru que je vous avais fait appeler dans ma chambre ? Pourtant, j'en avais barricadé l'accès et je me suis endormi sans me soucier de vous !

– Ça m'a étonnée, vous avez raison. Mais c'est seulement quand vous m'avez crié dessus que je me suis dit qu'y devait y avoir une erreur.

– Vous auriez pu vous effacer à cet instant-là ! M'instruire de cette méprise. Pourtant vous êtes restée.

– Je... je ne sais pas ce qui m'a pris... Pardonnez-moi. J'ai cru que, peut-être, je m'étais trompée d'heure... Ou simplement de chambre. J'étais perdue, m'sieu... C'est en entendant ces pas dans l'escalier que j'ai réalisé le danger. Je me suis enfuie, sans comprendre. J'avais peur. Honte aussi. Si vous saviez...

– Avez-vous pu voir ces hommes qui sont venus dans ma chambre ?

– J'étais cachée sur le toit de l'écurie lorsqu'ils sont repartis à cheval. J'ai reconnu l'homme qui m'avait payée. Il y avait aussi un des gendarmes de la ville. Ça m'a fait encore plus peur. C'est comme si on m'avait tendu un piège...

– Mais dans quel but ?

– Je n'en sais rien, moi, m'sieu !..., le regarde-t-elle, désemparée.

– Je pense qu'on a cherché à nous prendre en flagrant délit d'adultère.

– d'adu... quoi ? murmure-t-elle, le visage plein d'incompréhension.

– C'est quand un homme marié est surpris au lit avec une autre femme que la sienne.

– C'est un péché, n'est-ce pas ? soupire-t-elle, les yeux baissés. Vous croyez qu'on ira en enfer, comme y dit le curé, à la messe ?

– Mais non, ma petite dame, lui répond Ulysse, quasi paternel. Puisqu'il ne s'est rien passé !

– Vous voulez dire que ça ne compte que quand..., qu'on se fait..., enfin qu'on va jusqu'au bout, quoi ? lâche-t-elle alors, presque soulagée.

– En quelque sorte.

– Une amie de ma sœur... elle a un jour été surprise comme ça, toute nue, dans la chambre d'un homme qu'elle savait même pas qu'il était marié. Déshonorée pour toute sa vie qu'elle a été, la pauvre ! Tout le monde la regardait de travers, pire que si elle avait la peste. Elle a dû quitter la région et partir loin d'ici. Dieu sait ce qu'elle est devenue aujourd'hui...

La soubrette vit si intensément ce qu'elle raconte que son récit s'accompagne de petits gestes nerveux, impulsifs. Ses cils humides, accolés les uns aux autres à cause des larmes, frémissent lorsqu'elle cligne des paupières.

Ulysse est touché par le charme naïf de cette adolescente trop tôt sevrée, si fraîche, si fragile.

– Écoutez ! murmure-t-elle brusquement, comme pétrifiée.

– Qu'y a-t-il ?

– C'est lui. Le corbeau ! L'homme en noir. Il est là. J'en suis sûre. Il est en bas. Il me cherche... Devant lui, la jeune fille s'est redressée, prête à se cacher. Elle tremble de peur. Ulysse se tait pour mieux capter les bruits de la nuit. Des pas résonnent dans la cour de l'auberge. Une voix d'homme aussi, rauque et déterminée.

– S'il me trouve, y va me battre, m'sieu ! Me forcer à lui rendre l'argent. J'ai si peur !

– Ne craignez rien, Mademoiselle. Je reste avec vous. S'il tente quoi que ce soit, il aura d'abord affaire à moi !

– Taisez-vous donc ! Il va nous entendre, chuchote-t-elle en lui agrippant l'épaule, sans ménagement. Elle hésite un instant. Doit-elle se dissimuler sans attendre ou rester près de cet homme qui semble prêt à la protéger ?

– Écoutez. Les pas s'éloignent. Il s'en va...

– C'est une ruse ! Il est déjà dans l'écurie, je le sens. Ce type est mauvais. Il est revenu pour me violenter ! J'ai vu ça dans ses yeux, hier, quand il m'a payée. Il était prêt à me déshabiller sur place. Ce n'est qu'une brute !

– Calmez-vous donc ! l'enjoint Ulysse, la contraignant à se rasseoir. De longues secondes s'écoulent dans le silence, avant que, petit à petit, l'effarouchée se laisse aller, rassurée. Ce n'était qu'une fausse alerte.

– Je crois qu'il serait bon que vous retourniez quelques semaines chez vos parents, le temps d'oublier toute cette histoire. À l'abri de ce mauvais plaisant qui nous a abusés et des querelles dans lesquelles il risque de vous entraîner. Voici..., dit-il en sortant d'une poche quelques pièces de métal brillant, de quoi dédommager votre patron pour un moment et vous permettre de survivre. Tenez. La jeune Ardennaise hésite, ayant peine à croire qu'il ne s'agit pas d'un nouveau traquenard. Soudain saisie par un mauvais pressentiment, elle retire sa main de celle de cet inconnu trop attentionné et se raidit. D'un mouvement brusque, elle éparpille les quelques florins à travers le grenier.

– Vous n'êtes qu'un menteur, vous comme tous les autres ! Je ne suis pas à vendre, comprenez-vous ?

Et l'imprévisible fille des bruyères de se redresser d'un bond, soudain agressive après s'être montrée si vulnérable. Petite âme bouleversée, elle se retire en larmes dans un coin sombre du grenier, maudissant le destin et sa crédulité de campagnarde. Ulysse s'assied sur le bord de la trappe, perplexe et silencieux.

Dix, quinze minutes peut-être, se sont écoulées. Les pleurs se sont tus. Quelque part, derrière une botte de paille, la brunette observe Ulysse avec intensité. Qui est donc ce curieux homme d'affaires qui, en deux jours, est devenu pour elle la cause de tant de tracas ? Est-il vraiment aussi honnête qu'il en a l'air ou n'est-il à Houffalize que pour tramer un mauvais coup ? Comment interpréter son incompréhension distante de la veille et l'attitude paternaliste qu'il adopte aujourd'hui à son égard ?

Ulysse ne voit pas la soubrette, dissimulée qu'elle est dans un recoin du grenier, mais il sent son regard rivé sur lui. Depuis longtemps déjà, il aurait dû redescendre, regagner son lit. N'importe quel garçon d'écurie aurait pu le surprendre, mettant la pauvre fille dans une position plus difficile encore. N'a-t-il pas reçu d'elle tous les renseignements qu'il souhaitait obtenir ? Ulysse se redresse, comme pour prendre congé, et fixe une dernière fois cet amoncellement de foin derrière lequel il l'a entendu disparaître.

– Mademoiselle, je suis vraiment désolé d'avoir été, à mon insu, la cause de votre tourment, dit-il d'un ton franc et compatissant. Il s'agit d'un profond malentendu...

Seul le chuintement d'une effraie répond à sa tirade.

– Je ne connais personne dans cette ville, je vous l'assure, reprend-il sans se laisser désarmer. Quelqu'un a voulu me compromettre avec vous hier soir. Mais pour quelle obscure raison, je l'ignore. Vous devez me croire !

La confession d'Ulysse se heurte à un nouveau mur de silence. Il décide pourtant de rester encore. « Si seulement je pouvais l'entendre, ne fût-ce que respirer... Elle finira bien par se manifester ! » se dit-il, prenant soudain conscience de l'importance qu'il accordait à ce signe de vie.

– Je tenais à vous remercier de m'avoir sauvé d'une situation bien embarrassante. Veuillez accepter mes excuses pour tout ceci. Un léger crissement de paille se fait alors entendre. Ulysse croit apercevoir le visage de la joliette, tache claire ourlée de cheveux courts, à côté d'un des aisseliers de la charpente. Elle a enfilé une veste sur sa chemise blanche. Voici qu'elle s'avance en direction d'Ulysse, puis s'arrête à distance décente, tout enrobée de son mystérieux manteau de pénombre.

– Je ne connais même pas votre prénom, gentille Demoiselle...

– Sophie, consent-elle enfin à répondre, timidement. Mais mes amies m'appellent « Sof », tout simplement.

Doucement, elle se rapproche d'Ulysse, comme si elle cherchait à retisser brin après brin ce lien déchiré quelques instants plus tôt. D'un geste inconscient, elle ramène sa coiffure en arrière, calant ses cheveux derrière l'oreille à la façon de celles qui se savent regardées. Sans qu'elle puisse l'expliquer, ce voyageur qui a sûrement deux fois son âge la trouble. Son calme, son allure de gentilhomme, sa façon posée de parler, de la réconforter l'ont touchée plus qu'elle ne s'y attendait.

Ulysse se présente à son tour :
– Je m'appelle Ulysse, comme le héros de l'Odyssée.
– Eh bien pour moi, vous serez toujours « monsieur quinquet » ! lance-t-elle alors à la volée, exhibant pour la première fois de la soirée un vrai sourire. Les héros guerriers, j'trouve pas ça très drôle.
– Parce que moi, vous me trouvez drôle, c'est cela ?
– Vous auriez dû voir votre tête quand je vous ai aspergé d'eau chaude, dans votre bain : vous aviez l'air d'avoir avalé un cafard ! Et la voici partie d'un rire d'adolescente.
– Nous n'avons peut-être pas tout à fait la même notion de l'intimité, vous et moi...
– Vous savez, chez moi aussi on prend son bain tout nu !
Ulysse aussi se met à rire, devant tant d'ingénuité. Elle est tellement mignonne, cette Sophie, avec ses mains croisées près du cou, accrochées aux pans de sa veste. C'est vrai qu'il l'a côtoyée dans sa quasi nudité, il n'y a pas vingt-quatre heures. Il se remémore la courbe de ses hanches, la peau souple de son ventre, ses mamelons tendus sous son linge de corps. Elle est à nouveau tellement désirable dans la pénombre de l'écurie, là, tournée vers lui, à moins d'un bras tendu. Combien donnerait-il pour pouvoir la serrer dans ses bras, plonger la tête dans ses cheveux aux senteurs de paille, presser son bassin contre le sien... Déjà, il l'imagine soupirer de plaisir tandis qu'il lui mordille l'oreille, qu'il pétrit ses seins menus. Il a soif de ses caresses intimes, de ses baisers de dryade... Ah !

s'il pouvait, rien qu'une minute, embrasser ses lèvres encore gonflées... Sentir sa fine langue courtiser la sienne, entre leurs bouches réunies... Ulysse a du mal à contrôler cette tempête qui se lève au creux de ses reins. Son imaginaire aussi s'est joint au complot, enrobant de charmes exquis le fruit défendu.

Il sait pourtant qu'il ne peut encourager cet élan. Qu'il va devoir refouler l'emportement de ses sens, dompter ce sentiment d'attirance si violent qu'il éprouve pour la jeune fille. Ce combat intérieur, il le connaît par cœur : d'un côté son être de chair, vibrant de pulsions ardentes, de l'autre sa raison policée, solidement ancrée entre catéchisme et Code civil. À tous les coups – pourquoi échapperait-il aujourd'hui à cette astreinte si frustrante ? – c'est la dernière qui a le dessus.

Et si pour une fois, pour une fois seulement, cet ordre des choses s'inversait ? Si la sensualité prenait le pas sur l'interdit ? Cette envolée charnelle qu'ils pourraient vivre ici, elle et lui, qui en apprendrait jamais l'existence ? L'égarement ne durerait qu'un court instant, l'espace d'un baiser, d'une étreinte folle, avant de disparaître dans le puits sans fond des errances passées. Accompli, invisible, oublié pour l'éternité. D'ailleurs, la petite soubrette n'est-elle pas en train de se rapprocher de lui ? Elle attend qu'il la prenne contre lui, qu'il la rassure. Il en est convaincu. Elle aussi est troublée : cela se voit à la manière dont elle arque le dos, seins tendus, le visage penché en quartier de lune. Ses œillades se font espiègles, sa respiration saccadée. Il sent déjà son haleine humide dans son cou, son nectar de femme. S'il tend la main, elle ne retirera pas la sienne...

Mais Ulysse se ressaisit. Il aurait beau jeu d'abuser de la situation. Sophie est si vulnérable, si naïve. Ce n'est encore qu'une grande adolescente, tout émue de se savoir désirée par un homme. Et puis il est marié. Pas d'ambiguïté sur ce plan. Ça ne laisse pas beaucoup de marge pour la frivolité.

Charlotte le lirait directement dans ses yeux à son retour, s'il avait eu une aventure. Il n'avait jamais rien pu cacher à celle qui était devenue la mère de ses enfants. D'ailleurs, il ne pouvait trahir la confiance de sa femme, même si les moments d'intimité conjugale étaient de moins en moins exaltants. Il l'aimait trop pour cela. « Pour le meilleur et pour le pire » avaient-ils un jour décidé à deux. On ne revient pas sur ces choses…

Ulysse en est là dans son examen de conscience, quand il se rend compte que la soubrette est venue s'asseoir tout contre lui, à la recherche d'un peu de réconfort. Il lui faut prendre une décision. Rapidement… L'embrasser paternellement sur la joue et s'en aller sans traîner : voilà la seule sortie de scène honorable pour cette situation sentimentalement délicate. Mais, anticipant la manœuvre, celle-ci dépose doucement la tête sur son épaule. Tout se brouille en un instant : ardeurs et retenue, élans charnels et sages résolutions. Il lui faut tenir bon. Il ne peut pas se laisser aller. À regret, il repousse doucement la jeune fille et dépose un baiser chaste sur ses paupières.

– Adieu, Sophie. Il est plus sage que je me sauve, à présent. Soyez heureuse !

– Attendez, ne partez pas comme ça…

Mais déjà Ulysse disparaît par l'orifice d'accès aux écuries, laissant l'Ardennaise en proie à son tendre désarroi.

– Toi, tu n'as rien vu, rien entendu, compris ! glisse-t-il à l'oreille de sa vieille jument avant de sortir.

UNE VRAIE BAIGNOIRE

Tavigny,
lundi matin

Le cabriolet roule à vive allure sur le chemin qui mène à Bernistap. Ulysse exhorte son cheval d'une voix rude. Il est mal luné ce matin. D'abord, il n'a pas bien dormi. C'était prévisible après cette bouffée de pulsions interdites la veille dans le grenier de la grange. Puis, personne ne s'était senti autorisé à le réveiller : ce n'est que lorsque le soleil était déjà haut dans le ciel qu'il s'était aperçu de l'heure en sursautant.

Comble de malchance, il s'était aussi coupé en se rasant, dans son empressement à rattraper le temps perdu. Mais tout cela n'était rien en comparaison de l'énergie dépensée pour trouver le messager piéton, afin de lui confier le pli écrit la veille. Pas une âme, bien entendu, n'avait pu lui dire comment contacter le postier, ni même le jour de son passage à Houffalize. La réponse des habitants du bourg était toujours la même :

– Attendez donc mercredi, m'sieu : c'est jour de marché ! Vous n'aurez qu'à remettre votre lettre à un des marchands de la vallée...

En désespoir de cause, Ulysse s'était rabattu sur un des clients de l'auberge, sur le point de se rendre à Marche-en-Famenne. Celui-ci avait accepté de déposer la missive au bureau de poste... contre rétribution. Tiendrait-il parole ?

– Il ne peut pas déjà être midi ! s'exclame Ulysse en arrivant à l'entrée du souterrain.

L'activité qui règne sur le chantier rappelle pourtant celle qui précède un tir de mine. En fait, c'est d'un vrai tumulte qu'il faudrait parler. Le long des déversoirs, des ouvriers s'agitent en tous sens, pendant que leurs chefs d'équipe gesticulent à qui mieux mieux.

– Remplissez-moi ces sacs de sable ! Ne restez donc pas plantés là comme des statues ! Où est passé Landrin ?... Des seaux circulent de mains en mains, dans une pagaille à peine maîtrisée. Bien vite, Ulysse découvre la cause de ce désordre : la galerie est noyée sous une bonne palme d'eau, quasiment impraticable. Un vrai début d'inondation. Un contremaître essaie tant bien que mal de faire creuser une tranchée d'évacuation vers le bief du canal tout proche, mais la dénivellation est trop faible pour entraîner le liquide stagnant.

– Je te l'avais bien dit qu'on aurait mieux fait d'acheter des chevaux ! entend-on dans la cohue. C'était signé qu'un jour ou l'autre cette stupide machine à vapeur rendrait l'âme !

Étonnamment concentré au milieu de ce remue-ménage, Edgar Fondry a réuni quelques-uns de ses conducteurs de travaux, à qui il distribue sèchement ses instructions. Quel contraste avec le bureaucrate inconsistant rencontré deux jours plus tôt ! Le responsable du chantier n'est pourtant pas aussi sûr de lui qu'il ne veut en donner l'impression. Sous ses tempes cendrées, ses veines se convulsent en mauve sur chair. Ses mains tremblent d'excitation :

– Prenez dix hommes, des chiffons, des briques, de la chaux et des graviers ! Colmatez-moi toutes les brèches que vous pourrez trouver, lance-t-il à l'un de ses lieutenants. Je ne veux plus voir un seul filet d'eau suinter des parois, compris ? Quant à vous, Stiévenard, réquisitionnez tous les bras dont vous aurez besoin pour creuser un caniveau sur toute la longueur du souterrain, de l'entrée jusqu'au troisième puits. Une rigole bien profonde, à l'écart du passage des roues de charrettes. C'est clair ?

– Mais monsieur Fondry… nous avons juste assez de pelles et de pioches pour mettre une trentaine d'ouvriers à l'ouvrage…

– Débrouillez-vous, mon vieux, avec des piques et des marteaux s'il le faut, avec vos mains ou avec vos dents, mais dirigez-moi toute cette flotte vers la vallée !

– Il faudrait approfondir la tranchée pour créer un écoulement… Ça va prendre des semaines, m'sieu !

– Suffit, Stiévenard. Vous savez ce qui vous attend si vous n'êtes pas à la hauteur de la tâche ! Dardenne, je compte sur vous pour remettre en état au plus vite l'ancien système d'exhaure, avec le cabestan à bras. Il faut à tout prix continuer à pomper l'eau vers la surface. Mettez à la corvée les jeunes du puits, cadence maximum !

Ce n'est que lorsque le dernier de ses chefs d'équipe a gagné son poste que Fondry aperçoit enfin Ulysse.

– Ah, vous êtes là, monsieur de Longchamps… J'aurais aimé vous épargner ce spectacle, croyez-le bien ! Comment voulez-vous travailler dans un tel bourbier ? Excusez mon énervement, mais c'en est trop ! Voici tous nos plans retardés de plusieurs jours encore, sans aucune certitude que tout pourra reprendre comme avant.

– Que voulez-vous dire ? interrompt Ulysse.

– Depuis le temps que je réclame du renfort pour surveiller le chantier ! Combien d'autres embûches nous faudra-t-il encore encaisser pour que la commune réagisse enfin ? Cette fois-ci, la coupe est pleine ! Depuis le départ des sentinelles, c'est à peine si j'ai trois hommes armés pour faire régner l'ordre ici.

– Vous croyez qu'il s'agit d'un forfait prémédité ?

– D'un insidieux sabotage, c'est certain ! Venez, je vais vous en donner la preuve, dit-il en empoignant Ulysse par la manche. Un individu a délibérément rempli de sable les godets de graissage de la machine à vapeur du troisième puits ! Il a dû agir hier, profitant de l'obscurité. Le technicien vient d'être retrouvé, ligoté et bâillonné dans un coin de la baraque. Vous imaginez les dégâts pour le mécanisme, avec un tel lubrifiant ! Les pièces mobiles ont eu le temps de se faire sérieusement décaper avant de caler une fois pour toutes. Heureusement que la soupape de sécurité a fonctionné à temps, sinon tout explosait !

– On avait vraiment besoin de ça !

– Je ne vous raconte pas la suite : vous savez les problèmes que nous avons depuis un an avec la nappe phréatique, près du troisième puits… Comme ce souterrain est une vraie baignoire, il suffit de quelques heures pour que tout le monde ait les pieds dans l'eau. Et le niveau qui n'arrête pas de monter ! Quel sera le délai nécessaire pour remettre la machine à vapeur en état de marche ? Il y aura sûrement pas mal de pièces à remplacer. On en sera peut-être réduits à attendre l'arrivée de la nouvelle pompe commandée il y a six mois…

– Rude coup pour le moral des troupes…

– Combien de temps se remettra-t-on à l'ouvrage avant qu'une nouvelle catastrophe s'abatte sur ce chantier ? soupire Fondry, de plus en plus dépité. Mais déjà celui-ci détourne le regard, comme s'il regrettait d'avoir laissé paraître son découragement.

– Que voulez-vous dire? Vous pensez que le détraqué qui a accompli ce forfait tentera à nouveau de saboter les travaux ?

– S'il ne s'agissait que d'un détraqué…

– Êtes-vous sûr que nous n'avons pas affaire à un simple règlement de comptes ? Ce ne serait pas la première fois qu'un ouvrier est surpris à mettre le feu à sa fabrique pour se venger de son supérieur ou à cause d'une injustice commise à son égard, que sais-je ?

– Non, de Longchamps : j'ai de bonnes raisons de croire qu'il est question d'un complot d'une autre envergure...

– Mais qui donc aurait intérêt à retarder les travaux de la sorte ?

– C'est bien ce qui m'inquiète le plus. Tant de personnes se sont déclarées hostiles au projet. Sans doute des riverains étroits d'esprit qui fulminent de voir le souterrain en bonne voie d'achèvement...

– Les habitants des environs sont-ils à ce point infiltrés dans les équipes pour pouvoir soudoyer un manœuvre ou circuler sur le chantier sans éveiller la méfiance ?

– Évidemment ! C'est pour cette raison qu'on n'identifiera pas de sitôt l'auteur du méfait. Tous ces gars se tiennent, ils se couvriront l'un l'autre, par principe, pour bien nous faire comprendre qu'ils sont sur leur territoire. Ah, ces agriculteurs sont complètement bouchés ! éclate Fondry, démesuré dans son propos. Pas moyen de leur faire entendre que le canal va leur apporter enfin de quoi amender correctement leurs terres, qu'il va leur offrir de vrais débouchés commerciaux pour leurs produits, attirer les investisseurs... Si vous saviez la crainte qu'ils ont de voir baisser leur niveau de vie ! Nous avons déjà eu plusieurs pourparlers houleux avec les autorités locales, suite à des empoignades qui ont tourné de travers, surtout à Hoffelt. Près de Tavigny aussi, on accuse les ouvriers du chantier d'une série de délits. Le bourgmestre vient encore d'écrire au gouverneur pour se plaindre à ce sujet.

Ulysse prend congé du responsable du chantier après avoir ausculté avec lui la machine à vapeur complètement esquintée. Il n'obtiendra plus rien d'Edgar Fondry, trop abattu par cette lourde épreuve. Peut-être glanera-t-il quelque information complémentaire en se mêlant aux conversations du chantier...

Ulysse déchante bien vite cependant. Les travailleurs s'enferment, à son approche, dans un mutisme complet. Impossible de leur tirer une syllabe de la bouche. Pourquoi feraient-ils confiance à un étranger en redingote qui comprend à peine le dialecte du coin ? Les ouvriers eux-mêmes semblent s'observer l'un l'autre, s'épier, sans doute aussi médire à mots couverts, par des sous-entendus opaques. Fausse solidarité du secret, hermétisme d'autodéfense. Auraient-ils intérêt à saboter eux-mêmes leurs propres travaux ?

Et les seaux de continuer à circuler, les pompes à bras de grincer des articulations. Ulysse cherche un visage connu. Celui d'Annabelle, par exemple. Mais en vain. Le chaos s'organise lentement autour de lui. À l'extérieur de lui seulement. Las, ignoré de tous, il rejoint sa jument, inquiète de percevoir l'agitation du chantier.

Les travaux du souterrain étant trop perturbés pour faire l'objet d'un complément d'enquête, Ulysse prend la décision de poursuivre sa mission exploratoire vers l'est, dans le prolongement du canal, sur le versant opposé des Ardennes. Sage initiative. En tout cas pour son moral, assombri par tant de contrariétés.

Petit à petit apaisé par la sérénité du paysage, notre chargé de mission se laisse calmement tirer par Antoinette, bercer par la cadence de son déhanchement chevalin. Sur le bord du chemin, de longs chardons préparent leurs bourgeons sous de frais piquants. Déjà les épines noires sont en fleurs, annonçant la fin des gelées nocturnes. Là-bas, ce sont les épilobes qui, par milliers, s'étirent vers le soleil. À la fin de l'été, leurs corolles rose violacé empourpreront clairières et talus. De temps à autre, un rapace à l'affût décrit un arc de cercle circonspect au-dessus de l'attelage, l'espace d'un grand coup d'aile. Une fouine bondit en travers de la voie, suivie comme par son ombre d'une épaisse queue soyeuse.

De la fumée apparaît derrière un bouquet d'arbres. Trois fermiers tentent de maîtriser le feu qu'ils viennent d'allumer en frappant le sol avec de longues gerbes de genêts. La zone calcinée couvre déjà la moitié de la pente : quelques ares de terre aride colonisés en plus, fertilisés par la cendre. Pénétrante odeur de terre carbonisée. Un calvaire, au croisement avec un sentier de campagne, invite le passant à se recueillir sur le sort d'un paysan, mis à mort en cet endroit même par des bandits, du temps des invasions françaises. Une gerbe de fleurs encore fraîches repose aux pieds du Christ supplicié. Ulysse entreprend de suivre, entre joncs et tourbières, le cours du petit ruisseau d'Hachiville : celui-là même qui semble trouver sa source dans la tranchée orientale du souterrain, à Hoffelt. Le ru campagnard le mène pour un temps vers l'est à travers les landes humides, puis bientôt oblique vers le sud, entre deux mares déjà fleuries de mille couleurs.

En chemin, il découvre l'ardoisière à ciel ouvert d'Eimeschbach, juste en bordure du futur canal. Ces ardoises seront aisées à écouler vers la vallée de la Meuse. Le moulin d'Asselborn, un peu en aval, retient aussi son attention. Ulysse se souvient d'avoir lu son nom dans le cahier des charges du projet, lorsqu'il l'étudiait à Bruxelles. C'est une grosse bâtisse de schiste, ancrée à même le roc, pluricentenaire déjà. La rivière y est encore très fine de tour de taille, presque gracile, mais le courant du Tretterbach est suffisamment vif pour entraîner plusieurs roues à aubes à la fois. Le délégué de la Société générale trouve la meunière près de son blutoir, dans un nuage de farine tamisée. Son accueil a la générosité de son pain...

Dirigeant à nouveau sa course vers l'orient, le menu ruisseau, que barrages et écluses allaient bientôt métamorphoser en voie navigable, glisse au fond d'un sillon boisé en direction de Sassel, avant de venir se jeter dans la Woltz quelques centaines de pas plus loin. Le paysage est très sauvage, avec un tapis de végétation touffue qui se déploie jusqu'au ras de l'eau. Tache de couleur vive sur une branche au milieu du flot, un martin-pêcheur est à l'affût du premier vairon qu'il verra briller dans l'onde. Progressivement, la perspective s'élargit. Le cours d'eau prend de l'assurance, gonflé par de petits affluents transversaux. Les méandres courts et capricieux des premiers lits se détendent au fil de la descente vers le fleuve. La rivière contrôle à présent davantage l'amplitude de ses embardées, comme pour éviter de perdre trop d'élan.

Au loin apparaît enfin Clervaux, dominée par son ancien château fort, arête rocheuse corsetée par le cours d'eau. Dire que Rémi De Puydt espère éluder ce long méandre de la Clerve en coupant droit à travers la presqu'île ! Encore un sacré chantier en perspective... On pourrait faire l'économie de ces travaux dans un premier temps, vu la situation financière de la société, même si les habitants préfèrent éviter le passage des barges au milieu de la ville.

Ulysse prolongerait bien sa route vers le midi, en direction de Wilwerwiltz, puis de Kautenbach, au confluent de la Clerve et de la Wiltz. Il souhaiterait aussi longer pour quelques milles cette rivière qui se jette dans la Sûre à la hauteur de Göbelsmühle. Mais déjà, il se fait tard. Heureusement, le tracé du futur canal à cet endroit le préoccupe moins : le cours d'eau, beaucoup plus important déjà lorsqu'il parvient à Diekirch, puis à Echternach, est quasi navigable en toute saison au moment où il rejoint la Moselle à Wasserbillig.

Ulysse tourne bride et reprend la direction d'Houffalize, de façon à rentrer pour la nuit à l'auberge. La route du plateau est beaucoup plus rectiligne que le trajet effectué durant l'après-midi, le paysage sans surprise. Ulysse se laisse à nouveau accaparer par ses réflexions, imperceptiblement. Même les nids-de-poule, qui d'habitude le contraignent à conserver la plus grande attention en conduisant, ne parviennent plus à détourner ses pensées de l'incident survenu sur le chantier. « Ce sabotage est une manœuvre de harcèlement. Il ne compromet pas réellement la poursuite de l'entreprise, songe Ulysse. Une façon de démotiver les ouvriers et les promoteurs du canal, sans plus. Ne convient-il pas de dédramatiser ce fait divers ? »

Mais Ulysse ne parvient pas à trouver ses apaisements. Et s'il s'agissait vraiment d'un avertissement, d'un tir de semonce à interpréter avec sérieux, comme avait l'air de le sous-entendre Fondry ? Ce méfait pourrait bien être le premier acte d'un scénario à rebondissements, une attaque de diversion dans une opération stratégique étendue, encore obscure à ce stade. L'hypothèse ne pouvait être négligée.

Ulysse est redevenu soucieux, gagné malgré lui par une certaine angoisse, aisément explicable. La conclusion du rapport qu'il s'apprête à écrire risque de compromettre définitivement l'aboutissement du chantier ! Quelle responsabilité pour un homme de son caractère, trop lucide pour cautionner la démesure, mais trop humaniste pour trancher sans scrupules... Tant d'éléments d'appréciation interviennent dans ce projet cyclopéen. Tant d'intérêts particuliers s'y entremêlent jusqu'à s'opposer les uns aux autres !

Manœuvres aujourd'hui, haleurs ou débardeurs demain, le sort de tous ces ouvriers n'est-il pas à présent conditionné par l'achèvement complet des travaux ? Les capitaux en jeu sont tellement importants, pour la Société générale, mais aussi pour tous ces investisseurs privés, parmi lesquels le roi Guillaume, qu'il n'est pas question de prendre position sur un vague pressentiment. Si au moins le projet n'avait pas été pris en otage par les hommes politiques ! Si l'initiative, nourrie par son seul dynamisme interne, avait pu rester à l'écart des tensions partisanes, peut-être aurait-il été possible de rentabiliser aujourd'hui déjà une partie des travaux effectués sur le cours de l'Ourthe...

Loin des siens, loin de ses points de repère habituels, Ulysse se sent très seul face aux choix à poser, isolé dans le doute, prisonnier lui-même de ce noir souterrain. « À qui profite réellement le ralentissement des travaux ? » s'interroge-t-il. Il n'y a pas que les habitants de la région qui se sentent lésés par le projet : les révolutionnaires de la première heure doivent aussi enrager de voir qu'une œuvre hollandaise progresse encore ici des mois après le soulèvement de septembre ! Avec toute la rancœur accumulée contre les orangistes, on comprendrait aisément qu'un indépendantiste exalté ait cherché à faire justice, à sa manière. Peut-être l'auteur du forfait espère-t-il égratigner au passage quelques-uns des politiciens qui avaient usé de leur influence au sein du gouvernement pour faire aboutir cette entreprise – dont ils étaient également promoteurs à titre privé. D'autant plus que Pierre Louis Van Gobbelschroy, comme ministre de l'Intérieur, et d'autres actionnaires n'avaient pas fait preuve de beaucoup de doigté dans leurs relations avec le monde rural : leurs méthodes de travail avaient été abondamment critiquées, en particulier par les catholiques !

Décidément, l'affaire prenait une tournure de plus en plus complexe, à mesure qu'Ulysse en décortiquait les tenants et aboutissants. Qu'arriverait-il si Guillaume Ier reprenait possession du Grand-Duché ? Ou si la Conférence de Londres décidait de rattacher définitivement ce territoire à la Prusse ? Réalisant avec un certain vertige la portée de ses réflexions, Ulysse se demande dans quel sac de nœuds il vient de plonger la main...

« Bon Dieu, il faut pourtant que je parvienne à y voir clair ! Je dois aller jusqu'au bout de mes investigations. Je n'ai pas le droit à l'erreur... Pour une fois qu'on me confie une mission de cette importance !» Un moment désorienté, Ulysse se ressaisit soudain, sentant monter en lui un bouillonnement d'être, d'identité brimée. C'est *sa chance* qui se présente aujourd'hui ! «Je vais enfin pouvoir leur montrer, à tous ces suffisants dont j'ai à subir la compagnie, que c'est au cœur de l'action que l'on reconnaît un de Longchamps ! Ah, Charlotte, pauvre Charlotte : que n'êtes-vous à mes côtés aujourd'hui ? Ils veulent qu'on se mouille, à la Société générale, qu'on monte sur le pont ! Eh bien, ils vont voir ce qu'ils vont voir, ces bureaucrates ! Préparez le tapis rouge : je reviens par la grande porte !»

Plus que quelques milles et il arrivera à Houffalize. Bientôt, il pourra s'ouvrir en confiance au sergent Deckers. Ce raz-de-marée d'incertitudes qui l'assaillent depuis son lever a sérieusement éprouvé son moral. Quel que soit le mobile du saboteur de la machine à vapeur – ou de celui qui a acheté ses services – il se promet de ne pas rentrer à Bruxelles sans avoir tiré cette affaire au clair, sans avoir forcé quelques patelins à jeter bas les masques.

C'est une potée de pommes de terre aux lardons qui attend Ulysse et son ancien compagnon d'armes dans la salle à manger de l'auberge d'Houffalize. Les deux hommes sont encore plus excités que la veille. Chacun a son lot d'événements à raconter. Le plus gradé commence par parler du sabotage de la pompe, puis des conclusions de Fondry à ce sujet. Deckers en tombe des nues : pas une minute il n'avait réalisé qu'il s'agissait d'un acte de malveillance. Son attention s'était portée davantage sur la manière de réduire, à titre préventif, les infiltrations d'eau depuis la surface. Il avait surtout profité de la journée pour rencontrer des riverains du chantier.

– J'ai eu ce matin une longue discussion avec ma cousine, celle qui m'héberge à Buret. Elle m'a raconté pourquoi les paysans du village ont si mal accueilli le projet, puis surtout pourquoi ils continuent à en vouloir aux travailleurs de Bernistap.

– Ils craignent surtout de voir augmenter le salaire des ouvriers agricoles et le prix du bois, n'est-ce pas ?

– Ne sous-estimez pas la question, mon lieutenant. L'agriculture ici, c'est sacré ! Vous croyez que les mots « industrie » ou « progrès » signifient quelque chose pour les gens du terroir ? Tous ces néologismes n'inspirent que méfiance... Vous savez que les villageois de Hoffelt ont tenté de se liguer contre la Société du Luxembourg en 1827 ?

– Quand ils ont refusé en bloc de vendre un seul bonnier de terre à ses représentants, c'est cela ?

– À l'époque, tout le monde a cru que les propriétaires se cabraient parce qu'ils avaient simplement peur du changement. Eh bien, j'ai appris aujourd'hui que ces fermiers avaient été échauffés – je devrais dire manipulés par un politicien de basse-cour. Un perturbateur qui espérait faire monter la pression pour se faire ensuite acheter par les promoteurs du canal ! Sa veste retournée, les poches bien remplies, il se serait fait fort de convaincre les réticents de céder finalement aux avances de la société. Heureusement pour les villageois, le chantage n'a pas pris.

– C'est incroyable ! Combien y a-t-il d'hommes malhonnêtes qui trempent dans cette affaire ? s'exclame Ulysse.

– L'occasion fait le larron ! conclut Deckers, en remplissant à nouveau les verres de vin.

Il se laisse boire avec délectation, ce petit blanc de Moselle, surtout en bonne compagnie. Tant et si bien qu'Ulysse, émoustillé par les effets du breuvage fermenté, en vient à reparler de ses entrevues avec la petite soubrette, taisant juste les émotions partagées durant ces moments d'intimité.

– Je serais bien curieux de faire sa connaissance, après tout ce que vous me racontez sur cette coquine...

– Eh ! Tout doux, sergent. Elle pourrait être votre fille ! Je vous vois venir, avec vos airs d'explorateur... Et les deux hommes de rire aux éclats.

– Patron, encore un pichet de vin : on meurt de soif ici ! lance Deckers, se frottant les mains avec une expression truculente. Je suis rudement content de vous avoir retrouvé, mon lieutenant ! Depuis notre conversation à La Roche, j'étais resté un peu sur ma faim. Vous en avez plein votre redingote, des nouvelles importantes. Je ne manque pas d'amis dans les environs, mais passer une soirée avec un notable de la capitale, cela change mon quotidien !

– Figurez-vous que ce quotidien dont vous parlez m'intrigue pourtant beaucoup !

– Que voulez-vous dire ?

– Votre style de vie est devenu si différent du mien, en quelques années... J'envie votre liberté, votre indépendance.

– L'herbe est toujours plus verte de l'autre côté de la barrière !

– Vous êtes resté un aventurier ; moi, je me suis rangé. Ça vous change un homme...

– Je ne suis pas tout à fait d'accord, mon lieutenant... Regardez-vous : c'est vous qui vous retrouvez ici aujourd'hui, au fin fond de l'Ardenne à brigands, avec une sacrée affaire sur le dos ! Une boule de crins à démêler en quelques jours, avec des casse-têtes techniques, des gros sous à trouver et des manœuvres de politicards. Sans parler de ce sabotage, de la méfiance et de la tension générales... Vous oubliez les coups bas du sale type qui est à vos trousses. Que vous faut-il de plus ?

– Vous avez raison, Deckers ! À force de se construire de l'aventure une image trop romantique, on finit par ne plus la reconnaître quand elle se présente. Comme s'il fallait être assis sur un tonneau de poudre pour se sentir vivre... Pourtant, avouez-le, c'est grisant d'oser mettre ses jours en jeu pour un défi. Éprouver son souffle s'étrangler, son cœur se nouer, sa transpiration se glacer... Vous étiez aussi à Waterloo, cette nuit où nous avons compris au fond de nos tripes que le choc des armées serait pour le lendemain. N'étions-nous pas conscients alors de vivre au superlatif ? De nous trouver déjà dans l'antichambre d'une autre vie, morts en sursis et pourtant tellement vivants encore ? Pétris de bravoure et de peur, tendus entre combativité et recueillement...

– Je ne vous comprends pas, mon lieutenant. Je ne me souviens que d'une immonde boucherie ! Grâce à Dieu, nous sommes toujours là pour en parler...

– Bien sûr, Deckers. Je voulais juste dire que je ne m'étais jamais senti vivre avec autant d'intensité qu'en cette nuit-là. Cette conscience totale du danger, cette espèce d'ivresse d'action pure, me laisse aujourd'hui comme étonnamment en manque, non rassasié. Nous étions prisonniers d'un engrenage fatal, écrasés par le poids du destin et pourtant la vie ne m'a jamais paru si légère à porter qu'à cet instant-là.

– Je reconnais que je ne supporterais pas une existence sans imprévus. Il me faut ma dose régulière d'inconnu. Rien n'est plus frustrant que de se sentir pris dans un cul-de-sac, poussé dans le dos dans une direction toute tracée. Je ne suis pas prêt à me plier à une quelconque routine journalière !

– C'est bien comme cela que je vous imaginais... C'est cette vie-là que je vous envie de mener. Mais il ne vous prend jamais le désir, certains soirs, de vous retrouver dans un « chez-vous » accueillant ?

– Quel esclavage ! J'ai une chambre chez mon frère à Liège, pour entasser tout mon fatras, mais pour le reste, je couche là où me mène ma route ! Sous un orme ou dans une grange, à l'auberge ou chez des amis...

– Laissez-moi jouer l'avocat du diable : dans cette vie de solitaire, la quiétude d'un foyer doit parfois vous manquer, ne fût-ce que de temps en temps. C'est si bon de se savoir attendu par une épouse tendre et attentionnée, autour d'un repas fumant, un bon feu claquant dans la cheminée...

– Vous me charriez, ou quoi ? Moi qui croyais que vous étiez en manque d'aventure !... Retrouver tous les soirs une matrone en tablier, généreuse comme pâte à pain et collante comme huile de lin ? Non merci ! Je tiens trop à mon indépendance pour me laisser engluer dans un tel piège à grives.

– C'est cohérent, sourit Ulysse. Femme et liberté sont des compagnes exclusives : il faut bien choisir entre les deux... Vous vivez donc un peu en moine ! lance-t-il en guise de boutade.

– Rassurez-vous, mon lieutenant : j'ai pas la vocation. Et puis, c'est pas parce que je ne dors pas toutes les nuits à côté d'une femme que j'oublie que je suis un homme ! Quand ça démange, je finis toujours par trouver un peu de compagnie... Pas chez les bourgeoises, évidemment ! Elles sont bien trop coincées... Entre gens simples, ces choses se passent sans chichis.

– Vous voulez dire que c'est auprès de femmes légères que vous apaisez vos élans ?

– Mon lieutenant, vous manquez vraiment d'imagination ! L'amour, ça se prend, ça se donne, parfois ça se chipe, à la volée... J'en connais quelques-unes qui ne se font pas prier lorsqu'elles ont l'occasion de se faire cajoler en douce. Je ne les traite pas avec dédain, quoi que vous puissiez en penser.

– Des femmes mariées aussi ?

– J'ai l'impression de me retrouver devant un curé, d'un coup... Bien sûr, des femmes mariées. Vous croyez qu'elles sont toutes comblées par leur homme, au point de rester cloîtrées à domicile ? Les principes et les pieux serments, ça n'a pas été inventé pour des gens comme nous... Parce que vous y croyez, vous, à la fidélité conjugale ?

– Bien sûr. C'est même un des piliers de notre alliance, ma femme et moi.

– Mon lieutenant, je crois qu'il vaut mieux arrêter ici cette conversation. Je ne voudrais pas vous faire de la peine...

– Que du contraire, Deckers. Dites-moi en face ce que vous avez en tête !

– C'est vous qui l'aurez voulu... Ou bien vous êtes incroyablement naïf, ou bien vous êtes d'une race à part, lieutenant de Longchamps. Vous en connaissez donc beaucoup, des hommes et des femmes qui ne sont jamais allées cueillir un baiser ailleurs ?

– Eh bien, oui. Je le pense...

– Vous êtes en train de me dire que... Il ne vous est jamais venu à l'idée d'avoir une aventure avec une autre femme que la vôtre ? Est-elle donc tellement extraordinaire ? Vous vous sentez depuis tant d'années à chaque fois rassasié dans ses bras ?

– La question n'est pas là, Deckers... Ce serait trop simple. D'ailleurs, je crois que je vais regagner ma chambre.

– Attendez, mon lieutenant. C'est vous qui m'intriguez, cette fois... Restez donc le temps d'un verre ! Je vous sers la dernière goutte ? lance Deckers, un sourire goguenard aux lèvres.

Il est heureux de cette complicité qui s'installe avec son ancien officier. Quand on en vient à aborder des secrets d'oreiller, c'est qu'on commence vraiment à faire équipe ! Comment pouvait-il exister, en dehors des ecclésiastiques et des vieux garçons, des hommes aussi candides et puritains ? Même chez les aristos...

Ulysse, de son côté, se sent trop engagé dans la conversation pour baisser pavillon à ce stade, même s'il est conscient de s'aventurer en eaux troubles. C'est la première fois, depuis des années, qu'il ose aborder sans tabou un sujet aussi intime. Le cadre et les circonstances y sont pour beaucoup.

– Bon, vous avez gagné, Deckers. C'est vrai : ce n'est plus l'ivresse des premières nuits d'amour. On en arrive un jour à connaître sa femme dans tous les détails de son anatomie. Le charme originel finit par s'affadir, par s'empâter dans la monotonie… De là à aller chercher ailleurs la fraîcheur ou la fougue qu'on ne trouve plus dans son lit, il y a un pas… lourd de conséquences ! Je m'accroche à la fidélité, parce que la fidélité est le terreau de la confiance. Et sans confiance, plus de relation vraie, plus d'harmonie, plus de famille…

– Ça a l'air bien beau, à vous entendre, mais nous ne vivons pas dans le même monde, vous et moi : ça c'est sûr ! En tout cas, ne me dites pas que la petite soubrette que vous avez approchée de si près…

– C'est elle qui m'a rejoint à mon insu ! coupe Ulysse.

– Le résultat est le même. Je ne peux pas croire qu'elle vous a laissé de glace ! Je parie qu'elle était prête à faire le grand saut dans vos bras ! Ulysse fait semblant d'apprécier le trait d'esprit, fanfaronnant un peu pour ne pas refroidir l'ambiance.

– Je pense en effet lui avoir arraché un sourire, lâche-t-il avec une fausse désinvolture.

– D'ailleurs, je m'étonne de ne l'avoir toujours pas aperçue, reprend Deckers. N'est-ce pas ici qu'elle travaille ?

– Tiens oui, c'est curieux…, feint Ulysse.

– Elle doit être en train de vous attendre dans vos draps ! Ha, ha…

Deckers se délecte de sa plaisanterie en gloussant. Il est bien trop enjoué pour déceler le trouble qui s'inscrit sur le visage d'Ulysse, écartelé de nouveau entre ses ardeurs printanières et son sens du devoir, plus pesant qu'une cangue de plomb.

– Ne me dites pas que si cette petite vous rejoignait cette nuit dans votre chambre, vous iriez dormir dans l'écurie ! renchérit Deckers.

Cette fois, Ulysse manque d'avaler de travers. Ses oreilles sont devenues pivoines. C'est que, derrière le comptoir, il vient d'apercevoir la silhouette de Sophie. La soubrette porte sur le dos un gros balluchon, comme si elle avait attendu la soirée pour prendre discrètement congé de son patron.

Un très court instant, leurs regards se croisent, brûlants de non-dits. Mais déjà Deckers se retourne, intrigué par la réaction d'Ulysse. La jeune fille s'enfuit, aussi prestement qu'elle était apparue, laissant les deux hommes pantois. Le charme est rompu. Aucun des deux n'a plus le cœur à plaisanter.

– Je pense qu'il est temps d'aller nous coucher, sergent. Vous avez encore un bon bout de chemin jusqu'à Buret... Bonne nuit, Don Juan des chaumières !

LA GUEULE DU FUSIL

Il est presque dix heures. Debout sur le seuil d'une longue maison blanche, Ulysse attend. Cela fait trois fois qu'il laisse retomber le heurtoir sur la porte sans être entendu. « C'est pourtant bien ici » grommelle-t-il. *Je vous attends dans la maison située au carrefour entre le chemin qui quitte les travaux du souterrain et la route de Hachiville*, précise le billet qu'on lui a fait porter le matin même à l'auberge. *Je pense pouvoir vous fournir quelques éclaircissements sur l'affaire qui vous occupe*, annonce son auteur. Seules deux initiales, J.V., figurent au bas du petit mot.

Ulysse avait hésité à réagir à cette invitation pour le moins laconique. Qui était donc ce personnage qui prétendait connaître la raison de sa présence à Houffalize ? Un des employés du chantier ? Un confident de la soubrette de l'auberge ? À moins que le motif de sa mission ait été colporté de Bruxelles par une voie indirecte. « Et s'il s'agissait d'un nouveau coup monté ? » s'était-il inquiété sur l'instant.

Ulysse avait pourtant pris la route d'Hoffelt, décidé à tirer parti de toute piste qui lui permettrait de voir plus clair dans cet environnement brumeux. Enfin une clé joue dans la serrure. La porte s'ouvre, prestement. C'est un curieux individu grisonnant qui s'efface derrière le battant, le regard sec et incisif. Il est vêtu d'une redingote anthracite sur une chemise blanche un peu passée. Un sourire assuré s'étire sous sa moustache.

– Je suis Ulysse de Longchamps. Heureux de faire votre connaissance, monsieur... ?

– J'étais sûr que vous viendriez, s'exclame le maître des lieux, fixant Ulysse juste entre les deux yeux. Mon nom est Vonnesche, Jacques Vonnesche, autrefois fonctionnaire à Diekirch. Je suis désolé de ne pas être venu à votre rencontre à Houffalize, mais nous serons plus en paix chez moi pour discuter. C'est un honneur de pouvoir vous accueillir dans mon humble logis. Le vieillard sourit, l'air entendu, avant de débarrasser son visiteur de sa cape et de son chapeau, puis de l'introduire dans le salon. Ulysse a à peine le temps de jeter un coup d'œil circulaire autour de lui que déjà celui-ci revient, empressé de mettre à l'aise son invité.

– Monsieur de Longchamps... Comment me présenter à vous en quelques mots ? J'ai commencé ma carrière professionnelle sous Marie-Thérèse, puis sous son fils Joseph II.

– Cela me donne déjà une idée de votre âge, cher monsieur, ironise Ulysse, mal à l'aise de se trouver face à un personnage aussi obséquieux.

– Vous étiez déjà fonctionnaire à cette époque ?

– Huissier de justice, seulement. On n'entrait pas si facilement dans l'administration sous l'Empire !

– Je dois reconnaître que je suis peu familiarisé avec les institutions de l'Ancien Régime. Mes parents nous parlaient rarement des Autrichiens. Je me souviens juste de leur politique anticléricale et de l'expropriation des Jésuites.

– Les révolutionnaires français se sont montrés plus radicaux en la matière, si je puis me permettre, intervient Jacques Vonnesche. Mais tous deux ont rencontré beaucoup d'opposition de la part de la population. Les libres penseurs n'ont jamais vraiment eu les coudées franches dans ce pays... Mais sans doute n'êtes-vous pas de mon avis ?

– La franc-maçonnerie est pourtant bien représentée au sein de notre gouvernement aujourd'hui. Il est sain qu'elle soit contrebalancée par d'autres mouvements d'opinion, répond Ulysse, sans se mouiller.

– À ce propos, j'ai entendu dire que la Loge déployait pas mal d'efforts, à Bruxelles, pour garder sous contrôle les institutions importantes...

– Je ne sais pas dans quelle direction vous souhaitez prolonger cette conversation, monsieur, mais ce genre de débat ne m'intéresse pas, l'interrompt Ulysse qui déteste être pris à partie dans ce type de discussion, tout en sous-entendus. Son mystérieux interlocuteur cherchait sûrement à le cataloguer à peu de frais. Il allait falloir redoubler de prudence...

– Vous excuserez ma curiosité, reprend Vonnesche, mais nous sommes si mal informés ici de ce qui se trame en politique... Permettez que je vous raconte la suite de mon parcours. Vous comprendrez mieux pourquoi je vous ai fait venir.

– Soit.

– Sous le régime français, j'ai commencé par servir d'interprète à un officier d'ordonnance. Cela m'a permis de voir du pays, de rencontrer un peu tous les gradés du département. C'est comme ça que j'ai pu trouver une place dans l'administration, comme comptable pour la ville de Diekirch.

– Je vous vois bien dans les additions et les soustractions...

– Quelle vision limitée vous avez de mon métier, monsieur de Longchamps. La part la plus importante de mon travail consistait à contrôler les budgets, à convertir des monnaies étrangères et à reporter des pourcentages, complète le vieil expert, enhardi par l'effronterie polie de son interlocuteur. Lorsque le Grand-Duché s'est retrouvé sous la tutelle du roi Guillaume, après le Traité de Vienne, j'ai été nommé contrôleur des impôts au sein de l'administration hollandaise. J'avais eu largement le temps de faire montre de mes compétences...

– Vous vous êtes donc mis au néerlandais ? reprend Ulysse, heureux de pouvoir taquiner son hôte, parfait spécimen d'opportuniste politique, du genre collectionneur de papiers à en-tête.

– En réalité, poursuit Jacques Vonnesche – sans accuser le coup –, l'enjeu était ailleurs. J'ai fini par avoir de sérieux problèmes avec mes supérieurs hiérarchiques, mais pas pour des questions linguistiques. J'étais en quelque sorte pris entre le marteau et l'enclume : d'un côté, des contribuables qui réglaient, comme par le passé, toutes leurs transactions en francs français et de l'autre, l'administrateur du trésor qui me réclamait au même moment le produit des contributions en florins. Plus les mois passaient, plus il m'était difficile d'écouler à un taux raisonnable les francs en ma possession contre des florins. Quant à récolter directement des devises néerlandaises auprès des citoyens de ma circonscription, autant renoncer à percevoir les taxes, tant la monnaie hollandaise était impopulaire. Un vrai casse-tête pour les changeurs ! J'ai eu tellement d'ennuis avec les autorités, il y a quelques années, que des indépendantistes de la première heure sont même entrés en contact avec moi : un comble pour un collecteur d'impôts !

– Vous avez rejoint les rangs des opposants à la couronne hollandaise ? répète Ulysse, surpris par un sursaut de patriotisme aussi inattendu.

– Pensez-vous ! M'afficher contre les orangistes aurait été suicidaire dans ma position. Je me suis empressé de refuser leur invitation. Mais l'affaire avait dû s'ébruiter. Un soupçon s'est mis à planer au sujet de mon dévouement à la monarchie hollandaise. À tel point que j'ai fini par être remercié sans protocole. Je n'étais pas sans ressources, heureusement : je me suis fait prêteur sur gages, statut qui est toujours le mien aujourd'hui.

Ainsi donc, monsieur Vonnesche était devenu usurier ! Nul doute que ses ressources avaient dû s'accroître à mesure que fondaient celles de petites gens de la contrée, touchées par l'infortune. Pourtant, quelque chose dans le personnage intrigue Ulysse. L'impression que son interlocuteur pourrait lui en raconter sur certaines pratiques, certains agissements des personnalités qui gravitent autour de la Société du Luxembourg. Peut-être l'aidera-t-il, involontairement, à mieux saisir les dessous de l'affaire qui l'occupe ? Il accepte un verre de vin de Moselle, en guise d'apéritif. Un excellent vin, au demeurant...

– Le bruit circule que vous vous intéressez au canal de Meuse & Moselle, si je ne me trompe... lance le vieux fonctionnaire, avec un petit air évasif, parfaitement hypocrite. Je comprends d'ailleurs, rien qu'à vous voir, que la nouvelle ait vite fait le tour de la région. Les messieurs bien habillés sortent rarement des grandes villes sans une bonne raison...

Ulysse profite de cet appel du pied, un peu balourd, pour plonger dans le vif du sujet :

– Dites-moi, puisque vous semblez être au courant du motif de ma visite à Houffalize, on prétend que les habitants du village ont donné pas mal de fil à retordre aux promoteurs de la Société du Luxembourg.

– Au départ, répond le fonctionnaire, le canal de Meuse & Moselle a été plutôt bien accueilli par les intellectuels éclairés de la région, y compris sur ce versant des Ardennes. « Une vraie aubaine, une chance unique pour le Luxembourg » ai-je entendu alors. Vous auriez dû voir, à Diekirch, il y a trois ans, lorsqu'on a annoncé la mise en route du projet : le bourgmestre, monsieur Vannerus, était dans un état d'agitation historique ! Du canon fut tiré. On décida aussi, dans la liesse générale, de rebaptiser une rue du nom de l'administrateur-dirigeant de la société, Charles

Morel. Une souscription fut organisée pour édifier une statue en l'honneur de Guillaume Ier ! D'ici peu, un nouveau pont sera même inauguré au centre de la ville, enjambant le futur canal.

– Mais les ruraux, les petits fermiers des environs, ne sont-ils pas laissés pour compte dans ce projet ? On m'a parlé d'odieuses spéculations sur le prix des terrains expropriés...

– Vous sous-estimez les talents de négociateur de Rémi De Puydt. Une fois installé à Tavigny, il n'a pas tardé à prendre toutes ces affaires en main. Il est parvenu en quelques mois à mettre tout le monde d'accord autour d'un juste prix.

– Une sacrée victoire pour un militaire ! Sans concessions ? s'interroge Ulysse.

– Il m'a fait part, en privé, de quelques tractations difficiles, c'est vrai...

– Vous connaissez bien Rémi De Puydt ?

– Assurément, cher monsieur : vous oubliez qu'il était receveur des impôts à Wiltz, quand je l'étais à Diekirch, à quelques milles de distance. On peut dire qu'il a bien joué ses cartes, lui ! J'ai eu l'occasion de le revoir au château de Tavigny, il y a trois semaines... Mais dites-moi, que pensez-vous de l'incident survenu hier matin ?

– Vous êtes au courant également ?

– Tout se sait, ici, monsieur le *délégué de la Société générale*.

Ulysse s'étrangle d'un coup, dissimulant mal sa surprise. Ainsi son hôte, feignant l'innocence, savait parfaitement d'où il venait, la raison de sa présence à Houffalize, le dilemme auquel il était confronté... Vraisemblablement connaissait-il aussi les difficultés qu'il avait à mener à bien son enquête à Bernistap ! Comment cet homme pouvait-il en savoir autant sur les affaires qui justifiaient sa visite ? Il plonge le nez dans son verre et avale une bonne gorgée de vin avant de répondre :

– Vous me permettrez de garder la réserve sur cet accident d'hier, monsieur Vonnesche. Je préfère attendre que toute la lumière soit faite sur la cause de l'inondation et sur ses conséquences éventuelles, avant d'émettre une quelconque opinion personnelle à ce sujet.

Ulysse se méfie de plus en plus de ce vieil usurier. Non, vraiment, il ne tient pas à dévoiler ses appréhensions concernant le projet de la Société du Luxembourg à un ténébreux inconnu, à l'affût de nouvelles à déformer en complots.

– Ce n'est malheureusement pas le premier incident qui trouble la bonne marche du chantier, monsieur de Longchamps. Je suppose que vous avez entendu parler à l'époque des circonstances étranges dans lesquelles a été retrouvé le corps du géomètre des travaux, Clément Salmon ?

– Vous pensez réellement que ce décès inopiné a un rapport avec le problème survenu hier à la pompe ? J'ai peine à le croire.

– À vrai dire, j'ai comme un mauvais pressentiment sur l'issue de ce projet de canal au Luxembourg. Comme si, en dépit des efforts investis, la réussite était à présent compromise...

– C'est l'échéance de la convention signée avec l'État qui vous fait craindre une telle éventualité ?

– Je pense, reprend gravement l'ancien percepteur d'impôts, que quelqu'un a décidé de faire le nécessaire pour que ces travaux n'aboutissent jamais !

– Il faudrait que ce quelqu'un, s'il existe, ait une sérieuse raison d'agir de la sorte ! Vous rendez-vous compte de la portée de ce que vous avancez ?

– Ne jouez pas au faux étonné avec moi, jeune homme. Vous connaissez parfaitement les enjeux de ce projet, à qui il doit profiter et à qui il porte ombrage...

– Vous mettez en cause les agriculteurs du voisinage ? lance Ulysse, pour explorer sa première hypothèse.

– Que vous manquez d'imagination, monsieur de Longchamps ! Le nœud de l'intrigue se situe à un tout autre niveau.

– Je présume que vous êtes en possession de quelque élément d'information qui m'échappe à l'heure actuelle, répond Ulysse, prenant le vieux renard dans le sens du poil.

– Je vais vous mettre sur la piste... Avez-vous déjà songé à tout le bénéfice que l'*État belge* pourrait retirer du ralentissement des travaux ?

– À cause du transfert de la concession aux pouvoirs publics en cas de non-respect des délais ? Je n'accorde pas grand crédit à une telle hypothèse. Mais...

– Quelle tentation : laisser la Société du Luxembourg supporter l'investissement et se charger seule du gros œuvre, pour s'approprier ensuite les droits de péage.

– Et risquer du même coup la faillite prématurée des promoteurs ? Vous ne pensez pas sérieusement que notre Congrès national ait pu s'engager sur une telle voie ? Je veux dire délibérément ?

– Le mobile me paraît pourtant suffisant, bien qu'inavouable. Il suffit souvent de peu de chose pour forcer le destin...

– Il s'agirait d'un délit grave ! Je ne puis croire que ceux qui nous gouvernent puissent être à ce point machiavéliques.

– Tant de loyalisme vous honore, monsieur de Longchamps, mais votre naïveté vous jouera des tours ! Bruxelles a toutes les raisons d'être sur ses gardes face à la Société du Luxembourg : son potentiel de croissance a été complètement sous-estimé à l'époque de la signature de l'acte de concession. Ce consortium privé, s'il parvient à ses fins, constituera rapidement une puissance économique énorme. Quelle liberté d'action ! Aucune clause limitative ne réduit sa marge de manœuvre, ni pour l'exécution des travaux, ni pour l'exploitation du futur canal. Pas même une possibilité de rachat par les autorités ! Son pari gagné, la société aura la main mise sur tout le devenir économique du Luxembourg, tout pouvoir sur la codification des tarifs. Le choix de favoriser la concurrence ou d'exclure un utilisateur de la voie navigable. Et tout cela sans qu'un liard ne rentre dans les caisses publiques... Savoir qu'une poignée d'orangistes se trouvent seuls à la tête de cette entreprise hardie semble être un motif politique suffisant pour qu'un député s'estime en devoir de cadenasser l'affaire !

– Vous savez qu'il risque la prison ! Le jour où le saboteur de la machine à vapeur parlera...

– J'étais presque sûr qu'il s'agissait d'un sabotage ! lache alors Vonnesche avec une fausse désinvolture.

Ulysse réalise en une fraction de seconde qu'il a, par mégarde, lâché cette information confidentielle qu'il tenait absolument à dissimuler. Il en serre les dents d'irritation : « Ce beau parleur n'est qu'un dialecticien de bas étage... À lui de cracher le morceau, à présent ! »

– Tout ceci ne nous mène à rien de bien constructif, déclare-t-il, le regard de travers, comme s'il s'apprêtait à mettre un terme à l'entrevue.

– Attendez... Cette hypothèse n'était qu'une mise en condition : la piste vers laquelle je voudrais vous orienter est plus sournoise, plus vénale encore. Dans le genre extorsion de fonds...

– Qu'allez-vous de nouveau insinuer ? soupire Ulysse, partagé entre colère et curiosité.

– Et si le but de ces incidents était d'intimider les actionnaires du projet, bien impuissants à La Haye ou à Bruxelles ? Une manière de les contraindre à « acheter », au prix fort, la promesse de ne plus contrarier l'avance des travaux d'ici l'expiration du délai officiel. Une sorte de chantage à grande échelle...

– Je vous suis en tout cas sur un point : les actionnaires sont vraiment à la merci des événements. Un nouveau grain de sable dans la machine et toute leur mise sera définitivement engloutie dans la banqueroute de la société. Mais comment avez-vous imaginé un scénario pareil ?

– Ce genre de pratique n'est pas si exceptionnel, même en milieu agricole : tu tiens à ton troupeau, je peux empoisonner tes bêtes, si tu paies, je veille à ce qu'il ne leur arrive rien de mal.

– Le pire, c'est que vous pourriez avoir raison, bon sang ! Sauf qu'il serait bien risqué de chercher à extorquer ainsi chacun des actionnaires de la société.

– Il suffirait d'en convaincre un seul pour que le jeu en vaille la chandelle... Celui qui a le plus à perdre (et à gagner, d'ailleurs) : Guillaume Ier, par exemple.

– Pour qu'il mette toute la police des Pays-Bas aux trousses du maître chanteur ?

– Le roi n'a plus aucun pouvoir ici. Il est condamné à regarder du balcon. L'auteur d'une telle machination est suffisamment habile pour ne pas se mettre en danger. Il doit disposer de complices, ne communiquer que par courrier...

– Je ne puis en entendre davantage ! Dites-moi ce que vous savez, monsieur, je vous en conjure !

– Quel emportement soudain, monsieur de Longchamps. Calmez-vous donc...

– Vous en avez trop dit, à présent. Je veux connaître les noms. Savoir qui est impliqué dans toute cette affaire !

– Je ne pense à personne, monsieur. À personne en particulier. Je réfléchis tout haut, c'est tout... Comme vous, je cherche un mobile. N'est-ce pas *pour se rassurer* que vos collègues veulent mettre cette série d'anicroches sur le compte du litige entre les agriculteurs et les ouvriers du souterrain ?... Personne n'aime remuer la vase d'un étang quand il y nage.

– Mais enfin, quel est votre intérêt dans cette histoire ?

– Rien, cher monsieur. Rien que la vérité. Ce canal est une aubaine pour moi. Les villageois auront bien vite besoin de liquidités pour acquérir la chaux qu'on leur proposera, puis pour investir, acheter des outils plus efficaces. Il n'y a pas de banque ici, pas de mont-de-piété. Moi, j'offre du numéraire à tout qui me cède un bien en gage...

– Vous n'êtes qu'un opportuniste, monsieur Vonnesche, un profiteur ! Permettez que je prenne congé de vous. Je ne puis en entendre davantage aujourd'hui.

– À votre aise, monsieur l'enquêteur... Mais retenez bien mon conseil : ne confondez le pantin que lorsque vous serez sûr de pouvoir remonter les fils qui mènent au marionnettiste !

Ulysse se dirige d'un pas outré vers l'entrée, mâchoires serrées. Au moment où il s'apprête à franchir le seuil, le vieil homme, sournois, intervient à nouveau :

– Attendez, monsieur de Longchamps ! Ne partez pas sur un malentendu. J'ai mis la main sur un objet qui devrait vous intéresser...

Sans attendre la réaction de son interlocuteur, Jacques Vonnesche disparaît à l'étage, par un petit escalier dissimulé derrière une porte. Ulysse hésite, fait trois enjambées vers son cabriolet, puis revient sur ses pas. La curiosité s'est emparée de lui. Doucement, il entrebâille l'huis resté ouvert et rentre dans la maison qu'il vient de quitter. Pas de trace de l'usurier. Prudemment, il gagne la pièce du fond, qui semble être le bureau de l'ancien fonctionnaire. Sur son secrétaire sont alignées quelques lettres, couvertes d'un trait nerveux et irrégulier. « Qui donc a renseigné cet homme sur ma venue ? rumine-t-il en se penchant vers un coffre-fort de voyage, garni de serrures de fer forgé. Je le vois bien battre la campagne avec son museau de fouine, gratter sous les dalles et sonder les jarres à grain à l'affût de quelque piécette dissimulée à l'impôt ! Cette cassette a dû contenir le butin de bien impopulaires ponctions civiques... » Ulysse tend la main vers une curieuse clé ouvragée, lorsque soudain, l'extrémité ronde et froide d'une arme à feu vient se plaquer sur sa nuque.

– C'est donc ça qui vous intéresse, espèce de détrousseur ! Ne vous retournez pas, monsieur, ou je vous aère la cervelle d'une simple pression sur la détente. Couchez vos deux mains sur la table, doucement, et lâchez cette clé que vous cherchez à dissimuler !

La voix est posée, mais déterminée comme un tir de semonce. Ulysse, confondu, reste atone. Des larmes de sueur jaillissent de ses tempes. Il ferme les yeux pour mieux se concentrer sur la situation et éviter de commettre une maladresse. Quel innocent il avait été d'accepter cette invitation ! Contre ses cervicales, la gueule du fusil persiste à mordre sa peau, en un suçon pervers. Et si c'était cet antipathique contrôleur qui le tenait en joue ? N'a-t-il pas reconnu sa voix ? Peut-être le vieux pirate a-t-il perdu la raison ?

– Ha, ha, de Longchamps ! Avouez que je vous ai bien eu, n'est-ce pas !

– Vonnesche ! Je vous déteste. Odieux individu ! Je ne parviens pas à croire que vous ayez pu concevoir une farce aussi insensée. Qu'est-ce qui vous a pris ?

Devant lui, son filou d'hôte garde le sourire, étonnamment sûr de lui. C'est alors qu'Ulysse reconnaît l'arme qui lui a glacé la moelle épinière :

– Mais, c'est mon « Prélat » que vous tenez dans les mains ! Je suis sûr que ce sont mes armoiries qui sont gravées sur la crosse ! Ulysse s'empare de l'arme, décidé à prouver la chose. Comment a-t-elle échoué à cet endroit ?

– Je pensais bien qu'il s'agissait d'un objet appartenant à votre famille. Une pièce rare. C'est la raison pour laquelle je l'ai achetée, sachant que vous étiez dans les parages pour quelques jours.

– Achetée ? Mais ce pistolet m'a été volé par des bandits de grand chemin !

– Si c'est le cas, j'imagine que vous devez être heureux de retrouver votre bien. Je suis prêt à vous le céder... contre une modeste rétribution.

– Puisque je vous dis que cette arme m'appartient !

– Je veux bien vous croire, monsieur, mais j'ai eu à débourser une somme non négligeable pour m'en rendre acquéreur.

Ulysse ne sait s'il doit se réjouir de la situation ou maudire son vis-à-vis. Comme il l'avait prédit, l'arme était inutilisable pour ses agresseurs, sans les capsules de fulminate nécessaires à sa mise à feu. Elle avait dû changer deux ou trois fois déjà de « propriétaire » avant de se retrouver à Hoffelt... A-t-il encore assez d'argent avec lui pour racheter ce pistolet ?

– De combien allez-vous me spolier, monsieur le trafiquant aux mains blanches ?

– Disons... quatre cents francs. C'est un prix d'ami.

– Quatre cents francs ! Mais vous n'y pensez pas ! C'est la moitié du coût de mon voyage.

– Dois-je vous rappeler qu'il s'agit d'une pièce rare, ayant appartenu à un gentilhomme de bonne famille...

– Deux cents francs, monsieur. Pas un centime de plus.

– Je ne puis descendre en dessous de trois cent cinquante francs. Cette arme m'a coûté fort cher. Un amateur m'en a déjà proposé une somme équivalente. Ulysse enrage. Il est convaincu que l'ancien fonctionnaire lui ment. Pas question de payer un tel montant à ce receleur.

– Réfléchissez, monsieur de Longchamps. Avec la curiosité insistante dont vous faites preuve depuis votre arrivée dans la région, vous pourriez bien vite regretter de n'être pas armé...

– Eh bien tant pis, monsieur. Je ne puis, à l'heure actuelle, consentir une telle dépense.

– Adieu donc, monsieur de Longchamps. Prenez bien garde à vous...

Ulysse est excédé par cette entrevue. Il reprend, dépité, le chemin du château de Tavigny, où l'attendent quelques dossiers à éplucher. Pourquoi a-t-il perdu la matinée chez cet intrigant au lieu de poursuivre ses investigations auprès des contremaîtres du chantier à Hoffelt, comme il avait envisagé de le faire ?

Pourtant, Ulysse est interpellé par les insinuations du vieux percepteur d'impôts. Cette affaire de chantage... L'inquiétude des actionnaires de la société pouvait bien inspirer une machination aussi audacieuse ! Derrière leurs cravates soigneusement épinglées, leurs lunettes en écaille et leurs gilets de velours, ces moissonneurs de capital constituent une proie toute désignée pour des aventuriers sans scrupules ! Les sommes investies ne commenceront évidemment à fructifier, à rapporter ces dividendes tant attendus, que si le projet arrive à son terme dans les délais impartis.

Ulysse en vient à s'apitoyer sur le sort de ces entrepreneurs malmenés par le destin. Que de nuits d'incertitude pour ces spéculateurs, qui voient diminuer de jour en jour leurs chances de palper la récompense promise pour cet acte de foi... Car c'est bien de cela qu'il s'agissait dans cette affaire : d'un acte de foi. D'un pari téméraire sur l'avenir. D'un abandon calculé aux caprices de la fortune. D'un plongeon dans l'inconnu, aux antipodes des sécurités faciles...

« Mais qui tire réellement les ficelles dans ce jeu ? » s'affole Ulysse, dérouté par la tournure que prennent les événements. Doit-il en informer la gendarmerie ? Les représentants de l'ordre lui apparaissent, à la réflexion, bien incapables de tirer cette affaire au clair. Il lui suffit de repenser à la méprise du gendarme qui a fait irruption dans sa chambre trois jours auparavant pour s'en convaincre tout à fait. Il serait d'ailleurs impossible de juguler la rumeur populaire si l'hypothèse d'un complot de cette envergure éclatait à la surface. Les responsables du canal de Meuse & Moselle sont trop mouillés politiquement pour prendre un tel risque ! Les membres du gouvernement provisoire bondiraient sur l'occasion pour fermer le chantier et saisir les biens de la compagnie.

UNE ODEUR DE COMPLOT

Ulysse est retourné à la ferme de Bernistap, dans l'espoir de recueillir quelque information en se mêlant aux équipes de ravitaillement. Hélas ! si la tension ambiante est bien perceptible, aucun bruit ne filtre à propos de l'inondation de la galerie. Il abandonne là son cheval et se rend à pied sur les travaux, après s'être mis sous la dent un reste de potée aux légumes. Le plus simple, en fin de compte, n'était-il pas d'aller directement interroger les ouvriers concernés ?

Il doit être près de quatre heures lorsqu'il arrive aux baraquements du chantier. Ah, s'il pouvait retrouver le machiniste de la pompe ou recueillir le témoignage des travailleurs du troisième puits...

Était-ce cependant le lieu indiqué pour débarquer à l'improviste en complet-veston ? La cantine est l'un des rares endroits où les ouvriers du souterrain peuvent se sentir vraiment chez eux. C'est leur domaine. L'air qui y est enfermé, la crasse qui jonche le sol, les planches du comptoir leur appartiennent en propre. Pénétrer dans cet espace, c'est un peu comme violer un traité, se coucher dans un lit qui n'est pas le sien. Il faut pourtant que la lumière se fasse sur cette affaire. Ulysse n'a pas l'intention de moisir à Houffalize en attendant que les langues se délient d'elles-mêmes.

Il frappe à la porte de bois. Prudemment, il actionne la clenche qui maintient le battant fermé. Mais l'huis résiste. La cantine est close. Ce n'est pas encore l'heure du ravitaillement. Ulysse, un peu déconfit, décide de gagner le cabanon le plus proche : il lui faut rencontrer les travailleurs.

Son pas se fait de plus en plus discret à mesure qu'il se rapproche du dortoir. La densité de l'air autour de lui, alourdi de présence humaine, le fait un instant hésiter, comme s'il était gêné par l'haleine de la promiscuité... Il se résout finalement à heurter du poing la porte d'entrée.

– Qui est là ? crie-t-on d'une voix rauque.

Ulysse ramène prestement son bras sur son ventre. Voilà qu'il s'apprête à surprendre les ouvriers dans l'intimité même de leur chambrée. Comme un contremaître à la recherche d'un travailleur manquant à l'appel. Sans compter que l'objet de son enquête est pour le moins délicat. Il reste quelques secondes immobile, puis tend à nouveau la main vers le loquet de la porte. Le battant s'ouvre, d'un mouvement du pied.

– Bonsoir, Messieurs, je suis désolé de troubler votre repos, lance Ulysse, le regard perdu dans l'obscurité moite de la pièce. La surprise semble totale. Pas un soupir ne répond au voyageur. Seuls quelques froissements de paille meublent le silence. Jamais pourtant la pénombre d'une chambre ne lui a paru si peuplée, si habitée. Ulysse a l'impression de se retrouver dans un de ces dortoirs militaires dans lesquels les troupiers de son bataillon partageaient les mêmes paillasses humides, grouillantes de cafards.

– Je cherche le mécanicien responsable de la pompe du troisième puits, lance-t-il à l'aveuglette. Un murmure de réprobation emplit la baraque. Jamais il n'aurait dû venir ici sans être accompagné. Les raclements de gorge fusent, de plus en plus agressifs.

– C'est qui, ce type ? siffle une voix au fond de la baraque, anonyme.

– Je parie que c'est un mouchard hollandais...

– C'est peut-être une ruse de plus pour nous épier, renâcle un gars sur la droite. On n'aime pas les étrangers !

– T'as rien à faire ici, visiteur ! T'as entendu ?

– Ça va, Knud, laisse-le entrer, lâche une voix assurée. C'est un ami du capitaine. Puis je l'ai vu hier avec Fondry.

– Qu'est-ce que vous lui voulez, d'abord, au machiniste de la pompe ?

Ulysse reste coi, bouche entrouverte et bras ballants. Doit-il faire marche arrière en s'excusant ? Bredouiller un semblant d'explication ou au contraire réagir avec autorité, en supérieur offensé ?

Petit à petit, la lumière qui s'infiltre par la porte ouverte vient habiller chaque voix d'un visage, chaque corps étendu d'une peau sombre et musclée. Les paillasses aussi finissent par apparaître dans le noir, superposées les unes aux autres. Combien d'hommes vivent entassés dans ce réduit suffocant ? Trente ? Quarante ? Et cette odeur de crasse, de sueur et de loques moisies qui assaille les narines...

– Vous étiez au travail, hier matin, quand la pompe a cessé de fonctionner. Avez remarqué quelque chose d'anormal sur le chantier ?... Près du troisième puits, par exemple ?

– ...

– Vous savez pourtant que la pompe à vapeur a été sabotée durant la nuit ! s'emporte Ulysse. Le machiniste ne s'est quand même pas ligoté tout seul en attendant que sa machine explose !

Seul un silence embarrassé lui fait écho.

– Plusieurs parmi vous auraient pu perdre la vie dans cet accident ! Si quelqu'un a repéré quoi que ce soit, je le conjure de parler. Nous avons besoin d'un indice, d'une piste pour cerner le coupable ! Il ne faut plus qu'un tel acte de violence puisse encore compromettre la sécurité du chantier, vous comprenez ?

– C'est donc pour ça qu'il est ici, le « haut chapeau », s'exclame soudain Knud, prenant la chambrée à témoin. Vous imaginez peut-être qu'on va vous donner des noms, monsieur le fouille-merde ? Comme si on passait son temps à s'épier les uns les autres... Vous avez vu la longueur de ce putain de souterrain ? Il y fait noir comme dans un terrier ! Et nos visages, vous les avez vus, nos visages, monsieur le bien lavé ? Crasseux de suie, dégoulinants de boue... Nos sarraus : tous identiques. Notre démarche : cassée en deux de devoir ramasser ces saloperies de cailloux. Je voudrais bien vous voir chercher une taupe dans ce trou !

– Ce forfait a quand même bien été perpétré par quelqu'un ! Un étranger aurait éveillé la méfiance du technicien, lance Ulysse, jouant sa dernière carte.

Il est tellement tendu qu'à nouveau sa paupière droite se met à ciller, à vibrer de l'aile comme une guêpe qui se noie dans un verre de bière.

– Vous ne seriez quand même pas en train de nous soupçonner ? Qui sommes-nous, en dehors de ce chantier ? Des ouvriers agricoles sans terre à retourner, des bûcherons sans forêt... Comme si on avait intérêt à saboter notre propre travail ! Aucun de nous n'a envie de mourir noyé au fond de ce maudit boyau. Tenez-vous-le pour dit !

– Bien répondu, Knud !

– Bon vent, m'sieu le justicier... Au plaisir de ne plus jamais revoir vos bottes traîner dans nos quartiers !

Six coups viennent de sonner à l'église de Buret. C'est là qu'Ulysse et son chercheur d'or de confident se sont donné rendez-vous.

– Venez, mon lieutenant ! Ma cousine a préparé une potée de choux au vinaigre. Vous allez pouvoir apprécier la vraie cuisine du cru ! J'ai même trouvé un peu de vin.

C'est par ici : la maison avec la rampe qui monte jusqu'au grenier.

Ulysse entame le récit de sa journée par son entrevue avec l'usurier de Hoffelt. Deckers reste bouche bée une minute, puis soupire en haussant les épaules : « Évidemment, tout ça profite à quelqu'un... » Il avale en une fois son verre de clairet de Moselle, comme pour mieux rentrer dans l'épaisseur de l'affaire. Ulysse aussi se laisse entraîner à boire, tant les hypothèses se chevauchent dans sa tête, embrouillant son propos.

Il relate ensuite sa pitoyable rencontre avec les ouvriers du souterrain. Deckers ne peut retenir un sourire lorsqu'il apprend la manière dont les travailleurs l'avaient remis à sa place.

– Vous êtes sacrément culotté, pour un col blanc ! Même moi, avec mes mains de rocteur et mon accent liégeois, j'aurais hésité à me risquer dans ces eaux, mon lieutenant.

– Je ne me baladerai plus dans ce coin sans être accompagné d'un contremaître ! Mais, dites-moi, vos recherches à vous, qu'ont-elles donné ?

– Pour les infiltrations dans le souterrain, il doit être possible de les réduire depuis la crête. Si j'étais De Puydt, j'entreprendrais au plus vite l'aménagement des deux réservoirs prévus à l'aplomb de la galerie. Si leur emplacement est bien choisi, une bonne partie des eaux de ravinement pourra y être drainée et évacuée à distance des travaux. Cela fera toujours ça d'infiltrations en moins dans la zone du chantier !

– Je ne comprends pas qu'on n'y ait pas songé plus tôt, en fait !

– Il faut avoir une sacrée bonne connaissance du sous-sol pour que ce soit réellement efficace, mon lieutenant. Pas facile de recueillir toute la flotte qui tombe sur une surface donnée ! Pourtant, l'eau de pluie emprunte toujours le même parcours pour rejoindre les nappes phréatiques. À chaque averse, elle se faufile dans ces petits passages qu'elle connaît bien, entre les lits de roche, glissant dans les mêmes anfractuosités. Elle contourne invariablement les terrains argileux pour aller imbiber les poches de terre perméable. Il est possible, en observant la végétation, de déterminer la nature du sous-sol affleurant. Les plantes sont plus denses, plus hautes, là où se concentrent les eaux d'écoulement, même souterraines. Une étude fine du relief peut aussi livrer une foule d'informations sur les ruissellements du sous-sol. Je connais un sourcier qui s'est spécialisé dans ces techniques, pour améliorer l'irrigation. Avec sa baguette de coudrier, il parvient à constituer de vraies cartes de flux souterrains, jusqu'à plusieurs mètres de profondeur !

– C'est tout à fait passionnant, Deckers ! Sans compter qu'un tel drainage aurait aussi pour effet d'augmenter la quantité d'eau disponible au point le plus élevé du canal, ce qui est primordial en cas de sécheresse ! D'ici à voir débarquer un sourcier à la Société du Luxembourg… Je doute que les responsables du chantier soient suffisamment ouverts d'esprit pour accepter de se faire conseiller autrement que par un géologue… Ulysse trinque encore une fois avec son compagnon avant de reprendre la route d'Houffalize.

– Pas trop de folies nocturnes cette nuit, n'est-ce pas ?

– Est-ce bien à moi que s'adresse cette recommandation, mon lieutenant ?

Précieuses soirées du mois de mai, dont le soleil prolonge chaque jour la clarté crépusculaire… Il reste à Ulysse quelques minutes avant d'être enserré par l'obscurité. Il décide, sur le chemin du retour, de faire un crochet par l'entrée du souterrain, pour prendre le pouls des travaux du canal. Il n'aura plus qu'à suivre la tranchée jusqu'à la ferme de Bernistap, où son cheval l'attend depuis le début de l'après-midi.

Le trajet qui mène au cœur du chantier n'a rien de spécialement inquiétant, mais l'atmosphère entre chien et loup, la noirceur du taillis provoquent chez Ulysse un désagréable sentiment d'insécurité. Sûrement la conversation avec les ouvriers et le tête-à-tête avec Jacques Vonnesche y sont-ils pour quelque chose... Pour la première fois, une certaine méfiance s'empare de lui lorsqu'il croise des hommes au travail. Instinctivement, il presse le pas.

« L'eau stagne-t-elle toujours à la sortie de la galerie ? » se demande-t-il en atteignant le bas de la tranchée. Il se rapproche de l'ouverture du souterrain, dont les contours s'estompent déjà dans l'obscurité naissante. Bien vite, le voilà rassuré : seul un filet d'eau s'écoule encore sous les pieds des terrassiers. « La brèche est donc quasi colmatée » se réjouit Ulysse. Même les chariots ont repris leurs va-et-vient dans l'obscur boyau.

L'activité des ouvriers n'a pas décru avec la tombée de la nuit. Au contraire, semble-t-il. Des silhouettes chargées traversent sans arrêt le halo des lampes, dans une lancinante procession en contre-jour. La vision de ces dizaines de femmes et d'enfants traînant leurs sabots dans ce réduit froid émeut à nouveau Ulysse.

Pas un gémissement, pas une plainte ne trouble la mécanique monotone du chantier. Personne ne chantonne, non plus, personne ne siffle pour garder le cœur à l'ouvrage... « Il doit bien exister un moyen d'alléger ce labeur pénitentiaire, songe Ulysse en abandonnant le chantier. En utilisant des chariots plus longs et plus étroits, que des mulets pourraient indifféremment tirer vers l'avant ou pousser vers l'arrière, d'une simple inversion du harnachement, par exemple... Ou en inondant la tranchée pour y faire flotter de petites barges : il serait alors possible d'acheminer directement de la ferme de Bernistap madriers et sacs de chaux, briques et rationnements divers... »

Ulysse soudain tressaille. Quelqu'un marche devant lui dans les fourrés. Il vient d'entendre des pas sur les pierrailles, puis une branche casser. Tous ses savants échafaudages se déboulonnent d'un coup : le bruit est trop précauprécautionneux pour être anodin. S'agit-il d'un chevreuil ou d'un sanglier ? Est-ce un des ouvriers du souterrain en vadrouille ? Un des villageois, peut-être, venu comme lui observer discrètement l'évolution des travaux ?

Mais les craquements suspects se sont interrompus. À mesure que se prolonge le silence, Ulysse finit par se prendre au jeu, dissimulé derrière un tas de madriers. « Si ce rôdeur ne m'a pas vu, il me suffit d'attendre qu'il bouge à nouveau pour en savoir un peu plus. »

À peine Ulysse s'est-il un peu détendu qu'il aperçoit, sortant du souterrain, une ombre qui se dirige droit vers lui. La démarche est prudente, mais résolue. C'est sans doute un des travailleurs du chantier. Un homme, selon toute apparence… Ulysse se blottit sur lui-même et disparaît derrière l'amoncellement de pieux pour mieux échapper aux regards. L'individu passe à quelques pas de lui, sans se douter qu'on cherche à le dévisager dans l'obscurité. Ses traits salis sont indistincts, malheureusement impossibles à identifier. De temps en temps, il jette un coup d'œil furtif derrière lui, puis sur les côtés. Le voici qui se dirige vers un amas de planches, à proximité de l'endroit d'où provenaient les bruits de pas.

Des chuchotements se font bientôt entendre, à peine audibles. La discussion semble calme, mais soutenue. Ulysse ne peut apercevoir la scène, malgré ses efforts. De longues minutes s'écoulent, frustrantes. Il voudrait pouvoir s'accroupir un instant, s'étirer le dos, mais il n'ose se baisser, de peur de faire craquer ses genoux ou de laisser choir son habit dans une flaque.

Après un moment de silence, le dialogue reprend, plus étouffé encore. Ulysse tend l'oreille, concentre toute son attention sur la conversation engagée à quelques pas de lui à peine. Plusieurs fois, lorsqu'il montait la garde au régiment, il s'était entraîné à apprivoiser la nuit, à s'en faire une alliée, pour se familiariser avec ses mille sonorités et déceler le moindre bruit suspect. Avant tout, il lui fallait rester calme, respirer profondément, détendre en pensée les muscles crispés de ses jambes pliées dans une position très inconfortable. Peut-être parviendrait-il à contourner la pile de madriers pour se rapprocher ? Non, ce serait vraiment trop risqué. D'ailleurs, les deux hommes parlent-ils encore ? Leurs voix se sont tues, mais Ulysse ressent encore leur présence.

Les minutes passent, singulièrement étirées. Soudain, après un dernier murmure, une des ombres quitte sa cachette et reprend la direction du souterrain, à grandes enjambées. Ulysse, invisible derrière son poste d'observation, tente de mémoriser sa démarche volontaire. L'homme passe à sa hauteur sans déceler sa présence.

L'autre individu semble, lui, avoir pris la direction opposée. Le bruit de ses pas est de moins en moins perceptible. « Il me faut en savoir plus, se convainc Ulysse. Encore une minute, pour laisser s'éloigner l'ouvrier du chantier, puis je bondis sur les traces de l'autre. Tant pis si je me fais accueillir à coups de gourdin. Je dois comprendre ce qui se trafique ici ! » Empoignant son chapeau, il s'élance à la poursuite du mystérieux personnage.

À mesure qu'il gagne du terrain sur l'ombre qui s'encourt, Ulysse est pris d'un doute, troublant. La silhouette légère qui s'enfuit à son approche n'a pas la cadence d'un homme poursuivi. Ne dirait-on pas qu'elle porte une jupe qui freine sa course ? « Une femme ? » s'écrie-t-il, courroucé contre lui-même de n'avoir pas songé à cette éventualité.

Rapidement, Ulysse rejoint la jeune fille. Il est obligé de ceinturer celle-ci à la taille pour la contraindre à s'arrêter. La demoiselle baisse la tête, comme prise au piège, les traits dissimulés sous un bonnet bleu marine.

Ulysse lui saisit fermement le poignet. Glissant l'index sous son menton, il relève lentement le visage de sa captive, haletante.

– Annabelle ! s'exclame Ulysse, reconnaissant la paysanne qui lui avait offert un morceau de pain trois jours auparavant. Mais, par tous les saints du ciel, que faites-vous ici ?

– Oh monsieur, c'est vous ! Je vous en prie, ne dites rien !

– Qu'as-tu fait, ma fille ? Serais-tu dans quelque mauvais coup ?

– Je n'ai rien fait de mal, m'sieu, je vous assure ! C'était Roger, m'sieu... Vous comprenez... Je l'aime ! Je ne peux le voir que la nuit, comme ça, à la sauvette. Si mes parents l'apprenaient, y seraient furieux !

– C'est votre amoureux que vous venez de retrouver, c'est cela ? déchante Ulysse, honteux de s'être laissé duper par sa propre imagination. Mais qu'a-t-il donc, ce jeune homme, pour que vos parents vous défendent de le rencontrer ? bredouille-t-il, pris de court.

– Y ne veulent pas que je fréquente un... un ouvrier, c'est pour ça. Ils disent que je déshonore la famille. Ils voudraient me faire épouser le fils d'un forestier d'Houffalize... Mais c'est Roger que j'aime, m'sieu !

– Ne vous inquiétez pas, Annabelle. Je ne trahirai pas votre secret. Mais faites attention, il traîne ici toutes sortes d'individus pas nets pendant la nuit. Vous vous livrez là à un manège fort imprudent. Réalisez-vous qu'un dangereux saboteur rôde aux alentours du chantier ?

– Un saboteur ? Oui, on m'a... Enfin, non...

– N'avez-vous rien entendu à ce sujet ces derniers jours ?

– Non, non, m'sieu. C'est-à-dire que... Moi, je ne sais rien, non.

– Annabelle, vous me cachez quelque chose... C'est très important, comprenez-vous ! s'emporte Ulysse en accentuant la pression de ses doigts sur le poignet de la jeune fille.

– Non, je vous jure, m'sieu. D'ailleurs, si je vous disais quoi que ce soit, je me ferais certainement battre. On ne rit pas ici, vous savez... Laissez-moi m'en aller, à présent. On va remarquer mon absence. Je vous en prie !

Ulysse, à contrecœur, libère la cantinière, qui disparaît bien vite dans la pénombre.

À la ferme, il retrouve son cheval et son cabriolet. Dans une demi-heure, il sera de retour à l'auberge. Enfin. Il a hâte de retrouver son lit. « Étrange, quand même, ce mutisme... Je suis sûr qu'il se trame ici de bien curieux commerces, songe Ulysse, le front plissé. Un complot, peut-être, dans lequel trempent pas mal de personnages... En tout cas, les ouvriers du chantier sont mieux informés qu'on ne pourrait le croire. Mais pourquoi préfèrent-ils garder le silence ? Sans doute sont-ils également impliqués dans quelque friponnerie, du moins quelques-uns. À moins qu'ils fassent l'objet de pressions malhonnêtes ? » Ulysse a le pressentiment, sans en être tout à fait certain, que les travailleurs de Buret sont sous l'emprise d'une poigne de fer qui les terrorise. Comme si une coterie ouvrière régentait le chantier, renforcée par des compromissions réciproques, avec pour principe de survie la loi du silence et des représailles.

Ulysse ne peut réprimer un frisson à la pensée d'être entraîné malgré lui dans les remous d'une affaire de plus en plus risquée. Des courants d'air insidieux se faufilent sous ses vêtements, entre les boutons de sa chemise, lui donnant la chair de poule. La nuit est bien avancée déjà. Voici que l'inquiétude progressivement le reprend, à l'orée des bois. Le souvenir de son agression nocturne, la semaine précédente, est encore frais dans sa mémoire. Ulysse, d'un claquement des rênes, pousse sa jument à accélérer l'allure.

DIX BARILS DE POUDRE

Buret,

mercredi matin

À peine les rayons du soleil ont-ils percé la brume matinale, que déjà, au chantier, l'agitation est à son comble. Dix barils de poudre ont été retrouvés vides de leur contenu. C'est l'artificier chargé des sautages du matin qui s'en est rendu compte à l'aube. Le dépôt à explosifs était pourtant fermé par deux gros cadenas.

– Voyez par vous-même, monsieur, bredouille l'intendant de la société en montrant à Edgar Fondry les gonds de la lourde porte de l'abri : charnières et serrures sont intactes. On ne distingue aucune trace d'effraction.

– Où est donc le préposé à la garde du bâtiment ? gronde Fondry, furieux d'avoir dû interrompre son petit déjeuner pour une aussi mauvaise nouvelle.

– On est allé chercher le gardien d'hier soir aux baraquements, m'sieu... Il est sûrement en train de se reposer. Voici Lambermont qui a pris sa relève à minuit.

– Venez avec moi au château, mon gaillard. Amenez-moi aussi les artificiers des deux pauses. Je veux que toute la clarté soit faite sur cette affaire, vous entendez ! Quant à vous, réunissez tous les travailleurs autorisés à manipuler les explosifs. Je veux interroger chacun !

L'enquête du responsable du chantier tourne vite en eau de boudin. Bien entendu, personne n'a relevé d'indice significatif. Les gardiens, dans leurs rondes autour de la palissade, n'ont vu passer aucun inconnu. Rien de suspect ne les a frappés lorsqu'ils ont vérifié les serrures vers vingt-deux heures, deux heures et quatre heures. Fondry croit devoir les sanctionner, pour la montre, en accusant leur manque de vigilance. Le contenu de ces barils ne s'est tout de même pas évaporé : ou bien ils sont complices ou bien ils n'osent avouer qu'ils se sont endormis ! On aurait mieux fait de doubler la garde auprès du dépôt de poudre depuis les événements de septembre...

Lorsqu'Ulysse arrive au château, plusieurs heures plus tard, c'est un Fondry dépité, décomposé qui l'accueille. Ouvriers, gardiens, contremaîtres, tous il les a renvoyés à leur poste. Son inquiétude se lit sur ses traits un peu empâtés.

– *Now, this has gone too far !* bredouille-t-il à la vue d'Ulysse. Le ton même de sa voix en dit long sur son accablement.

– Et De Puydt qui vient de repartir pour Arlon..., gémit-il en regardant le sol. C'est un militaire qu'il aurait fallu ici à présent. Avec un détachement de factionnaires. Dieu sait ce que nous réserve le futur ! En quelques minutes, Ulysse est mis au courant des derniers événements. Sa première réaction est d'accabler Fondry de questions, mais il réalise bien vite que celui-ci n'est plus en mesure de faire face à la situation.

– Monsieur de Longchamps, je vous en supplie : faites quelque chose... Ces menaces permanentes perturbent tout le chantier depuis trop longtemps. Cette fois-ci, je vais devoir faire appel à la gendarmerie. La quantité de poudre volée est suffisante pour réduire en poussière tout ce château !

– N'en faites rien, monsieur, je vous en prie, répond Ulysse, sortant de sa réserve. Vous savez comme moi que les Prussiens, à Luxembourg, n'attendent qu'un tel prétexte pour déployer leurs troupes dans la région et imposer leur loi ! Je vous en prie, donnez-moi quarante-huit heures pour tenter de démasquer l'auteur de ces méfaits.

– Quarante-huit heures, mais point davantage, monsieur de Longchamps : je ne puis prendre le risque de voir la situation se dégrader encore !

– Merci, monsieur. Il doit y avoir moyen de retrouver la trace de ces explosifs. Faites-moi confiance... Pouvez-vous me rédiger un sauf-conduit qui m'autorise à interroger les ouvriers et à circuler d'un coin à l'autre des travaux ?

Ulysse se rend directement au dépôt de Buret, à mi-chemin entre le village et le chantier. Malgré son laissez-passer, il lui faut parlementer pendant dix minutes avec le gardien pour que celui-ci lui ouvre enfin la palissade. Jamais encore Ulysse ne s'était vu confier une réelle enquête. Il prend son nouveau rôle très au sérieux. Après une inspection minutieuse de l'abri à poudre, enfoui sous une épaisse calotte de terre, celui-ci marque une pause, perplexe. Effectivement, ni l'enceinte de protection, ni l'entrée du réduit renforcé ne portent la moindre trace d'effraction...

Le gardien consent, non sans mauvaise grâce, à lui ouvrir la porte, pour lui permettre d'examiner les lieux de l'intérieur. Peut-être les malfaiteurs ont-ils pénétré dans le dépôt par une galerie souterraine ? Après s'être habitué à la pénombre – pas question ici d'allumer une lampe ! – Ulysse observe les empreintes de pas dans la poussière. Peine perdue : la terre battue est lisse et muette comme une dalle de porphyre. Un à un, il fait déplacer les tonneaux de poudre d'un coin à l'autre du réduit, sondant le sol et les cloisons avec le manche d'une pioche. Son inspection des dix barils vides, dont les bouchons avaient été remis en place, ne lui fournit aucun nouvel indice.

« Les auteurs du méfait doivent posséder un double des clés du dépôt, déduit-il. S'agirait-il de personnes normalement autorisées à pénétrer ici, comme le sont l'intendant ou les artificiers de service ? Cette hypothèse expliquerait pourquoi les gardiens n'ont rien décelé d'anormal en dehors du va-et-vient quotidien des travailleurs mandatés. Sait-on en fait depuis combien de temps ces barils sont vides ? Le contenu des tonneaux n'est sûrement pas contrôlé quotidiennement, vu leur poids, l'exiguïté des lieux et le manque de clarté... Cela fait peut-être des semaines que, chaque jour, pendant qu'il accomplit une besogne de confiance au fond du dépôt, un homme subtilise deux ou trois livres de poudre qu'il cache dans les bourrelets de son sarrau... La vraie question est évidemment de savoir à quelle fin ces explosifs ont été volés. Tous les scénarios sont concevables, de la vente à l'once sur le marché noir à la préparation d'un attentat, en passant par la destruction d'un entrepôt d'armes ou le sautage d'un pont... »

Ulysse rentre au château, inquiet des conséquences qu'entraînerait chacune de ses hypothèses. Il a besoin de se changer les idées, de prendre du recul. « J'espère que les journaux de la semaine sont arrivés : même avec quelques jours de retard, les nouvelles restent des nouvelles ! » Le domestique lui propose une tasse de café, qu'il s'empresse d'accepter.

Le *Courrier du Luxembourg* – que les habitants du Grand-Duché surnomment, non sans malice, la « feuille de la quiétude officielle » – s'étend sur les relations soidisant harmonieuses entre la garnison prussienne de Luxembourg et les populations des environs. Pourtant, le quotidien fait allusion à cinquante jeunes gens qui viennent de s'échapper de la ville pour rejoindre les révolutionnaires, provoquant la fureur du duc de Saxe-Weimar. Celui-ci menace d'enrôler de force tous les hommes en âge de porter un fusil et de les envoyer s'entraîner aux Pays-Bas. « C'est toujours la pétaudière dans la région ! » soupire Ulysse, avant de replonger dans les colonnes du journal. Un entrefilet signale qu'un maçon de Neudorf a été arrêté la veille pour avoir tiré au fusil, sans l'atteindre, sur un lancier prussien. La milice a failli incendier le village en représailles, précise encore l'article.

L'*Indépendant*, différemment engagé, n'a qu'un gros titre : le prince de Saxe-Cobourg semble disposé à accepter la couronne de Belgique ! L'Angleterre ne serait pour rien dans cette décision. Le journal relate également les derniers mouvements militaires : on annonce l'arrivée de quatre mille hommes de troupe et d'un escadron de cavaliers pour défendre Bastogne, Attert et Arlon. Mais que représentent ces maigres forces face aux trente-cinq mille Prussiens, massés derrière la frontière, qu'on dit sur le point de déferler sur le Grand-Duché ?

Le *Courrier de la Meuse*, quant à lui, apporte des nouvelles de la révolte de Varsovie. Les Polonais donnent toujours beaucoup de fil à retordre au tsar. Les habitants de Cracovie viennent également de rallier le soulèvement, ce qui n'arrange pas les affaires du souverain... « Providentielle diversion ! » se réjouit Ulysse. Le journal signale aussi que le Congrès national aurait proposé à Guillaume Ier une indemnité annuelle de deux cent mille florins en échange de sa souveraineté sur le Luxembourg. « Ça, il ne va jamais l'accepter, le vieux lion ! On ne rachète pas sa couronne à un roi ! Nos parlementaires ne peuvent pas être à ce point naïfs... Peut-être est-ce une tactique diplomatique ? » Une colonne du quotidien fait également allusion aux réactions courroucées du duc de Saxe-Weimar : celui-ci a fait publier un arrêté interdisant le transport d'armes et de munitions de guerre dans la partie révoltée du Grand-Duché. *Mais quelle est donc la partie non révoltée du Luxembourg ?* ironise le rédacteur de l'article...

« Tout se bouscule si vite, songe Ulysse. Il suffirait d'une étincelle pour mettre le feu aux poudres... Est-il bien raisonnable de vouloir soutenir contre vents et marées un projet si démesuré que le canal de Meuse &

Moselle ? Et si les événements venaient en quelques jours réduire à néant tous les efforts investis ? » Ulysse, d'un bond, quitte son fauteuil. « Annabelle ! Je dois retrouver Annabelle. Cette cantinière sait. Il faut la faire parler, coûte que coûte. Et au besoin la faire protéger. » Il saute dans son cabriolet et gagne les baraquements du chantier où il espère la rencontrer à l'heure de midi. « Ne pas oublier de demander à un contremaître de m'aider, pour éviter un nouveau bras de fer avec les ouvriers ! »

Dissimulé à proximité de l'entrée de la cantine, Ulysse attend. Par la porte entrouverte, il distingue quelques travailleurs alignés le long d'un banc. On leur sert de la soupe dans un bol de grès, ainsi que quelques galettes d'avoine ou de sarrasin. Maigre ration... Le contremaître revient dix minutes plus tard. Il a cherché partout la jeune fille, sans la trouver.

– Je pense qu'elle n'a pas dû venir ce matin, confie-t-il à Ulysse. D'ailleurs, il vaut mieux que vous quittiez cet endroit, à présent. Les ouvriers vous ont vu. Ils se sentent épiés. Vous entendez la grogne qui monte ?

– Eh bien soit, rentrons, ronchonne Ulysse, comme s'il en voulait à son émissaire.

– Vous savez, reprend ce dernier, la nouvelle que les explosifs auraient été volés, ça a rapidement fait le tour du chantier ! Quand y a quelque chose à raconter, ça ne traîne pas, ici ! On a vite fait de soupçonner celui-ci ou celui-là. D'ailleurs, y a qu'à voir comme ils sont méfiants, aujourd'hui. Jusqu'à voler les couteaux de table !... Dire que Fondry parle de réduire la paye de tout le personnel pour que les langues se délient !

La nuit est tombée sur la vallée. Ulysse n'a toujours pas retrouvé cette fille qui semble tout faire pour l'éviter. Même à la ferme de Bernistap, personne n'a vu Annabelle de la journée. « Heureusement, Deckers ne devrait plus tarder, à présent. J'espère que ses recherches apporteront de nouveaux éléments au dossier !»

Au château, où il était retourné passer l'après-midi, l'étude des rapports de chantier ne lui avait appris que des généralités sur l'avancement récent des travaux. Comme si la révolution avait à peine ralenti la marche de cette entreprise extravagante, à deux pas aujourd'hui d'imploser... C'est à la cantinière qu'il n'avait cessé de penser, aux questions qu'il lui poserait dès qu'il pourrait l'interroger.

– Dès qu'on parle d'explosifs, mon sang ne fait qu'un tour, pas vous mon lieutenant ? Ah, je me souviens de tous ces travaux de sape, au génie... C'était grisant !

– Eh bien Deckers, vu la situation, j'aimerais autant ne pas entendre ce genre de détonation durant les jours qui viennent. En dehors des deux sautages journaliers, bien entendu. La disparition d'une telle quantité de poudre me fait froid dans le dos !

– Si vous voulez mon avis, c'est un vrai miracle que le contenu de ce dépôt n'ait pas été piraté plus tôt, depuis le temps qu'il n'est plus réellement gardé...

– Venez, prenons mon cabriolet. Je vous propose de retourner au chantier. Je voudrais tant retrouver cette cantinière dont je vous ai parlé.

– Est-elle bien de l'équipe qui est à l'ouvrage pour le moment ?

– Je l'ignore : les ravitailleurs n'ont pas le même horaire que celui des ouvriers. Tout ce que je sais, c'est que je l'ai surprise à cette heure-ci hier soir, lorsqu'elle essayait de voir son fiancé.

Il ne faut pas une demi-heure aux deux anciens militaires pour gagner l'entrée du souterrain, dans l'espoir d'approcher enfin cette introuvable Annabelle et de la convaincre de livrer son secret. Ils conviennent de se séparer pour augmenter leurs chances de succès. Deckers inspectera les abords de la tranchée, tandis qu'Ulysse s'en ira questionner un des contremaîtres.

L'accueil du responsable est beaucoup plus sec que celui de son collègue de la matinée :

– *Ach, die Blondine ! Nein...* Je l'ai pas vue depuis que je suis en poste. Mais qu'est-ce que vous lui voulez, après tout, à cette fille, monsieur l'inspecteur ? C'est pas pour ces histoires de sabotage et de poudre noire que vous courez après, j'espère ? Elle ferait pas de mal à une mouche, *glauben Sie mir !* C'est-y pas que vous essayeriez de lui tourner la tête, avec vos grands airs de bourgeois ?

Ulysse prend congé de ce bouledogue sans demander son reste. Ce n'était certes pas la première fois qu'on le traitait de « bourgeois », mais qu'on ait pu lui prêter d'aussi triviales intentions, ça vraiment, c'était de trop ! Pourtant, le contremaître avait raison au moins sur un point : ce n'était pas en redingote et en chemise à plastron qu'il obtiendrait quelque chose des travailleurs du souterrain...

Mais Ulysse n'est pas au bout de ses surprises. Lorsqu'il rejoint Antoinette à l'endroit où il avait abandonné son cabriolet, il réalise avec stupeur que la jument est tout à fait détachée de l'attelage. Plus aucune trace des pièces de harnachement : collier, frein, mors, œillères, tout a disparu ! Sa première réaction est l'incrédulité : pourquoi ne lui a-t-on pas volé tout son véhicule ; sinon la voiture, du moins le cheval ? Non. Comme s'il s'agissait d'un acte délibéré... « Ce vieux harnais n'avait pourtant rien d'exceptionnel » marmonne-t-il en inspectant les fourrés aux alentours. Ulysse enrage en pensant à toutes les mésaventures qu'il a déjà endurées depuis le début de son expédition.

Et si l'on avait voulu l'empêcher de rentrer à Houffalize, tout simplement ? Ulysse trépigne, comme un étalon entravé. Il ne peut quand même pas abandonner Antoinette en pleine campagne ! Et Deckers qui a disparu

Dieu sait où… Détachant sa ceinture, il l'accroche autour du col de la jument et se met en route avec elle en direction des baraquements du chantier. « Avec un peu de chance, on pourra me dépanner avec un harnais de rechange… »

C'est sur un magasinier assez mal luné qu'il tombe à l'atelier.

– Non, m'sieu, y a personne ici pour vous aider aujourd'hui. Tout le monde est au troisième puits depuis l'accident. Faut qu'on remette en marche l'ancien système de pompage. Ulysse a beau lui raconter ce qui lui est arrivé, l'informer du motif de sa mission, le travailleur reste méfiant : allez convaincre un illettré de la teneur d'un sauf-conduit !

– Tenez, ce florin est pour vous si vous parvenez à atteler mon cheval. Mon cabriolet se trouve au bord du chemin qui mène au château de Tavigny. Au regard torve de l'ouvrier, toujours aussi peu coopérant, Ulysse comprend que ce genre de service « non réglementaire » se monnaie à un autre tarif. « Le tribut des étrangers nantis… » se dit-il en plongeant à nouveau les doigts dans sa bourse.

– Bon, lance-t-il un peu plus énergiquement. Un florin de mieux si vous avez fini dans une heure !

Dans un coin de l'atelier pendent un vieux pantalon et une veste en drap bleu du pays. Ulysse s'en saisit avec une moue résignée.

– J'emprunte ceci jusqu'à tout à l'heure, si vous n'y voyez pas d'inconvénient.

Le ton, cette fois, est suffisamment autoritaire pour que le magasinier s'abstienne de tout commentaire. Ulysse enfile ce nouvel accoutrement au-dessus de ses habits, beaucoup plus discret dans les parages du chantier. Il complète le déguisement en maculant de boue son visage et ses mains. Puisqu'il a au moins une heure devant lui, autant essayer de glaner encore quelque indice aux abords du chantier. À défaut de trouver Annabelle, peut-être reconnaîtra-t-il la silhouette de son fiancé ? Sans compter qu'il doit encore faire le point avec Deckers... Il descend, attentif, vers l'entrée du souterrain.

Près de la galerie, encore embuée après l'inondation, les conversations vont bon train. On sent que la tension est encore montée d'un cran, tant les ouvriers ont l'air agressifs les uns envers les autres. Ulysse parierait que les apartés tournent autour du sabotage de la machine à vapeur ou de la disparition des explosifs. Mais n'est-il pas en train de faire une fixation sur son enquête ?

Les premiers propos qui parviennent à ses oreilles sont en effet d'un tout autre registre :

– Si je te reprends à peloter les nichons de ma fille à chaque fois qu'elle passe avec son panier, j'te fais bouffer tes couilles, espèce de vicelard !

– Eh, petit père : je ne prends que ce qu'on me donne ! Elle a déjà le feu aux fesses, ta gamine !

– J'veux pas le savoir, petit morveux ! T'as intérêt à garder tes sales mains chez toi si tu tiens à ce que t'as entre les jambes ! Casse-toi, va !

Bien sûr, la vie continuait ici, à Buret. Pourquoi les événements survenus ces derniers jours auraient-ils éclipsé tout le reste, les rancunes du quotidien, les rivalités ou les jalousies ?

– J'en peux plus, mon vieux, de me farcir ces puants de contremaîtres. J'peux plus supporter leurs coups de gueule et leur haleine pourrie. Dans la forêt, je n'avais que des glands à me mettre dans la panse, mais au moins y avait personne pour me dire comment attacher mon froc !

– Moi, ce qui me fait bisquer, c'est de penser à ces gros pleins de fric, au château. Pourquoi, *nom di djo*, est-ce qu'y sont nés le cul dans le beurre, ceux-là, alors que nous, c'est dans la pisse de bouc qu'on a appris à marcher ?

– Une nuit, j'te jure, on va aller les sortir de leurs plumes, les faire nager à poil dans la fosse à purin ! Il est temps qu'on change les rôles, *Scheiße*. Qu'est-ce que tu veux qu'ils fassent seuls contre nous : y a même plus de garnison ! Il suffirait qu'on soit rien qu'une poignée, avec trois haches et deux pioches. Comme des lapins, qu'y détaleraient ! À nous les gros sous, les tonneaux de vin, les draps en coton...

– Et les servantes en jupons !

Décidément, Ulysse a encore beaucoup à apprendre sur les préoccupations de tous ceux que ses pairs avaient pris l'habitude de qualifier de « prolétaires ». Soudain, il aperçoit Deckers, qui semble le chercher près de l'entrée du souterrain. « Jamais il ne pourra me reconnaître sous mon accoutrement » réalise-t-il en un éclair.

– Deckers ! Deckers ! crie-t-il alors, par ici !

Lui qui espérait rester dissimulé aux yeux des travailleurs, le voilà obligé de faire de grands gestes, estompé qu'il est par l'obscurité. « Heureusement, personne ne peut m'identifier sous ce déguisement ! » se rassure-t-il.

– Lieutenant ? C'est bien vous ? Vous êtes méconnaissable ! Tant mieux. Il va falloir que vous veniez avec moi, s'emballe le prospecteur, plus ardent qu'à l'accoutumée. Je vous avais dit que ce puits revisité, caché dans les anciens déversoirs, ne me disait rien qui vaille... Eh bien, je viens d'y voir travailler quelques hommes. Leur comportement est tout à fait étrange. Vous devez voir ça !

Un peu à l'écart du chantier, en direction des crassiers abandonnés, des bruits de pelles se font petit à petit entendre. Le son de voix étouffées aussi. Pas de doute : quelqu'un s'affaire à l'aplomb du souterrain, près du trou dans lequel pendait un seau d'outils. Pourquoi attendre la nuit tombée pour s'activer à cet endroit, en dehors des zones normalement fréquentées par les ouvriers ?

Ulysse et son compagnon décident de s'approcher prudemment, guidés par les chuchotements. Deckers en tête, ils se faufilent le long des déversoirs, entre les jeunes bruyères et les pousses de genêts. Heureusement, les amoncellements de pierrailles se sont suffisamment compactés, en deux hivers, pour ne pas trahir leur progression. Arrivés à quelques mètres des mystérieux travailleurs, ils se dissimulent au ras du sol. Trois hommes sont à l'ouvrage, sans lumière, au bord du trou qui avait attiré l'attention du sergent quelques jours auparavant. On dirait qu'ils rebouchent le puits avec de larges pelletées de caillasses. Un des protagonistes, plus large d'épaules que ses congénères, ressemble au gaillard qui avait si mal accueilli Ulysse lors de sa visite au dortoir des ouvriers. Celui qui se faisait appeler « Kurth » ou « Knud »… Mais son imagination lui joue sûrement des tours. La pénombre est si enveloppante…

Ulysse est de plus en plus persuadé que la scène à laquelle il assiste ne figure pas au programme des travaux prévus pour le souterrain. Les trois hommes ont l'air méfiants, pressés d'accomplir leur besogne. Ils susurrent plutôt qu'ils ne parlent, toujours dans le noir absolu. D'ailleurs, il n'est pas encore minuit : si vraiment le meneur du trio est ce lascar qui l'a si rudement apostrophé la veille, il n'a aucune raison d'être sur le chantier alors que son équipe n'a pas encore repris le labeur ! L'atmosphère se refroidit vite. Ulysse et Deckers commencent à frissonner. De la buée s'échappe de leurs narines à chaque respiration. Et cette humidité envahissante qui traverse maintenant chaque couche de leurs vêtements…

Une demi-heure s'écoule ainsi, intense et éprouvante. Le trou progressivement se remplit, comme le confirme le bruit plus clair des pierrailles qui chutent au fond. Voilà qu'un des hommes s'agenouille au-dessus de l'orifice. Il arrange quelque chose à même le sol, puis se redresse, secouant la terre qui est collée à ses genoux. Après un rapide coup d'œil circulaire, les trois compères s'éloignent prudemment, sans s'être aperçus de la présence des deux intrus. Ulysse pousse un soupir de soulagement : ils viennent de l'échapper belle ! Quel aurait été leur sort s'ils avaient été débusqués ? Surtout ne pas bouger. Attendre encore que tout soit complètement sûr.

Plusieurs minutes défilent ainsi. Ulysse entend résonner dans les profondeurs du sol le coup de trompe des artificiers. L'évacuation du souterrain a commencé. Il sera bientôt minuit. L'heure du sautage des charges. Prudemment, il se glisse vers l'endroit où s'activaient les trois hommes, laissant le sergent en sentinelle.

À première vue, il ne s'agit que d'un ancien sondage de géologue, à présent rebouché. Soudain, sous un alignement de pierres, Ulysse découvre un câble goudronné qui émerge de l'orifice et disparaît entre les buissons.

– Ce n'est pas possible, s'exclame-t-il, ce n'est quand même pas... un cordeau porte-feu !

Ulysse ne se trompe pas. Il reconnaît la texture des mèches de poudre utilisées pour la mise à feu des charges explosives. Mille pensées jaillissent dans son cerveau. Il faut prendre une décision, vite. Tout peut sauter d'un instant à l'autre. Et si c'était au fond de ce trou qu'on avait entassé les barils de poudre volés ? De quoi provoquer l'effondrement de la voûte du souterrain ! Bon sang ! Et tous ces ouvriers qui circulent juste ici en dessous... Pourvu qu'ils aient tous le temps d'évacuer les lieux. À moins que... Bien sûr ! L'explosion est prévue pour coïncider avec celles de la galerie ! Mais alors... »

– Sergent, venez m'aider ! crie-t-il alors à Deckers.

Sans faire ni une, ni deux, Ulysse et son ancien compagnon de sape s'arc-boutent au-dessus du puits et, tirant sur la mèche de toutes leurs forces, parviennent à arracher celle-ci de la charge en contrebas. Ils extraient du sol plusieurs mètres de cordeau avant de mettre à l'air l'extrémité déchirée du câble. Un peu de poudre s'en échappe encore, que l'ancien officier du génie identifie rapidement du bout de la langue.

– Écoutez, mon lieutenant ! J'entends des pas qui se rapprochent ! Séparons-nous ! Je vais me cacher le long du sentier…

Deckers parti s'embusquer, Ulysse tente vaille que vaille de rembobiner la mèche, pour la mettre en sécurité, puis entreprend de longer le cordeau jusqu'à son point d'allumage. « Imbécile que je suis ! Je cours me jeter dans la gueule du loup ! » réalise-t-il avec horreur. S'agenouillant aussitôt pour être moins visible, il tâtonne le sol à la recherche d'une pierre tranchante pour sectionner le précieux câble. Puis brusquement, plus rien. Un coup de gourdin vient de s'abattre sur sa nuque. Ulysse s'écroule sans connaissance.

Sous un sac de blé

Jeudi matin

Lentement, Ulysse revient à lui. Il peut à peine remuer le cou, tant ses cervicales lui font mal. Ses poignets et ses chevilles sont ligotés. Ses coudes aussi doivent être attachés l'un à l'autre dans son dos, lui écartelant les pectoraux. Sa respiration est haletante et saccadée... Mais où est-il ? Que lui est-il donc arrivé ?

À travers ses yeux mi-clos, il distingue trois des murs de ce qui ressemble à une cave voûtée. Une sorte de cellier, à en juger par les sacs de grains qui s'entassent dans un coin. Le sol est en terre battue et les murs couverts d'efflorescences blanchâtres. Par un soupirail calfeutré, un rai de lumière oblique pourfend les ténèbres. La matinée semble être déjà bien avancée.

Ulysse, qui porte toujours la tenue de travail empruntée à l'atelier du chantier, se remémore progressivement les événements de la veille. Mais quelle douleur au crâne ! Sa tête semble prête à exploser sous les coups de boutoir de son cœur qui bat la chamade. Les images de sa journée lui reviennent à l'esprit avec fougue, véritables déchirures cérébrales : Antoinette, le harnais volé, le pincement de la nuit dans les déblais du chantier, le trou rebouché, les trois hommes au travail, la mèche lente...

Le voilà soudain saisi d'une violente émotion. « Il faut absolument faire quelque chose ! » voudrait-il crier derrière le lien qui lui bâillonne les lèvres. Si les forbans qui se sont débarrassés de lui parviennent à retirer du puits les caillasses qu'ils viennent d'y jeter et à replacer leur mèche sans se faire prendre, l'entrée du souterrain peut sauter d'un jour à l'autre ! Maintenant que leur plan est éventé, chaque heure qui passe est une menace de plus pour eux. Combien de temps faudra-t-il à Fondry pour se rendre compte de sa disparition et lancer des recherches ? Deux jours, trois jours ?

Plus il y réfléchit, plus Ulysse est convaincu que les événements auxquels il vient d'assister font partie d'une vaste manœuvre, préparée par des spécialistes. Une stratégie savamment étudiée. Cette idée d'utiliser un vieux puits, juste à la verticale de la galerie : comment trouver meilleure chambre de mine pour tout faire sauter ! Si les explosifs volés sont vraiment entassés là au fond, recouverts par huit à dix aunes de remblai, toutes les conditions sont réunies pour détruire le souterrain sur quinze mètres au moins. Provoquer l'effondrement des roches tout autour et des fissures dans la structure même de la voûte... Il faudrait des semaines pour dégager les travaux, plusieurs autres pour consolider les parois endommagées et reboucher le cratère à la surface. Sans compter les infiltrations d'eau à colmater...

En tout cas, l'origine criminelle de l'explosion ne ferait de doute pour personne. Un simple éboulement ne projette pas des débris à des centaines de mètres à la ronde. Pourvu qu'il n'y ait pas de blessés !

« Mais pourquoi ce nouvel acte de sabotage ? fulmine Ulysse, de plus en plus meurtri de ne pouvoir remuer le moindre membre. Un événement de cette importance est suffisant pour provoquer la fermeture définitive du chantier et le licenciement de tous les ouvriers ! Dans quel scénario machiavélique s'inscrit ce nouveau geste criminel ? Pour le compte de qui agissent ces trois larrons ? Un intrigant personnage, à tout le moins, dont les mobiles dépassent certainement leur entendement. Un manipulateur dangereux qui tire les ficelles, caché derrière un paravent... » Ulysse repense, amer, à la conversation qu'il avait eue deux jours plus tôt avec le collecteur d'impôts de Hoffelt.

L'artificier qui s'apprêtait à procéder à la mise à feu des charges, juste avant qu'Ulysse ne contrecarre ses plans, était sûrement autorisé à entrer dans le dépôt à explosifs. Un des hommes de confiance de la société qui y pénétrait tous les jours pour confectionner les charges nécessaires aux sautages. Voilà qui confirmerait les soupçons d'Ulysse et orienterait sérieusement son enquête.

Peut-être cette explication était-elle trop simple, cependant : un vrai spécialiste aurait pris la précaution d'installer une mèche de secours avant de reboucher le trou, pour le cas où la première ne fuserait pas comme prévu. Ulysse s'enlise dans ses réflexions, en proie au découragement. Dieu seul sait comment la situation aura évolué quand il sortira de cette geôle, si on ne l'y laisse pas mourir de soif... « Cette mission est ma chance ! soupire-t-il de dépit... Ma chance ! »

Plusieurs heures ont passé. Ulysse s'est assoupi, résigné. Il n'entend pas que quelqu'un, à l'extérieur de sa cellule, actionne prudemment le verrou de la porte qui en condamne la sortie. Voici que le battant s'entrouvre, si lentement qu'il grince à peine contre le seuil de pierre. Une svelte silhouette se faufile dans la pièce.

Ce n'est que lorsque sa visiteuse, accroupie auprès de lui, tente d'ôter son bâillon qu'Ulysse réalise qu'il n'est plus seul dans la cave.

– Annabelle ! Ça par exemple. Je vous cherche partout depuis hier ! Mais que...

– Taisez-vous, m'sieu ! lui enjoint la jeune fille, en posant l'index sur le bout de ses lèvres. Il faut sortir d'ici !

Les liens qui retiennent Ulysse prisonnier sont tellement serrés qu'elle met tout un temps à les démêler avec ses ongles. Difficile de ne pas martyriser davantage la chair cruellement mordue par les cordes.

– Où sommes-nous donc ? chuchote-t-il à celle qui vient de le délivrer.

– Dans la cave d'une ancienne dépendance la ferme de Bernistap, répond-elle en se glissant près du soupirail pour jeter un coup d'œil aux alentours.

– Comment saviez-vous que j'étais enfermé ici ?

– Je vous ai aperçu hier soir, lorsqu'ils vous ont traîné jusqu'ici. Vous étiez quasi pas reconnaissable dans la nuit, avec cette tenue que vous portez. Ils vous ont fait passer pour un blessé.

– Mais qui ça, « ils » ?

– Comment, vous ne savez pas ? Knud et ses comparses, tiens ! Les grandes gueules du chantier... Je croyais que vous les connaissiez. Mais venez, maintenant. Y peuvent revenir d'un instant à l'autre. Personne ne doit nous voir ensemble, ni vous reconnaître. Et si vous preniez un de ces sacs de blé sur le dos, qu'on ne voie pas votre visage ? Ulysse, malgré sa bonne volonté, ne peut retenir un gémissement lorsqu'il tente de hisser le paquet de grains de sa hanche aux épaules. Ses coudes, ses poignets lui paraissent sectionnés, comme coincés dans un étau.

– Il me faut aller d'urgence au château prévenir Fondry, confie-t-il à la cantinière. Le sabotage qui se prépare dépasse tout ce que vous pouvez imaginer ! Cette fois, il n'y a plus guère qu'un détachement de soldats pour arrêter cela...

– Venez par ici, m'sieu, et par pitié, cessez de parler si fort ! Nous verrons tout ça quand nous serons dehors.

La cour de la ferme est tout animée, comme chaque jour à l'approche du repas. Chacun s'affaire d'un coin à l'autre, de la cuisine à l'entrepôt, du fournil au charroi. Annabelle et son évadé de compagnon se mêlent à la foule des ravitailleurs en longeant les murs, l'allure la plus détendue possible. Bientôt voilà qu'ils quittent l'enceinte des bâtiments et se retrouvent le long du chemin qui conduit à Tavigny. C'est ici qu'il faut faire le plus attention : un ouvrier n'a rien à faire à cet endroit avec un sac de grains sur l'épaule. En outre, Ulysse boite de plus en plus, à cause de la douleur qui lui cisaille les chevilles. Pourvu qu'ils ne tombent pas sur un contremaître... Quelques centaines de mètres plus loin, dans un tournant, l'envoyé de la Société générale s'écroule dans un buisson, le visage en nage.

– Je reviens dans une minute, lui lance Annabelle. Restez bien caché là !

Ulysse reprend doucement son souffle. Il a très soif. Avec la manche de son vêtement, il tamponne prudemment ses articulations rouge sang. Comment va-t-il jamais pouvoir marcher jusqu'au château ? À cet instant, il entend le hennissement de sa bonne jument. Aurait-elle flairé sa présence ? Mais le cheval n'arrive pas seul. C'est tout son cabriolet qu'Annabelle est allée chercher. Même son harnais a, semble-t-il, retrouvé sa place autour du col de la bête. La jeune fille ne peut retenir un sourire en observant la mine interloquée d'Ulysse.

– Il fallait bien que je trouve un moyen pour vous retenir au chantier la nuit passée...

– Quoi ? C'est donc vous qui avez subtilisé le harnachement de ma jument ?

– Juste pour quelques heures, m'sieu. Je vous assure que...

– Ainsi, vous vouliez me contraindre à rester à Buret hier soir... Vous saviez donc qu'il se tramait d'étranges choses près des travaux ! Pourquoi ne m'en avez-vous rien dit la veille, quand je vous l'ai demandé ? Je vous ai cherchée toute la journée...

– J'ai dû me cacher, m'sieu. Si les ouvriers m'avaient vue en votre compagnie, ils m'auraient battue comme plâtre ! Vous ne savez pas de quoi ils sont capables, vraiment.

À ces mots, Annabelle semble prendre peur à nouveau. Elle détourne le regard un instant, se mord la lèvre inférieure d'hésitation.

– Je crois qu'il faut que je retourne à la ferme, à présent. C'est trop dangereux pour moi ici !

– N'ayez crainte, Mademoiselle : rien ne sera plus comme avant au chantier, je vous le promets. Dites-moi plutôt ce que vous savez, que nous tâchions d'éviter le pire !

– Euh... Et si on nous entendait ?

– Annabelle, je vous en prie ! C'est peut-être une question de minutes...

– Eh bien, il y a plusieurs semaines déjà, Roger – vous savez, mon fiancé – m'a fait comprendre qu'y se passait des choses bizarres entre certains travailleurs. Une sorte de trafic louche. Quand il a appris la disparition des explosifs, hier matin, il a bien observé tous les hommes du chantier. Plusieurs manquaient à la cantine, pendant le repas de midi. Comme ce fameux Knud qui vous a si rudement rossé. Il est repassé beaucoup plus tard aux baraquements, tout excité. On s'est dit que quelque chose d'important allait se passer pendant la nuit...

– Ah ça, pour quelque chose d'important... On peut dire que vous avez du flair, vous ! Visiblement, la jeune fille ignorait l'ampleur du complot et la dernière phase, enrayée, de sa réalisation.

– Mais, dites-moi, pourquoi avez-vous pris tant de risques pour venir me délivrer ? Je ne suis qu'un inconnu pour vous ! Les ouvriers ne se sont pas montrés très coopérants avec moi jusqu'à présent...

– Oh, m'sieu... Tout ce qui vous est arrivé, c'est de ma faute... Je n'aurais pas dû vous empêcher de rentrer à Houffalize hier soir... J'aurais dû tout vous raconter, plutôt. Vous dire de vous méfier... C'était à moi de vous tirer d'affaire. J'ai eu très peur pour vous, vous savez !

– Je vous remercie de vous être ainsi exposée au danger pour moi. C'est vous qui auriez pu prendre un mauvais coup ! Comment puis-je vous témoigner ma gratitude ?

– Eh bien, justement... J'ai pensé que...

– Dites-moi...

– Il faut que j'en parle à Roger. Ce n'est rien... Vous devez y aller, n'est-ce pas ?

– Réfléchissez à votre aise, Annabelle. Nous nous reverrons dès que toute cette histoire sera réglée !

Ulysse renvoie la jeune fille à ses occupations, non sans l'avoir exhortée à la plus grande prudence. Il ne faut surtout pas qu'on la soupçonne d'avoir été à l'origine de son évasion. À peine la courageuse cantinière s'est-elle enfuie qu'Ulysse se hisse dans son cabriolet. Il doit de toute urgence gagner le château ! « Ah, si j'avais conservé mon pistolet, je crois que j'aurais eu d'ici peu l'occasion de m'en servir ! »

LE CHAÎNON MANQUANT

– Mais qui êtes-vous, monsieur ? Je vous défends d'entrer ici, vous entendez !

Un peu trop zélé, comme à son habitude, le majordome du château met tant de mauvaise grâce à reconnaître Ulysse que celui-ci en piétine d'impatience. Méconnaissable sous cet inconcevable déguisement de laine sale qu'il n'avait même pas songé à ôter, son visage est encore couvert de boue, hirsute, non rasé.

– Savez-vous quand revient Rémi De Puydt ? demande-t-il au domestique après s'être débarbouillé les traits et débarrassé de sa tenue d'ouvrier.

– Monsieur ignore donc qu'il a été mandé d'urgence à Arlon par le général Goethals, de la sixième division ? Vu les incidents qui se produisent pour l'instant à la frontière prussienne, je doute qu'il revienne à Tavigny avant plusieurs jours, si je puis me permettre.

– C'est bien le moment ! Et monsieur Fondry, est-il dans son bureau ?

– Hélas, monsieur, je crains qu'il ne soit parti sur le chantier à cette heure… Puis-je apporter un peu de café à monsieur ?

– Décidément… Merci pour le café ! Je meurs de soif. Pour être franc, je boirais volontiers un petit verre de genièvre en même temps. Pourriez-vous m'apporter aussi un morceau de lard ou un peu de pain ? Il me faudra bien tout cela pour me remettre les idées en place. Tiens, tant que vous y êtes, faites donc appeler les gendarmes d'Houffalize. C'est pour une affaire importante !

Ulysse gagne le bureau de Fondry où il s'assied un instant, de manière à faire le point sur ce qu'il lui était possible d'entreprendre d'ici le retour de ce dernier. À vrai dire, pas grand-chose. Seuls Rémi De Puydt et son adjoint pouvaient intervenir efficacement dans de telles circonstances. Eux seuls avaient autorité sur le personnel employé sur le chantier.

À première vue, arrêter au plus vite Knud et ses sbires et faire surveiller le puits bourré de poudre semblaient deux sages décisions à prendre, mais cela mettrait-il un terme à la succession de délits opérés autour des travaux ? Il était bien risqué de vouloir désamorcer une telle bombe sans en avoir compris tout le mécanisme... Il faudrait être prudent dans l'attitude à adopter face aux ouvriers.

Soudain, le regard d'Ulysse est attiré par la petite chaîne qui dépasse d'un des tiroirs du bureau de Fondry. Avec ses maillons en S entrecroisés, elle ressemble tout à fait à celle de sa propre montre. Quelle coïncidence... Ulysse glisse instinctivement les doigts le long de son gilet, dans le gousset qui lui sert d'étui.

« Nom d'un chien ! Ma montre ! Ils m'ont volé ma montre ! Pourvu que... »

Évidemment, les autres effets personnels qu'il portait sur lui ont eux aussi disparu. Intrigué, Ulysse se hasarde à ouvrir le tiroir devant lui.

« Non... Ce n'est pas possible ! » s'exclame-t-il en se penchant...

Au fond du compartiment, à peine abritée des regards, c'est bien sa montre qu'il découvre, avec son revers ciselé à ses initiales. Juste à côté, Ulysse reconnaît aussi les quelques papiers qu'il possédait sur lui la veille encore, dont le précieux sauf-conduit signé par Fondry. Il se rassied un instant, pris de vertige. Et si les artificiers qui l'avaient assommé n'avaient dérobé ces objets personnels que pour permettre à leur chef de l'identifier ? Mais alors... Cela voudrait dire que c'est Fondry en personne le commanditaire des sabotages ! Quelle invraisemblable histoire...

De plus en plus interloqué, Ulysse se met à fouiner dans les affaires du chef de chantier, en guettant du coin de l'œil l'arrivée du majordome. Mais rien de particulier ne retient son attention sur le bureau : il ne s'y trouve que du papier à lettres, quelques flacons d'encre, d'anciens plans du souterrain, une liasse d'articles de journaux, une loupe cerclée d'ivoire et une pile de petits buvards. Non, vraiment, rien de compromettant.

Surgit alors le domestique, apportant sur un plateau une tasse de café, une tartine au jambon et une goutte d'alcool blanc.

– Merci beaucoup, lui glisse Ulysse, en s'efforçant de masquer son émoi par une contenance de circonstance. Vous pouvez poser tout cela sur le coin du guéridon là-bas.

Le majordome s'exécute en silence, confit comme une dinde truffée.

« Pourvu qu'il ne m'ait pas surpris en train de fouiller le bureau de son patron, soupire Ulysse. Je n'aurais jamais cru devoir en arriver là ! » D'un trait, il avale le verre de genièvre, puis se rassied pour boire la tasse de café, un gros dossier à éplucher sur les genoux. Il s'agit de la correspondance particulière entre Fondry et De Puydt.

Ici non plus, cependant, aucune lettre ne surprend par son contenu. Ulysse n'est-il pas à nouveau victime de son imagination ? Quel motif pourrait donc pousser Edgar Fondry à mutiler son propre ouvrage et compromettre sa situation ?

Au moment où il dépose sa tasse vide sur la petite table, Ulysse aperçoit, juste à côté de lui, une pile de travaux en anglais sur les développements de la machine à vapeur. Une étude illustrée présente même les caractéristiques de la nouvelle « locomotive » conçue par le britannique George Stephenson. On y trouve détaillés les derniers perfectionnements techniques apportés à ce mode de transport un peu fantaisiste que les Anglais appellent « chemin de fer ».

Ulysse ne peut s'empêcher d'être étonné par l'abondante documentation du bras droit de Rémi De Puydt sur le sujet. « Il faut être né sur une île pour investir tant d'énergie dans un projet aussi futile, sourit-il. Fondry est sans doute le seul ingénieur du continent à s'intéresser à une telle invention ! Envisagerait-il d'installer des rails jusqu'au fond du souterrain pour accélérer l'évacuation des déblais ? Tiens, n'y avait-il pas un dossier consacré à de telles recherches sur le bureau de Fondry ? » Un rapport intitulé Mémoire sur l'installation d'un réseau de chemin de fer en Belgique dépasse en effet sous une pile de courrier.

Ulysse saisit le manuscrit du bout des doigts et découvre avec stupeur que son auteur n'est autre... qu'Edgar Fondry lui-même ! Brusquement, la porte du bureau s'ouvre en heurtant le mur. Le chef de chantier fait irruption dans la pièce, pistolet à la main.

– de Longchamps, vous n'avez rien à faire ici ! s'écrie-t-il, fulminant de colère.

– Monsieur Fondry !... Je... Je vous attendais avec impatience, bredouille Ulysse, surpris en bien mauvaise posture.

– Ne tournons pas autour du pot, monsieur l'imprudent démineur... Allez vous asseoir dans le fauteuil près de la fenêtre.

– C'est donc bien vous qui avez manigancé tout ceci ! Vous jouez étonnamment la comédie...

– Je pense qu'il va nous falloir éclaircir un certain nombre de choses, monsieur le représentant de la Société générale, réplique Fondry en s'asseyant à son bureau, domptant son énervement avec une maîtrise quasi sans faille.

– Il est en effet plusieurs informations déterminantes que vous avez omis de me communiquer depuis mon arrivée à Tavigny ! Aujourd'hui, heureusement, j'y vois plus clair sur une série de points... Car je suppose que le sabotage de la pompe, c'est vous aussi, n'est-ce pas ? Laissez-moi deviner... L'aménagement du canal représente un vrai gouffre financier. L'ampleur des travaux encore à réaliser est considérable. La situation politique toujours aussi instable qu'en septembre dernier. Les investisseurs belges et néerlandais hésitent à payer les dernières tranches de leur mise de fonds. Si demain le Grand-Duché redevient hollandais, les tarifs douaniers ruineront vos espoirs de stimuler le trafic fluvial au Luxembourg. L'aboutissement du projet est donc de plus en plus aléatoire. Vous avez peur que tout le capital réuni ne soit englouti en pure perte dans cette entreprise démesurée.

– Jusque-là, je souscris à votre analyse, de Longchamps.

– Lors de votre voyage en Angleterre, vous avez pu vous familiariser avec les nouveaux moyens de locomotion à vapeur britanniques. Les travaux de Stephenson vous ont impressionné et convaincu. D'où cette intuition, de plus en plus pressante, que les millions de florins que la Société du Luxembourg est sur le point de dépenser encore pour achever le canal seraient certainement mieux investis dans l'aménagement de voies de chemin de fer. À l'écart des zones de troubles politiques, bien entendu. Comme vous l'expliquez probablement dans votre mémoire, la chose est économiquement intéressante et techniquement possible. Bien entendu, vous seriez prêt à prendre en main la direction des futurs travaux...

Le visage de Fondry s'éclaircit d'un coup, même si son agacement demeure perceptible.

– Je suis heureux de constater, à vous entendre, que mon propre raisonnement paraît si logique à vos yeux. Partageriez-vous par hasard cette même fascination pour la technologie du rail ?

– C'est en feuilletant votre travail que j'ai compris que j'avais entre les mains le rouage essentiel de cette machination, la clé qui me permettait de donner un sens à tous ces incidents survenus autour des travaux. Mais non, je ne partage pas votre enthousiasme pour le chemin de fer. Il faudra encore quelques générations avant que le rail ne concurrence sérieusement le bateau pour le transport de marchandises, croyez-moi !

À ces propos, le chef du chantier se cambre, sourcils pointés en avant, prêt à répondre, mais Ulysse poursuit sur sa lancée, avec une assurance déconcertante :

– D'ailleurs, je ne suis sûrement pas le seul à en être convaincu... J'imagine que Rémi De Puydt et Charles Morel ont tous deux mal accueilli votre proposition. C'est vrai qu'ils sont de la « vieille école »... Les administrateurs de la Société du Luxembourg ne changeront pas de cap tant qu'un espoir subsistera de voir se concrétiser le canal de Meuse & Moselle !

– Ils courent au-devant de la catastrophe, ces financiers d'opérette ! Cela ne fait plus l'ombre d'un doute aujourd'hui, explose Fondry.

– En somme, ce sont leurs réticences qui vous ont décidé à influencer la tournure des événements... De façon à leur forcer la main, n'est-ce pas ?

Ulysse ne laisse pas à son interlocuteur le temps d'acquiescer, entraîné qu'il est par sa déroutante reconstitution des faits. Rien ne semble pouvoir l'arrêter dans son réquisitoire. Comme si la découverte des intentions de Fondry élucidait d'un coup une série de mystères jusqu'ici inexplicables.

– Après avoir essayé de ralentir les travaux, de semer le trouble au sein des ouvriers, vous avez décidé de porter au projet un coup fatal. Vous êtes parvenu à gagner la complicité d'une poignée d'hommes que vous avez soudoyés pour saboter la pompe et faire exploser la voûte du souterrain. Dont cette tête brûlée de Knud... En entendant prononcer le nom de l'artificier, Fondry ne peut réprimer un sursaut. Sa main gauche se met malgré lui à trembler. « Pourquoi cet imbécile s'était-il laissé identifier, près du puits ? » Soudain, le visage du chef de chantier change de couleur... « Et si cet emmerdeur de de Longchamps avait eu le temps de faire part de ses soupçons autour de lui ? Comment diable avait-il fait, d'ailleurs, pour détacher ses liens et s'échapper de la ferme ? »

Mais Ulysse laisse Fondry à ses craintes :

– Bien entendu, vous avez couvert Knud et ses acolytes lorsqu'ils subtilisaient les tonneaux de poudre. Si tout s'était déroulé selon vos plans, l'effondrement du souterrain, soigneusement décrit dans mon rapport, devait rendre évidente l'impossibilité de clôturer dans les temps les travaux du canal et convaincre les directeurs de la Société générale de renoncer à l'entreprise. Juste à la veille de l'assemblée générale du mois de juin. C'est à ce moment précis que vous seriez revenu sur la scène, votre proposition sous le bras. Soigneusement mis en condition par vos soins, les dirigeants de la Société du Luxembourg se seraient rangés à vos côtés pour décider leurs partenaires d'investir le solde des actifs de la société dans l'implantation d'une première ligne de chemin de fer en Belgique. Ce projet de la dernière chance, c'est à vous bien sûr qu'ils en auraient confié le pilotage. Non plus dans l'ombre d'un militaire aux grands airs, étourdi par ses médailles, mais en tant que seul ingénieur responsable, explorateur et fondateur.

Fondry ne peut retenir un sourire en entendant les derniers propos d'Ulysse. Mais il n'est pas d'humeur à plaisanter. Il sait qu'il va devoir jouer serré à présent. Il n'a plus beaucoup de cartes dans son jeu, mais son adversaire vient de perdre son avantage en se faisant piéger dans ce bureau.

– Vous êtes perspicace, de Longchamps. Perspicace, sans doute, mais pas très éclairé... Vous faites erreur au moins sur un point : l'avenir est au rail ! Si vous ne l'avez pas encore compris, d'autres s'enrichiront à votre place... Ah, si vous aviez pu contempler avec moi ces machines extraordinaires en Angleterre ! J'ai pu voir passer à toute allure cette *Locomotion* qui relie depuis 1825 Stockton et Darlington. Quel gain de temps, quelle économie de moyens ! Cette seule locomotive est capable de transporter en moins d'une heure jusqu'à quatre cent cinquante personnes sur quinze kilomètres, vous rendez-vous compte ? Plus besoin d'être situé à proximité d'un bras d'eau : chaque ville, chaque entreprise, chaque carrière pourra être reliée au réseau !

– Vous n'imaginez pas sérieusement qu'une chaudière à roulettes puisse tracter un chargement comparable à celui d'un bateau ? Surtout à travers un paysage vallonné comme celui de cette province !

– Quand on n'a jamais vu d'autre arme à feu qu'un pistolet, on a peine à croire qu'il existe des canons capables d'envoyer un obus à plus de deux milles de distance !

Renvoyé dans les cordes, Ulysse détourne la tête, perdant un peu de son assurance. Fondry insiste :

– John Cockerill, dans son exil, m'a plusieurs fois fait part de son enthousiasme pour ce mode de déplacement révolutionnaire. Il s'est dit prêt à lancer à grande échelle la fabrication de rails, de locomotives et de voitures ! Voilà par excellence le type de commande qui lui permettrait de rentrer en grâce auprès des Belges et de faire oublier sa sympathie trop affichée pour le souverain des Pays-Bas.

– Quels que soient le prestige et l'avantage intellectuel que vous tireriez d'un tel revirement de situation, je ne puis croire que vous ayez été jusqu'à prendre de tels risques, à mettre la vie et le travail de tant d'hommes en jeu uniquement pour accélérer l'implantation du chemin de fer sur notre continent... Votre plan doit également profiter à d'autres !... Singulièrement mis en cause, Fondry encaisse de plus en plus difficilement les réflexions provocantes de celui qu'il tient en joue au bout de son arme. Il voudrait faire taire une fois pour toutes ce blanc bec qui croit soudain avoir tout compris sur tout. Mais il se retient à nouveau d'intervenir. Il sait que son vis-à-vis est victime d'un trop-plein d'émotions.

– Vous n'êtes pas l'âme de ce complot, Fondry. Vous n'êtes qu'un des maillons de la chaîne, comme ce pauvre Knud... Malgré votre flair pour les affaires et votre passion de la technique, vous n'êtes pas suffisamment influent pour imposer un tel revirement à la Société du Luxembourg. En réalité, vous êtes de mèche avec quelques gros bonnets, n'est-ce pas ?

Le chef de chantier a soudain du mal à ne pas ravaler sa salive. Mais il ne peut laisser paraître son trouble. Il doit avoir l'air de maîtriser la situation, pour que son assurance décontenance progressivement son interlocuteur, qui poursuit sur sa lancée :

– L'annonce de l'effondrement du souterrain achève de convaincre les indécis : le canal de Meuse & Moselle ne verra jamais le jour. Que peuvent encore valoir les actions de la Société du Luxembourg ? Ce qu'en proposera le moins désenchanté des actionnaires... L'occasion rêvée pour un spéculateur de s'approprier à prix plancher un maximum de parts du consortium. Juste avant que la société ne décide officiellement de se lancer dans le rail, évidemment ! C'est ce qui s'appelle un délit d'initiés, monsieur Fondry.

Ulysse marque une pause, toisant du regard le chef de chantier, comme s'il attendait de sa part un signe de défaillance. Mais celui-ci continue à le fixer, imperturbable.

– Pourtant, le capital actuel de la société est loin d'être négligeable, reprend Ulysse. Ne fût-ce qu'en termes de patrimoine immobilier : les terrains acquis autrefois le long de l'Ourthe, de la Wiltz et de la Sûre, ainsi qu'aux alentours de Buret, constituent un placement valorisable. Dès le retour à une certaine stabilité politique, ces biens fonciers, momentanément dépréciés, pourront être revendus à bon prix. Sans compter les réserves importantes de matières premières et d'outillage. Grâce aux investissements réalisés dans l'implantation d'un réseau de voies de chemin de fer, ce capital se mettra en quelques années à fructifier à nouveau... au plus grand bénéfice des quelques actionnaires restés fidèles à la société. Habile calcul, bien que risqué... Je suis dans le vrai, n'est-ce pas monsieur Fondry ?

Le chef de chantier ne se laisse pas impressionner. Il sait qu'Ulysse ne dispose d'aucun élément de preuve pour étayer son hypothèse. D'ailleurs, sa démonstration comporte une faiblesse, et de taille :

– Vous oubliez que c'est Guillaume d'Orange le seul vrai actionnaire de la société, même si les événements de septembre ont contraint celui-ci à renoncer au pouvoir de décision qu'il y détenait...

– Et si c'était lui, précisément, la cible de tout ce coup monté ? J'imagine que cette opération donnerait également l'occasion à certains investisseurs belges de « recentrer politiquement » le noyau décisionnel de la Société du Luxembourg...

– Vous faites bien de parler de tout ceci au conditionnel, poursuit Fondry. Vous vous égarez sur des voies sans issues à improviser de tels raisonnements. Les choses sont plus compliquées que vous ne le croyez, de Long-champs... Avez-vous perdu de vue que les actions n'ont pas encore été entièrement payées ? La personne qui ra-chèterait ces titres à bas prix n'est pas dispensée de verser à la société le solde de la somme convenue au départ, soit deux mille florins par action ! Ces montants-là sont in-compressibles. Ils échappent à toute spéculation. Qui pourrait débourser en quelques semaines de quoi acquérir un nombre significatif de titres ?

– La Société générale, par exemple, répond Ulysse, après quelques secondes de réflexion.

– Laissez la Société générale en dehors de tout ceci, de Longchamps. Elle a bien assez de soucis actuellement pour prendre un tel risque financier ! Vous êtes bien placé pour le savoir. Le rail est loin d'apparaître, malheureuse-ment, comme un investissement sérieux aux yeux de vos dirigeants. Je suis impressionné par votre imagination, mais vous faites fausse route. Désolé de vous décevoir. Il y a encore beaucoup d'éléments dont vous n'avez pas tenu compte, dans vos supputations. Comme cette clause des statuts de la Société du Luxembourg qui prévoit que les actionnaires qui n'auront pas versé, le 30 septembre pro-chain, les cinq tranches du montant des actions qu'ils s'étaient engagés à souscrire devront abandonner leurs parts à l'entreprise. Pourquoi échafauder un stratagème aussi dangereux que celui que vous venez d'évoquer alors que les choses risquent d'aboutir d'elles-mêmes au résul-tat attendu ? Non, je n'éclaircirai pas davantage votre lan-terne. Vous avez fait preuve d'assez de curiosité malsaine comme cela.

Toujours menacé par le pistolet de son interlocuteur, Ulysse se retient de répliquer. « Certaines données m'échappent encore, apparemment. Je suis sûr pourtant que tous ces événements servent les intérêts de quelqu'un de haut placé. Il me faut maintenant trouver un moyen de m'échapper d'ici. Surtout ne pas pousser Fondry dans ses derniers retranchements. L'important est de gagner du temps. Pourvu que le majordome ait bien fait prévenir les gendarmes, c'est ma seule chance... »

– À présent, que vais-je faire de vous ? Que vous le vouliez ou non, ce qui était prévu se produira, malgré votre « charge héroïque » !

– Vous oubliez que votre secret a été éventé, Fondry. Il y a comme une brèche dans votre barrage, ironise Ulysse.

– Ne jouez pas au plus fin avec moi, de Longchamps... Ne réalisez-vous pas que votre perspicacité vous a condamné à disparaître de la circulation ? Je ne puis évidemment plus vous laisser prendre calmement le chemin de Bruxelles. J'en suis désolé. Si vous n'aviez pas été fourrer votre nez partout ces derniers jours, vous auriez parfaitement pu jouer jusqu'au bout le rôle que j'attendais de vous. Je voudrais que vous sachiez cependant que je n'ai jamais été un meurtrier, ni cherché à l'être. Chacun des coups de main entrepris pour ralentir les travaux du souterrain a été étudié pour qu'il n'y ait aucune victime...

– Et ces centaines de travailleurs qui risquent du jour au lendemain de se retrouver sans besogne, y avez-vous pensé ?

– Vous savez très bien que ce sont tous des sans-emploi en sursis. Si elle ne se produit pas selon mon plan dès la semaine prochaine, la fermeture du chantier surviendra d'elle-même bien plus sûrement, bien plus rapidement que ne l'imagine Rémi De Puydt. Il n'y a plus à hésiter, de Longchamps : il faut sauver tout ce qui peut l'être avant l'arrivée des Prussiens !

– Je ne puis vous donner raison a priori, Fondry, mais j'admets que votre vision du problème, bien qu'honteusement intéressée, est sans doute plus réaliste que beaucoup d'autres. Dommage qu'il nous faille à présent vous considérer comme un malfaiteur...

– Vous n'auriez jamais dû vous mêler de cette affaire, vraiment.

Fondry cherche à clore cet entretien, mais il ne sait toujours pas comment se débarrasser d'Ulysse. Allait-il devoir le réduire définitivement au silence ? Cette idée le répugne profondément. Jamais il n'avait imaginé que son plan le contraindrait à sacrifier des vies humaines. Était-il capable d'exécuter de sang-froid une victime à sa merci ? Non, plus il y réfléchissait, moins il se sentait l'âme d'un assassin.

– Si je ne reviens pas à Bruxelles, la Société générale enverra quelqu'un s'enquérir de ma disparition.

– Un accident est si vite arrivé..., lui réplique alors Fondry dans le blanc des yeux, jouant la comédie. Mais il sent bien qu'Ulysse est capable de le pousser jusqu'au bout dans cette voie. Il lui faut acheter sa complicité :

– Cependant, vous pouvez toujours nous être utile : persuadez la Société du Luxembourg de renoncer à poursuivre le creusement du canal, convainquez-la d'accueillir favorablement mon projet et je vous offre un poste clé dans le lancement de l'industrie du chemin de fer sur le continent.

– M'associer à un tel complot ? Jamais, vous entendez !

Le raidissement d'Ulysse surprend à peine le chef de chantier. Il doit pourtant faire entendre raison à cet entêté. Soudain, un trait de génie lui traverse l'esprit. Ce qu'il n'a pu obtenir par la force ou par l'appât du pouvoir, il l'obtiendra par le chantage.

– Quel noble élan de droiture, de Longchamps. Vous avez raison : comment ai-je pu ainsi sous-estimer votre sens du devoir ? Réfléchissez, cependant... Je crains que vous n'ayez pas vraiment le choix : imaginez un instant la réaction du Congrès national s'il apprenait la raison secrète de votre présence ici...

– Que voulez-vous dire ?... feint Ulysse, réellement pris de court.

– Vous avez la mémoire courte, de Longchamps. Figurez-vous que moi aussi, j'ai appris des choses à votre sujet... Ce n'est sûrement pas pour s'informer sur votre état de santé qu'un messager personnel de Guillaume Ier est venu vous rendre visite au château de Duras, quelques jours avant votre départ pour le Luxembourg...

– Je ne comprends pas à quoi vous faites allusion...

– Vous mentez mal, de Longchamps. Je sais qu'il vous a confié une mission de renseignement. Choisissez votre camp, c'est votre dernière chance.

Plus sûr de lui que jamais, Fondry plonge son regard dans celui d'Ulysse. Le chargé de mission de la Société générale détourne les yeux, un instant décontenancé. Un sentiment de honte s'empare de lui, l'éclaboussant en profondeur. Lui, Ulysse, le droit, le fidèle, confondu dans sa duplicité, mis à nu, disséqué dans l'épaisseur même de son hypocrisie. Toute son armure se désagrège. Touché à l'articulation la plus fragile de sa personnalité, compromis dans sa crédibilité, il offre son flanc au pourfendeur, vulnérable...

Depuis quand le chef de chantier savait-il à quoi s'en tenir sur cette mission de Guillaume Ier ? Jamais il n'avait imaginé qu'un homme de son apparence pût faire preuve d'un tel cynisme, d'une aussi froide détermination dans la concrétisation de son plan. Pris à la gorge par son interlocuteur, Ulysse réalise, dans un refoulement acide, que celui-ci est réellement acculé à mettre sa menace à exécution. S'entêter, c'est signer son propre arrêt de mort ; accepter la proposition, c'est se renier soi-même et devenir complice d'une odieuse félonie. « Comment sortir de ce guêpier ? Guetter un moment d'inattention pour désarmer Fondry ? Tenter de donner le change ? Parvenir à le leurrer sur ses intentions ?... »

En dépit de ses efforts pour garder son aplomb, Ulysse se sent perdre pied. Ses idées s'entrechoquent dans sa tête. Ce qui semblait clair il y a une minute à peine s'assombrit déjà dans une sinistre confusion. Le rempart de ses certitudes s'effrite, se délite. « Dans quelle machine infernale me suis-je laissé entraîner ? » Petite proie au bout d'un pistolet, Ulysse se débat dans l'effondrement de son personnage, s'empêtre dans le filet qui se tend autour de lui...

– Regardez-vous, de Longchamps. Regardez combien vous êtes pitoyable avec vos airs de bien-pensant. Vous n'êtes qu'un épouvantail, un résidu d'aristocratie de la plus désuète espèce ! Ah, vous me faites pitié, avec votre éducation d'officier, vos valeurs morales, votre loyauté naïve... On dirait que vous êtes une révolution en retard, dévoué à votre souverain, prêt à mourir au champ d'honneur pour un drapeau. Mais au fait, pour qui vous battez-vous ? Pour Surlet de Chokier, ce simulacre de roi ? Pour le gouverneur de la Société générale ? Pour un projet insensé au milieu des Ardennes ?

– Vous n'avez pas le droit ! C'est... C'est pour la Belgique que je me bats, bredouille Ulysse. Pour un monde plus juste, aussi.

– Vous semblez oublier ce bon roi Guillaume, dont les intérêts luxembourgeois justifieraient bien une nouvelle guerre...

Fondry se réjouit en son for intérieur. Finie la belle assurance de son détracteur ! Il connaît enfin son talon d'Achille : c'est à l'usure qu'il lui fera entendre raison, en lui faisant toucher du doigt les incohérences mêmes de sa charpente morale.

– Vous êtes touchant en Don Quichotte, revêtu de vos beaux principes humanistes et votre idéal en bandoulière. Mais vous n'appartenez plus à la réalité, de Longchamps. C'est au moyen âge que vous auriez dû vivre ! Au temps des croisades. Je vous vois bien en preux chevalier, sous la bannière de Godefroi de Bouillon, cavaler la tête haute pour libérer le Saint sépulcre du joug des infidèles...

Ulysse tombe tête baissée dans le panneau.

– Eh bien, oui, j'aurais suivi Pierre l'Ermite ou saint Bernard, la garde au clair ! À cette époque, les règles étaient mieux définies, les enjeux plus francs.

– Vous êtes bien mal renseigné, de Longchamps. Les croisades ne sont qu'une saignée puante dans la mémoire de l'humanité. Aucun des croisés n'est revenu intègre de Terre sainte ! La cause était pourrie, aussi inspirée qu'ait été la propagande. Ni la fin, ni les moyens utilisés n'étaient justifiés. La légende n'a retenu que le sacrifice de ceux qui ont trouvé la mort en héros insensés sous les remparts de Jérusalem. Elle n'a encensé que ces pauvres types que la peste a fauchés dans la candeur de leurs vingt ans. Quelle part a-t-elle laissée à tous ceux qui ont survécu, enlaidis par la décomposition de leur idéal, écœurés par la bassesse de leurs « exploits », avilis par leurs rapines ou leurs querelles de pouvoir ?

– Où voulez-vous en venir, Fondry ? soupire Ulysse, tentant à tout prix de faire face avec dignité. Je ne sors pas du même moule que le vôtre, mais ce canon que vous pointez sur moi ne vous donne pas le droit de me juger...

Voilà que sa paupière droite se remet à ciller en désordre, trahissant la tension extrême qui s'est emparée de lui. Et Edgar Fondry de poursuivre, plus enhardi que jamais :

– Vous êtes à deux doigts de commettre une erreur stratégique et vous vous entêtez à en ignorer les conséquences. Pour une fois dans votre vie, de Longchamps, acceptez de regarder la réalité en face. Le sacrifice du chantier de Buret est inévitable. La révolution a porté un coup fatal au projet. Qu'espérez-vous sauver en prolongeant sa survie de quelques semaines ?

– Tout cela justifie-t-il un sabotage ?

– Si la Société du Luxembourg et les individus de votre espèce qui vous souciez de son destin n'étiez pas englués dans vos vieux réflexes prudents, je n'aurais pas eu à déployer une telle mise en scène. Quel est votre monde, de Longchamps ? Un recueil d'images pieuses, coloriées au pochoir ? Un carnet de poésie pour jeunes filles de bonne famille ? Ouvrez les yeux, bon sang ! Arrachez vos œillères et n'ayez pas peur d'affronter vos propres contradictions.

– Vous avez beau jeu de vous moquer de mes principes…, tente Ulysse, poussé dans ses derniers retranchements. Oui, aujourd'hui, vous avez le pouvoir de m'anéantir. Mais la vérité triomphera un jour. Soyez-en convaincu !

– Vous voici à nouveau bien sûr de vous, de Longchamps ! Je ne cesse de vous contredire et pourtant, cette fois, je suis d'accord avec vous. La vérité l'emportera. Le problème est que la vérité en laquelle je crois n'est pas la même que celle à laquelle vous vous raccrochez.

– Il n'y a qu'une Vérité, Fondry. Et elle ne commence pas par « la fin justifie les moyens ».

– Que savez-vous donc des êtres humains et de la manière dont ils gèrent le monde qui les a vus naître ? Ce ne sont pas les beaux sentiments qui font avancer l'histoire !

– Si c'est sur la manière de détourner une situation à son profit, je pense en effet que vous avez beaucoup à m'apprendre…

– Vous êtes vraiment prisonnier de vos idées toutes faites ! Qui êtes-vous pour porter un tel jugement sur moi ? Que connaissez-vous de mes vraies motivations ? Les individus tels que vous appartiennent au passé, de Longchamps. Moi, je suis de ceux qui fondent la civilisation de demain !

Ulysse se rembrunit malgré lui, dépassé qu'il est par la désintégration de ses points de repère. Il garde longtemps le silence, fuyant le regard du chef de chantier.

– Je vois bien que tout est contre moi. Je ne sais plus que penser…, parvient-il à articuler en fixant le plancher. Mais pourquoi ne vous êtes-vous pas tout simplement ouvert à moi, le jour où nous nous sommes rencontrés pour la première fois ? Sans doute me serais-je rallié progressivement à vos arguments !

– N'oubliez pas qu'on vous savait proche du roi Guillaume. Votre avis sur l'avancement du canal était déterminant pour la suite des événements. Imaginez que vous ayez reçu pour royale consigne de favoriser coûte que coûte le maintien en activité des travaux du canal, jusqu'au jour où le souverain des Pays-Bas reviendrait à la tête de son armée reconquérir la Belgique et le Grand-Duché... Il vous aurait été facile de convaincre les administrateurs de la Société du Luxembourg de m'écarter du chantier pour sédition.

– Détrompez-vous : je n'ai jamais reçu une telle injonction.

– Cela, je l'ignorais alors. Voyant votre indécision, nous avons été contraints de vous « forcer la main » en simulant deux sabotages. Il fallait vous mettre au pied du mur, vous et les responsables de la société !

– En somme, ma mission est devenue impossible à remplir ! Ou bien j'établis un rapport favorable à la poursuite du chantier et je vais à l'encontre des intérêts de mon pays en favorisant ceux d'un souverain ennemi, tant qu'il s'accroche à ses actions, ou je choisis de fermer les yeux sur vos agissements criminels et de prendre le parti de la raison, au plus grand bénéfice de quelques investisseurs malhonnêtes... Or, ma nature m'interdit de privilégier tant l'une que l'autre de ces attitudes. Je n'ai aucune alternative. Que celle de me soumettre à votre chantage et de rentrer, contraint et forcé, dans le scénario que vous me proposez...

La reddition a l'air acquise, la cause entendue. Pourtant Ulysse se contente d'exprimer à haute voix le constat – navrant – qu'il dresse de sa situation. Il est bien trop désemparé pour s'engager réellement à travers son propos. Mais Fondry n'a, pour une fois, pas saisi la nuance. Le croyant enfin ramené à la raison, il se laisse aller à plus de complaisance. Il range son arme dans sa ceinture, au vu de son interlocuteur qu'il sait avoir désarçonné. Puis il sort d'une armoire deux verres de cristal, avec un carafon de cognac.

– Allons, de Longchamps, faisons la paix. Je regrette sincèrement d'avoir eu à vous bousculer de la sorte. Trinquons, si vous le voulez bien. Aux imprévus de l'histoire et au progrès !

Pour Ulysse, la chose est claire à présent. Il a tout à gagner en acceptant la proposition qui lui est faite. Ne fût-ce que pour avoir le temps de faire le point. Quel idiot il avait été de recevoir l'émissaire de Guillaume d'Orange juste avant son départ ! Il s'était mis totalement à la merci de ces intrigants. Si l'affaire s'ébruitait, il pouvait sans hésiter faire une croix sur sa carrière à la Société générale. Encore fallait-il évidemment que Fondry puisse prouver ce comportement ambigu... Mais au fait, comment le chef de chantier en avait-il été informé ? Il lui fallait tenter de reconstituer l'articulation des événements entre eux.

En tendant son verre de brandy à Ulysse, Fondry ne peut s'empêcher de l'interroger, faussement désinvolte :

– Vous pouvez me dire, à présent, qui vous a mis au courant de la préparation du sautage du puits, hier soir ?

– Eh bien, c'est un des ouvriers du chantier, ment Ulysse, pour troubler le jeu. Les allées et venues de Knud et de sa bande aux abords du vieux sondage ont paru suspectes à plus d'un, à une heure où ces hommes n'étaient pas censés être au travail.

– Bon sang, c'est bien ce que je redoutais ! Heureusement que cette explosion n'a pas eu lieu, finalement. D'autant que je ne suis plus contraint d'entraver le cours du chantier pour m'assurer de votre soutien.

– Si c'est un nouvel argument pour m'encourager à prendre votre parti, je puis vous dire que j'y suis sensible, répond Ulysse, esquissant un léger sourire, conscient que Fondry cherche à mettre sa loyauté à l'épreuve. À son tour, il se hasarde à poser une question.

– Il subsiste également quelques zones d'ombre dans ma compréhension des faits… Cet homme en noir, qui me suit depuis La Roche, vous le connaissez, n'est-ce pas ?

– En effet. Mais ce n'est pas moi qui l'ai envoyé sur vos traces : c'est de Bruxelles qu'il est parti.

– Dois-je comprendre qu'un de vos complices l'avait chargé de vous avertir de ma venue ?

– Non seulement de cela, mais aussi de vos accointances avec Guillaume d'Orange ! Nous ne pouvions pas prendre le risque de vous voir plaider la poursuite des travaux à votre retour, lors du conseil général de la société.

– Vous savez qu'il n'a jamais été question d'un tel marché !

– Ce qui explique qu'il n'a rien découvert dans vos effets personnels qui puisse établir votre double jeu. Rien qui permette de vous confondre, en cas de besoin…

Ulysse se remémore avec un certain déplaisir les deux inspections en règle dont ses bagages avaient fait l'objet. Mais déjà, la curiosité le pousse à reprendre le dialogue.

– Ce n'est quand même pas pour obtenir des informations sur ma prétendue collusion avec le roi des Pays-Bas que vous avez organisé cette lamentable mise en scène nocturne à Houffalize ?

– On m'a raconté ce piteux vaudeville, lâche Fondry. J'étais tout à fait opposé à cette manœuvre indigne. Votre poursuivant a agi en cavalier seul, en dépit de toutes mes mises en garde. Il voulait vous faire chanter. Soi-disant pour vous faire renoncer à témoigner à l'encontre de nos plans. En réalité, je me demande s'il n'avait pas en tête de tirer personnellement profit de la situation, sa mission accomplie. Il était prêt à faire mousser l'affaire dans les journaux de la capitale…

– Mais qui donc l'a chargé de m'épier ? Un des responsables de la Société du Luxembourg à Bruxelles ? Comment a-t-il pu apprendre ma visite au château de Duras ?

– Votre curiosité restera insatisfaite, de Longchamps. Vous n'imaginez quand même pas que je vais étaler devant vous tout le réseau mis en place autour de notre projet ! Et ce n'est pas cet « homme en noir », comme vous l'appelez, qui vous aidera à remonter la piste : votre acolyte l'a définitivement allongé sur le sol. Dieu ait son âme...

– Quoi ? Deckers l'aurait tué...?

– C'est donc bien Deckers qu'il s'appelle, ce mêletout... C'est un ancien soldat, n'est-ce pas ? On voit qu'il sait y faire : il lui a proprement éclaté la tête sur une arête de rocher. Notez, il pourra toujours s'en sortir en arguant de la légitime défense. Mais personne ne portera plainte, rassurez-vous.

Ulysse est effaré d'apprendre cette nouvelle. Il se remémore le moment où il s'est fait surprendre et imagine l'empoignade qui a dû opposer les deux hommes : l'obscurité, le coup de poing, la culbute en arrière, les pierres tranchantes entre les ronces...

– Si vous êtes au courant de ce tragique affrontement, c'est que l'homme en noir n'était pas seul ! Je suppose que vous avez fini par vous emparer également de Deckers ?

– Non sans mal, pour être franc.

– Vous l'avez mis sous clé quelque part, n'est-ce pas ?

– Et je ne suis pas pressé de rendre la liberté à cet excité !

Dans quelle aventure Ulysse a-t-il entraîné son ancien compagnon d'armes ? Et ce fourbe homme de main – aussi pourri qu'il ait été –, méritait-il un tel châtiment ? Il s'en veut, au plus profond de lui... Ulysse réalise brusquement que cette fripouille n'était pas parvenue à recueillir de preuve de sa prétendue compromission avec Guillaume Ier. Comment Fondry pourrait-il dès lors le faire accuser de corruption ? Il ne disposait d'aucune pièce à conviction pour le confondre ! Avec un peu de chance, l'homme en noir était justement celui qui l'avait surpris avec l'émissaire du roi dans les jardins du château de Duras. Celui qui avait imaginé l'existence d'une mission secrète, à défaut d'avoir pu réellement capter leurs propos. D'où l'acharnement du personnage à étayer son hypothèse avec d'autres indices concrets. Puis à multiplier les coups bas pour le coincer, lui. Or ce témoin sans scrupule venait précisément de disparaître... Comme Ulysse ne reprendrait évidemment aucun contact avec le souverain des Pays-Bas, il ne courrait plus grand danger de ce côté. Cette perspective lui rend d'un coup un sursaut d'assurance.

– Fondry, pensez-vous sérieusement que Guillaume d'Orange soit capable de reprendre le pouvoir en Belgique ? improvise-t-il pour distraire son interlocuteur.

– J'étais un de ses partisans les plus convaincus, jusqu'il y a quelques mois. Mais je crains que la tournure des accords internationaux ne compromette définitivement un tel retour en force. Si les Belges se trouvent un roi digne de ce nom, il sera vraiment trop tard.

Soudain, un violent tumulte se fait entendre dans la cour du château. Des cris parviennent à la fenêtre.

– Monsieur Fondry, monsieur Fondry ! Nous avons capturé le voleur de poudre... Affolé, le majordome fait alors irruption dans la pièce en bredouillant, laissant à peine le temps au chef de chantier de dissimuler son pistolet sous un pli de son habit.

– Monsieur, ce sont les ouvriers du souterrain... Ils arrivent avec un homme ligoté. Un certain « Knud », si j'ai bien compris. Ils disent qu'ils l'ont surpris dans l'entrepôt à dérober du cordeau porte-feu. Ils ont trouvé une somme d'argent importante sous sa paillasse, ainsi qu'un pistolet. Puis-je leur annoncer que vous descendez ?

Profitant d'un instant de trouble chez Fondry, Ulysse bondit sur l'ingénieur et le fait rouler sur le sol. Saisissant en un éclair le pied d'une lampe, il l'assomme d'un coup, sous le regard effaré du domestique, trop estomaqué pour intervenir. S'emparant de l'arme de son protagoniste, Ulysse descend quatre à quatre vers la cour. Il y reconnaît l'artificier de la veille, placé sous bonne garde entre deux contremaîtres.

– On veut voir monsieur Fondry ! lancent les ouvriers, surpris de se retrouver face à cet inconnu qui rôde depuis quelques jours autour d'eux.

– Euh... monsieur Fondry est parti à Houffalize, improvise Ulysse.

– On l'a trouvé ! crie une voix.

– Ouais, on sait qui c'est, le voleur d'explosifs !

– C'est trop important. Il faut qu'on voie m'sieu Fondry !

– C'est pas vrai, bande de lavements, s'écrie alors Knud. Puisque je vous dis que c'est Fondry lui-même qui m'a chargé de vérifier la réserve de mèches !

– Vous avez raison, cette histoire regarde monsieur Fondry, reprend Ulysse, jugeant sage de taire sa découverte pour l'instant. Avisant un des gardes du dépôt :

– Allez chercher les gendarmes ! En attendant, emmenez cet individu dans la cave et maintenez-le sous bonne garde. J'en profiterai pour l'interroger.

Les travailleurs ne savent quelle attitude adopter devant Ulysse qui parle avec l'autorité d'un responsable. Avec son costume en piètre état, son visage non rasé et ses bottes couvertes de boue, il suscite davantage leur méfiance qu'il ne les convainc de garder le calme. « Si Fondry reprenait connaissance maintenant, c'est lui qui me ferait mettre sous clé en racontant à ses hommes n'importe quelle histoire à mon sujet » réalise-t-il soudain.

– Mais qui êtes-vous, pour décider tout comme ça ? lance un des contremaîtres.

– Nous n'avons d'ordres à recevoir que de monsieur Fondry ! rétorque un autre.

– Écoutez ! s'exclame alors Ulysse, frappant du poing la porte d'entrée, je m'appelle Ulysse de Longchamps. Je viens de la part des promoteurs du canal, à Bruxelles, pour vérifier où en sont vos travaux ! J'ai le pouvoir de faire fermer ce chantier du jour au lendemain et de vous renvoyer chez vous si tout ne rentre pas rapidement dans l'ordre. Alors, tant qu'Edgar Fondry ne sera pas rentré au château, vous allez faire exactement ce que je vous dis, c'est clair ? Enfermez cet homme une fois pour toutes et retournez à Bernistap : il y a assez de boulot pour le moment !

Impressionnés, les ouvriers obtempèrent, de mauvaise grâce. « Première manche gagnée » soupire Ulysse. Il n'a plus qu'une crainte : celle de voir arriver Fondry. Il faut qu'il remonte de toute urgence dans son bureau le mettre hors d'état de nuire. Mais voici qu'apparaît le majordome du château, blanc comme un linge.

– Monsieur, je dois vous dire… Monsieur le chef de chantier a disparu !

Ulysse se met à blêmir. « L'imbécile ! Crier ça sur tous les toits ! J'espère que personne ne l'a entendu ! » Les contremaîtres, qui déjà s'éloignaient, se sont arrêtés, interloqués : ils pensaient que Fondry était en ville.

– Cet homme n'est qu'un menteur de la pire espèce ! hurle alors Knud. Vous voyez bien qu'il raconte n'importe quoi. Entrez donc, trouvez Fondry : vous verrez comment il confondra cet imposteur…

– Knud a raison. Allons voir Fondry !

Et les deux contremaîtres de s'élancer dans les escaliers, à la recherche de leur chef. Lorsqu'Ulysse arrive à son tour dans le bureau, l'oiseau s'est bien envolé. Tant mieux, dans un sens : il aurait été bien mal pris vis-à-vis des ouvriers. Mais sa rage intérieure n'en est que plus grande. « Je n'aurais jamais dû l'abandonner ainsi sans l'attacher, fulmine-t-il. Ah ! si nous n'avions pas perdu tant de temps à parlementer, là en bas... Comment savoir par où il s'est enfui, à présent ? »

Ulysse, fébrilement, refait le tour des armoires du chef de chantier, pour être sûr qu'il est impossible de s'y cacher. Soudain, une voix derrière lui le fait sursauter.

– Ne vous en faites pas, m'sieu !

Quel est ce travailleur qu'il ne connaît pas, à l'entrée du bureau ?

– Je sais que vous n'êtes pas un menteur, reprend le nouveau venu. Je m'appelle Roger. Annabelle m'a plusieurs fois parlé de vous...

– Heureux de faire votre connaissance, mon ami. Mais venez vite avec moi : je dois absolument retrouver Fondry ! Attrapons le majordome et fouillons ce château de fond en comble. Peut-être est-il encore dissimulé dans un coin...

– Je veux bien vous aider, m'sieu, mais pourquoi le chef de chantier se cacherait-il ?

– C'est une longue histoire !... Disons, pour faire court, qu'il ne tient pas du tout à rencontrer les gendarmes ! À son tour, le majordome reste incrédule devant la requête d'Ulysse. Comment comprendrait-il ce renversement de situation ? Il faut pourtant que ce pingouin coopère un minimum, sans poser de question !

– Dites-moi au moins s'il existe un passage secret dans l'épaisseur d'un mur ou derrière un lambris ! s'énerve Ulysse.

– Non, monsieur. Je ne pense pas. D'ailleurs, si une telle cachette avait jamais été aménagée ici, il n'y a que messieurs De Puydt et Fondry qui en connaîtraient l'emplacement. Ulysse et son nouvel aide de camp plantent là ce pète-sec de majordome et entreprennent seuls la fouille du château.

– Vous pouvez aller au diable. Je ne vous dirai rien !
s'écrie Knud en se débattant dans les liens qui le retiennent prisonnier.

– Réfléchissez donc, espèce d'entêté ! Puisque je vous
dis que Fondry est passé à table. Il vous a balancé, comprenez-vous ? Tout ce que vous pourriez entreprendre à
présent ne fera qu'aggraver votre cas ! lui rétorque Ulysse,
non sans avoir vérifié qu'ils étaient bien seuls.

– C'est vous qui avez tout fait foirer ! Ah, je vous le
promets : je ne vous raterai pas si je vous surprends encore à trifouiller dans nos affaires !

– Calmez-vous donc, tête de nœud ! J'en sais assez sur
votre compte pour vous envoyer toute votre vie dans les
galères. C'est cela que vous voulez ? Tout ce que je vous
demande, c'est de me dire où se trouve Deckers, l'homme
qui m'accompagnait hier soir lorsqu'on vous a surpris...

– Et pourquoi est-ce que je ferais ça pour vous ? Ce
type n'a que ce qu'il mérite. Envoyez-moi donc dans les
galères ! Qu'au moins je quitte ce pays de merde...

– C'est en taule que vous irez, Knud. Il y a longtemps
qu'il n'y a plus de galériens. Les prisons d'aujourd'hui
sont des cachots sombres et puants où s'entassent tous les
rebuts de la société. Vous ne voulez pas finir vos jours au
bagne à croupir dans une cellule...

– Mais qui êtes-vous, d'abord, pour me faire la leçon ?
Vous ne savez même pas ce que c'est d'avoir faim, bordel ! Vous avez déjà mangé du rat et de la purée de
glands, môssieur le bien renté, dormi dans le fumier pour
ne pas mourir de froid ? Ah, nom de...!

Ulysse est ébranlé par la hargne de son prisonnier. Que
répondre à ce sanglier pris au piège ? Il est des injustices
qu'aucun discours ne pourra jamais réparer, des tragédies
qui sont incrustées à jamais dans les plis du destin...

– Je ne suis pas ici pour vous juger, Knud. Ni pour me
lamenter sur la misère qui s'est acharnée contre ce pays.
Je vous propose un marché : vous m'indiquez où est caché

Deckers et j'interviens en votre faveur au procès. Vous avez ma parole.

L'artificier s'apprête à renvoyer Ulysse dans les roses. Il prend une profonde inspiration, redresse la tête avec fierté... puis, brusquement, se relâche dans un soupir.

– Je ne peux pas croire que Fondry a craché le morceau. Ce sont toujours les mêmes qui se brûlent à tirer les marrons du feu... Vous voulez savoir où se trouve votre homme de main ? Eh bien, soit : il est enfermé dans la cave à charbon de Bernistap.

– Toujours en vie ?

– On l'a juste un peu rossé...

Voilà qu'on frappe à la porte de l'écurie.

– Je peux entrer, m'sieu de Longchamps ?

– Qui est là ?

– C'est moi, Roger. Vous vous souvenez ? J'ai quelque chose à vous montrer ! Et l'ouvrier de faire irruption dans la pièce, les bras chargés.

– Regardez : voici la bourse qu'on a retrouvée sous sa paillasse, avec le cordeau porte-feu et ce pistolet...

Ulysse ne peut retenir une exclamation en apercevant l'arme à feu. C'est un « Prélat », quasi identique au sien. Le doute n'est plus permis lorsqu'il le saisit en main : c'est bien son blason qui orne la crosse ! Comment diantre ce pistolet a-t-il abouti sous le matelas de Knud ? L'artificier est loin de se douter que l'arme dissimulée dans son barda était celle d'Ulysse... Ce qu'il sait, en revanche, c'est que c'est avec son pommeau qu'il l'a assommé la veille, près du trou.

– Ne me dites pas que c'est Joseph Vonnesche qui vous a donné ce pistolet ! s'écrie Ulysse.

– Jamais entendu ce nom-là.

– Vous avez volé cette arme ?

– Ce pétard m'appartient depuis plusieurs années !

– Pas ce jeu avec moi, Knud ! C'est à moi que cette arme a été dérobée, il y a une semaine. Cette gerbe d'épis, gravée sur la poignée, c'est l'emblème de ma famille. D'ailleurs, je gage que vous n'êtes jamais parvenu à faire fonctionner ce pistolet ! Alors, vous l'avez volé, oui ou non ?

– *Schweinerei,* va ! C'est le vieux grippe-sou d'Hoffelt... Ce sale hibou qui vient souvent rôder sur le chantier. Mardi soir, je l'ai surpris près du trou, en train de nous épier. Alors je l'ai un peu secoué. Question qu'y ne revienne plus fourrer son nez par là. Il s'est enfui en courant. J'ai retrouvé ce pistolet par terre...

Ulysse est heureux de récupérer son fameux « Prélat », mais plus encore d'apprendre la manière dont Vonnesche en avait été dessaisi. Une jubilation secrète vient assouplir l'expression tendue de son visage.

– Je suppose que vous ne voyez pas d'objection à ce que je reprenne possession de cette arme, n'est-ce pas ? À moins que vous préfériez la conserver en guise de gourdin ? lance-t-il en boutade, palpant des doigts la bosse qui déforme son crâne.

– « Du bâton qu'on tient, souvent on est battu ! » lui réplique l'artificier, avec un rictus revanchard.

Lorsque les deux gendarmes d'Houffalize arrivent enfin, Ulysse a perdu quasi tout espoir de retrouver le chef de chantier. Il a inspecté en vain chacun des réduits du château, de la cave à vin aux combles des tours d'angle.

– Bonjour Messieurs. Bienvenue à Tavigny, déclare Ulysse, dissimulant son agacement : un des deux représentants de l'ordre n'est autre que le grossier personnage qui avait débarqué dans sa chambre à coucher quelques jours auparavant...

– J'espère que vous savez manier la trique : nous pensons avoir mis la main sur un voleur d'explosifs !

Ulysse explique aux gendarmes les circonstances de la capture de Knud, la somme d'argent retrouvée dans ses effets, l'autorisation qu'il avait reçue de pénétrer dans le dépôt, le nom des témoins qui l'avaient vu dérober du cordeau de mise à feu.

Et les gendarmes de conclure à une affaire de trafic de poudre, négociée probablement avec les révolutionnaires luxembourgeois désireux de se pourvoir en munitions. Intentionnellement, Ulysse omet de leur parler du sabotage de la pompe et de la tentative de destruction du souterrain. Tout cela est bien trop compliqué pour figurer dans un procès-verbal.

Knud tempête tant, lorsqu'on le remonte de la cave, que les gendarmes sont obligés de le faire rouler par terre pour le calmer. Le cas est sérieux. C'est à la justice qu'il reviendra de tirer cette affaire au clair, lorsque les différents partis auront été entendus. L'artificier se résigne, contraint et forcé, à suivre les représentants de l'ordre. Mais sitôt sorti du château, il reprend son numéro de cirque, criant à la ronde qu'il s'agit d'une grave méprise et qu'on entendra parler de lui dès que Fondry sera rentré ! Heureusement, la poigne des gendarmes est ferme. Bientôt, les vociférations s'atténuent, pour se noyer enfin dans le lointain.

Sautant dans son cabriolet avec le fiancé d'Annabelle, Ulysse se rend sans plus attendre à la ferme de Bernistap. Il s'agit de retrouver Deckers. Pourvu que Knud n'ait pas menti à son sujet...

– Là... Voilà. J'espère que je ne vous fais pas trop mal. Il faut désinfecter toutes ces plaies avant qu'elles n'enflent. Si au moins vous aviez pu vous nettoyer le visage : y a de la terre prisonnière dans toutes vos croûtes...

Soigneusement, Barbara tamponne d'un chiffon tiède les blessures de cet inconnu qu'elle a trouvé inanimé dans la cave à charbon. Il est tuméfié à l'arcade sourcilière, au menton, ainsi qu'à la clavicule et aux coudes. Avec deux de ses compagnes, elle a pu le hisser jusqu'au premier étage, sur un lit, près d'une cheminée. L'homme a frissonné longtemps avant de reprendre doucement connaissance.

– J'ignore pourquoi vous vous êtes battu. Je ne veux même pas savoir qui vous a enfermé dans cette cave humide. Mais, moi, je vous vois traîner, à moitié défiguré, sous un tas de houille : j'peux pas supporter qu'on laisse mourir quelqu'un comme un rat au fond d'un tuyau ! Tant que vous ne serez pas tout à fait remis sur pied, je ne laisserai personne vous emmener sans sortir mes ongles !

Mais l'homme est trop faible encore pour réagir à tant de sollicitude.

Cela fait plusieurs jours que Barbara est revenue loger à la ferme de Bernistap. Une nouvelle dispute avec le chef de chantier l'avait convaincue de renoncer une fois pour toutes à la médiocre liaison qu'elle entretenait avec lui. Sa question sur la cause du décès de son ancien amant, Clément Salmon, avait eu le don de mettre Fondry hors de lui ! Elle aurait dû se rendre compte qu'il était de plus en plus crispé ces jours-ci... Mais comment aurait-elle pu deviner, la pauvre Libellule, que sa question tombait au plus mal ? Elle ignorait complètement que les contremaîtres du souterrain avaient entrepris de mener leur propre enquête sur la mort du géomètre, qu'ils étaient sur le point de forcer en secret sa sépulture pour y trouver un indice ! Fondry avait été cassant, odieux envers elle, comme s'il lui reprochait d'avoir été de mèche avec les conspirateurs. Comme s'il n'avait jamais éprouvé le moindre sentiment pour elle. Barbara était partie du château sans se retourner, blessée dans son cœur et dans son âme, mais la tête haute.

Dans la chambrette de la ferme, les cantinières accourent les unes après les autres, pépiantes de curiosité, malgré les efforts de Libellule pour garder la discrétion sur sa découverte. Toutes, elle les met à la porte, après s'être assurée qu'aucune ne connaissait l'inconnu.

– On vous a salement arrangé, dites donc ! confie-t-elle à son mystérieux blessé en espérant lui arracher un mot. Lentement, elle humecte ses plaies avec le jus d'une gousse d'ail, pour combattre les miasmes. Elle décide de déboutonner la chemise de son protégé, pour mieux désinfecter la coupure sur sa clavicule. Le geste est heureux, car son sternum aussi est fort gonflé. Sans doute s'est-il brisé une côte au cours de la bagarre. Car c'est sûrement ce qui s'était passé : ses poings en sont encore tout écorchés. Il faudra qu'il reste sagement allongé durant quelques jours... « Tant mieux, songe-t-elle. C'est pas souvent qu'on peut avoir pour soi un homme à panser et à choyer !»

C'est vrai qu'il a belle allure, le sergent Deckers, entre les mains expertes de Barbara et de ses compagnes. Son torse puissant et son visage d'aventurier ne sont pas passés inaperçus. Ses jambes non plus, à dire vrai... Il fallait bien qu'on lui ôte son pantalon pour être sûr de ne négliger aucune plaie !

– Rassurez-moi : vous allez retrouver la parole *rapido*, n'est-ce pas ? plaisante-t-elle en appliquant sur les plaies un cataplasme de feuilles de chou.

C'est au moment où elle présente au blessé une infusion de thym, baptisée d'un peu de *péket*, que le sergent semble revenir à lui. Voici qu'il se cabre, plissant les sourcils de douleur.

– Où suis-je ? Qui êtes-vous ?... Il faut d'urgence prévenir le chef de chantier : nous avons démasqué les saboteurs !

Puis il retombe lourdement sur sa couche, trop contusionné pour pouvoir rester assis. Doucement, Barbara éponge son front, aussi rassurante que possible.

– Monsieur Fondry doit passer ici fin d'après-midi. Je lui demanderai de venir vous voir. Pour l'instant, reposez-vous. Vous êtes ici en sécurité, sous la protection de l'intendant du chantier.

– Et le lieutenant de Longchamps ? Que lui est-il arrivé ? trouve-t-il encore la force d'articuler. Mais Libellule le contraint encore une fois à garder le calme, persuadée qu'il est fiévreux. Tout à coup, des bruits de bottes se font entendre dans l'escalier. Faut-il cacher le blessé sous une couverture ? Trop tard. Deux hommes pénètrent, d'un pas décidé, dans la chambrette. Ulysse et Roger !

– Deckers ! Je ne peux pas croire que vous vous soyez fait malmener à ce point pour moi... Je m'en veux tant de vous avoir mêlé à toute cette histoire !

– Ne vous en faites pas, mon lieutenant : vous voyez que je suis en de bonnes mains, répond-il en faisant un clin d'œil discret à Barbara.

– Comment vous sentez-vous ? Vous avez dû en voir de toutes les couleurs... J'ai appris que vous aviez allongé au tapis le sale type qui me traquait depuis Bruxelles. Vous avez sacrément gardé la main, dites donc ! Que Dieu vous pardonne... Vous pouvez vous reposer, à présent. Tout est à nouveau sous contrôle. Grâce à vous !

Impressionnée par le discours, Libellule ne sait plus très bien qui regarder : d'un côté cet homme sale et mal rasé à qui on parle comme à un chef, de l'autre son valeureux blessé, impliqué en héros dans une affaire de sabotage... Elle aura tout le temps d'y voir plus clair, puisque personne ne semble vouloir soustraire le plus mal en point à ses soins.

Cette nuit-là, Ulysse s'est contenté de demander à Roger, son nouvel homme de confiance, de surveiller les abords du puits. Pour le cas où l'on tenterait de récupérer le contenu des barils de poudre volés. Demain soir, il ferait le nécessaire pour qu'on extraie du sol ces dangereux explosifs, dans le plus grand secret.

« Je crois qu'il vaut mieux étouffer toute cette affaire » pense-t-il en s'endormant sur un des divans du château de Tavigny. Avec les incertitudes qui planent encore sur le devenir du Luxembourg, ce serait allumer un brandon au milieu d'un dépôt de munitions que de dévoiler en haut lieu la teneur du complot qu'il vient de déjouer. Possède-t-il d'ailleurs assez d'éléments pour reconstituer toute la stratégie de Fondry ? Jamais ses déductions ne lui permettront de démasquer ses complices, à Bruxelles, ceux qui tirent les fils de loin...

Il trouvera bien une explication pour justifier la disparition du chef de chantier aux yeux des contremaîtres : un voyage d'affaires imprévu en Angleterre, par exemple. Celui-ci ne manquerait d'ailleurs pas de donner des nouvelles d'ici quelques jours. C'était lui, Ulysse de Longchamps, que Fondry avait désigné pour diriger provisoirement les travaux du souterrain, en attendant le retour de Rémi De Puydt.

« Pourvu que le capitaine ne tarde pas trop » s'inquiète-t-il avant de trouver enfin le sommeil.

ÉCARTÈLEMENT

Le courrier envoyé par Ulysse était arrivé à Arlon en un temps record. Rémi De Puydt, sitôt averti, s'était montré à son tour presque aussi prompt pour rentrer à Tavigny. Trois jours à peine s'étaient écoulés depuis la fuite de Fondry et, déjà, le cheval du capitaine hennissait dans la cour du château.

« Peut-être les termes du message étaient-ils trop alarmants » se dit Ulysse, qui était parvenu à reprendre la situation en main plus rapidement que prévu. « J'aurais sans doute pu tenir quelques jours de plus, à présent... »

L'arrestation de Knud avait, sans surprise, suscité quelque émoi auprès des travailleurs, mais l'agitation était fortement retombée en fin de journée. Trop d'ouvriers avaient quitté leur poste pour que les sautages du soir aient pu être effectués normalement ; ils avaient simplement été reportés au lendemain midi.

Profitant du changement de pause, Ulysse avait fait réunir tout le personnel de la société, près des baraquements. En quelques mots, réconfortants, il avait rappelé à l'assemblée que les travaux du canal s'inscrivaient dans un contexte difficile : il y aurait encore des tensions à craindre tant que la situation politique du Luxembourg ne serait pas stabilisée. Il s'était montré discret sur les incidents survenus en début de semaine, sans pour autant nier leur importance, et avait encouragé les ouvriers à persévérer avec conviction dans leur travail de pionniers :

– Il y aura encore des mauvaises surprises, c'est sûr, mais nous montrerons à tous qu'il en faut plus pour démonter de vrais Ardennais !...

Quant à la disparition des explosifs, il avait minimisé l'événement en expliquant que l'appât du gain avait poussé Knud à se livrer à un dangereux trafic avec les indépendantistes du Grand-Duché. On avait d'ailleurs déjà retrouvé la trace des barils volés : bientôt ceux-ci regagneraient le dépôt qu'ils n'auraient jamais dû quitter.

La vie avait fini par reprendre un cours presque normal à Buret, même si le zèle manifesté par les ouvriers était un peu artificiel. Ulysse n'avait eu que quelques problèmes d'intendance à régler en attendant le retour de l'« ingénieur » de la société. Ce matin, il avait même eu la surprise d'apprendre que la pompe du troisième puits avait pu être remise en état de marche.

– Ainsi donc ce cachottier nous a quittés sans même me laisser un message ! s'écrie De Puydt à la vue d'Ulysse, au beau milieu des escaliers. Heureusement que vous étiez encore dans les parages... Au fond, Fondry n'était plus trop à son affaire depuis quelque temps, réfléchit-il en ôtant ses gants. J'aurais dû me douter qu'il cherchait du travail ailleurs. Mais au fait, racontez-moi : qu'est-ce que c'est que cette histoire de disparition de poudre ? Votre billet signalait l'arrestation d'un ouvrier ?

Plutôt que de dévoiler brutalement la machination imaginée par Fondry, Ulysse tente d'amener le capitaine à découvrir lui-même la vérité. Il entre en matière par le sabotage de la pompe, sans en dramatiser les conséquences. Puis il lui glisse sous les yeux quelques documents de l'ancien chef de chantier, relatifs à son intérêt pour le rail. C'est au moment où Ulysse dévoile l'endroit où avaient été retrouvés les explosifs volés que De Puydt saisit avec désarroi le vrai mobile des faits.

– Et tout ceci se produit justement quand je suis absent du chantier ! lance-t-il en frappant du poing son bureau. Mais, bien vite, le capitaine se reprend : un homme de son rang maîtrise ses accès de colère. Lentement, il gagne la fenêtre, tout entier drapé de silence. À voir la manière équivoque dont il détourne le regard, Ulysse pressent qu'il en sait probablement plus sur cette affaire que ce qu'il ne veut en dire. Sans doute préfère-t-il garder le secret sur certaines informations en sa possession. Ne fût-ce que par respect pour l'amitié qu'il porte à son ancien adjoint. À moins qu'il ne craigne qu'Ulysse – et, à travers lui, toute la Société générale – ne mette en cause sa capacité à anticiper efficacement les développements du projet...

– Vous vous êtes beaucoup investi dans cette aventure, mon capitaine...

– C'est toute ma vie, de Longchamps..., répond-il en scrutant le reflet de son visage sur le carreau. Le temps d'un soupir, d'un long coup de vent dans les peupliers sur l'autre versant de la vallée.

– C'*était* toute ma vie... À présent, je suis écartelé, vous comprenez ?

Ulysse devine le duel intérieur qui, à cet instant même, déchire l'ingénieur de la Société du Luxembourg. On ne peut se voiler les yeux éternellement. Sabotage ou pas, la survie de l'entreprise est réellement en jeu, à ce stade. Tout homme sensé ferait immédiatement marche arrière... Dire que De Puydt est à moins de deux ans de finaliser son incroyable projet ! Lentement, le doute l'assaille, ébranlant ses certitudes les plus fondées, sapant à la base la savante construction. L'édifice, pierre par pierre, se désagrège, sous le regard impuissant de son architecte. Déjà, les échafaudages de Bernistap, de Clervaux et de La Roche chancellent, fauchés par l'inconstance des choses humaines. Comme les rivières tumultueuses du printemps noient leurs berges sous des tourbillons de boue, ainsi les flots furieux engloutissent petit à petit barrages et écluses, ponts et chemins de halage. À son tour, l'invraisemblable chantier du souterrain disparaît dans l'écume fumante. Bientôt il ne restera plus dans le cœur de Rémi De Puydt que quelques madriers flottant à la surface de l'onde, radeaux d'illusions emportées par la vague aveugle du destin...

Déjà le militaire se ressaisit, bombant le torse. Non, tout n'est pas perdu ! Il reste encore des raisons d'espérer. Il faut résister jusqu'au bout, faire face à l'adversité. Tant pis si les autres perdent pied à ses côtés. Il se retourne vers Ulysse, cherchant sur son visage un signe d'encouragement.

Mais Ulysse reste impassible, ballotté qu'il est lui-même au plus fort du courant, tiraillé entre audace et sagesse, entre conviction et appréhension.

– Mon capitaine, vous savez qu'il me faut rédiger un rapport critique à l'attention des administrateurs de la Société générale. Souhaitez-vous y adjoindre un commentaire de votre main ?

– Quoi ? Un plaidoyer de la dernière chance ? Non, de Longchamps. C'est à vous qu'il revient de clôturer cette mission.

– Cela fait plus de quinze jours que j'ausculte les rives de l'Ourthe, jusqu'au tréfonds de ses boyaux. J'ai pu mesurer l'ampleur du travail accompli, tous les capitaux, les espoirs en jeu. Les faiblesses de l'entreprise, les maux dont elle souffre m'apparaissent aussi de plus en plus clairement. Il subsiste, autour du projet, tant d'incertitudes, tant d'éléments imprévisibles, qu'il m'est impossible d'évaluer ses vraies chances de survie...

– Et vous attendez de moi que je vous apporte une solution sur un plateau d'argent ? tonne alors De Puydt. Vous savez à quel point j'ai mis de ma personne dans ce canal, toutes les nuits blanches que j'ai passées sur les plans, les calculs à effectuer... Vous voudriez aujourd'hui que je me place en arbitre de sa destinée ? Non, de

Longchamps ! Plongez la tête sous l'eau froide et prenez une décision, une fois pour toutes. Et par pitié, n'ayez pas peur de regarder la réalité en face ! J'ai peut-être commis une erreur en sous-estimant la tâche à accomplir, mais vous en commettriez une autre en refusant de prendre vos responsabilités. Partez des objectifs de départ, des attentes des acteurs concernés et confrontez-les avec les données dont vous disposez, puis tirez-en les conclusions qui s'imposent. Objectivement. Froidement. Et sans sentimentalisme, de Longchamps ! Je vous connais...

– Alors, je crois que le canal a peu de chances de jamais rejoindre la Moselle dans les délais impartis. S'acharner serait irresponsable.

– Soit, si c'est votre lecture de la situation, exprimez-la en ces termes.

– Je croyais que vous étiez plus décidé que jamais à défendre le projet ?

– Personne n'est à l'abri d'un revirement du destin, de Longchamps. Qui aurait pu prédire que le Grand-Duché allait un jour se retrouver à la merci des Prussiens ?

– Vous aviez l'air tellement confiant il y a une semaine, mon capitaine...

– Oubliez donc mes galons pour un instant. Êtes-vous vraiment capable de prendre du recul, de projeter votre regard vers l'horizon, sans vous laisser distraire par les premiers plans ?

– Je le pensais jusqu'à aujourd'hui... Mais vous avez raison : il est difficile de lâcher les certitudes que l'on croit tenir, quand elles sont à portée de la main.

– Aucun stratège ne travaille sur des cartes de petite échelle !... Je vais vous faire une confidence, de Longchamps : je pense que l'avenir pourrait bien donner raison à Fondry !

– À Fondry, ce pirate ? Vous... Vous semblez ignorer un certain nombre de choses sur son compte, mon capitaine !

– Dois-je ôter mon uniforme pour que vous me parliez d'homme à homme ? Ne me prenez pas pour un demeuré. Je n'ai pas mes yeux en poche, quoi que vous en pensiez. Je connais Edgar Fondry depuis des années : c'est un fin pisteur. Son intuition l'a rarement trompé. Il ne croit qu'au progrès et à l'avenir de l'industrie, libre, affranchi de nos servitudes. Tourné vers le futur, avec sa foi en l'homme. Aucun régime n'est un obstacle pour les individus de sa trempe. Il n'était avec nous que pour mieux préparer son projet suivant. Cela fait plusieurs semaines que j'attendais son départ. On ne retient pas un bon nageur dans un navire qui coule...

– Vous y croyez, vous, à son « chemin de fer » ?

– C'est encore bien plus révolutionnaire que ce souterrain sous les Ardennes, de Longchamps ! Il est temps que vous sortiez de vos vieux manuels : profitez de ces documents qu'il a oublié d'emporter... Nous avons raté ce rendez-vous avec l'histoire ; Fondry nous montre comment ne pas passer à côté du suivant !

– Je ne puis croire que vous en arriviez à vanter la clairvoyance de celui qui s'apprêtait à réduire à néant votre propre rêve...

– J'ai joué, j'ai perdu. Il faut aussi savoir perdre avec dignité, dans la vie. Il y a ceux qui anticipent et ceux qui tentent de s'adapter aux circonstances une fois que celles-ci s'imposent à eux. La guerre m'a appris que ce sont les premiers qui ont le plus de chance de s'en tirer. Regardez vers le futur ! Apprenez à sentir d'où vient le vent.

– Et tous ces ouvriers qui travaillent ici, mon capitaine ? Tous ces paysans dans la misère... Que vont-ils devenir si le chantier doit fermer ses portes ? Pensez à tous les espoirs placés dans ce canal, à la prospérité qu'il doit amener dans ces contrées. Je suis si déchiré...

– Croyez-vous être le seul sur la terre qui partage son lit avec l'incertitude ? Vous ne ferez jamais un homme d'affaires, de Longchamps. Ni un politicien ! Vous êtes un tendre. Un faible peut-être. Apprenez donc à affronter les paradoxes de l'existence, à garder la tête froide dans les remous de notre condition humaine !

– La peur de faire le mauvais choix me torture depuis plusieurs jours. Elle m'empêche de fermer l'œil... Et si ce canal était quand même réalisable, même partiellement ?

– Ce n'est pas à vous que revient une telle décision, ne l'oubliez pas ! Votre rôle est de faire rapport de la situation à vos supérieurs. Ne prenez donc pas sans cesse tout sur vous !

– Il m'a été demandé de remettre mon avis sur le projet. C'est une lourde responsabilité !

– Vous avez du cœur, de Longchamps, mais votre idéal est déplacé. Ce n'est pas vous qui déciderez du sort du canal de Meuse & Moselle. Ni même les administrateurs de la Société du Luxembourg ou ces messieurs de la Société générale. L'affaire a échappé à tout le monde, à commencer par le roi Guillaume. Ceux qui ont déjà pris rendez-vous avec le futur, voilà ceux qui décideront pour nous, vous verrez !

– À quoi sert ma visite, alors ?

– Mais, bon sang, arrêtez de vous croire utile ! Savez-vous à quel point ce sentiment est proche de l'orgueil ? S'imaginer être indispensable !

– À vous entendre, tout serait déjà joué ! Je ne puis me résoudre à devenir complice d'un tel gâchis ! s'écrie Ulysse, piqué au vif.

Déjà, il entrouvre la porte, prêt à quitter la pièce. Mais pourquoi De Puydt ne lui répond-il pas, cette fois-ci ? L'ingénieur de la société s'est adossé à la fenêtre, philosophe. Il sait qu'Ulysse ne partira pas. Il reprend la parole, sur un ton beaucoup plus calme, presque paternaliste :

– Allez vous reposer, à présent : vous en avez bien besoin. Quant aux habitants de la vallée, ne vous faites pas trop de soucis pour eux. Cela fait des siècles qu'ils s'accrochent à la vie sans avoir besoin de nous. Vous pouvez faire confiance à la nature humaine.

L'entretien est clos. En trois enjambées, De Puydt disparaît dans le couloir, laissant Ulysse seul face à son dilemme. Sa voix résonne encore sur le palier, lorsqu'il interpelle le domestique :

– Préparez un cheval ! Je pars au chantier. Amenez-moi aussi rapidement de quoi manger.

Un vrai militaire...

– de Longchamps... Mais que faites-vous encore ici ? s'exclame-t-il en revenant chercher les plans dans son bureau.

– Je voulais vous poser une dernière question, mon capitaine, juste avant de reprendre le chemin de Bruxelles. Que savez-vous au juste de la mort de Clément Salmon ?

– Ce jeune géomètre décédé il y a plus ou moins deux ans ?

– Oui, c'est bien cela. A-t-on pu déterminer de quoi il était mort ?

– Je ne sais plus très bien... D'un arrêt cardiaque, je pense, répond l'ingénieur, visiblement surpris par la demande.

– C'est ce qui a circulé alors, mais on ne meurt pas sans raison d'une crise cardiaque à l'âge qu'il avait.

– Peut-être un problème de constitution... Certaines personnes viennent au monde avec un cœur fragile, repartit De Puydt, un rien agacé.

– Dans ce cas, un médecin aurait aisément pu confirmer la chose. Or, j'ai cru comprendre qu'il n'y a pas eu d'autopsie du corps, s'accroche Ulysse.

– Diantre, c'est une véritable enquête que vous menez ! Laissez-moi réfléchir... À la vérité, les circonstances du décès étaient un peu délicates. Croyez-moi, il était préférable de ne pas alerter le médecin légiste. C'était s'exposer à une indésirable descente de la maréchaussée au château...

– Salmon était donc impliqué dans quelque intrigue ?

– Le mot est fort. Disons que la manière dont il est décédé était embarrassante pour nous tous. Mais pourquoi ces questions, de Longchamps ? réplique-t-il, à la lisière du courroux.

– Parce que certains esprits curieux n'ont pas obtenu leurs apaisements sur cette affaire. Les soupçons les plus invraisemblables pèsent sur le dos des dirigeants de la société. C'est du moins ce que j'ai cru comprendre lorsque j'ai interrogé les ouvriers après la capture du voleur de poudre.

– Allons, laissez courir ces ragots. Si vous saviez tous les mauvais procès qu'on nous a déjà intentés !

– Permettez-moi d'insister, capitaine... Ou peut-être ne m'estimez-vous pas digne de confiance ?

Le visage de De Puydt se durcit. Il marque un temps d'arrêt avant de reprendre.

– Eh bien, soit. Vous voulez la vérité : je vais vous la donner. Mais il vous faudra me promettre de n'en rien répéter.

– Soit.

– Comment dire... Salmon avait été, à l'époque, approché par la Loge. C'était un brillant élément, malgré son jeune âge. Il s'était montré ouvert aux valeurs maçonniques et prêt à adhérer au principe du libre examen. Il était sur le point d'être introduit dans les arcanes du mouvement et initié à ses symboles avant de prêter serment. Mais c'était un anticonformiste. Une sorte de franc-tireur. Déjà sur le chantier, il lui était impossible de tenir sa langue. Ce malavisé n'a pu s'empêcher d'émettre des critiques à l'encontre de l'organisation même de sa Loge, qu'il jugeait trop traditionaliste. Les devoirs moraux des « maçons libres » peuvent paraître un peu surannés, j'en conviens, mais ses remarques étaient déplacées. Un soir,

Fondry a dû le faire venir dans son bureau pour le raisonner. Je suppose qu'il lui a offert un verre de fine pour amorcer la discussion. De Puydt feint un certain détachement pour décrire la situation, mais Ulysse peut lire sur son visage qu'il ne s'est encore ouvert de cet incident à personne.

– Peut-être était-il particulièrement sensible à l'alcool… Toujours est-il que Salmon s'est emporté. Au lieu de le calmer, cette semonce n'a eu pour effet que de renforcer son entêtement. Il a agrippé Fondry par le revers de son col en fulminant. Celui-ci l'a repoussé d'un coup sec. Le géomètre a perdu l'équilibre, titubant sous les effets de la boisson. Sa nuque a heurté violemment le coin du canapé. Il ne s'est plus jamais relevé.

– Je comprends que Fondry ait préféré rester discret.

– Surtout à ce moment-là : la société était suffisamment en querelle avec le voisinage pour offrir à ses détracteurs matière à diffamation.

– Vous ne pouviez prendre le risque de mettre vos coreligionnaires en mauvaise posture…

– Pour le jeune homme aussi, et sa famille, il était plus convenable de maquiller cette stupide querelle de boisson. Vous pensez : un jeune clerc, promis à un si bel avenir. La fierté de ses parents… Nous ne pouvions les exposer à un tel déshonneur. L'enterrement a été tout ce qu'il y a de plus solennel.

TROP-PLEIN

Un grand feu crépite dans la cour de la ferme. Ce sont de vrais troncs d'arbres qui en alimentent la flamme. Les visages des ouvriers rassemblés tout autour rougeoient dans la lumière dansante. Des musiciens, hâtivement réunis pour la circonstance, improvisent gavottes, farandoles et autres bourrées populaires. Ici et là, une bombarde dérape sur une fausse note, un tambour roule à contretemps. Heureusement que les fifres tiennent la cadence... Au milieu du groupe, ensorcelante, danse Libellule, en contrejour devant le brasier incandescent. Sa longue robe, légère, s'épanouit en corolle, faisant voleter son tablier de dentelle. C'est la fête, à Bernistap.

– Les hommes sont anxieux, avec toutes ces histoires de sabotage. La disparition de Fondry et l'arrestation de Knud les ont sérieusement ébranlés. Pourquoi n'organiseriez-vous pas une grande kermesse, pour apaiser les esprits ? L'idée était venue de Deckers, encore une fois bien inspiré. Ulysse avait aussitôt pris les dispositions nécessaires et fait annoncer l'événement pour ce lundi soir. Même Rémi De Puydt avait approuvé l'initiative :

– C'est une sage décision, de Longchamps. Rien de tel qu'un peu de musique et de vin pour décrisper l'atmosphère !

Du vin, il y en a, ce soir, dans la grange à gauche de l'entrée. Il fait rosir les joues et miroiter les regards ; il délie les langues et libère les émotions. L'équipe des cantinières a fait des miracles pour préparer un buffet festif à partir des victuailles rationnées de l'intendance. Les hommes ont mis leur chemise blanche, les femmes ont délié leur chevelure. Ici, on joue aux dés, là on se chamaille gentiment. Des couples, déjà, s'égaillent dans les coins sombres. Près des musiciens, Barbara continue à captiver l'assemblée avec ses danses envoûtantes. Bohémienne de circonstance, elle tournoie dans la lueur dorée. Ses pieds nus sur les pavés battent le rythme avec ardeur, en mesure avec les ouvriers qui scandent la mélodie avec entrain. C'est à peine si son corsage parvient à contenir sa généreuse poitrine. Ses hanches aussi se trémoussent, en saccades, faisant onduler sa robe cramoisie. Quelques perles de sueur ruissellent sur son front, s'écoulent le long de sa gorge épanouie. Ulysse est subjugué par le spectacle. « Cette ménade brûlante est tellement attirante... tellement femme ! ». Rejetant sa tête en arrière, cheveux en furie, elle crie. Des gémissements de féline, des feulements sauvages. Sous les applaudissements, elle se grise, s'enivre de danse. Sa transe est contagieuse et, de proche en proche, contamine les fêtards. Ulysse sent aussi monter en lui une irrésistible soif d'étreinte...

Mais c'est le regard d'une autre femme qu'il cherche à capter dans l'assemblée. Celui de la petite soubrette d'Houffalize. Celle-là même qui avait mis tous ses sens en éveil une semaine auparavant. Celle dont un simple baiser l'aurait fait chavirer. « Et si, par miracle, elle était là ce soir ! » se réjouit-il dans l'excitation de la fête. Déjà il sent sur ses lèvres la tiédeur de sa bouche en pulpe de fleur. Son ventre se tend à la rencontre de sa chair, si tendre. Ses mains le démangent de pouvoir la caresser, s'égarer sous sa chemise, se repaître de sa peau satinée...

Mais Sophie n'a rien à faire à Bernistap ce soir. « Décidément, je délire ! » réalise Ulysse. Une claque amicale sur l'épaule le ramène vite à la réalité. C'est Deckers qui a quitté sa chambre, trop frustré de ne pouvoir aussi profiter de la fête.

– Ça vous change des bals de cour, n'est-ce pas ?

– Sacré Deckers, va ! Cela me réjouit de vous voir la mine à nouveau rayonnante. Vous allez me manquer, avec votre goût pour la vie et votre bon sens ardennais !

– Liégeois, mon lieutenant, liégeois. Même si c'est ici que se croisent nos routes... Vous avez déjà fait honneur au vin ?

Entre-temps, la belle danseuse a quitté le coin du feu. De son regard effronté, elle nargue les mâles de l'assemblée, médusés par son numéro de charme.

– Ne m'en voulez pas de vous fausser compagnie, mon lieutenant, mais je dois vous abandonner. Vous comprendrez vite pourquoi...

Se retournant, Deckers s'élance dans la foule, d'un pas décidé, se frayant un chemin entre les fêtards. Qui pourrait croire, à le voir ainsi, qu'il est encore en convalescence ?

Voici qu'il attrape le bras de Barbara, encore étourdie de s'être abandonnée à l'ivresse de la danse. D'une poigne ferme, il attire la jolie femme contre lui et presse par surprise ses lèvres contre les siennes, sans crier gare. Libellule se débat un instant, tente de se dégager de l'étreinte, puis d'un coup, enroule ses bras autour du cou de son ravisseur, lui offrant un baiser passionné, une effusion buccale comme Ulysse n'a jamais pu en imaginer. Son bras valide ceinture avec tant de force le bassin de son impétueuse soignante qu'ils en paraissent soudés. Ainsi unis, abreuvés l'un l'autre du nectar de leurs lèvres humides, leurs corps se sont remis à danser, hanches contre hanches. La foule, d'abord interloquée, s'est écartée en demi-cercle autour des amants, exubérante. Et les sifflements de jaillir, francs et spontanés. Envieux aussi, sûrement...

Ulysse a quitté la fête et s'égare dans la nuit. Cette fois, il n'en peut plus. Trop de choses bouillonnent en lui. À commencer par cette pulsion animale, cet appel de la chair, encore une fois réprimé. Puis cette avalanche d'événements, ces derniers jours, les vexations de Fondry, le poids de ses nouvelles responsabilités, au pied levé, la fatigue du voyage, les sermons philosophes d'un De Puydt désillusionné...

La tête dans les étoiles, il respire à pleins poumons, quitte le chemin, tourne sur lui-même. Voilà qu'il se met à courir, à crier vers la Voie lactée. Est-ce l'excès de vin qui le rend soudain malade ou ce trop-plein d'émotions ? Un vicieux haut-le-cœur s'empare de lui, retors et acide. Ulysse ne peut retenir une gerbe de vomissements. Son barrage intérieur viendrait-il de lâcher brusquement ?

Comme les eaux d'un lac, tout à coup libérées, jaillissent follement vers la vallée, ainsi s'épanchent ses tensions, ses contradictions, ses interrogations. Elles s'élancent, bouillonnantes, vers l'air libre, bousculent tout sur leur passage... Puis l'intensité du courant décroît progressivement, les flots perdent de leur hargne et finissent par s'écouler, fuyants, au ras du sol.

Ulysse, vaseux, rejoint lentement la rivière. Il se rince la bouche, s'asperge le visage d'eau. À tâtons, il s'assied sous un petit saule. Près de lui, l'Ourthe glisse, fraîche et insouciante, murmurant son doux gazouillis. Si elle savait le grand voyage qui l'attend, à travers l'inconnu... Elle se répand dans les anfractuosités de son lit, le long des méandres tracés par le temps, ignorant encore les berges de pierre et les écluses que les hommes ont aménagées pour corseter son cours. Ulysse se prend à envier cette eau innocente. « Elle n'a d'autre choix que de s'abandonner à la pente, en confiance » se dit-il naïvement. Puis il ferme les paupières, emplit ses poumons d'air humide et se laisse enlacer par la nuit fauve.

LA POURSUITE DU VENT

Le jour est souriant, ce matin. Ulysse aussi, tout compte fait, à la perspective de reprendre le chemin de Bruxelles. Il lui a fallu pourtant une bonne heure pour émerger du sommeil, tant son estomac lui paraissait barbouillé, ses tempes plombées. Un petit verre de genièvre s'était montré souverain pour le remettre d'aplomb. Mais comment avait-il regagné Tavigny après s'être écroulé dans l'herbe la nuit passée ?...

Sous la fenêtre de sa chambre s'étend, paisible, le jardin à la française du château, avec ses allées creusées dans l'épaisseur même du rocher et ses parterres géométriques. À travers les carreaux irréguliers, il suit une dernière fois des yeux la route qui s'en va vers Bernistap. Curieusement, il se sent déjà plus léger, comme déchargé à l'avance de sa lourde mission. Peut-être est-il enfin parvenu à prendre distance par rapport à son enquête, à en relativiser davantage l'enjeu. Peut-être est-ce lui qui a changé, finalement...

Ulysse s'en revient sur le chemin d'Houffalize, régler ses comptes à l'auberge, après avoir pris congé de Rémi De Puydt. Dans sa serviette, il emporte quelques notes, quelques croquis, seuls souvenirs tangibles de son expédition luxembourgeoise. Un à un, les visages de ces hommes, de ces femmes qu'il a rencontrés autour du chantier lui reviennent en mémoire, intenses et tragiques.

Bientôt leurs traits s'estomperont, comme ceux d'un dessin à la craie sur un morceau d'ardoise.

Dans sa main, cette lettre que lui a remise le capitaine, juste au moment où le cabriolet s'apprêtait à partir. « Qu'a-t-il bien pu confier au papier qu'il n'ose me dire en face ? » se dit Ulysse, intrigué. Prudemment, il fait sauter le cachet de cire qui retient le pli scellé.

Tavigny, le 21 mai 1831.

Lieutenant de Longchamps,
cher ami,
Je tenais à vous exprimer le plaisir que m'a causé votre visite, même si la gravité des circonstances a quelque peu modéré l'ardeur de nos retrouvailles.

Quoi que j'aie pu vous en dire, sachez que j'ai toute confiance en votre jugement dans l'affaire qui vous a envoyé ici. J'espère qu'au terme de votre voyage, vous serez à même de trancher en toute sérénité, qu'il s'agisse de persévérer dans l'entreprise ou de renoncer à la mener à bien, malgré les efforts importants déjà consentis et les sommes considérables investies dans l'aventure.

Ne vous laissez pas trop impressionner par les délais imposés par l'arrêté royal de création de la Société du Luxembourg. Vu les événements, il doit être possible de convaincre le gouvernement de nous accorder une prolongation officielle. Quitte à abandonner la concession à perpétuité. N'est-ce pas la survie économique de toute une région exsangue qui est ici en jeu ?

Je vous prie tout spécialement de ne pas vous laisser influencer par vos sentiments à l'égard de cette grande œuvre que j'ai trop tendance à considérer comme mienne. En ce qui me concerne, vous devez savoir que de nouveaux défis déjà m'attendent, plus militaires ceux-là.

J'ai retrouvé, dans un cahier, quelques versets bibliques que j'avais recopiés dans une période bousculée de ma vie. Ils sont tirés, je crois, du livre de l'Ecclésiaste. J'éprouve ce soir le besoin de vous les livrer, non pas pour vous édifier – vous connaissez ma position vis-à-vis des pratiques religieuses –, mais pour vous aider à faire la part des choses dans cette situation contrariante que nous traversons :

« Il y a un moment pour tout et un temps pour toute chose sous le ciel.

Un temps pour planter, et un temps pour arracher le plant.

Un temps pour détruire et un temps pour bâtir.

Un temps pour lancer des pierres et un temps pour en ramasser.

Un temps pour la guerre et un temps pour la paix.

Je déteste le travail pour lequel j'ai pris de la peine sous le soleil,

Et que je laisse à mon successeur : qui sait s'il sera sage ou fou ?

Et je vois que tout travail, toute réussite,

N'est que jalousie de l'un pour l'autre :

Cela est vanité et poursuite du vent !

Vanité des vanités, tout est vanité.

Quel profit trouve l'homme à toute la peine qu'il prend sous le soleil ?

Un âge va, un âge vient, mais la terre tient toujours.

Tous les fleuves coulent vers la mer et la mer n'est pas remplie.

Tout s'en va vers un même lieu :

Tout vient de la poussière, tout s'en retourne à la poussière. »

De mon amitié, soyez toujours assuré,
Rémi De Puydt.

– M'sieu de Longchamps, m'sieu de Longchamps, crie tout à coup une petite voix derrière le cabriolet, arrêtez-vous un instant, je vous en prie...

C'est la mignonne Annabelle, qui court à toutes jambes derrière la voiture d'Ulysse.

– Ah, ma petite ! s'écrie ce dernier en arrêtant son cheval. Comme je suis heureux de vous revoir ! Je vous cherche depuis hier soir... Je ne sais comment vous remercier d'avoir pris tant de risques pour me délivrer, l'autre jour...

– Oh m'sieu... murmure-t-elle confuse. C'est mon fiancé qui m'a poussée à venir vous libérer. C'est lui qui a surpris Knud en train de voler la mèche à l'entrepôt ! C'était un vrai tyran pour nous. Roger s'est dit qu'il pouvait prendre sa revanche... Il lui a sauté dans les jambes. Même que ça lui a coûté une sacrée paire de coups de poing dans les côtes ! Mais il a tenu bon.

– J'ai été très heureux de faire sa connaissance, Annabelle. Je crois que c'est un fiancé hors pair que vous avez trouvé ! Heureusement qu'il m'a si courageusement aidé, il y a deux jours, pour extraire du sol tous ces explosifs qui y étaient cachés. Je ne sais pas ce que j'aurais fait sans lui...

– Justement, m'sieu, je voulais vous demander...

– Mais quoi donc ? lui répond Ulysse, le visage interrogatif.

– S'il vous plaît, emmenez-nous avec vous !

– Vous emmener ?...

– Je peux faire la lessive et préparer le pain... Roger s'occupera de votre cheval. On saura se rendre utile, m'sieu, je vous le promets... Y a pas d'avenir pour nous ici.

Ému par cet appel à l'aide, Ulysse commence par sourire à la jeune fille, cherchant une façon de la remercier sans s'engager ainsi, à longue échéance. N'a-t-il pas déjà, chez lui, deux domestiques fort appliqués ? Mais bien vite, il sent qu'il cède. Ses arguments s'envolent comme paille au grand vent. Voilà qu'il tend la main à la cantinière pour l'inviter à monter dans son cabriolet.

– C'est d'accord. Je vous prends tous les deux à l'essai pendant un an. Marché conclu ?

– Oh merci, m'sieu... Je savais que vous alliez dire oui !

– Mais vos parents, ne vont-ils pas penser que je vous enlève ?

– Roger a décidé d'aller voir mon père dimanche. Grâce à vous, il ne sera plus jamais ouvrier. Il saura bien les convaincre de nous fiancer pour de bon !

– Je laisserai un petit mot à l'attention de monsieur De Puydt, pour qu'il vous laisse aller sans difficulté et me renvoie vos carnets de travail. Tenez, voici de quoi vous permettre de prendre la malle-poste jusqu'à Bruxelles, dit-il en plongeant dans sa bourse. Je vais écrire mon adresse sur un morceau de papier, pour que l'on puisse vous renseigner à votre arrivée. Nous vous attendrons, ma femme et moi... Mais pas avant que tout ne soit arrangé avec votre famille, c'est entendu ?

Ulysse a récupéré son bagage à l'auberge et pris congé du tenancier, après lui avoir demandé quelques provisions pour le chemin. Bientôt il aura quitté Houffalize pour de bon. Il lui reste cinq jours pour rentrer à Bruxelles, s'il veut respecter l'engagement pris avec le gouverneur de la Société générale.

Plus question de longer l'Ourthe, cette fois : il n'empruntera plus que les grands chemins, quitte à effectuer quelques détours.

En arrivant à la hauteur des dernières maisons de l'agglomération, Ulysse croit apercevoir, derrière un rideau de fenêtre, le visage de Sophie, la soubrette qui avait, dans sa candeur, assaisonné ses nuits d'émotions si relevées. À peine a-t-il répondu, de loin, à son sourire, qu'en un instant son cœur se saisit : pourra-t-il jamais oublier cette jeune fille et la passion sauvage qu'elle a fait naître en lui ? D'un coup lui reviennent en mémoire tous ces moments intenses et troublants qu'il a vécus en sa compagnie : la mèche éteinte de la lampe à huile, le premier soir ; ce tête-à-tête animé au coin d'une table d'auberge ; la brique chaude au fond des draps ; la cérémonie du bain, écourtée par une bouffée de pudeur trop à-propos ; l'incroyable confusion d'un malentendu, au fond de son lit ; la rencontre douce et cruelle dans la paille du grenier... Ulysse fait claquer les rênes au-dessus de l'encolure de son cheval et s'enfonce dans la forêt. La route sera longue.

« Et si Fondry avait vu juste ? se met-il à penser. Et si le rail devait vraiment révolutionner nos moyens de transport ? John Cockerill... Oui, John Cockerill ! Si un gars de sa trempe se lance dans l'aventure du chemin de fer, alors je suis prêt à me mouiller avec lui ! Pourvu qu'il rentre vite au pays... Voilà ma chance ! »

ÉPILOGUE

La nouvelle tombe quelques jours à peine après le retour d'Ulysse à Bruxelles : le Congrès national vient d'élire le futur roi des Belges, Léopold de Saxe-Cobourg. Couronné en grande pompe le 21 juillet 1831, celui-ci s'empresse de renforcer l'armée et les dispositifs de défense de la jeune monarchie. Il est grand temps : si les Prussiens finissent par renoncer, pour des raisons diplomatiques, à envahir le Luxembourg, Guillaume Ier décide deux semaines plus tard de marcher en force vers Bruxelles pour chasser le nouveau souverain de son trône. La détermination des quatre-vingt mille soldats hollandais est telle que seule l'intervention d'un important contingent de militaires français, appelé dare-dare à la rescousse, sauve la Belgique et sa jeune couronne.

Si la menace d'une invasion germanique est provisoirement écartée, le sort du Grand-Duché restera encore en suspens plusieurs années durant. Le traité des XVIII articles, signé à cette époque et contenant les préliminaires de la paix avec la Hollande, évite en effet d'aborder la « question du Luxembourg » : Guillaume Ier refuse catégoriquement d'envisager l'émancipation de ce territoire. Il faudra attendre 1839 pour qu'une issue diplomatique vienne enfin clarifier la situation : la partie occidentale de l'ancien grand-duché, associée dès les premiers jours au soulèvement révolutionnaire de 1830, est définitivement rattachée à la Belgique, dont elle partageait *de facto* le statut politique depuis neuf ans. En revanche, les communes situées plus à l'est sont restituées à la couronne hollandaise, malgré les protestations de la majorité des habitants. C'est le célèbre traité des XXIV articles. Le Luxembourg mettra encore des années à sortir de son isolement économique. C'est la découverte d'importants gisements de minerai de fer dans le bassin de l'Esch qui déclenchera finalement le développement d'une industrie sidérurgique d'envergure européenne.

Quant à Guillaume Ier, longtemps hostile aux décisions de la Conférence de Londres, il finira, de guerre lasse, par revendre au gouvernement belge les parts qu'il possédait de la Société générale.

Le roi conservera, en dépit des circonstances, beaucoup de contacts avec la famille d'Ulysse, puisqu'à la mort de son épouse, il s'éprendra d'Henriette d'Oultremont, alors dame d'honneur au palais. Cette union lui vaudra le ressentiment de beaucoup de ses compatriotes, qui reprocheront à la nouvelle élue sa foi catholique et ses origines belges. Guillaume préférera l'amour au pouvoir : il abdiquera à l'âge de soixante-huit ans pour épouser Henriette, laissant à son fils Guillaume II le trône des Pays-Bas et la couronne grand-ducale.

Déjà compromis à l'époque de la visite d'Ulysse, les travaux du canal de Meuse & Moselle seront finalement interrompus au mois d'août 1831, devant l'échec des négociations internationales : toute l'entreprise est gelée dans l'attente d'un accord définitif sur le statut territorial du Grand-Duché. Le souterrain, provisoirement condamné, s'enfonce alors sur plus de mille cent trente mètres dans la roche, soit à peu près la moitié de sa longueur totale. Les comptes établis à cette époque révèlent que le chantier a déjà englouti plus de deux millions six cent mille francs. L'équivalent d'un million cinq cent mille salaires journaliers ! Les estimations prévisionnelles d'alors prévoient plus du double encore pour l'achèvement complet du canal...

Malgré les pressions dont elle fait l'objet, la Société du Luxembourg refuse de rendre des comptes au gouvernement belge, forte de la concession à perpétuité qu'elle a obtenue sous le régime hollandais. Il faudra attendre la décision irrévocable du traité des XXIV articles, huit ans plus tard, pour qu'elle renonce définitivement à son projet, non sans avoir été mise en cause dans une série de procès officiels.

En 1846, quelques hommes d'affaires londoniens, devenus propriétaires des actions de la société, fonderont la Grande Compagnie du Luxembourg, pour aménager une voie de chemin de fer entre Namur et Arlon. Ce nouveau consortium se chargera aussi d'achever, jusqu'à La Roche, les travaux de canalisation de l'Ourthe entrepris par la Société du Luxembourg, faisant valoir la concession à perpétuité qui avait été accordée à celle-ci vingt ans plus tôt. Le « canal de l'Ourthe » restera en activité jusqu'à la veille de la Seconde Guerre mondiale. De nombreux vestiges de l'activité de batellerie sont encore visibles dans la vallée, dont dix-sept écluses avec leur maison d'éclusier.

Le souterrain de Bernistap, coupé en deux par la nouvelle frontière, est laissé à l'abandon, un tronçon en Belgique, l'autre au Luxembourg. Par souci de sécurité, les puits seront un à un rebouchés par les autorités locales. Ce qui explique sans doute la masse de remblai qui obstrue aujourd'hui le tunnel, à quelque quatre cents mètres de l'entrée. Que subsiste-t-il du reste du conduit, derrière ce monticule de gravats ? Et de la galerie aveugle, du côté luxembourgeois ?

L'eau a rapidement envahi tout le site, noyant la galerie sur la moitié, puis les trois quarts de sa hauteur. L'onde stagnante, plongée dans l'obscurité, est d'une pureté cristalline. Le regard du visiteur se perd à la surface du liquide, avalé par les fumerolles de buée qui se dilatent dans l'atmosphère humide. Seul le bruit rond des gouttes qui, de la voûte de briques, se laissent choir dans la masse aquatique, permet de prendre conscience de la profondeur du boyau.

À l'extérieur du souterrain, l'accumulation des éboulis et des alluvions forme à l'heure actuelle un barrage naturel entre les eaux du tunnel et celles de la tranchée d'accès. L'arc en pierre de taille qui couronne l'entrée monumentale de la galerie disparaît chaque année davantage à la vue, comme s'il s'enfonçait dans le sol. Bientôt, il aura tout à fait disparu. À moins qu'on ne décide de lui rendre ses proportions d'antan en le désensablant. L'eau retrouverait d'elle-même son niveau idéal.

Le canal d'arrivée, transformé par les âges en un vaste étang oblong jusqu'à la ferme château de Bernistap, abrite à présent des dizaines de plantes aquatiques. De grands arbres aux troncs penchés en ombragent le parcours, tous couverts de lierre. La nature, ici aussi, a repris ses droits : en quelques générations, elle aura effacé du fond de la vallée quasi toute trace d'activité humaine. Même les impressionnants déversoirs de schiste ont fini par se fondre dans le paysage, colonisés qu'ils sont par la végétation sauvage. Plus aucun vestige visible, déjà, ne subsiste du cantonnement des ouvriers, abandonné puis démantelé par les habitants des villages voisins pour aménager granges ou abris à moutons...

Du labeur de tous ces travailleurs de Bernistap, des espoirs fous d'une poignée d'hommes d'affaires visionnaires, il ne reste, pour le curieux, qu'une mystérieuse perspective souterraine. Lourde page d'histoire bientôt ensevelie sous le couvert végétal...

La Société générale de Belgique sera amenée à s'investir de façon importante dans le développement industriel du pays, encouragée par Léopold de Saxe-

Cobourg, devenu lui-même actionnaire. Elle jouera notamment un rôle-clé dans l'adoption du franc belge, avant de connaître une crise difficile en 1848. L'histoire n'oubliera pas le parcours étonnant de ce groupe financier, passé aujourd'hui sous tutelle française (GDF-Suez) après avoir joué pendant plus de cent cinquante ans un rôle quasi institutionnel dans l'économie belge.

Quant au chemin de fer, Edgar Fondry avait bien pressenti l'importance que ce nouveau moyen de transport allait rapidement prendre. Dans les milieux industriels, il n'y en aura bien vite plus que pour le rail. La Belgique sera, trois ans après l'intronisation de Léopold Ier, le premier pays du continent à inaugurer une ligne ferroviaire, entre Malines et Bruxelles. Le réseau s'agrandira d'année en année, sous l'impulsion notamment de John Cockerill, rentré en grâce malgré son implication dans plusieurs coups de main orangistes. On lui doit notamment la première locomotive belge, conçue et fabriquée dans ses ateliers de Seraing, près de Liège.

Pour ce qui est de Rémi De Puydt, la fermeture des travaux du canal ne mettra pas un terme à sa carrière, déjà mouvementée. D'ingénieur en chef des Ponts et chaussées, il demandera à réintégrer l'armée en juin 1831, où le roi lui confiera le commandement de l'ensemble des troupes du génie et le grade de lieutenant-colonel. Il se distinguera notamment au siège d'Anvers en 1832 et accédera au rang de colonel quelques années plus tard. Engagé en politique, il sera élu à la Chambre des Représentants par l'arrondissement de Mons, puis par celui de Diekirch, avant le rattachement de cette partie du Grand-Duché aux Pays-Bas. En 1841, le roi Léopold le choisira comme négociateur et administrateur de l'Établissement belge de Santo Tomas, dans l'État du Guatemala. Malheureusement, les conseils formulés dans ses nombreux rapports ne seront pas suivis et la tentative de colonisation belge échouera tragiquement.

Il faudra attendre le début du vingtième siècle pour que quelques géologues plus avisés ou mieux équipés parviennent à extraire des quantités significatives d'or en Ardenne... Rarement suffisamment pour pouvoir rentabiliser leur investissement initial, malheureusement. Cette ancienne activité d'orpaillage survit encore dans la mémoire collective de la région.

Quant au pistolet d'Ulysse, ce fameux « Prélat », dont l'ingénieux système de mise à feu a contribué à révolutionner l'histoire de l'armement, il s'en trouve encore quelques exemplaires en circulation, cachés dans de précieuses vitrines ou dans le coffre d'antiquaires-armuriers.

Si l'intrigue de ce roman est purement fictive, bien que plausible, le décor dans lequel elle s'insère correspond fidèlement à un épisode sensible de l'histoire belgo-luxembourgeoise.

La plupart des personnages mis en scène ont été inventés pour les besoins du récit : c'est le cas pour Ulysse de Longchamps, le sergent Deckers, Knud et Edgar Fondry. Roger et Annabelle, Barbara, les tenanciers d'auberge, gendarmes, usuriers et autres soubrettes gravitant autour d'eux n'existent également que dans l'imagination de l'auteur. En revanche, Rémi De Puydt, Charles Morel, Joseph-Ferdinand et Henriette d'Oultremont, Ferdinand Meeûs, ainsi que Pierre Louis Van Gobbelschroy sont bien, eux, des personnages historiques authentiques, comme le sont les souverains et hommes politiques dont les noms reviennent d'un chapitre à l'autre. L'existence et le décès fortuit de Clément Salmon, géomètre de la Société du Luxembourg, sont également attestés par une pierre tombale du cimetière de Tavigny.

Les informations concernant le canal de Meuse & Moselle et l'évolution des travaux entrepris à l'époque, tant du point de vue politique, administratif que technique et social, reposent sur des sources historiques et archéologiques (documents d'archives, plans, relevés, ouvrages techniques d'époque, témoignages de contemporains, journaux régionaux, observations sur site). Seuls quelques détails relevant de l'organisation même du chantier ont été reconstitués sans qu'il ait été possible d'établir leur pertinence scientifique. Ainsi le nombre et l'âge des ouvriers, leur répartition en deux équipes, les deux fronts de taille... ne sont pas détaillés comme tels dans la documentation rassemblée. De même, l'affectation de la ferme de Bernistap à l'intendance du chantier n'est pas confirmée historiquement, bien que fort probable. De nouvelles recherches historiques, notamment au Grand-Duché et aux Pays-Bas, ainsi que dans les collections privées, permettraient de lever d'autres coins du voile...

Un soin tout particulier a été apporté à la description des lieux, dans leur environnement du 19ᵉ siècle, ainsi qu'aux petits détails de la vie quotidienne. Ainsi, la plupart des événements ou des faits divers évoqués au fil du récit sont inspirés de péripéties réelles, à l'exception des sabotages perpétrés autour du souterrain et des circonstances du décès de Clément Salmon.

Le vrai héros de ce « roman dans l'histoire » est bien entendu le projet du canal de Meuse & Moselle en lui-même, projet que sa démesure n'a pas suffi à préserver d'un enlisement dans l'amnésie collective. Puisse cette mise en scène rendre hommage aux acteurs de ce rêve englouti et redonner vie à quelques vestiges de notre patrimoine, témoins d'un épisode héroïque et pourtant si ténu de notre histoire...

Le 28 août 1999 (première édition).
Le 15 juillet 2013 (seconde édition).

Le **site internet de ce roman**
vous fera découvrir une sélection de documents historiques
sur l'aventure du canal de Meuse & Moselle.

Vous y retrouverez le décor et plusieurs des personnages
mis en scène dans ce récit
à travers de nombreux films documentaires, albums de photos,
portraits d'époque et extraits d'archives :

www.larivierecontrariee.com

Si ce roman vous a plu,
merci de le faire savoir à d'autres lecteurs,
*en laissant un **commentaire** sur le site ci-dessus,*
sur celui de votre plateforme de téléchargement habituelle
ou auprès de votre club de lecture.

*Vous pouvez aussi **faire connaître** le livre à vos amis*
via vos réseaux sociaux sur internet.
C'est par le bouche à oreille (notamment électronique)
qu'une œuvre littéraire rencontre aujourd'hui
le plus efficacement son public !

www.facebook.com/LaRiviereContrariee

CARTES, TABLEAUX ET ILLUSTRATIONS

Tracé du canal de Meuse & Moselle

Les travaux du canal entre Houffalize et Hoffelt

Coupe du souterrain de Bernistap-Hoffelt

Points de repère historiques (1789-1809)

Points de repère historiques (1810-1839)

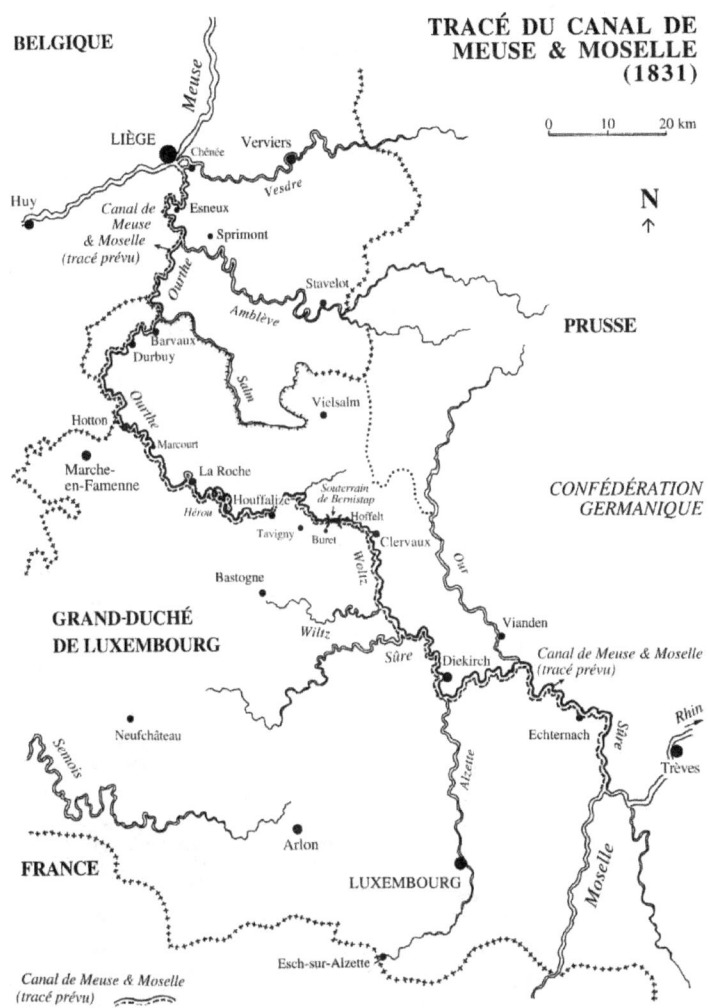

TRACÉ DU CANAL DE
MEUSE & MOSELLE
(1831)

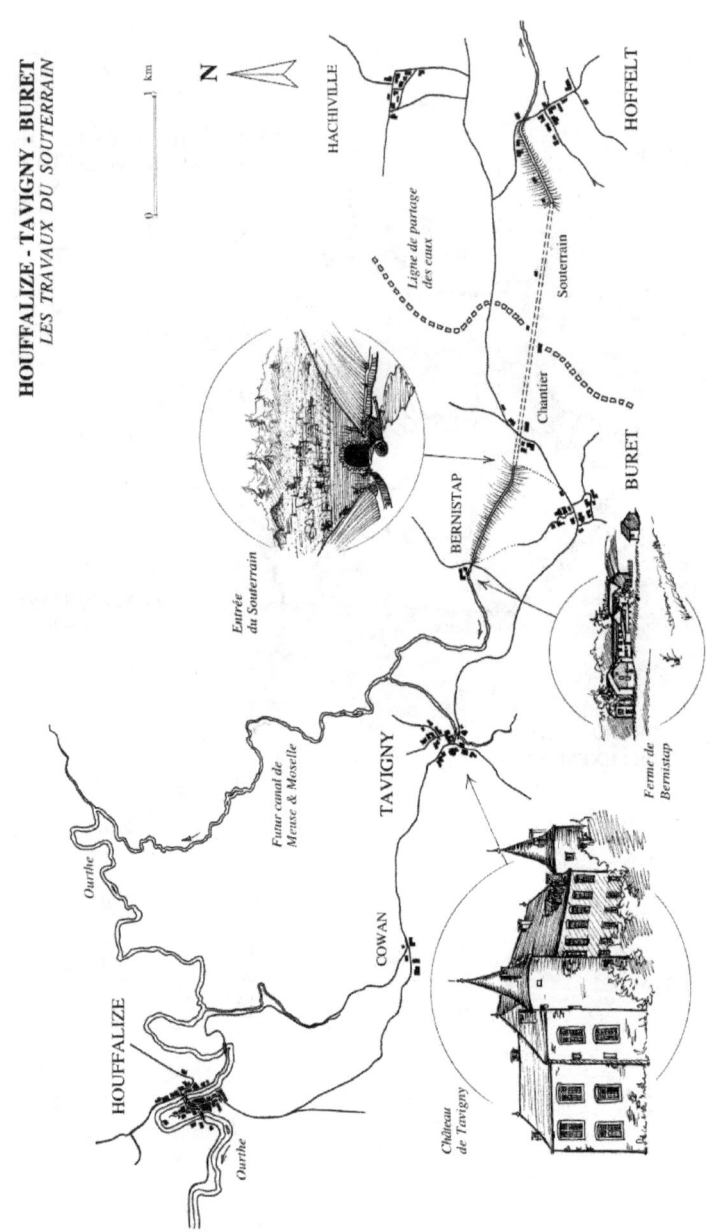

HOUFFALIZE - TAVIGNY - BURET
LES TRAVAUX DU SOUTERRAIN

N

0 — 1 km

HACHIVILLE

HOFFELT

Ligne de partage
des eaux

Souterrain

Chantier

BURET

Entrée
du Souterrain

BERNISTAP

Ferme de
Bernistap

Futur canal de
Meuse & Moselle

TAVIGNY

COWAN

Ourthe

HOUFFALIZE

Ourthe

Château
de Tavigny

SOUTERRAIN DE BERNISTAP

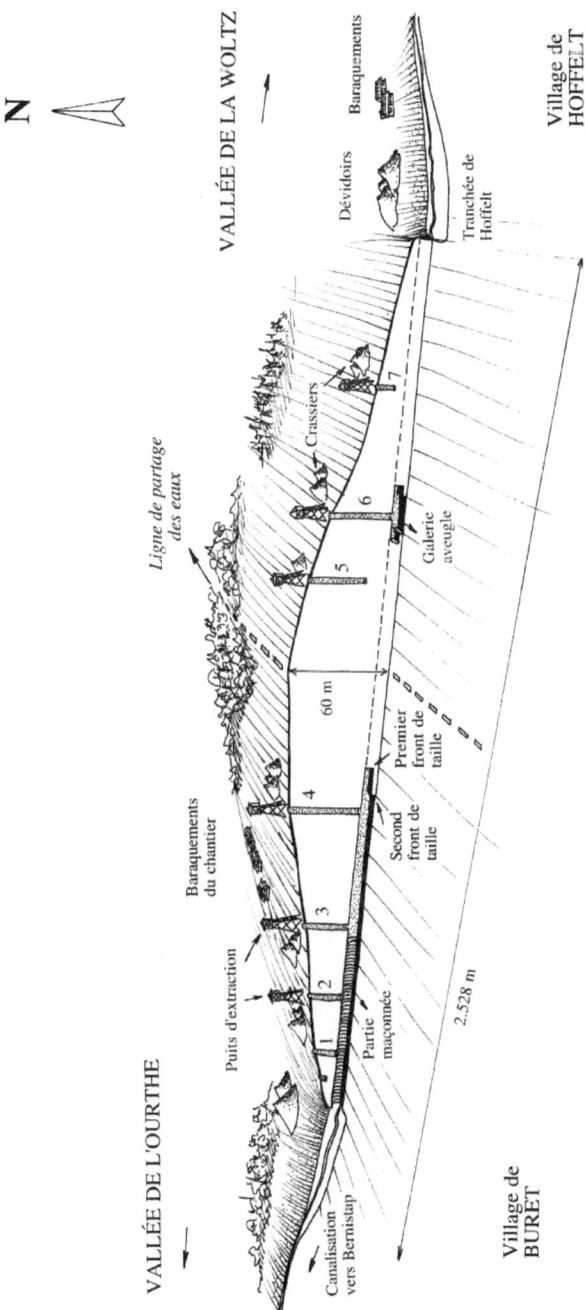

N

VALLÉE DE L'OURTHE

VALLÉE DE LA WOLTZ

Village de BURET

Village de HOFFELT

Ligne de partage des eaux

Baraquements du chantier

Puits d'extraction

Partie maçonnée

Canalisation vers Bernistap

2.528 m

60 m

Premier front de taille

Second front de taille

Galerie aveugle

Crassiers

Dévidoirs

Baraquements

Tranchée de Hoffelt

Points de repère historiques

	FRANCE	BELGIQUE	GRAND-DUCHE	PAYS-BAS	
	Louis XVI, roi de France	*Joseph II, empereur d'Autriche*		*République des Provinces-Unies*	
1789	**Révolution française**	Soulèvement contre les Autrichiens			1789
	Assemblée nationale	**États Belgique Unis**			
		Retour des Autrichiens			
1791	Convention				1791
1792	*République française*	Victoire française à Jemappes			1792
1793		Reconquête autrichienne		Siège de Breda par les Français	1793
1794	*Terreur*	Contre-attaque française			1794
1795	Directoire		Annexion à la France	**Invasion française**	1795
1796			*Département des Forêts*	République batave	1796
1799	Consulat				1799
1801	Bonaparte				1801
1804	**Napoléon Iᵉʳ, empereur**	*Conscriptions*			1804
1805		Industrialisation			1805
1806			*Confédération du Rhin*	Louis-Napoléon Bonaparte, roi de Hollande	1806

	FRANCE	BELGIQUE	GRAND-DUCHE	PAYS-BAS	
1810	*Règne de Napoléon Ier*			Annexion française	1810
1812	Campagne de Russie				1812
1813				Soulèvement contre les Français	1813
1814	Exil de Napoléon à l'île d'Elbe / Restauration	Congrès de Vienne / Réunion aux Pays-Bas	Propriété de Guillaume d'Orange	**Guillaume Ier d'Orange-Nassau** / Roi des Pays-Bas	1814
1815	Cent Jours / Défaite de Napoléon / Louis XVIII, roi de France	Bataille des Quatre Bras / Bataille de Waterloo	– à titre personnel – / *Confédération germanique*		1815
1822			*Création de la Société générale des Pays-Bas*		1822
1824	Charles X, roi de France				1824
1827			*Création de la Société du Luxembourg*		1827
1829			*Premiers travaux au tunnel de Buret*		1829
1830	« les Trois Glorieuses » / Révolution / Louis-Philippe, roi des Français	**Journées de septembre** / Indépendance - Congrès national	Soulèvement révolutionnaire / Luxembourg-ville aux mains des Prussiens		1830
1831		**Léopold Ier, roi des Belges** / Campagne des dix jours (août)	*Statu quo politique*		1831
1839			Traité des XXXIX articles / Division du Grand-Duché		1839